शेष जी

राजनीतिक व वैचारिक लेखों का संकलन

शेष जी

राजनीतिक व वैचारिक लेखों का संकलन

शेष नारायण सिंह

वाणी प्रकाशन

वाणी प्रकाशन

4695, 21-ए, दरियागंज, नयी दिल्ली 110 002

फ़ोन : +91 11 23273167 फ़ैक्स : +91 11 23275710

शाखाएँ

अशोक राजपथ, पटना 800 004, बिहार

कॉफ़ी हाउस कैम्पस, महात्मा गांधी मार्ग, इलाहाबाद 211 001, उत्तर प्रदेश

महात्मा गांधी अन्तरराष्ट्रीय हिन्दी विश्वविद्यालय, वर्धा 442 001, महाराष्ट्र

सुल्तानिया रोड, मोतिया पार्क, भोपाल 462 001, मध्य प्रदेश

www.vaniprakashan.com
marketing@vaniprakashan.in
sales@vaniprakashan.in

Shesh Ji
by Shesh Narayan Singh

ISBN : 978-93-90678-81-5
Memoirs/Journalism

प्रथम संस्करण 2021

मूल्य : ₹ 499

आर. टेक ऑफ़सेट प्रिंटर्स, दिल्ली-110032 में मुद्रित

वाणी प्रकाशन का लोगो मक़बूल फ़िदा हुसेन की कूची से

भूमिका

4 मई, 2021 को शेष नारायण सिंह कोविड वार्ड में खुद टहलते-टहलते गये थे। एक नर्स आयी उनको वार्ड में ले जाने के लिए। अपने चिरपरिचित अन्दाज़ में, वह उस नर्स से बोले, "बेटा तुम्हारा नाम क्या है?" जब उसने अपना नाम बताया तो उन्होंने कहा कि "अच्छा चलो बेटा"। यह आख़िरी बार था जब मैंने अपने पिता को देखा था। अगले दिन अस्पताल में डॉक्टर ने बताया कि उनकी हालत स्थिर है, लेकिन हमें शीघ्र ही प्लाज्मा डोनर की व्यवस्था करनी होगी। मैंने दिल्ली, 15 साल पहले छोड़ दी थी, इसके बाद जब भी शहर आना हुआ केवल अपने माता-पिता से मिलने ही आना हुआ। अब प्लाज्मा डोनर की व्यवस्था कैसे कर पाऊँगी, यह सोचते हुए मैं अस्पताल से घर पहुँची। अपने पिता के जिन तीन दोस्तों से मैं सम्पर्क में थी, उनसे यह बात साझा की। अम्मा, गुड्डी और मैं चिन्ता में थे। उस समय दिन के एक बज रहे थे। अचानक तीन बजे जो फ़ोन की घण्टी बजनी शुरू हुई, वह रात के ग्यारह बजे तक बजती ही रही। प्लाज्मा की लामबन्दी एक राष्ट्रीय प्रक्रिया होगी, जिसमें पत्रकारिता और राजनीति से जुड़े हर स्तर के लोग शामिल हो जायेंगे इसका मुझे अन्दाज़ा भी नहीं था। अपने दुर्लभ ब्लड ग्रुप की तरह शेष जी भी विशिष्ट थे। प्लाज्मा की व्यवस्था तो हो गयी लेकिन हम सभी ने शेष जी को कोविड के कारण 7 मई, 2021 को हमेशा के लिए खो दिया। यह केवल मेरे लिए ही नहीं बल्कि उन सभी लोगों के लिए एक व्यक्तिगत क्षति थी।

उस लम्हे में मुझे महसूस हुआ कि शेष जी कितनी ज़िन्दगियों से जुड़े हुए थे। मेरे पिता होने के नाते वह पहचान मेरे लिए सर्वोपरि थी,

परन्तु मेरे पिता के और भी कई रूप थे। वह कई पीढ़ियों के पत्रकारों और राजनेताओं से परिचित थे, जो उन्हें प्रेम और आदर के साथ शेष नारायण सिंह, शेष जी, बाउजी और दद्दू बुलाया करते थे। उन आख़िरी दिनों में मैंने पाया कि मेरे पिता के कई वर्षों के कायम रिश्तों का दायरा इतना विशाल था कि मैं लामबन्दी के प्रयासों को आगे बढ़ाने का महज़ एक ज़रिया हूँ। वह सिर्फ़ मेरे पिता नहीं थे, वे शेष जी थे।

एनडीटीवी ज्वाइन करने के अपने प्रथम दिन से ही वे शेष जी हो गये। यह मीडिया में उनका पहला क़दम था और वह उस युवा व गतिशील न्यूज़रूम से सीखने को तत्पर थे जहाँ सभी को उनके पहले नाम से पुकारा जाता था। उन्हें पता था कि तेज़ गति के उस लाइव टीवी वाली दुनिया में पदों की कोई ख़ास अहमियत नहीं थी। वे सीखने से कभी नहीं हिचकते थे और समाचारों में नित नये प्रयोग किया करते थे। वह पिछले 35 वर्षों से पत्रकारिता के हर क्षेत्र में सक्रिय रहे और युवाओं से तकनीक सीखते रहे, चाहे वह 1990 में लाइव 24×7 टीवी हो, 2000 में सोशल मीडिया हो या पिछले दशक में आया डिजिटल मीडिया प्लेटफ़ॉर्म हो। वे सभी जगहों पर थे, और पूरे उत्साह के साथ प्रतिभाग भी किया।

एक पत्रकार के रूप में वे न केवल भारतीय राजनीति पर नज़र बनाये हुए थे, बल्कि उन्हें इसकी बेहतर समझ भी थी। प्रशिक्षण और जज़्बाती तौर पर वे इतिहासकार थे। उन्हें हिन्दी से अगाध प्रेम था, बावजूद इसके अंग्रेज़ी और उर्दू पर भी उनकी अच्छी पकड़ थी। ज्ञान की गहराई और तथ्यों की सटीकता के चलते चार दशकों की उनकी लेखनी में यह स्पष्ट झलकता था कि वे एक सच्चे विद्वान थे। वे हिन्दी व अंग्रेज़ी दोनों का अच्छा वाचन करते थे, हालाँकि उनके पास अंग्रेज़ी उपन्यास पढ़ने का धैर्य नहीं था, मगर जब अंग्रेज़ी नॉन-फ़िक्शन की बात आयी तो उन्होंने सब कुछ पढ़ा। आर्थिक कठिनाइयों के दौर में जब भी उनके पास थोड़ा पैसा होता, वे किताबें ख़रीद लेते। घर पर उनकी लाइब्रेरी उनके विद्वत्तापूर्ण खोज और सोच की गहराई का ख़ूबसूरत चित्रण रही। वह इस स्थान को साझा करने में बहुत उत्सुक रहा करते थे, लेकिन जब उधार लेने के बाद उनकी किताबें वापस नहीं की जाती थीं तो वे परेशान हो जाते थे। इस घटना के बाद उनके और मेरे मन

में टीनी चा लाइब्रेरी स्थापित करने का विचार आया। यह ही उनकी सबसे मूल्यवान सम्पत्ति की संरक्षक थी। जिस किसी ने भी उनकी किताबें उधार चाहिए थीं, उन्हें इसके लिए शेष जी की 8 साल की बेटी, यानी मुझसे मंजूरी लेनी होती थी, क्योंकि पुस्तकें वापस लाने का ज़िम्मा मुझ पर था। पापा की किताबों का ज़िम्मा लेते-लेते मैं उन्हें पढ़ने भी लग गयी, यह मेरे पिता के सान्निध्य में मेरे सीखने की शुरुआत थी।

अगली पीढ़ी को शिक्षित करने में उनकी रुचि का एक बहुत मज़बूत आर्थिक तर्क था, हालाँकि उनका हमेशा मानना था कि वह अर्थशास्त्र नहीं जानते हैं। ग्रामीण और वंचित समूहों की ऊर्ध्वगामी गतिशीलता के एकमात्र साधन के रूप में शिक्षा में उनके विश्वास की जड़ें आर्थिक सिद्धान्तों में हैं। उनके इस दृष्टिकोण के मद्देनज़र उन्होंने इस बात पर ज़ोर दिया कि उनके परिवार की अगली पीढ़ी में हर कोई अध्ययन करे। वह अपने जीवनकाल में ही ऊर्ध्वगामी गतिशीलता को देखेगा। 2019 में, वे भारतीय प्रबन्धन संस्थान बेंगलुरु (IIMB) आये, जहाँ मैं अध्यापक थी। मुझे अपने माता-पिता को अपने सभी दोस्तों से मिलवाने में हमेशा ख़ुशी होती थी। वे सभी वास्तव में मेरे माता-पिता को अच्छी तरह जानते हैं। इस यात्रा में मैंने उनका परिचय अपने एक मित्र से कराया, जो वहाँ मेरे वरिष्ठ सहयोगी भी थे। जैसे ही मैंने उनका नाम लिया, मेरे पिताजी ने उनकी ओर रुख किया और वह पिताजी की ओर देखते हुए बोले कि उन्होंने ही मेरे पिता को ऑब्जर्वर में एक पत्रकार के रूप में पहली नौकरी दी थी। फिर वह उन्हें बताने लगे कि कारण यह था कि मेरे पिताजी मेरी स्कूल फ़ीस का भुगतान करने में सक्षम नहीं थे, क्योंकि उस समय हम बहुत गम्भीर वित्तीय कठिनाइयों का सामना कर रहे थे। बाद में जब वे दिल्ली वापस आये, तो उन्होंने इस घटना को बहुत भावनात्मक रूप से मित्र को सुनाया, और कहा, "देखो शिक्षा क्या करती है, एक पीढ़ी में, मेरी बेटी मेरे मालिक को नाम से बुलाती है और उसने उच्च स्थान अर्जित किया है।" एक बेटी के रूप में, यह मेरा सबसे गर्व का क्षण था और एक महिला के रूप में उस विशेष व्यक्ति की पहचान जिसने मेरे और कई अन्य लोगों के लिए इस यात्रा को सुगम बनाया।

यह पुस्तक उनका ऐसा प्रोजेक्ट था जिस पर वह अपने अन्तिम दिनों तक काम कर रहे थे। इसका अन्दाज़ा इसी से लगाया जा सकता है कि जब वह कोविड वार्ड में भर्ती हुए तो यह पुस्तक और लैपटॉप साथ लेकर गये थे, ताकि इसे पूरा कर सकें। आज हम इस निबन्ध संकलन की पुस्तक को प्रस्तुत करने के लिए पूरा कर चुके हैं। इन निबन्धों से मालूम होता है कि शेष नारायण सिंह का व्यक्तित्व कैसा था। इसका पहला भाग उस व्यक्ति के बारे में है जिसने अपने रिश्तों को सँजोया और जीवन में मिले सभी लोगों को अपने लेखन का माध्यम बनाया। वह भावुक और बहुत संवेदनशील व्यक्ति थे। पुस्तक के अन्य दो भाग वर्तमान राजनीतिक, सामाजिक और अन्तरराष्ट्रीय बहस पर आधारित हैं। उनको लेखन के साथ आत्मकथाओं को जानने का भी जुनून था। उनका निष्पक्ष और समाचार का सटीक विवरण उनके चुने इस पेशे को सच्ची श्रद्धांजलि देता है। लोकतन्त्र में उनका विश्वास और अभिव्यक्ति की स्वतन्त्रता, लोकतन्त्र की रक्षा, संरक्षण व पोषण के लिए एक निष्पक्ष और स्वतन्त्र प्रेस की ज़रूरत उनके लेखन में अक्सर दिखाई देती है। उनकी गर्मजोशी और सहयोग हमारे लिए सर्वोच्च है। हालाँकि जो क्षति हुई वह अपूरणीय है, हम खुशनसीब हैं कि शेष जी के जीवन का हिस्सा बन सके और आज इसे आप सभी के साथ साझा कर रहे हैं।

शेष जी के परिवार की ओर से, उनकी **टीनी चा**।

अनुक्रम

भाग - 1
देस-देहात

भाग - 2
पुच्छ-विषाण

भाग - 3
सोच-विचार

भाग - 1

देस-देहात

मेरा बचपन भी साथ ले आया
गाँव से जब भी आ गया कोई

मेरा गाँव, मेरा देश

यह गाँव सुलतानपुर ज़िले के लम्भुआ ब्लॉक में है। गाँव पहुँचने के लिए ज़िला मुख्यालय से सुलतानपुर-जौनपुर रोड पर क़रीब 22 किलोमीटर चलने के बाद धोपाप रोड पर बायें मुड़ना पड़ता है। लम्भुआ से तीन किलोमीटर दूरी पर यह गाँव स्थित है। मेरा गाँव शोभीपुर अपेक्षाकृत नया गाँव है। यह मामपुर नाम की ग्रामसभा का हिस्सा है। मामपुर ग्रामसभा में चार हिस्से हैं—झलिया, पुरवा, मामपुर और शोभीपुर। मामपुर सरयूपारीण ब्राह्मणों का गाँव है, जो पुरवा और मामपुर में बसे हुए हैं। शायद उनका कोई पूर्वज देवरिया से प्रयाग की यात्रा के दौरान यहीं बस गया होगा। हन्या तिवारी हैं यह लोग। इनके रिश्तेदार कुछ पाण्डेय, दुबे और मिश्र भी अब गाँव में बस गये हैं। झलिया में मूल रूप से गौतम ठाकुरों का निवास है। यह लोग पड़ोस के मकसूदन गाँव से जुड़े लोग हैं। मकसूदन में गौतम ठाकुरों की बड़ी आबादी है जो डेरवा, बगिया और झलिया में फैली हुई है। झलिया सरकारी काग़ज़ात में मामपुर का हिस्सा बन गया है। गौतम लोग मकसूदन के राजकुमार ज़मींदारों के रिश्तेदार थे। उनके पूर्वजों को सम्मान से यहाँ लाकर बसाया गया था।

क़रीब 120 साल पहले मकसूदन के ज़मींदारों की एक पट्टी के लोगों ने शोभीपुर में घर बना लिया था। मकसूदन के ज़मींदार बाबू दुनियापति सिंह के चार बेटों में से एक की औलादों ने 1861 में शोभीपुर में घर बना लिया। उनके साथ कुछ परजा-पवन भी आ गये थे इसलिए कुम्हार, कहार, नाई भी गाँव में हैं। बस यही गाँव था। कुछ साल बाद पड़ोस के गाँव नरिन्दापुर के बाबू साहेब ने परिहार ठाकुरों के एक परिवार को गाँव-निकाला दे दिया था।

शोभीपुर वालों ने उन्हें रोक लिया और कुछ ज़मीन देकर उन्हें यहीं बसा लिया। इन परिहारों के रिश्तेदार कुछ चौहान ठाकुर भी आ गये। राजकुमारों के रिश्तेदार बैस भी आ गये। मकसूदन के गौतम ठाकुरों का एक हिस्सा भी इस गाँव में है। एक परिवार नाऊ और एक परिवार दलित बिरादरी का भी है। मुस्लिम फ़क़ीरों का भी एक परिवार है, जो गाँव से थोड़ी दूरी पर बसा हुआ है। भुडकुल्ली साईं की औलादें हैं सब, लेकिन अब कई परिवार बन गये हैं।

गाँव में पुरानी सोच हावी रही है। पढ़ाई-लिखाई की कोई ख़ास परम्परा नहीं रही है। झलिया के कुछ लोग आज से क़रीब सत्तर साल पहले मुम्बई गये और वहाँ छोटे-मोटे काम करने लगे। मज़दूर रहे या किसी कपड़ा मिल में कुछ काम किया। झलिया के लगभग हर घर के कुछ लोग मुम्बई में हैं। मामपुर के लोग भी हैं। लेकिन ऐसा कोई नहीं जिसको उनकी खोली के बाहर कोई जानता हो। पुरवा के एक पाण्डेय जी मुम्बई में पुरोहिती का काम करते हैं। उनकी पैठ कई उद्योगपति परिवारों में है। शोभीपुर से पहली बार ठाकुर रामसुख सिंह मुम्बई गये थे। कल्याण के नेशनल रेयॉन कॉर्पोरेशन में उनको काम मिल गया था। उन्हीं के हवाले से उनके परिवार के और लोग भी गये। सभी छोटे-मोटे काम करते हैं। यह लोग मूलतः कल्याण के आसपास रहते हैं। इनके बच्चों ने ठीक-ठाक पढ़ाई कर ली है, कुछ वकील हैं, कुछ डॉक्टर हैं, कुछ ने अपना कारोबार कर लिया है। गाँव के एक लड़के ने वर्ष 2000 में आई. आई. एम. से एम. बी.ए. करने के बाद मुम्बई में एक विदेशी बैंक में मैनेजर की नौकरी कर ली थी। अब वह एक अमरीकी बैंक का प्रेसिडेंट है। उसकी पत्नी पहले बीबीसी में थी, अब मुम्बई के प्रतिष्ठित एस. पी. जैन इंस्टीटयूट ऑफ़ मैनेजमेंट एंड रिसर्च में प्रोफ़ेसर है।

मामपुर ग्रामसभा में कोई मन्दिर नहीं है। शोभीपुर में एक नीम के पेड़ में विराजमान काली माई ही गाँव की सामूहिक आस्था का केन्द्र हैं। चारों गाँवों में काली माई हैं। कुछ पीपल के पेड़ों को शंकर जी का स्थान मान लिया गया है। मन्दिर तो गाँव से क़रीब पाँच किलोमीटर दूर गोमती के किनारे धोपाप में था। मकसूदन में एक हनुमान जी का मन्दिर था। नरिन्दापुर में भी एक मन्दिर था जिसमें वहाँ के बाबू साहेब ने एक पुजारी

रख दिया था, जो सुबह-शाम पूजा करता था। धोपाप के मन्दिर में जेठ दशहरा और कार्तिक पूर्णिमा जैसे अवसरों पर भारी भीड़ होती थी लेकिन ज़्यादातर लोग गोमती में स्नान करके घर चले जाते थे। मन्दिर में जाने वालों की संख्या बहुत कम होती थी। दरअसल इस इलाक़े के लोग मन्दिरों में जाकर पूजा-पाठ नहीं करते, वहाँ केवल दर्शन करते हैं बल्कि अयोध्या, बिजेथुआ, जनवारी नाथ जैसे मन्दिरों में जाकर चढ़ावा चढ़ाते हैं, जहाँ खुली तोंद के साथ पीठासीन पण्डित जी विद्यमान रहते हैं।

तीन-चार साल पहले गाँव के एक बाबू साहब ने अपने घर के सामने सड़क की ज़मीन पर एक छोटा-सा मन्दिर बनवा दिया है लेकिन उसमें ताला बन्द रहता है। चर्चा है कि गाँव के बीच से जाने वाली प्रयागराज-अकबरपुर सड़क का चौड़ीकरण होना है और उसी से बचने के लिए यह मन्दिर बनवाया गया है। पूरी ग्रामसभा में एक सरकारी प्राइमरी स्कूल है जो 1962 में खुला था। एक उद्यमी ने एक नर्सरी स्कूल भी खोल दिया है। गाँव मुख्य मार्ग पर है इसलिए यातायात की सुविधा है। क़रीब तीन किलोमीटर दूर स्थित लम्भुआ बाज़ार अब नगर पंचायत बन गया है। तहसील, ब्लॉक आदि के सरकारी दफ़्तर सब वहीं हैं। गाँव में सरकार के नाम पर बस वही प्राइमरी स्कूल है।

गाँव में आजीविका का साधन खेती ही है लेकिन कोई भी खेती नहीं करना चाहता। चीन से लड़ाई के बाद साठ के दशक में गाँव से तीन-चार लोग फ़ौज में भर्ती हो गये थे। उनमें से एकाध कोई नायब सूबेदार बन कर रिटायर हुआ। उससे पहले चीन की लड़ाई में भी गाँव के एक व्यक्ति शामिल हुए थे लेकिन वी आर. एस. लेकर आ गये। गाँव के सबसे पुराने जी वही हैं जो दूसरे विश्वयुद्ध के बाद शुरू हुई भर्ती के समय फ़ौज में गये थे। गाँव में सबसे पहले उच्च शिक्षा पाने वाले डॉ. श्रीराज सिंह हैं। उन्होंने 1955 में बी.एच.यू से बी.एससी. कर लिया था। बाद में पीएच.डी. भी की और पोस्ट ग्रेजुएट कॉलेज में रीडर पद से रिटायर हुए। अब वे 90 साल के हैं और गाँव में सबसे अधिक उम्र के हैं। गाँव में उनका शानदार घर है लेकिन वे सुलतानपुर में घर बनवाकर रहते हैं। गाँव में बहुत सारे जूनियर इंजीनियर (जे. ई.) हैं। सरकारी विभागों में जे. ई. को वेतन के अलावा जो ग़िज़ा मिलती है उसके कारण उनके परिवारों में सम्पन्नता है।

सरकारी नौकरी का मोह गाँव में बहुत प्रबल है इसलिए कुछ लोग आर. पी. एफ. में सिपाही भर्ती हो गये हैं। एकाध लड़के सब-इंस्पेक्टर भी हैं। गाँव की एक लड़की विश्व बैंक में भी काम कर चुकी है। विदेश में तो कोई नहीं बसा है, लेकिन एक परिवार ऐसा है जिसका विदेशों में आना-जाना लगा रहता है। अमरीकी बैंक में प्रेसिडेंट लड़के की बहन आई. आई. एम. बेंगलुरु में अर्थशास्त्र की प्रोफ़ेसर है। उसी परिवार का एक लड़का पिछले साल इलाहाबाद के ग्रामीण इंजीनियरिंग कॉलेज से बी. ई. करने के बाद सहायक इंजीनियर बना है। उनके यहाँ कभी हलवाही करने वाले दलित परिवार का भी एक लड़का उन्हीं के साथ पढ़ाई करके सहायक इंजीनियर बना है। इसको सामाजिक तरक़्क़ी का बड़ा उदाहरण माना जा सकता है।

गाँव में कोई हाट बाज़ार या मेला नहीं लगता। पड़ोस के गाँव रामपुर के चौराहे पर कुछ लोगों ने दूकान खोली थी, अब वहीं बाज़ार विकसित होता नज़र आ रहा है। इस गाँव का कोई बाशिन्दा सरकार में उच्च पद पर नहीं है। मुम्बई आदि शहरों में जो लोग गये हैं उनमें उद्योगपति कोई नहीं है। सब मेहनत-मजूरी करके ही पेट पाल रहे हैं। गाँव में ग़रीबी सबसे बड़ी समस्या है। कोरोना के दौर में मुम्बई से एक आदमी गाँव आया था लेकिन अब तक कोरोना का कोई असर गाँव पर नहीं पड़ा है।

4 मार्च, 2021

मेरा गाँव, जो होली के दिन ज़रूर याद आता है

होली के दिन मुझे अपने गाँव की बहुत याद आती है। सुलतानपुर ज़िले में मेरा बहुत छोटा-सा गाँव है—शोभीपुर। उसका नाम कहीं भी सरकारी रिकॉर्ड में नहीं है। पड़ोस के गाँव का नाम है और मेरा गाँव उसी का अटैचमेंट है। मेरे बचपन में होली एक ऐसा त्यौहार था, जब सारा गाँव साथ-साथ हो जाता था। बाक़ी तो कोई त्यौहार इस रुतबे का नहीं होता था। हाँ, बेटियों की शादी में ज़रूर पूरा गाँव एक साथ खड़ा रहता था।

जब मैंने अपने गाँव के बाहर की दुनिया देखनी शुरू की, तब मुझे लगने लगा कि हमारा गाँव ग़रीब आदमियों का गाँव था। सन् 61 की जनगणना में मैं लेखपाल के साथ गेरू लेकर जुटा था, तब कुल 26 परिवार थे मेरे गाँव में। हर घर के सामने, जो भी लेखपाल जी ने बताया, उसे मैंने गेरू से लिखा था। अब तो शायद 80 परिवार होंगे। खेत उतना ही, आबादी की ज़मीन उतनी ही, लेकिन जनसंख्या चार गुनी हो गयी है। तो उन 26 परिवारों के लोग होली के दिन ऐसे हो जाते थे, जैसे एक ही घर के हों।

मेरे गाँव में कई जातियों के लोग रहते थे। ब्राह्मणों की दो उपजातियाँ थीं—पाण्डेय और मिश्र। ठाकुरों की पाँच उपजातियाँ थीं—चौहान, गौतम, बैंस, परिहार और राजकुमार। नाऊ, कहार और दलितों के भी परिवार थे। पूरे गाँव के लोग एक-दूसरे के साथ भाई-बहन, काका-काकी, बाबा-आजी, भौजी जैसे रिश्तों में बँधे थे। कई साल बाद मेरी समझ में यह बात आयी कि यह सारे रिश्ते माने-मनाये के थे। कहीं भी रिश्तेदारी का कोई आधार नहीं था। गाँव में मेरे सबसे प्रिय थे हमारे दूलम फूफा। वे दलित थे, ससुराल में रहते थे, उनकी पत्नी गाँव के ज़्यादातर लोगों की फुआ थीं।

बूढ़े लोग उनका नाम लेते थे। होली के दिन मिलने वाली कटहल की सब्ज़ी और दाल-पूरी की याद आज भी मुझे होली के दिन अपने गाँव जाने के लिए बेचैन कर देती है। मेरे गाँव में पढ़े-लिखे लोग नहीं थे। केवल एक ग्रेजुएट थे पूरे गाँव में। बाद में उन्होंने पीएच.डी. तक पढ़ाई की। स्कूल जाने वाले सभी बच्चे उन्हीं डॉ. श्रीराज सिंह को अपना आदर्श मानते थे।

1967 में आयी हरित क्रान्ति के साथ मेरे गाँव में लोगों के सन्दर्भ बदलना शुरू हुए। कुछ लोगों ने किसी तरह कुछ पैसा-कौड़ी जोड़कर औरों की ज़मीन ख़रीदना शुरू किया। ग़रीबी का मज़ाक़ उड़ना शुरू हो गया और इन्सानी रिश्ते हैसियत से जोड़ कर देखे जाने लगे। मेरे गाँव के लोग कहा करते थे कि हमारे गाँव में कभी पुलिस नहीं आयी थी, लेकिन ज़मीन की ख़रीद के साथ शुरू हुई बेईमानी के चलते फ़ौजदारी हुई, सर फूटे, मुक़दमेबाज़ी शुरू हुई और मेरा गाँव तरह-तरह के टुकड़ों में विभाजित हो गया। कुछ साल बाद, गाँव के एक बुज़ुर्ग का क़त्ल हुआ। फिर गाँव के लोग दुश्मन बन कर कई ख़ेमों में बँट गये।

कुछ साल पहले जब मैं अपने गाँव गया, तो लगा कहीं और आ गया हूँ। मेरी आस्था के सारे केन्द्र ढह गये हैं। लोग होली मिलने की रस्म अदायगी करते हैं। ज़्यादातर परिवारों के नौजवान किसी बड़े शहर में चले गये हैं। कुछ लड़कों ने पढ़ाई कर ली है, खेती का काम नहीं करना चाहते और बेरोज़गार हैं। मेरे गाँव की तहसील पहले कादीपुर हुआ करती थी। नदी पार कर के जाना होता था। लेकिन अब तहसील 3 किलोमीटर दूर लम्भुआ बाज़ार में है। मेरे गाँव के कुछ होनहार लड़के अब तहसील में दलाली करते हैं। कुछ नौजवानों का थाने की दलाली का कारोबार अच्छा चल रहा है। मेरा गाँव अब मेरे बचपन का गाँव नहीं है। लेकिन यहाँ दूर देश में बैठा मैं अपने उसी गाँव को याद करता रहता हूँ जो मेरे बचपन की हर याद से जुड़ा है। यादों के उस गाँव में मेरी माँ का रोल सबसे ज़्यादा स्थायी है। मेरी माँ जौनपुर शहर से सटे एक गाँव के बहुत सम्पन्न किसान की बेटी थीं। मेरे नाना के खेत में तम्बाकू और चमेली की कैश क्रॉप उगाई जाती थी। पिछली सदी की शुरुआत में वे मालदार किसान थे। 1937 में उन्होंने अपनी बेटी की शादी अवध के एक मामूली ज़मींदार परिवार में की थी।

मेरे पिता के परिवार में शिक्षा को कायथ-कारिन्दा का काम माना जाता था। मेरे माता-पिता की शादी के 14 साल बाद जब ज़मींदारी का उन्मूलन हो गया तब लगा कि सब कुछ लुट गया। सारा अपराध 'उसी गंधिया' का माना जाता था। बाद में वही गंधिया मेरा देवता बना और आज मैं मानता हूँ कि अगर महात्मा गाँधी न होते तो भारत एक ही न होता। मेरी माँ ने महात्मा गाँधी को कभी गाली नहीं दी। लेकिन उसी वक़्त उन्हें यह एहसास हो गया कि शिक्षा होती तो ग़रीबी का वह ख़ूँख़्वार रूप न देखना पड़ता जो उन्होंने जीवन भर झेला।

बहरहाल अब मेरे गाँव में पहले जैसा कुछ नहीं है लेकिन हर होली के दिन मुझे अपने गाँव की बहुत याद आती है। क्या करूँ मैं? ज़ाहिर है उस अपनेपन को याद करके पछताने के सिवा मेरे पास कोई रास्ता नहीं है।

28 फ़रवरी, 2010

मेरी पहली मुहब्बत : नीम का पेड़

नीम की चर्चा होते ही पता नहीं क्या होता है कि मैं अपने गाँव पहुँच जाता हूँ। बचपन की पहली यादें नीम से ही जुड़ी हुई हैं। गाँव के पूरब में अमिलिया-तर वाले बाबू साहेब की ज़मीन में जो नीम का पेड़ है, वह काली माई का स्थान है। पेड़ के चारों तरफ़ तालाब से मिट्टी लाकर चबूतरा बना दिया गया था। पचास के दशक में मेरे गाँव में ईश्वर के जितने स्वरूप थे उनमें काली माई प्रमुख थीं। मेरे बचपन में जब भी कोई ऐसी समस्या आती, जिसका हल इन्सान के पास नहीं होता तो मेरी माँ काली माई की पूजा करके उसका समाधान निकालती थीं। जब कोई बीमार हुआ और एक दिन से ज़्यादा तबीयत ख़राब रह गयी तो मेरी माँ काली माई का आह्वान करतीं और बीमार ठीक हो जाता। वे हर सोमवार और शुक्रवार को काली माई के स्थान पर जल चढ़ाने जाती थीं। कोई भी परेशानी हो तो काली माई से गुहार लगायी जाती थी। हर ख़ुशी के मौक़े पर भी काली माई के दर्शन ज़रूर किये जाते थे। लड़के की शादी के लिए जब बारात तैयार होती तो सबसे पहले काली माई के दर्शन होते थे। लड़कियों की शादी में गाँव की इज़्ज़त की रक्षा वही काली माई करती थीं। काली माई के स्थान पर जाना शादी-ब्याह के अनिवार्य कार्यक्रमों का हिस्सा था। यह परम्परा अब तक चली आ रही है।

नीम का वह पेड़ मेरे गाँव के लोगों के लिए दैवी शक्ति और सामूहिक आस्था का केन्द्र था जबकि गाँव के बाक़ी नीम के पेड़, बस पेड़ थे। उन पेड़ों के साथ भी मेरे बचपन की बहुत सारी मीठी यादें जुड़ी हैं। मेरे दरवाज़े पर जो नीम का पेड़ था, वह गाँव की बहुत सारी गतिविधियों का केन्द्र था।

सन् 2000 के सावन में जब बहुत तेज़ बारिश हो रही थी, तो चिर्री पड़ी। लोग बताते हैं कि बहुत तेज़ आवाज़ आयी थी और पूरे गाँव में अँजोर हो गया था। सुबह जब लोगों ने देखा तो मेरे दरवाज़े के नीम का एक ठासा टूट कर नीचे गिर गया था। मेरे बाबू वहीं पारा में बने मड़हे में सो रहे थे। उस आवाज़ को सबसे क़रीब से उन्होंने ही सुना था। कान फाड़ देने वाली आवाज़ थी वह। चिर्री वाले हादसे के बाद नीम का पेड़ सूखने लगा था। अजीब इत्तिफ़ाक है कि उसके बाद से मेरे बाबू की जिजीविषा भी कम होने लगी थी। फ़रवरी 2001 आते-आते नीम का पेड़ सूख गया और उसी फ़रवरी में बाबू भी चले गये। जहाँ वह नीम का पेड़ था, उसके आस-पास मेरे भाई ने नीम के तीन और पेड़ लगा दिये हैं जो तेज़ी से बड़े हो रहे हैं।

नीम के पेड़ का मेरे गाँव के सामाजिक जीवन में बहुत महत्त्व है। इसी पेड़ के नीचे मैंने और मेरे अजीज दोस्त बद्दू सिंह ने शरारतें सीखीं और उनका अभ्यास किया। जाड़ों में धूप सबसे पहले इसी पेड़ के नीचे बैठ कर सेंकी जाती थी। पड़ोस के कई बुज़ुर्ग वहाँ मिल जाते थे। टिबिल साहेब और पौदरिहा बाबा तो धूप निकलते ही आ जाते थे। बाक़ी लोग आते-जाते रहते। मेरे बाबू के काका थे यह दोनों लोग। बहुत आदरणीय इन्सान थे। उनके लिए हुक़्क़ा भर-भर कर नीम के नीचे पहुँचाया जाता था। दोनों बुज़ुर्गों का असली नाम कुछ और था लेकिन सभी उन्हें इसी नाम से जानते थे। टिबिल साहेब कभी उत्तर प्रदेश पुलिस में कॉन्स्टेबल रहे थे, 1944 में रिटायर हो गये थे। पौदरिहा का नाम इसलिए पड़ा कि वे किसी की बरात में गये थे तो इनारे की पौदर के पास ही खटिया डाल कर सो गये। किसी घराती ने उनको पौदरिहा कह दिया और बरात लौटने तक उनका यही नाम चल निकला। इन्हीं बुज़ुर्गों की छाया में हमने शिष्टाचार की बुनियादी बातें सीखी थीं।

मेरी नीम की मज़बूत डाल पर सावन में झूला पड़ता था। रात में गाँव की लड़कियाँ और बहुएँ उस पर झूलती थीं और कजरी गाती थीं। चारों तरफ़ झींगुरों की आवाज़ के बीच ऊपर-नीचे जाते झूले पर बैठी, कजरी गाती लड़कियाँ हम लोगों को किसी महान संगीतकार से कम नहीं लगती थीं। जब 1962 में मेरे गाँव में स्कूल खुला तो सरकारी बिल्डिंग बनने से पहले,

इसी नीम के नीचे शुरुआती कक्षाएँ चली थीं। धोपाप जाने वाले नहवनिया लोग जेठ की दशमी को थक कर इसी नीम के नीचे आराम करते थे। उन दिनों सड़क कच्ची थी और ज़्यादातर लोग धोपाप पैदल ही जाते थे।

एक दिलचस्प वाक़या है मेरे बचपन का। मुझसे छह साल बड़ी मेरी बहन ने घर के ठीक सामने नीम का एक पौधा लगा दिया था। उसका विचार था कि जब भाइयों की दुलहिनें आयेंगी, तब तक नीम का पौधा पेड़ बन जायेगा और उसी पर भौजाइयाँ झूला डालकर झूलेंगी। अब वह पेड़ बड़ा हो गया है, बहुत ही घना और शानदार। भाइयों की दुलहिनें जब आयी थीं तो पेड़ बहुत छोटा था, झूला नहीं पड़ सका। अब उनकी भौजाइयों के बेटों की दुलहिनें आ गयी हैं लेकिन अब गाँव में लड़कियों के झूला झूलने की परम्परा ही ख़त्म हो गयी है। इस साल मेरे छोटे भाई ने ऐलान कर दिया कि बहन वाले नीम के पेड़ से घर को ख़तरा है, लिहाज़ा उसको कटवा दिया जायेगा। हम लोगों ने कुछ कहा नहीं लेकिन बहुत तकलीफ़ हुई। हम चारों भाई-बहनों के बच्चों को हमारी तकलीफ़ का आभास हो गया और उन लोगों ने ऐसी रणनीति बनायी कि नीम का पेड़ बच गया। जब नीम के उस पेड़ पर मौत का ख़तरा मँडरा रहा था तब मुझे अन्दाज़ा हुआ कि मैं उस नीम से कितनी मुहब्बत करता हूँ।

इसलिए जब मारवाड़ी महासभा के महामन्त्री महेश राठी ने मुझे अपने एक कार्यक्रम में आमन्त्रित किया तो मैंने उसमें शामिल होने के लिए तुरन्त हामी भर दी क्योंकि नीम का प्रचार-प्रसार उनके संगठन का प्रमुख लक्ष्य है। वे लोग मुम्बई और ठाणे की हाउसिंग सोसाइटियों में बड़े पैमाने पर नीम के वृक्षारोपण का कार्यक्रम चला रहे हैं। उनके संगठन में उन्हीं लोगों को शामिल किया जाता है जिन्होंने कम-से-कम पाँच नीम के पेड़ लगाये हों। यह जान कर ख़ुशी हुई कि मेरे देश में कुछ ऐसे भी जागरूक लोग हैं जो नीम को इतना महत्त्व दे रहे हैं। नीम की ख़ासियत यह है कि यह कम पानी वाले इलाक़े में भी हरा-भरा रह सकता है। सूखे की हालत में भी नीम का अस्तित्व बचा रहता है। राजस्थान के रेगिस्तानी इलाक़ों में तो यह वरदान स्वरूप ही है। नीम का पेड़ यूकेलिप्टस की तरह ज़मीन का पानी खींचकर उसे रेगिस्तान नहीं बनाता बल्कि रेगिस्तान को हरा-भरा करने के काम आता है।

नीम एक ओर जीवनदायी वनस्पति है तो दूसरी ओर कीट-पतंगों का काल भी है। कीड़ों को दूर रखने के लिए इसका ख़ूब इस्तेमाल होता है। यह एंटीसेप्टिक के रूप में भी इस्तेमाल होता है। डायबिटीज़, वाइरल बुख़ार, और फोड़े-फुंसी के इलाज में हमेशा से इसका उपयोग होता रहा है। शायद इसलिए इसे ग्रामीण दवाखाना या प्रकृति की फार्मेसी भी कहा जाता है। भारत, पाकिस्तान और बांग्लादेश में तो इसका महत्त्व है ही, बाक़ी दुनिया भी इसके औषधीय गुणों के कारण इस पर दावा ठोंकने की फिराक में है। वर्ष 1995 में यूरोप के पेटेंट ऑफ़िस ने अमरीकी कम्पनी डब्ल्यू. आर. ग्रेस और अमरीकी सरकार के कृषि विभाग को नीम के प्रोसेस का पेटेंट दे भी दिया था लेकिन भारत सरकार ने इस आदेश को चुनौती दी और साबित कर दिया कि भारत में बहुत सारी चिकित्सा नीम के उत्पादों के सहयोग से होती है। इसलिए 2005 में नीम के उत्पादों का पेटेंट सदा के लिए भारत के पक्ष में सुरक्षित हो गया।

मेरे गाँव की अपनैती पता नहीं कहाँ ग़ायब हो गयी

इस बार दस दिन अपने गाँव में रहा। मेरे बचपन के साथी ठाकुर बद्दू सिंह के साथ दस दिन हँसी-खुशी बीत गये। मेरी दोनों बहनें और भाई भी लगभग पूरे वक़्त साथ-साथ रहे। मेरी माँ की सबसे छोटी पौत्री की शादी पूरे सम्मान के साथ सम्पन्न हो गयी। हम अपनी माँ को माई कहते थे। माई अगर जीवित होतीं तो निश्चित रूप से खुश होतीं। माई का जीवन अधूरे सपनों का जीवन था। अपनी दोनों बेटियों को पढ़ाना चाहती थीं। बड़ी बेटी तो स्कूल जा ही नहीं सकी। छोटी बिटिया मुन्नी पढ़ने में बहुत अच्छी थी, फिर भी प्राइमरी के बाद पढ़ नहीं सकी। सामन्ती सोच की दीवार मुन्नी और उसकी शिक्षा के बीच खड़ी हो गयी। यह अलग बात है कि बाद में मुन्नी ने अपनी पढ़ाई पूरी की। लेकिन माई के बेटी-बेटों ने अपने बच्चों की शिक्षा के लिए जो भी हो सका, किया। आज माई के सभी पोते-पोतियों के पास उच्च शिक्षा का हथियार है। शायद इसी वजह से लगता है कि मृत्यु के बाद ही सही, माई के कुछ सपने तो पूरे हो ही गये।

इस बार जो दस दिन मैंने अपने गाँव में बिताये, उसमें मुझे अपने भाई-बहनों और दोस्त बद्दू सिंह के अलावा सब कुछ विदेश जैसा लग रहा था। लगता था कि अपने गाँव में नहीं, कहीं और आ गया हूँ। मेरी आस्था के सारे केन्द्र ढह गये हैं। लोग शादी-ब्याह में केवल कुछ रुपये देने के लिए शामिल होते हैं। कहीं कोई चाहत नहीं, कोई अपनापन नहीं। ज़्यादातर परिवारों के नौजवान बड़े शहरों में चले गये हैं। कुछ लड़कों ने पढ़ाई कर ली है तो खेती का काम करना नहीं चाहते और बेरोज़गार हैं। कुछ लड़के तहसील में दलाली करते हैं, तो कुछ का थाने की दलाली कारोबार अच्छा चल रहा है। वह गाँव, जिसमें मेरी माँ का रोल सबसे ज़्यादा अहम था,

अब कहीं खो गया है। मेरी माँ ने ग़रीबी को ख़ूब क़रीब से देखा था, उसे झेला था। एक सम्पन्न किसान की बेटी थीं लेकिन ज़मींदारों के परिवार में ब्याह दी गयी थीं। ज़मींदार भी ऐसे जो बस नाम के ही ज़मींदार थे, वरना घर में भोजन तक की तकलीफ़ रहा करती थी।

मेरे गाँव को ग़रीब आदमियों का गाँव ही कहा जाना चाहिए। शिक्षा-दीक्षा का तो अभाव था लेकिन अपनापन ख़ूब था। लोग ग़रीबी की ज़िन्दगी में ख़ुश थे क्योंकि और कोई विकल्प नहीं था। फ़ौज में सिपाही की नौकरी या रेलवे में कोई छोटी-मोटी नौकरी करने वाले सम्पन्न लोग माने जाते थे। मुम्बई की किसी मिल का मज़दूर तो सम्पन्नता के पैमाने पर बहुत ऊपर था। यह परदेसी जब गाँव आते तो उनके घर-परिवार में अच्छे कपड़ों की बहार आ जाती। लेकिन किसी को इन मामूली ख़ुशियों से कोई ख़ास जलन नहीं होती थी। होली का त्यौहार मेरे गाँव की सामुदायिकता का, अपनेपन का सबसे बड़ा अवसर होता था। बसन्त पंचमी के दिन शाम को गाँव के पूरब, गूलर के पेड़ के नीचे रेंड़ का एक पेड़ गाड़ दिया जाता था। अरंडी को हमारे गाँव में रेंड़ कहते हैं। बसन्त पंचमी से होली के बीच चालीस दिन पड़ते हैं। इन चालीस दिनों में गाँव के सत्रह-अठारह साल के नौजवान योजना बनाकर रात में निकलते थे। आसपास के गाँवों से किसी के खेत या बाग में पड़ी सूखी लकड़ी उठा लाते थे। अगर पकड़े जायें तो छोड़कर भागना पड़ता था। कुछ लोग मारपीट भी कर देते थे। उसकी परवाह किसी को नहीं होती थी। लेकिन गाँव में हँसी ख़ूब उड़ाई जाती थी और क्षमता पर सवाल उठाये जाते थे। होली के लिए लकड़ी का इन्तज़ाम गाँव में भी हो सकता था लेकिन होली के लिए ज़्यादा से ज़्यादा लकड़ी जुटाना गाँव के ताज़ा-ताज़ा जवान हुए लोगों की मर्दानगी से भी जोड़ा जाता था। मेरे बचपन में लल्लू पाण्डे की बहादुरी का ज़िक्र हर साल होली पर होता जो लकड़ी इकट्ठा करने वालों के आदर्श थे। हुआ यह कि जब लल्लू पाण्डे अपने हमजोलियों के साथ लकड़ी जुटाने गये तो जो लकड़ी का कुन्दा सर पर उठाकर ला रहे थे, उसमें मधुमक्खी का छत्ता था। रात में दिखा नहीं। जब कुछ दूर चले आये तो मधुमक्खियाँ डिस्टर्ब होकर लल्लू पाण्डे को काटने लगीं। लेकिन धुन के इतने पक्के थे कि कुन्दा फेंका नहीं, लाकर होली वाले रेंड़ के पेड़ पर ही गिराया। तब तक उनके शरीर के हर अंग को

मधुमक्खियाँ काट चुकी थीं। सुबह पूरा शरीर सूज गया था लेकिन लल्लू पाण्डे मेरे गाँव शोभीपुर के नौजवानों की कई पीढ़ियों के हीरो बन चुके थे।

पूनम की रात जब लोग होली जलाने जाते तो पूरे गाँव के लोग साथ-साथ जाते थे। अगले दिन होली खेली जाती थी। दोपहर के पहले पानी में मिट्टी घोल कर होली खेली जाती थी और दोपहर बाद रंग से। सभी जातियों के घरों में लोगों की भौजी, काकी, फुआ होती थीं। सबसे होली खेली जाती थी। मेरी सबसे पुरानी याद दलित जाति की जग्गी फुआ के ऊपर रंग फेंकने की है।

मेरी यादों के उस गाँव में किसी की बेटी की शादी हो, लगता था कि सबकी बेटी या बहन की शादी है। सब के घर से चौका, बेलना, खटिया, दरी, तकिया, चादर, हंडा जमा हो जाता था। कुछ ज्ञानी मर्द रसेदार सब्ज़ी बनाने का जिम्मा लेते थे और जितनी बार की मुझे याद है, सब्ज़ी बर्बाद करके ही मानते थे। ब्राह्मण लोग बनाते तब जाकर इज़्ज़त बचती थी। बारात तीसरे दिन विदा होती थी। दूसरे दिन भतखई होती थी, जिसमें दूल्हे के बाप को कुछ पैसे दिये जाते थे। हँसी-मज़ाक़ का सिलसिला चलता रहता था। उसी शाम खिचड़ी पर दूल्हे मियाँ के नाज उठाये जाते थे। गाँव के हर परिवार से एक रुपये, दो रुपये, उनको दिये जाते थे। जब लड़की विदा होती तो पूरे गाँव की औरतें रोती थीं और मर्दों की भी आँखें नम होती थीं।

किसी के यहाँ बच्चा पैदा होने पर पूरा गाँव ख़ुशी मनाता था और कम उम्र के नौजवान की मौत हो जाये तो लगता था कि पूरे गाँव पर वज्र टूट पड़ा है। मुझे चौहान ठाकुरों के बेटे राम कुबेर सिंह, दलित परिवार के राम प्यारे और परिहार ठाकुरों के तूफ़ानी सिंह की मृत्यु के बाद का अपना गाँव कभी नहीं भूलेगा। लगता था कि पूरे गाँव पर मुसीबत आ गयी है। मेरे छोटे बहनोई की मृत्यु 1977 में हो गयी। मेरी बहन मुन्नी के साथ बैठी, तकलीफ़ में डूबी, मेरे गाँव की काकी, आजी, बहन, फुआ की शक्लें मेरे लिए कभी न भूलने वाली यादें हैं।

सब की ख़ुशी और सब की तकलीफ़ में शामिल होना मेरे गाँव की पहचान हुआ करती थी लेकिन इस बार जब मैं दस दिन अपने गाँव में रहा तो मुझे लगा कि छिटपुट सम्पन्नता तो आयी है लेकिन मेरे गाँव की अपनैती पता नहीं कहाँ लुट गयी है।

13 जुलाई, 2012

पुदई तिवारी

जब भी मानसून की पहली झमाझम बारिश होती है, मुझको अपने गाँव के आदरणीय बुज़ुर्ग स्व. पुदई तिवारी की बहुत याद आती है। वे हमारे बाबू के मित्र थे और हमारे गाँव के मानिन्द किसान थे। उनका सरकारी नाम तो राम सेवक तिवारी था लेकिन हर जगह उनको पुदई तिवारी नाम से ही पहचाना जाता था। यह लोग हन्या तिवारी हैं और ब्राह्मणों की अगली क़तार के माने जाते हैं।

एक कहावत है कि 'तेरह कातिक तीन अषाढ़'। जब बारिश के पानी के सहारे खेती होती थी, ट्यूबवेल नहीं थे, रबी में जौ, गेहूँ, मटर की सिंचाई कुओं के पानी या तालाब के पानी से होती थी, तब इस कहावत का बहुत मतलब होता था। आम तौर पर आर्द्रा लगते ही मानसून की बारिश शुरू हो जाती थी, और वह बारिश झूमकर होती थी। खेतों में पानी भर जाता था। ताल-तलैया भी पानी से भर जाते थे। आम तौर पर आर्द्रा जून के अन्तिम सप्ताह में 22 जून के आसपास लगती थी। आषाढ़ के महीने में लगने वाली आर्द्रा को मानसून की आमद की घण्टी माना जाता था। चैत की दँवाई के बाद, जेठ दशहरे के क़रीब एक महीने पहले किसानों के हलवाहे अगर कहीं और काम करना चाहते थे तो अपने किसान को नोटिस दे देते थे। जेठ दशहरे के दिन नये हलवाहे काम सँभाल लेते थे। मानसून आने के साथ ही तीन दिन के अन्दर धान की बुवाई पूरी हो जाती है इसलिए आषाढ़ के तीन दिन किसान के लिए बहुत ही महत्त्वपूर्ण माने जाते हैं। अगर इन तीन दिनों में कोई अड़चन आ गयी तो आषाढ़ी खेती की मुख्य फ़सल धान की कोई पैदावार नहीं मिलती थी।

ऐसे में 1965 में ऐन आर्द्रा के दिन हमारा बैल मर गया। हमारे हलवाहे दूलम थे। वे रोते हुए आये। हम चारों भाई-बहन भी बहुत दुखी थे। आषाढ़ में नया बैल ख़रीदने में भी थोड़ा समय तो लग ही जाता। वैसे भी आषाढ़ की शुरुआत में कोई भी बैल नहीं बेचता था। यह शाम की घटना है। रात में झूमकर पानी बरसा। खेतों में पानी भर गया। उन दिनों धान की बुवाई के लिए पानी से भरे खेत में ही हल चलाये जाते थे। पानी सूखने के पहले बीज खेत में पड़ जाने चाहिए थे। सुबह खेतों में हल चलना था, लेकिन हमारे यहाँ तो बैल ही नहीं था। सवेरे हमारे दूलम दौड़ते हुए आये और माई को बताया कि अपने खेत में पुदई तिवारी के हल चल रहे हैं। तिवारी जी हमारे बाबू के हमउम्र भी थे और दोस्त भी थे। हुआ यह था कि सारे गाँव को पता चल गया था कि हमारे बैल नहीं हैं। लिहाज़ा हमारी धान की बुवाई की सम्भावना बिल्कुल नहीं थी। बाद में रोपाई की जा सकती थी लेकिन तब तक धान की नहीं जड़हन की रोपाई का रिवाज़ था। आर्द्रा की पहली बारिश में लोग अपने-अपने खेत में धान की बुवाई कर रहे थे लेकिन पुदई तिवारी ने अपने खेतों को दरकिनार करके अपने हल हमारे खेत में भेज दिये थे। ज़ाहिर है, दोस्ती निभाने के चक्कर में उनको घाटा हुआ होगा लेकिन उनकी शख़्सियत की बुलन्दी ही थी कि उन्होंने अपने दोस्त को प्राथमिकता दी।

हमारे घर में जब भी कोई परेशानी आती थी, तिवारी जी खड़े रहते थे। हमारे गाँव में सबसे अधिक ज़मीन उनके पास थी। खेती के बल पर शान से रहते थे। उनके बड़े बेटे, राम मिलन तिवारी मुझसे उम्र में बड़े हैं। जब मैं छठवीं में पढ़ने गया तो वे दसवीं जमात में थे। स्कूल में जब भी कोई मुझे परेशान करता, वे तुरन्त उसको धमका देते थे। हाई स्कूल के इम्तिहान के दौरान मैं बहुत बीमार हो गया। राम मिलन के रिश्तेदार और उनके हमउम्र माननीय उमाकान्त मिश्र के घर पर मैं रात में जाकर पढ़ाई करता था। बहुत मदद की उन्होंने। क़िस्मत ऐसी थी कि परीक्षा शुरू होने के एक महीने पहले मैं बीमार हो गया। टाइफॉयड हो गया था। जिस दिन इम्तिहान का पहला पर्चा था उसके तीन दिन पहले मैं ठीक होकर घर आया। सबको उम्मीद थी कि मैं उस साल इम्तिहान नहीं दूँगा लेकिन मेरे

पिताजी ने कहा कि जब आ गये हैं तो इम्तिहान दे देना चाहिए। बेलहरी में मेरा कॉलेज था। वहीं सेंटर भी था। नदी पार करके जाना होता था। मैं साइकिल चलाने की स्थिति में नहीं था। पैदल चलना भी पहाड़ था लेकिन बाबू ने फ़ैसला कर लिया और पुदई तिवारी ने मुझे पालकी पर बैठाकर परीक्षा केन्द्र तक भिजवा दिया।

मेरे बचपन की जो यादें हैं, उनमें एक यह भी है कि पुदई तिवारी के घर जब-जब गया, दही खाकर ज़रूर आया। रात भर उपरी की आग में पके बादामी रंग के दूध की दही आज भी यादों में ताज़ा है। अब वे इस दुनिया में नहीं हैं, लेकिन अब भी उनके यहाँ जाता हूँ तो उनके बेटे पण्डित राम मिलन के साथ बैठकर दही ज़रूर खाता हूँ। इस बार पण्डित उमाकान्त मिश्र के साथ गया था, भरपेट दही खाया और बचपन की सुनहरी यादों में डुबकी लगाता रहा। पं. राम मिलन तिवारी अभी भी मुझे अपना सगा मानते हैं इसलिए जब हमारे बच्चों के बारे में सुनते हैं तो बहुत ख़ुश होते हैं। अपने बच्चों को उन्होंने बहुत अच्छी शिक्षा दिलवाई है और बच्चे जीवन में बहुत अच्छा कर रहे हैं।

मामिला बाबा

आज मामिला बाबा की बहुत याद आ रही है। दुबले-पतले, साँवला रंग, मुँह में एक भी दाँत नहीं, सफ़ेद धोती-बनियान पहने मामिला बाबा भलमनसी की मूर्ति थे। मेरे बाबू उनको मामिला काका कहते थे। वे उन भाग्यशाली लोगों में से थे जिनके पिता सौ साल तक जीते हैं। जब उनके पिता की मृत्यु हुई तो वे क़रीब सत्तर साल के थे। उनके पिता जी को गाँव में सभी चश्मा बाबा कहते थे। चश्मा लगाते थे इसलिए चश्मा बाबा हो गये। मामिला बाबा का भी असली नाम कुछ और था लेकिन हर समस्या में धीरज से रहते थे और सही सलाह देते थे इसलिए उनका नाम मामिला हो गया। मामिला बाबा को मैं अपने शुभचिन्तक के रूप में याद रखता हूँ। बचपन में जब उनके परिवार के दबंग बच्चे मेरी पिटाई कर देते थे तो मैं रोते हुए अपने घर शिकायत करने नहीं आता था। डर रहता था कि कहीं घर वाले उनके साथ खेलने से मना न कर दें। पिटने के बाद मैं मामिला बाबा के पास पहुँच जाता था और मुझे पीटने वाले बच्चे डाँट खा जाते थे। केस ख़त्म। उन्होंने एकाध बार मुझसे कहा कि तुम भी जवाब में पीट दिया करो। मैंने उनकी सलाह सर-आँखों पर ली और उस पर अमल करने के बाद मेरी पिटाई नहीं हुई। मैं भी दबंग के रूप में स्वीकार कर लिया गया।

मामिला बाबा के छोटे भाई का नाम पौदरिहा था। वैसे उनका नाम भी कुछ और था लेकिन वे भी नामभ्रंश के शिकार थे। उनके साथ यह हुआ कि एक बार वे गाँव की किसी बारात में गये थे। शादियाँ ज़्यादातर गर्मियों में ही होती थीं। वहाँ जनवासे में वे एक कुएँ की पौदर के पास खटिया डालकर

दुपहरिया नेवार रहे थे। घराती लोग जब कुछ नाश्ता-पानी लाते थे तो आपस में बात करते थे कि अरे भाई, पौदरिहा को भी कुछ खिलाओ-पिलाओ। बस, उसी बारात से लौट कर उनके हमउम्र और छोटे मर्दों ने उनको इस नाम से सम्बोधित करना शुरू कर दिया। उनके एक चचेरे भाई थे। वे सन् 1910 में यू.पी. पुलिस में कान्स्टेबल के रूप में भर्ती हुए थे। उनका नाम पूरे गाँव-पवस्त में टिबिल सिंह हो गया था। नेवता-हँकारी सब इसी नाम से आता था। सिर्फ़ ज़मीन के रिकॉर्ड में उनका सरकारी नाम लिखा था।

आज पीछे मुड़ कर देखता हूँ तो लगता है कि बहुत सारे ऐसे लोग थे जिनके जन्म के नाम कुछ और थे लेकिन लोक व्यवहार में उनके व्यक्तित्व या उनके किसी काम के हवाले से नया नाम दे दिया जाता था। इसके बहुत सारे कारण रहे होंगे लेकिन एक कारण यह भी था कि गाँव में आने वाली दुलहिनें किसी उम्रदराज मर्द का नाम नहीं ले सकती थीं। किसी बच्चे के बाबा या काका कहकर काम चलाने का रिवाज़ था। ज़्यादातर लोग खेती का ही काम करते थे लेकिन अगर कोई कुछ और काम करने लगता था तो उसके काम से जोड़कर उसका नाम रख दिया जाता था। कई लोगों को तो मालूम ही नहीं होता था कि उनका कोई नया नाम रख दिया गया है। मसलन जो फ़ौज में भर्ती हो गये थे उनको मेरी माई पलटनिहाँ कहती थीं। एक ठाकुर साहब का नाम दर्ज़ी था। मेरी मौसी के गाँव में घोड़हा और सैकिलिहा भी थे। यानी जिनके पास घोड़ा था वे घोड़हा और साइकिल वाले सैकिलिहा।

बहरहाल मामिला बाबा ने कभी किसी को तकलीफ़ नहीं पहुँचायी। उनके पिता चश्मा बाबा के जीवनकाल में ही उनके कई लड़के सरकारी नौकरियों में इज़्ज़त का मुकाम हासिल कर चुके थे। खेती-बारी तो ज़्यादा नहीं थी लेकिन उनका परिवार गाँव के सम्पन्न परिवारों में गिना जाता था। उनकी मृत्यु के बाद तो उनके सभी बेटे अपनी-अपनी राह चल पड़े। उनके दूसरे बेटे ने हमारे इलाक़े में सबसे पहले केमिस्ट्री में एम. एस. सी. किया, पीएच.डी. की और टी. डी. कॉलेज जौनपुर में लेक्चरर बने। उन्होंने ही गर्मी की छुट्टियों में मुझे अंग्रेज़ी वर्णमाला का ज्ञान कराया था। पढ़ाई पूरी करके जब मैं लेक्चरर पद के लिए उम्मीदवार बना तो मुझे लेकर

गोरखपुर विश्वविद्यालय गये और सहारा दिया। जब मैं लेक्चरर की नौकरी पा गया तो मामिला बाबा ने मुझे गले लगाकर आशीर्वाद दिया था। उनकी याद इसलिए भी आती रहती है कि वे गाँव की भलमनसी की ज़िन्दगी के शलाका पुरुष थे। उनके जाने के बाद हमारा गाँव बिखरना शुरू हो गया। आज तो ज़्यादातर लोग पड़ोसी की तरक़्क़ी से सन्ताप पाते हैं और तकलीफ़ में रहते हैं।

दीवाली और बिरजू फुआ

दीवाली के दिन जब मुझे अपने गाँव की याद आती है तो उसके साथ ही बिरजू फुआ की याद आती है। दीवाली के दिन उनके घर खाना पहुँचाना मेरे बचपन का एक ज़रूरी काम हुआ करता था। बाद में मेरी छोटी बहन मुन्नी ने यह काम सँभाल लिया। बिरजू फुआ के घर आस-पड़ोस के कई घरों से खाना जाता था। उनका पूरा नाम बृजराज कुँवर था। बिरजू फुआ के पिता गाँव के सम्पन्न ठाकुर साहेब थे और वे उनकी इकलौती बेटी थीं। उनके पिताजी ने सन् पैंतीस के आस-पास बड़ी शानो-शौक़त के साथ सरुआर में उनकी शादी कर दी थी। सरुआर उस इलाक़े को कहते हैं जो अयोध्या से सरयू नदी पार करने के बाद पड़ता है। यह गोंडा ज़िले का लकड़मंडी के बाद का इलाक़ा है। उसको सम्पन्न क्षेत्र माना जाता था। पिता ने काफ़ी मेहनत से योग्य वर ढूँढ़कर बेटी की शादी की थी, लेकिन उनकी ससुराल में बनी नहीं और वे नाराज़ होकर वापस मायके चली आयीं। बाप ने बेटी को गले लगाया और वे यहीं रहने लगीं। कुछ वर्षों बाद उनके पिताजी की मृत्यु हो गयी। उसके बाद तो वे माँ को अकेली छोड़कर जाने की सोच भी नहीं सकती थीं। यहीं की हो कर रह गयीं।

बिरजू फुआ अगर पढ़ी-लिखी होतीं, अपने अधिकार के प्रति सजग होतीं तो भी बहुत फ़र्क़ नहीं पड़ता क्योंकि अवध के ग्रामीण इलाक़ों में बाप के भाई-भतीजे बेटी को फ़ालतू समझते हैं, उसे ज़मीन में उसका हक देने को तैयार नहीं होते। बिरजू फुआ के पिता की मृत्यु के बाद उनके खानदान वालों ने तिकड़म करके उनकी ज़मीन अपने नाम करवा ली। थोड़ी-बहुत ज़मीन उनकी माँ को मिली, लेकिन वह भी 1974 में चकबन्दी के दौरान

हड़प ली गयी। अब सम्पत्ति के नाम पर उनके पास उनका पुराना घर बच गया, जो गिरते-पड़ते झोंपड़ीनुमा हो गया था। माँ-बेटी उसी में रहती थीं। जब तक ज़मीन थी तब तक किसी से हल-बैल माँग कर कुछ पैदा हो जाता था लेकिन ज़मीन चली जाने के बाद उन्होंने बकरियाँ पाल लीं। बकरी पालने के लिए उन दिनों खेत होना ज़रूरी नहीं था। पेड़ की झलासी, जंगली पेड़-पौधों की पत्तियाँ, खाकर भी बकरियाँ पल जाती थीं। बकरियों का दूध बेचकर उनका रोज़मर्रा का काम चलता था। बकरी के बच्चे बेचकर कपड़े-लत्ते ले लिये जाते थे।

जब उनकी माई मर गयीं तो बिरजू फुआ पर वज्र टूट पड़ा। उसके साथ-साथ ही बकरियाँ भी सब ख़त्म हो गयीं। हालाँकि उस समय उनकी उम्र साठ साल से कम नहीं रही होगी लेकिन भावनात्मक रूप से पूरी तरह अपनी माई पर निर्भर थीं। माँ के जाने के बाद उनको दिलासा देने वाली बड़ी-बूढ़ी महिलाओं ने समझाया कि परेशान मत होइये। गाँव है, सब अपने ही तो हैं। ज़िन्दगी की नाव पार हो जायेगी।

उनकी ज़िन्दगी अब वाकई गाँव के परिवारों के सहारे ही कटने वाली थी। हमारे गाँवों में साल भर किसी-न-किसी के यहाँ कोई-न-कोई प्रयोजन पड़ता ही रहता है। अपने सगे भतीजों के यहाँ तो वे कभी नहीं गयीं लेकिन पड़ोस के कुछ परिवारों ने उनको सँभाल लिया। उनके अपने घर में अन्न का कोई साधन नहीं था लेकिन मज़दूरी कभी नहीं की। ठाकुर की बेटी थीं, मज़दूरी कैसे करतीं? सामन्ती संस्कार कूट-कूट कर भरे हुए थे। पड़ोस के ठाकुरों के जिन घरों में उनसे इज़्ज़त से बात की जाती थी, उनके यहाँ चली जाती थीं। जो भी काम हो रहा हो, उसमें हाथ लगा देती थीं। घर की मालकिन समेत सभी फुआ-फुआ करते रहते थे। जो भी खाना घर में बना होता, उसी में शामिल हो जाती थीं। फिर अगले दिन किसी और के यहाँ। शादी-ब्याह में मंगल गीत गाये जाते थे। ढोलक बिरजू फुआ के हाथ से ही बजती थी। बाद की पीढ़ियों के कुछ लड़के-लड़कियाँ उनको झिड़क भी देते थे। कुछ बोलती तो नहीं थीं लेकिन चेहरे पर दर्द का जो मज़मून दर्ज होता था, वह मैंने कई बार देखा है। उस इबारत का अर्थ मुझे अन्दर तक झकझोर देता था। लेकिन ऐसे बदतमीज़ बहुत कम थे जो उनकी ग़रीबी के

कारण उनको अपमानित करते। हर त्यौहार पर उनके चाहने वाले परिवारों के यहाँ से चुपके-चुपके खाना उनकी झोंपड़ी तक पहुँच जाता था। बचपन के सामन्ती संस्कार ऐसे थे कि परजा-पवन का कोई आदमी-औरत, अगर त्यौहार के दिन उनके यहाँ आ जाये तो उसको खाने को ज़रूर देती थीं क्योंकि उनके यहाँ कई परिवारों से कुछ-न-कुछ आया रहता था। उनके सबसे क़रीबी पड़ोसी और मेरे मित्र तेज़ बहादुर सिंह उनको हमेशा 'साहेब' कहकर ही सम्बोधित करते थे। अपने अन्तिम दिनों में वे चलने-फिरने लायक भी नहीं रह गयी थीं लेकिन अपनी मृत्यु के बाद लावारिस नहीं रहीं। पड़ोस के परिवारों ने उनका अन्तिम संस्कार वहीं किया, जहाँ जवार के राजा-रंक-फ़क़ीर सब जाते थे। ग्रामीण जीवन में अपनेपन के जो बुनियादी संस्कार भरे पड़े हैं, शायद महात्मा गाँधी ने उनका महत्त्व समझा था इसलिए आग्रह किया था कि आज़ादी के बाद देश के विकास का जो मॉडल अपनाया जाये उसमें गाँव की केन्द्रीय भूमिका हो। गाँव को ही विकास की इकाई माना जाये। लेकिन जवाहरलाल नेहरू ने ब्लॉक को विकास की इकाई बनाया और ग्रामीण विकास की राह में नौकरशाही का एक बहुत बड़ा नया ढाँचा तैयार कर दिया। सोचता हूँ कि अगर विकास का गाँधीवादी मन्त्र माना गया होता तो हमारे गाँवों की वह दुर्दशा न होती जो आज हो रही है।

19 अक्टूबर, 2017

धन्यवाद सुप्रीम कोर्ट

उसके गाँव में दीवाली के दिन दाल भरी पूरियाँ, सूरन की मसलही तरकारी, बखीर और कचौरी का भोजन हुआ करता था। माई सुबह से ही यह सब बनाने में जुट जाती थीं। गुड़ में सोंठ डालकर भरन बनायी जाती थी, जो गुझिया में डाल कर बहुत ही स्वादिष्ट लगती थी। शाम को रोंघई कोंहार के यहाँ से आये दिये जलाकर, घूर पर, खेत में, बैलों के खूँटे पर, जुआठ और हल पर, घर में हर कोने में, आँगन में रखे जाते थे। घर की बड़ी-बूढ़ी दिया जलाती थीं, जिसको बच्चे ले जाकर सही जगह पर रखते थे। जहाँ पूजा होती थी, वह जगह सबसे पवित्र होती थी। वहाँ एक बड़ा-सा दिया जलाया जाता था, जो शुद्ध घी का होता था और रात भर प्रकाशमान रहता था। सारे दिये बस कुछ ही मिनटों में बुझ जाते थे। सुबह-सुबह उठकर बच्चे गाँव भर में घूम-घूमकर दिये बटोरते थे जो घर के बहुत छोटे बच्चों के खिलौने के रूप में सँभालकर रख लिये जाते थे। पूरे गाँव में हर परिवार में दीवाली का यही तरीक़ा होता था। कहीं कोई पटाखे नहीं, कोई मोमबत्ती नहीं, कोई झालर नहीं। गाँव में सभी ग़रीब थे, पर किसी को ग़रीब होने का अहसास नहीं होता था। सभी परिवार ख़ुश रहते थे।

एक परिवार के कुछ लोग सरकारी नौकरी में चले गये थे तो उनके यहाँ दीवाली के दिन मोमबत्ती आ गयी। लेकिन वे लोग किसी भी परिवार के मन में हीनभावना नहीं पैदा कर सके। बुज़ुर्गों ने उस परिवार के लोगों को ललगंड़िया कहकर निपटा दिया, यानी कुछ पैसे क्या आ गये नक़्शेबाज़ी करने लगे। अब वहाँ भी सब बदल गया है। शहर की नक़ल करने के चक्कर में गाँव लुटा जा रहा है।

सोलह साल की उम्र में वह दसवीं पास करके शहर के कॉलेज में दाख़िल हो गया। वहाँ छात्रावास की दीवाली में भी कुछ ख़ास नहीं होता था बल्कि

दीवाली की छुट्टियों में हॉस्टल सूना हो जाता था। सब लड़के अपने-अपने गाँव चले जाते थे।

शहर की दीवाली का अनुभव उसे पहली बार दिल्ली में हुआ। वहाँ हल, बैल, खेत तो थे नहीं इसलिए नॉर्थ एवेन्यू की बरसाती के एक कमरे के उसके घर में दाल भरी पूरी और सूरन की सब्ज़ी बन गयी। शाम को जब किसी दोस्त की बहन अपने बच्चों के साथ आयी तो उसकी समझ में नहीं आया कि यह लोग दीवाली क्यों नहीं मना रहे हैं। जब उसको बताया गया तो शहर में पली-बढ़ी महिला की समझ में बात तुरन्त आ गयी। उन्होंने पहाड़गंज जाकर कुछ खील-बताशे, कुछ मोमबत्तियाँ, आधा किलो मिठाई, लक्ष्मी-गणेश की छोटी मूर्तियाँ ख़रीद कर उनकी दीवाली को शहरी बना दिया।

जब पड़ोसियों के बच्चे पटाखे चलाने लगे और उसके बच्चे टुकुर-टुकुर ताकने लगे तब लगा कि कुछ ग़लती हो गयी है, अब वह शहर में आ चुका है। शहर हर इन्सान को हीन भावना का शिकार बना देता है। दूसरों के बच्चों को पटाखे चलाते देखते हुए उसके बच्चों के चेहरे पर जो भाव थे, वे उसे हर पल ग़रीब बना रहे थे। अगले साल वे लोग सफ़दरजंग एन्क्लेव के एक किराये के मकान में रहने चले गये। वहाँ शहरी दीवाली के हिसाब से मोमबत्तियाँ लगायी गयीं, पूजा हुई, मिठाई आयी, पटाखे लाये गये, लेकिन पड़ोसियों के बच्चों के पटाखों की संख्या बहुत ज़्यादा थी। सब गड़बड़ा गया। बच्चे इस बार भी अपने को कमतर पा रहे थे।

अगले साल ज़्यादा पटाखे आये लेकिन तब तक हज़ार, दो हज़ार, दस हज़ार पटाखों वाली लड़ी बाज़ार में आ चुकी थी। व्यापारियों का मोहल्ला था, रात ग्यारह बजे के बाद जब सेठ लोग दूकान बन्द करके आये तो उन्होंने घण्टों पटाखे चलाये और पटाखों की धौंस का मतलब उसकी समझ में आया।

इस साल जब सुप्रीम कोर्ट ने पटाखों पर प्रतिबन्ध लगाया तो उसने सोचा कि अगर सन् अस्सी में यह काम हो गया होता तो वह अपने बच्चों की बेचारगी देखने से बच गया होता। सुप्रीम कोर्ट को धन्यवाद कि उसने देर से ही सही, दिल्ली शहर में रह रहे लाखों लाचार लोगों को हीनभावना का शिकार होने से बचा लिया।

18 अक्टूबर, 2017

आख़िर बाबू ने माना कि माई सही थीं

मेरे बाबू, स्व. लाल साहेब सिंह, आज होते तो 87 साल के हो गये होते लेकिन आज से ठीक 10 साल पहले, 19 फ़रवरी 2001 को चले गये। मकसूदन के पट्टी पिरथी सिंह के सबसे बुज़ुर्ग बाबू साहेब की मृत्यु हो गयी। अवध के सुलतानपुर ज़िले के एक मामूली हैसियत वाले ज़मींदार परिवार में 1924 में उनका जन्म हुआ था। सुलतानपुर ज़िले के राजकुमार ठाकुरों की भदैयाँ शाखा के मकसूदन गाँव वाले मूल परिवार में जन्मे मेरे बाबू के पूर्वज शिक्षित नहीं थे। 1857 में जब अंग्रेज़ों ने सुलतानपुर पर दुबारा क़ब्ज़ा करने के इरादे से हमला किया तो कोई विरोध नहीं हुआ। पहले इस इलाक़े के लोगों ने अंग्रेज़ों के ख़िलाफ़ हथियार उठाये थे। हो सकता है, हमारे पुरखे भी उस लड़ाई में शामिल रहे हों, लेकिन 1861 के बाद जब अवध के पुनर्गठन का काम शुरू हुआ तो ठा. दुनियापति सिंह को मकसूदन की ज़मींदारी मिल गयी। गोमती नदी के किनारे एक टीले पर उन्होंने अपनी गढ़ी बनायी। अंग्रेज़ों को बाक़ायदा लगान देने की शर्त पर मिली यह ज़मींदारी 12 गाँवों की थी। उनके चार लड़के थे और चारों ने उनकी मृत्यु के तुरन्त बाद गाँवों का बँटवारा कर लिया। सबसे छोटे भाई, पिरथी सिंह की सातवीं पीढ़ी में मेरे पिताजी का जन्म हुआ था। बाबू के पिताजी थे तो कुशाग्रबुद्धि, लेकिन शिक्षा उन्होंने भी चहरुम तक ही पायी थी। बाबू बहुत लाड़ले थे। घर में कई बाबा-दादा थे, लिहाज़ा खेल-कूद में ज़्यादा रुचि ली और पढ़ाई बमुश्किल चहरुम तक ही पायी।

देश में उन दिनों महात्मा गाँधी की आँधी चल रही थी लेकिन मेरे गाँव में उसका कहीं कोई पता नहीं था। मेरे गाँव में केवल दो लोगों के

पास सरकारी नौकरी थी। एक डाकखाने में चिट्ठीरसा थे और दूसरे पुलिस में कॉन्स्टेबल। ज़मींदारों के परिवार में कोई नौकरी करने के बारे में सोच भी नहीं सकता था। मेरे परिवार के बारे में कहीं कुछ भी रिकॉर्ड नहीं है। शायद ज़मीन-जायदाद के रिकार्डों में या अवध के ज़मींदारों के बारे में जहाँ लिखा गया है वहाँ कुछ जानकारी मिल जाये।

मेरे बाबू की शादी 13 साल की उम्र में हो गयी थी। मेरी माँ उनसे 2 साल बड़ी थीं और जौनपुर सिटी स्टेशन के पास के गाँव सैदनपुर के किसान ठाकुरों के परिवार से आयी थीं। 1937 में जब मेरी माँ आयीं, उसके बाद का ब्यौरा मैंने सुन रखा है। माई अक्सर अपने बचपन और जवानी के दिनों की बातें किया करती थीं। उन्हें मालूम था कि 1937 में जब उनकी शादी हुई तो देश में 'गान्ही का राज' आ चुका था, यानी गवर्नमेंट ऑफ़ इंडिया एक्ट 1835 के तहत राज्यों में कांग्रेस की सरकारें बन चुकी थीं। जौनपुर और सुलतानपुर के बीच ट्रेन चलने लगी थी, हालाँकि मेरे बाबू की शादी में कोई भी ट्रेन से नहीं गया था। हाथी, घोड़े, ऊँट और बैलगाड़ियों से बारात गयी थी। तीन दिन वहाँ रुके थे और बारातियों का ख़ूब आदर-सत्कार हुआ था। इस आदर-सत्कार का जलवा था कि उसके बाद से मेरी माँ के गाँव की कई लड़कियों की शादी हमारे इलाक़े में हुई।

मेरे नाना अपने इलाक़े के चमेली उगाने वाले बड़े किसान थे, जिनके फूलों का इस्तेमाल जौनपुर के प्रसिद्ध चमेली के तेल में होता था। शिक्षा के बारे में मेरे ननिहाल में भी ख़ास ध्यान नहीं दिया गया था क्योंकि मेरी माँ और मामा लोगों ने भी कोई पढ़ाई नहीं की थी। वैसे जौनपुर शहर के आस-पास के ठाकुरों में शिक्षा का महत्त्व पहचाना जाने लगा था। जौनपुर के तिलक धारी सिंह ने क्षत्रिय हाई स्कूल की स्थापना कर दी थी, जो मेरी माँ के घर से पैदल जाने पर 30 मिनट की दूरी पर था। यह अलग बात है कि मेरी माँ को शिक्षा का महत्त्व मालूम था।

मेरे माता-पिता की शादी के वक़्त देश की राजनीति बहुत गरमा चुकी थी। आज़ादी की लड़ाई उफान पर थी। अवध तालुकेदार कॉन्फ्रेंस हो चुकी थी। जिन्ना ने लखनऊ में दो राष्ट्र के सिद्धान्त का नारा बुलन्द कर दिया था। यूरोप में हिटलर और मुसोलिनी, मैज़िनी और नीत्शे के दर्शन को राजनीति

में लागू करने के लिए कमर कस चुके थे। तभी आया 1942 का साल, जिसने दुनिया में राजनीतिक संघर्ष का व्याकरण ही बदल दिया। भारत की आज़ादी की माँग कर रहे सभी नेता जेलों में ठूँस दिये गये, लेकिन अंग्रेज़ों के वफ़ादार ऐश करते रहे। उनमें से कोई जेल नहीं गया।

दूसरा विश्व युद्ध चल रहा था, लेकिन मेरे पुरखों के घर में सारी बहस इस बात को लेकर थी कि लाल साहेब की शादी को इतने साल हो गये, अब तक कोई औलाद क्यों नहीं हो रही। कई लोगों को शक़ था कि किसी भूत का असर है। बहुत सारे पण्डित-ओझा तलब किये गये। शादी के 8 साल बाद मेरी बड़ी बहन का जन्म हुआ। भला बताइये, मेरी बहन के जन्म के समय मेरी माँ की उम्र कुल 23 साल की थी, लेकिन तब तक उन्हें बाकायदा बाँझ घोषित किया जा चुका था और परिवार के शुभचिन्तक वंश-परम्परा चलाने के लिए दूसरी शादी का सुझाव देने लगे थे। तब तक हिन्दू मैरिज एक्ट 1955 नहीं आया था इसलिए इस प्रस्ताव पर कोई नाराज़गी नहीं थी, लेकिन 1945 में मेरी बहन के जन्म के साथ वह ख़तरा ख़त्म हो गया। उसके जन्म के बाद लोगों को अन्दाज़ा लगा कि देश में हलचल है क्योंकि उसके लिए नये कपड़ों का जुगाड़ करना बहुत मुश्किल पड़ा था। विश्व युद्ध की वजह से मिलों का सारा कपड़ा लाम पर तैनात सिपाहियों के लिए जाता था। देशवासियों को राशन से कपड़ा मिलता था।

1947 में देश आज़ाद हो गया लेकिन उसका मेरे गाँव में कोई असर नहीं पड़ा। हमारे इलाक़े में कोई कांग्रेसी नहीं था, लेकिन यू.पी. ज़मींदारी एबॉलिशन एक्ट लागू होने के बाद मेरे खानदान में आज़ादी का महत्त्व समझा गया। रातों-रात सारी ज़मीन किसानों की हो गयी और फिर तो 'गंधिया' को गाली देने का जो सिलसिला शुरू हुआ वह मेरे बड़े होने तक चलता रहा। दिलचस्प बात यह है कि महात्मा गाँधी की शहादत के 4 साल बाद ज़मींदारी उन्मूलन हुआ था, लेकिन मेरे खानदान को उनकी ताक़त का अन्दाज़ा तभी लगा जब नये निज़ाम में ज़मींदार भी आम आदमी हो गये। मेरा महात्मा गाँधी से परिचय एक ऐसे आदमी के रूप में हुआ जिसने मेरे सभी बाग़ दूसरों को दे दिये थे। मेरी समझ में नहीं आता था कि यह कैसे सम्भव हुआ। बाद में स्कूल जाने पर साबरमती के सन्त के बारे में पता चला

स्कूल से लौट कर जब मैंने बाबू के काका को बताया कि महात्मा गाँधी ने देश को आज़ादी दिलवायी थी तो वे बहुत खफ़ा हो गये। बाबू से शिकायत की कि स्कूल जा कर बच्चा उल्टी-सीधी बातें सीख रहे हैं। उनके बेटे ख़ुद हाई स्कूल में पढ़ते थे, लेकिन उन्होंने कभी घर में गाँधी को बड़ा आदमी बताने की भूल नहीं की थी, इसलिए उनकी पढ़ाई पर किसी को एतराज़ नहीं था।

मेरे उन काका ने दसवीं के बाद पढ़ाई छोड़ दी। मेरे बाबू ने भी मंसूबा बना लिया था कि लड़के को बस दसवीं तक पढ़ायेंगे। ज़मींदारी उन्मूलन के वक़्त मेरे पिताजी की उम्र क़रीब 27-28 साल थी। बहुत ताक़तवर थे। लाठी के ज़ोर से उन्होंने किसानों के नाम शिकमी लगी अपनी बहुत सारी ज़मीन वापस ले ली थी। कई बाग़ हाथ से निकल गये क्योंकि वे 1922 में ही नीलाम हो चुके थे। क़र्ज़ की डिक्री के बाद मकसूदन के कुछ बनियों ने उन बाग़ों को नीलाम करवा लिया था लेकिन क़ब्ज़ा हमारे पुरखों का ही था।

मेरा बचपन इसी अभाव के माहौल में बीता। मेरे बाबू को पता ही नहीं चला कि मैं कब दूसरी जमात में पहुँच गया। उन्होंने मेरी बड़ी बहन को कभी स्कूल की तरफ़ रुख नहीं करने दिया। मुझसे चार साल छोटी बहन को मेरे साथ स्कूल भेजना शुरू किया गया लेकिन बाबू ने उसे भी मिडिल स्कूल नहीं जाने दिया। जहाँ तक मेरा सवाल है, तो मुझे किताबें तब नसीब हुईं जब बाबू को पता चला कि लम्बरदार का बेटा भी दूसरी क्लास में पहुँच गया है। बाबू ने घोषित कर दिया था कि फेल हुए तो पढ़ाई बन्द करवा देंगे। आठवीं में प्रथम श्रेणी में पास होने पर बाबू बहुत ख़ुश हुए और अपने चचेरे भाई धोंधर सिंह से बात कर आये कि अब इसकी बैंक में नौकरी लगवा दें। वे देना बैंक में चपरासी थे। उन्होंने कहा कि लड़का पढ़ने में अच्छा है, अभी पढ़ने दो। बाबू निराश तो हुए लेकिन नौवीं क्लास में नाम लिखवा दिया। वे चाहते थे कि कोई छोटी-मोटी नौकरी कर लूँ तो आमदनी में वृद्धि हो जायेगी। यही नहीं, अगर बड़ा बेटा कुछ काम कर लेगा तो छोटे की ज़िन्दगी बन जायेगी। कहीं पढ़ाई बन्द न हो जाये, इस डर से मैंने इम्तिहान से ठीक पहले टाइफाइड हो जाने के बावजूद दसवीं का इम्तिहान दिया। कमज़ोरी इतनी थी कि मैं चल भी नहीं सकता था लेकिन

बाबू ने आठ कहारों का इन्तज़ाम किया जो बारी-बारी से पालकी उठाकर मुझे परीक्षा केन्द्र तक पहुँचाते थे।

उसके बाद वे किसी क़ीमत पर पढ़ाना नहीं चाहते थे लेकिन माँ की ज़िद के कारण पढ़ाई हुई और मुझे खानदान का पहला ग्रेजुएट होने का सौभाग्य मिला। बाबू बहुत ख़ुश हुए जब मैं डिग्री कॉलेज में लेक्चरर हो गया, लेकिन अपनी ख़ुशी का उन्होंने इज़हार कभी नहीं किया। उसके बाद उनकी कभी नहीं चली। उसके पहले वे दोनों बेटियों की शादी का 'काम' निपटा चुके थे। बच्चों की शादी को वे काम मानते थे, शायद इसीलिए चौदह-पन्द्रह साल की उम्र में सभी की शादी कर ज़िम्मेदारी से मुक्त हो जाना चाहते थे। शिक्षा के महत्त्व को उन्होंने तब समझा जब मेरे कुछ साथी जो सरकार में उच्च पदों पर पहुँच गये थे, घर आकर बाबू के पैर छूने लगे, या जब मेरे बेटे ने आई. आई. एम. में दाख़िला लिया। सिद्धार्थ के एम. बी.ए. करने के अगले साल ही बाबू चले गये।

आज उनकी बहुत याद आ रही है। उनका जीवन इस बात का सबूत है कि माहौल में तरक़्क़ी के सारे लक्षण मौजूद हों फिर भी तरक़्क़ी तब तक नहीं होती जब तक आपके अन्दर वह जज़्बा पैदा न हो। अगर उनकी चली होती तो मेरे बेटे की शादी वे आज से पन्द्रह साल पहले कर चुके होते। लेकिन बाद में उन्होंने स्वीकार किया कि वे ग़लत थे और माई सही थीं। जो लोग ज़मींदारी और सामन्ती परिवेश से वाक़िफ़ हैं उन्हें समझ में आ जायेगा कि यह स्वीकारोक्ति कितनी बड़ी क्रान्तिकारी घटना है।

18 फ़रवरी, 2011

मेरी सरस्वती, मेरी माँ

23 दिसम्बर, 2005 को उम्र के 82 साल पूरे कर वह अन्तिम यात्रा पर निकल पड़ी थीं। अपने छोटे बेटे की गोद में उन्होंने अन्तिम साँस ली। बड़ा बेटा घर की आमदनी बढ़ाने के लिए दिल्ली आ गया था। दो ब्याहता बेटियाँ अपने-अपने घरों में थीं। 22 तारीख़ की रात को एकाएक तबीयत बिगड़ी और रात बीतने से पहले ही उन्होंने अपने उस घर से विदाई ले ली जहाँ वे सन् 1937 में दुलहिन बनकर आयी थीं। वह मेरी माँ हैं। उनकी पुण्यतिथि पर उनकी स्मृति के साथ वे बहुत-सी बातें भी याद आ रही हैं जो ख़ुद उन्होंने बतायी थीं। वे बातें भी याद आ रही हैं जो उन्होंने मुझे या अपने दूसरे बच्चों को नहीं बतायी थीं लेकिन अन्य लोगों से मालूम हो गयी थीं।

जौनपुर सिटी रेलवे स्टेशन सैदनपुर और नयीगंज गाँवों के बीच बना है। आज से क़रीब साठ साल पहले वहाँ कोई रेलवे स्टेशन नहीं था। इन्हीं दोनों गाँवों की ज़मीन अधिग्रहण करके स्टेशन बनाया गया। मेरी माँ के पिताजी इसी सैदनपुर गाँव के थे, जो बहुत ही पुराना गाँव है। लखौरी ईंटों से बने बहुत सारे खँडहर मैंने साठ और सत्तर के दशक में देखे हैं। इस गाँव में माली, कोइरी, अहीर, कुम्हार, दर्ज़ी, दलित आदि जातियों के लोग रहते हैं। मियाँ साहेबान भी थे। मेरे मामा के दोस्त मिर्ज़ा फ़ीरोज़ बेग बड़े किसान थे, लेकिन ज़ैदी परिवार के लोगों ने बहुत पहले खेती करना छोड़ दिया था। मुझे बहुत बाद में पता चला कि गाँव में रहने वाले ज़ैदी वे लोग थे, जिनको जौनपुर शहर में ही नौकरी मिल गयी थी। बाक़ी लोग गाँव छोड़कर जा चुके थे। दिल्ली, लखनऊ, अलीगढ़, मुम्बई जैसे शहरों में मुझे मेरे ननिहाल के ज़ैदी लोग कभी-न-कभी मिलते रहे हैं। गाँव में पढ़े-लिखे

लोगों की दूसरी जाति कायस्थों की थी। लगभग सभी जौनपुर की कचहरी या किसी सरकारी दफ़्तर में बाबू थे। उन लोगों के यहाँ खेती भी होती थी, लेकिन खुद नहीं करते थे। कोइरी या अहीर लोगों को अधिया पर दे रखा था। 1967 में जब मैं पढ़ने के लिए जौनपुर गया तो यही ढाँचा था गाँव का। गाँव के बिल्कुल पश्चिम में ठाकुरों और ब्राह्मणों के घर थे। एक ही ख़ानदान के दो-तीन परिवार थे। अब तो अलग-विलग होकर कई परिवार हो गये हैं।

मेरी माँ के पिता, ठाकुर द्वारिका सिंह सम्पन्न किसान थे। जौनपुर ज़िले में अंग्रेज़ी राज शुरू होने के पहले से ही कैश क्रॉप का चलन था। मेरे नाना भी कैश फ़सलों के किसान थे। उनके कई खेतों में चमेली और परवल होते थे। उनके गाँव में 1955 में सरकारी ट्यूबवेल लग गया था। इसी गाँव में मेरे पूर्वज 1937 में बारात लेकर गये थे। उस समय मेरे पिताजी की उम्र 13 साल थी। मकसूदन के ज़मींदारों की पट्टी पिरथी सिंह के इकलौते वारिस थे। शान से बारात गयी थी। उनके ननिहाल हमीनपुर से उनके नाना दल-बल समेत आये थे। बाराती हाथी, घोड़े और बैलगाड़ियों से गये थे। ऊँटों पर लदकर तम्बू-शामियाने गये थे। बैलगाड़ियों से भी सामान गया था। बारात सुबह 'कौवा बोले' चल पड़ी थी और क़रीब सोलह कोस की दूरी तय करके शाम तक यह लोग पहुँच गये थे। हमारे बाबू के काका, ठाकुर राम आधार सिंह नौजवान थे। उन्होंने मुझे बताया था कि बच्चा की शादी का सारा इन्तज़ाम उनके ही कन्धे पर था। पुद्दन दर्ज़ी बताते थे कि बच्चा की शादी में बहुत लोगों को कपड़े दिये गये थे और वे अपने अब्बा के साथ सिलाई मशीन लेकर क़रीब पन्द्रह दिन पहले से ही आ कर जम गये थे। मुराद यह कि बारात बहुत ही शान-शौक़त से गयी थी।

ज़मींदारों का ज़िक्र होने पर आम तौर पर बहुत धनवान और राजसी शान का तसव्वुर होता है लेकिन हमारे पुरखों के यहाँ रईसी नहीं थी। हर शादी-ब्याह के समय कुछ-न-कुछ ज़मीन ज़रूर बिकती थी। लगान भी कम इकट्ठा होती थी क्योंकि ज़्यादातर रिआया ब्राह्मण थे और उनसे ज़ोर-ज़बरदस्ती नहीं की जा सकती थी। मेरे माता-पिता की शादी होने के तीन साल के अन्दर ही परिवार में कलह शुरू हो गयी थी। मेरे पिताजी के बाबा दो भाई थे। दोनों भाइयों में बहुत अपनापा था लेकिन उनके बच्चों की बहुओं में

बात-बात पर झगड़ा होता रहता था। 1944 आते-आते दोनों भाइयों में अलगौझी हो गयी। छोटे भाई की तो उसी साल मृत्यु भी हो गयी। मेरे समझदार होने पर मेरे गाँव के बुज़ुर्ग चश्मा बाबा ने बताया कि अलग होने के बाद से ये बहुत दुखी रहते थे और कुछ महीने बाद उनकी मृत्यु हो गयी।

ज़मींदारों के परिवार में विवाह होने के बाद भी मेरी माँ की ज़िन्दगी अभावों में बीती। बताती थीं कि जब उनकी शादी हुई तो देश में 'गान्हीं का राज' आ चुका था, यानी गवर्नमेंट ऑफ़ इंडिया एक्ट 1935 के बाद हुए चुनावों में यू. पी. में कांग्रेस की सरकार बन चुकी थी। मेरे परिवार में लोगों ने पढ़ाई-लिखाई नहीं की थी। मेरी माँ ने अपने गाँव में कायस्थ और मियाँ लोगों को पढ़ाई करके तरक़्क़ी करते देखा था, इसलिए वह अपने बच्चों को पढ़ाना चाहती थीं। बड़ी लड़की को तो स्कूल नहीं भेज सकीं लेकिन बाद की औलादों को भेजा। पिताजी पढ़ाई-लिखाई को फ़ालतू चीज़ मानते थे लेकिन माँ की ज़िद चली और मैं पढ़-लिख गया।

उस माँ की याद हमेशा आती रहती है। कोशिश करता हूँ कि उनके बच्चों के बच्चे दिसम्बर के आख़िरी हफ़्ते गाँव में रहें। माँ को याद किया जाये और उनको सच्चे अर्थों में श्रद्धांजलि दी जाये। इन बच्चों को नहीं मालूम कि क्या-क्या पापड़ बेलकर मेरी माँ ने अपनी भावी पीढ़ियों को अशिक्षा के शिकंजे से निकाला है। उनको नहीं मालूम कि एक अकेली औरत की ज़िद के कारण ही इस परिवार में शिक्षा आयी है। हम भाई-बहनों के बेटे ही नहीं सभी बेटियाँ भी उच्च शिक्षा प्राप्त हैं, सभी बहुएँ ग्रेजुएट या पोस्ट-ग्रेजुएट हैं। लड़के उच्च शिक्षित हैं और सम्माननीय काम कर रहे हैं। लेकिन सब की अपनी-अपनी प्राथमिकताएँ हैं। मैं यहाँ महानगर में बैठा अपनी सरस्वती, अपनी माँ को याद कर रहा हूँ।

सुलतानपुर ज़िले का सबसे पुराना प्राइमरी स्कूल

सुलतानपुर ज़िले के पूर्व में शहर से क़रीब 20 किलोमीटर पर गोमती किनारे के गाँव नरेन्द्रपुर में मेरा पहला स्कूल है। प्राथमिक पाठशाला है। यह ज़िले के तीन-चार प्राचीनतम प्राइमरी स्कूलों में से एक है। ईस्ट इंडिया कम्पनी के दिनों में भारत के ग्रामीण इलाक़ों में कहीं कोई सरकारी स्कूल नहीं था। स्कूल तो मुग़लों ने भी नहीं खुलवाये थे। जो भी स्कूल थे, उस समय के समाज-सुधारकों या राजाओं-नवाबों ने खुलवाये थे। महाराष्ट्र में तो महात्मा ज्योतिराव फुले ने 1848 में पुणे में दलित लड़कियों के लिए स्कूल खुलवा दिया था। वे मनीषी थे, दूरद्रष्टा थे, भविष्य देख सकते थे। ऐसे स्कूल देश के अन्य भागों में भी थे। लेकिन हमारा ज़िला इस मामले में भाग्यशाली नहीं था। सुलतानपुर मुग़ल साम्राज्य के अवध सूबे का हिस्सा रहा। यहाँ जितने भी नवाब हुए सब रियाया को लूट-खसोट कर, ऐशोआराम की ज़िन्दगी जीते रहे। इसलिए जब 1857 में कम्पनी राज का विरोध हुआ तो जनता ने नवाबों का साथ नहीं दिया। लेकिन कम्पनी का साथ भी नहीं दिया। 1857 में जब कम्पनी के भारतीय सैनिकों और ज़मींदारों ने अवध की हुकूमत पर क़ब्ज़ा करने के ईस्ट इंडिया कम्पनी के फ़ैसले के ख़िलाफ़ हथियार उठाये तो जनता की मानसिकता आम तौर पर यही थी कि 'कोऊ नृप होउ हमैं का हानी'। 1857 के बाद अंग्रेज़ सरकार ने ईस्ट इंडिया कम्पनी को बेदखल करके भारत को सीधे अपने क़ब्ज़े में ले लिया और उसे ब्रिटिश साम्राज्य का हिस्सा बना लिया। राज-काज चलाने के लिए उन्हें कुछ पढ़े-लिखे लोगों की ज़रूरत थी। आख़िर हर किरानी-खलासी तो इंग्लैंड से आयात नहीं किया जा सकता था। तब अंग्रेज़ों ने भारत में स्कूलों की स्थापना शुरू की।

ध्यान यह रखा गया कि जहाँ-जहाँ ब्रिटिश हुकूमत के वफ़ादार लोग थे उन स्थानों को प्राथमिकता दी गयी। 1857 की बग़ावत के दौरान जिन्होंने अंग्रेज़ों का साथ दिया था वहाँ स्कूल खुले और जिन ज़मींदारों और ताल्लुकेदारों ने विरोध का झण्डा उठाया था उन्हें पेड़ों से लटका दिया गया और उनकी ज़मीन और ओहदे वफ़ादारों को बाँट दिये गये। बताते हैं कि नरेन्द्रपुर गाँव के एक ठाकुर साहब अंग्रेज़ी फ़ौज में मुलाज़िम थे, उन्होंने विद्रोह के दौरान अंग्रेज़ों की बहुत सेवा की थी, इसलिए उनके गाँव में सरकारी स्कूल खुलवा दिया गया और कई गाँवों की बहुत-सी ज़मीन उनके नाम कर दी गयी।

बहरहाल, नरेन्द्रपुर में एक प्राइमरी स्कूल खुल गया। सरकारी रिकॉर्ड के मुताबिक यह स्कूल 1885 में खुला था। उन दिनों इस स्कूल में चहारुम (चौथी क्लास) तक की पढ़ाई होती थी। चहारुम के बाद हमारे बाबा सुलतानपुर के मॉडल स्कूल में मिडिल की पढ़ाई करने गये थे। उनके चचेरे छोटे भाई ठाकुर टुनकी सिंह भी मिडिल पढ़ने सुलतानपुर ही गये थे। उनके दो और सहपाठी साथ गये थे–ठाकुर राम अवध सिंह और काली सहाय सिंह। यह लोग घर से सारा राशन, लकड़ी, आदि लेकर जाते थे। केवल मसाला और नमक शहर में ख़रीदा जाता था। महीने के अन्त में वहाँ से आकर ख़र्च का हिसाब देना होता था। एक बार ख़र्च का हिसाब सही नहीं बैठ रहा था, तो इन लोगों ने लिख दिया कि दो आने का नमक ख़रीद लिया गया। दो आने का नमक यानी दस सेर नमक। राम अवध सिंह के पिताजी हिसाब देख रहे थे। फिरंट हो गये कि इतना नमक कैसे खा गये तुम लोग? ख़ूब डाँट पड़ी। वास्तव में हुआ यह था कि यह लोग घर से हुक़्क़ा-चिलम तो ले गये थे लेकिन तम्बाखू ले जाना भूल गये। दो आने का तम्बाखू ख़रीद लिया गया था। काफ़ी सख़्त चेतावनी मिली और तम्बाखू न पीने की हिदायत के साथ अगले महीने का ख़र्च मंज़ूर हुआ।

यह सारी विभूतियाँ नरेन्द्रपुर के इसी स्कूल के पूर्व छात्र के रूप में पहचानी जाती थीं। इसी स्कूल में मेरे बाबू, बाबा, उनके बाबा यानी सभी लोग पढ़ाई करने जाते थे। इसी स्कूल में हमारे गाँव के चन्द्रमणि तिवारी भी पढ़ने गये थे। वे मेरे बाबू के हमउम्र पं. राम नवाज तिवारी के छोटे भाई थे। मेरे बाबू के दोस्त और मेरे गाँव के बहादुर इन्सान ठाकुर राम किशोर सिंह

भी इसी स्कूल में पढ़ने गये थे। राम किशोर सिंह से क़रीब आठ साल छोटे पण्डित चन्द्रमणि ने उनसे एक बार कह दिया कि ''भइया जब आप चहारुम (चौथी जमात) में रहे होंगे तब मैंने नरेन्द्रपुर जाना शुरू किया था।'' राम किशोर सिंह ने बेसाख़्ता जवाब दिया कि "अद्या डपोरै! हम ग्यारह साल नरेन्दपुर में पढ़े, अव्वल (दर्जा एक) पासै नहीं हुए तो चहारुम कब पहुँच गये?" बाद में उन्होंने बताया कि वे मास्टर आद्या सिंह के बहुत प्रिय शिष्य थे। उनकी घोड़ी को खिलाते थे, उसका खरहरा करते थे, उनका हुक़्क़ा भरते थे और इन्हीं कामों में लगे रहते थे। जब ग्यारह साल की पढ़ाई के बाद उनकी शादी हो गयी तब स्कूल छोड़कर घर गिरस्ती में लग गये। आजकल मेरे चचेरे भाई रमेश कुमार सिंह इस स्कूल के प्रधानाध्यापक हैं।

इसी स्कूल में मैं पहली बार 1957 में पढ़ने गया था। उम्र छह साल की हो गयी थी लेकिन मेरी आजा (मेरे पिताजी की फुआ) स्कूल नहीं जाने देना चाहती थीं। उनकी नज़र में मैं बहुत छोटा था और नाला पार कर के नरेन्द्रपुर स्कूल जाने में ख़तरा बहुत था। मेरे गाँव और नरेन्द्रपुर के बीच में एक नाला है जो बरसात में उफना जाता है। मुझसे उम्र में दो-चार महीने बड़े रघुराज और बद्दू सिंह स्कूल नहीं जाते थे। उन दिनों दूसरी जमात में पढ़ने वाले मेरे गाँव के नन्हकऊ सिंह मुझे चुप्पे से स्कूल ले गये। गाँव से क़रीब दो किलोमीटर दूर है यह स्कूल। मैं खेलने निकला था और नन्हकऊ सिंह मुझे स्कूल लेकर चले गये। बाद में पता चला कि सभी लड़कों को कम-से-कम एक नया विद्यार्थी लाने का टारगेट दिया गया था। उन्होंने मुझे ले जाने का फ़ैसला किया। मेरी माँ और बहन बाद में बताती थीं कि जब मैं घर के आसपास नहीं मिला तो हेरवा पड़ गया। हर कुआँ-इनार ढूँढ़ा गया, तारा-इनारा झाँका गया। परिवार के क़रीबी लोगों को आसपास के गाँवों में भेजा गया। सभी लोग थक-हार कर लौट आये क्योंकि मैं तो किसी और गाँव में था ही नहीं। मेरी तलाश में मेरे बाबू के दोस्त ठाकुर बब्बन सिंह भी गये थे। उन्होंने मुझे स्कूल में देखा लेकिन पकड़ा नहीं। तब तक मेरा नाम लिखा जा चुका था। बब्बन सिंह प्रगतिशील विचारों के थे और शिक्षा के पक्षधर थे, इसलिए उन्होंने घर आकर बता दिया कि पढ़ने गये हैं। खेलि-कूदि के चले आयेंगे। केहू का परेशान होये क ज़रूरत नाँय बा।

लेकिन आजा कहाँ मानने वाली थीं? वे घर की बेटी थीं, बुज़ुर्ग थीं। सरुवार में ब्याही गयी थीं लेकिन जब उनके पति की मृत्यु हो गयी तो वे अपने घर चली आयी थीं। उनके बाबू-काका सब ज़िन्दा थे। उनको वापस नहीं भेजा। नैहर में ही रहीं और शान से ज़िन्दगी बितायी। 1953 में जब उनके बाबू (यानी मेरे बाबू के बाबा) की मृत्यु हो गयी तो वे अपने भतीजे यानी मेरे पिताजी की गार्जियन बन गयीं। जब मेरे नरेन्द्रपुर में पाये जाने की ख़बर मिली तो घर से दूध-दही और खाने का कुछ सामान लेकर मेरी आजा और मेरी बहन स्कूल गयीं और वहीं एक पेड़ के नीचे बैठी रहीं। जब स्कूल में छुट्टी हुई तो वहीं बैठकर खिलाया और तब साथ लेकर घर आयीं। बाद में तो ख़ैर मैं नन्हकऊ सिंह के साथ रोज़ ही स्कूल जाने लगा। यह सब यादें बहुत धुँधली हैं। मेरे लेक्चरर होने के बाद जब मेरी पहली जमात के शिक्षक पण्डित कामता प्रसाद दुबे ने ये बातें बतायीं तो बाइस्कोप-सा नज़र के सामने घूम गया। कभी-कभी सोचता हूँ कि अगर नन्हकऊ सिंह उस दिन मुझे स्कूल न ले गये होते तो मैं भी शायद आठ-नौ साल की उम्र में बद्दू और रघुराज के साथ ही भेजा गया होता। या अगर ठाकुर बब्बन सिंह की जगह कोई और मुझे स्कूल में देखता तो शायद मेरी पढ़ाई वहीं रुक गयी होती। मेरे बाबू के घनिष्ठ मित्र पुदई सिंह, राम कलप सिंह और परमेस्सर पाण्डेय भी मुझे ढूँढ़ने सितम्बर के उस दिन निकले थे लेकिन भाग्य से यह लोग अन्य गाँवों में गये। इनमें से कोई भी अगर मुझको पकड़ पाते तो लाकर आजा के सामने हाज़िर कर देते। शायद तब पढ़ाई दूसरी तरह की हुई होती। अपनी उम्र का अपने गाँव का मैं अपनी क्लास में अकेला विद्यार्थी था। राजमुनि सिंह भी मेरी क्लास में थे लेकिन वे मुझसे दो-तीन साल बड़े थे। उनसे दोस्ती कभी नहीं हुई। इस प्रकार से मैं अपना पहला शिक्षक ठाकुर नन्हकऊ सिंह को और पहला गार्जियन ठाकुर बब्बन सिंह को मानता हूँ और उनको ही प्रणाम करता हूँ।

उसी प्राइमरी स्कूल में पण्डित कामता प्रसाद दुबे के अलावा मेरे शिक्षक थे श्री राज बहादुर गुप्ता, श्री वीरेन्द्र सिंह, श्री राममणि पाण्डेय और श्री अवध नारायण सिंह। बाद में लम्भुआ जाने पर मिडिल स्कूल के शिक्षकों में केश नारायण सिंह, नन्द किशोर सिंह, राम अवध पाण्डेय, और हाई स्कूल

के शिक्षकों में हरिश्चन्द्र शुक्ल, माताप्रसाद पाण्डेय, क्षमानाथ पाण्डेय, शिव बरन मिश्र, मान बहादुर सिंह, कमला प्रसाद शुक्ल की यादें हैं। बाद में तो जौनपुर चला गया। इंटरमीडिएट की पढ़ाई के दौरान सही अर्थों में आज के पब्लिक स्कूलों जैसा माहौल मिला और बाद की ज़िन्दगी में काम आने वाले संस्कार मिले। वहीं डॉ. अरुण कुमार सिंह से मिला जिनके कारण विश्वदृष्टि में नये आयाम जुड़े। आज शिक्षक दिवस पर अपने सारे शिक्षकों को सादर नमन।

5 सितम्बर, 202

राम तजूँ पर गुरु न बिसारूँ

शिक्षक दिवस पर मुझे अपने केवल एक शिक्षक की याद आती है। उन्होंने मुझे बी.ए. में दर्शनशास्त्र पढ़ाया था। आज से 45 साल पहले, मैंने उत्तर प्रदेश के जौनपुर ज़िले के तिलकधारी पोस्ट ग्रेजुएट कॉलेज में बी.ए. के पहले साल में नाम लिखाया था। वहाँ दर्शनशास्त्र के लेक्चरर डॉ. अरुण कुमार सिंह थे। दो साल पहले ही उनकी नियुक्ति हुई थी। इंटरमीडिएट में मैंने तर्कशास्त्र की पढ़ाई की थी, लिहाज़ा फॉर्म में दर्शनशास्त्र भी एक विषय के रूप में भर दिया था। तिलकधारी कॉलेज उन दिनों उस इलाक़े का सबसे अच्छा कॉलेज माना जाता था। आस-पास के कई ज़िलों के बच्चे वहाँ पढ़ने आते थे। हम लोगों का जलवा थोड़ा ज़्यादा था क्योंकि हमने तिलकधारी सिंह इंटरमीडिएट कॉलेज से बारहवीं पास की थी। शिक्षकों के बारे में तब तक हमारी राय बहुत अच्छी नहीं होती थी। हाँ, तिलकधारी सिंह इंटरमीडिएट कॉलेज के प्रिंसिपल बाबू प्रेम बहादुर सिंह बहुत अच्छे थे। उन्होंने पढ़ाई के अलावा खेलकूद, वाद-विवाद और नाटक का बहुत अच्छा माहौल बना रखा था। उनकी प्रेरणा से इंटरमीडिएट सेक्शन के छात्रों और शिक्षकों ने मिलकर जयशंकर प्रसाद का नाटक 'स्कन्दगुप्त' खेला था जो बाद में कई वर्ष तक चर्चा में बना रहा था। वे ही शिक्षकों को आदेश देते थे कि बच्चों को वाद-विवाद प्रतियोगिताओं में ले जाओ, जिसके कारण मुझे बहुत दूर-दूर तक डिबेट में शामिल होने का मौक़ा मिला। लेकिन वे प्रिंसिपल थे, शिक्षक नहीं। जब हम मुकामी छात्र डिग्री कॉलेज में जाते थे तो थोड़ा ठसका रहता था। उसी ठसके के चक्कर में मैंने दर्शनशास्त्र के शिक्षक से सवाल पूछ लिया कि दर्शनशास्त्र की पढ़ाई की क्या ज़रूरत है।

सवाल तफ़रीहन पूछा गया था लेकिन डॉ. अरुण कुमार सिंह ने जिस गम्भीरता से जवाब दिया, उससे मैं बहुत असहज हो गया। वहीं पहली बार सुना कि हर विषय अन्त में जाकर दर्शनशास्त्र हो जाता है। सारे धर्म, सारा विज्ञान, सारी कायनात फ़िलॉसोफ़ी की बुनियाद पर बनी है। बहुत देर तक बात करते रहे। उन्होंने बताया कि फ़िज़िक्स और गणित भी अन्त में दर्शनशास्त्र हो जाते हैं। बहरहाल, जब क्लास ख़त्म हुई तो साथियों ने मेरी ख़ासी धुलाई की कि बेवकूफ़ ने ऐसा सवाल पूछ दिया जिसका जवाब ख़त्म होने वाला नहीं। लेकिन जब अगले दिन उन्होंने फिर अपने पिछले लेक्चर से ही बात शुरू की और दर्शनशास्त्र की महत्ता पर चर्चा करते रहे, तो हमें लग गया कि शिक्षकों की किसी नयी प्रजाति से सामना हो रहा है। स्कॉलरशिप की जो शुरुआत जुलाई 1969 की उस क्लास से हुई, वह आज तक क़ायम है। आज भी पढ़ाई-लिखाई से सम्बन्धित कोई भी बात समझने के लिए मैं उन्हीं डॉ. अरुण कुमार सिंह को याद करता हूँ। कॉलेज की नौकरी करते हुए उन्होंने बहुत सम्मानित जीवन बिताया, प्रिंसिपल भी बने और अब वहीं जौनपुर में रिटायर्ड जीवन बिता रहे हैं। मैंने जो कुछ भी पढ़ा है, या पढ़ता हूँ, उनको ज़रूर बताता हूँ। जब हम बी.ए. में भर्ती हुए थे तो मैं प्रेमचन्द को पढ़ चुका था, ताराशंकर बन्द्योपाध्याय का भारतीय ज्ञानपीठ से विभूषित उपन्यास 'गणदेवता', डॉ. धर्मवीर भारती का 'गुनाहों का देवता', वृन्दावनलाल वर्मा की 'मृगनयनी' पढ़ रखे थे। प्रसाद, निराला, और हिन्दी साहित्य में चंचु-प्रवेश भर था। कबीर, रहीम, मीरा, रसखान आदि को भी थोड़ा-बहुत पढ़ रखा था। किसी भी नॉर्मल शिक्षक को घुमा देने भर की शेखी अपने पास थी लेकिन यह साफ़ अन्दाज़ लग गया था कि अरुण कुमार सिंह को घुमाने की कोशिश की तो ख़ुद घूम जायेंगे। उनसे सीखने के अलावा कोई रास्ता नहीं था। धीरे-धीरे मेरी क्लास के कुछ बच्चे उनके साथ किताबों पर चर्चा करने लगे थे। इस बीच बौद्ध दर्शन की पढ़ाई शुरू हुई। उसका कार्य-कारण सिद्धान्त हम बिल्कुल वैज्ञानिक तरीक़े से समझ रहे थे। उनके साथ कोर्स के अलावा भी किसी भी विषय पर बात की जा सकती थी और अगर किसी विषय पर उन्हें अपनी जानकारी पर भरोसा नहीं होता था तो बेलौस कहते थे कि भाई कल बतायेंगे, पढ़कर आयेंगे

तब बात होगी। अंग्रेज़ी, समाजशास्त्र, इतिहास, धर्मशास्त्र, मनोविज्ञान सभी विषयों के वे विद्यार्थी थे और जो भी पढ़ते थे, अपने छात्रों के साथ उसकी चर्चा करते थे। यह स्वस्थ परम्परा मेरे इसी शिक्षक ने शुरू की थी। हम नियमित रूप से उनके छात्र केवल दो साल रहे लेकिन उनके शिक्षकपन के इतने मुरीद हो गये कि मैं आज भी उनको शिक्षक मानता हूँ। उन्होंने मुझे कई बार बताया कि कुछ विषयों में मेरी जानकारी उनसे ज़्यादा है, लेकिन मैंने आज तक उनसे तस्दीक कराये बिना किसी नयी जानकारी को पब्लिक डोमेन में नहीं डाला है।

पिछले चालीस वर्षों में मैंने बहुत-सी किताबें पढ़ीं, बहुत सारी विचारधाराओं पर चर्चा की लेकिन अपने इकलौते शिक्षक के हवाले के बिना मैंने किसी भी विचार को फ़ाइनल नहीं किया और न ही उस पर बहस की। उनकी कृपा से ही मैंने सार्त्र को पढ़ने की कोशिश की, अस्तित्ववाद के दर्शन को समझने की कोशिश की, अरविन्द को पढ़ा, बर्गसां को पढ़ा, सारे दार्शनिक उनकी वजह से ही पढ़े। बर्ट्रेंड रसेल की शिक्षा, विवाह और नैतिकता को झकझोर देने वाली मान्यताएँ मैंने बी.ए. के छात्र के रूप में पढ़ ली थीं। विल ड्यूरेंट की स्टोरी ऑफ़ फ़िलॉसोफ़ी मैंने बी.ए. पास करने के बाद उनकी निजी लाइब्रेरी से लेकर पढ़ी। दर्शनशास्त्र को इतने बेहतरीन गद्य में मैंने और कहीं नहीं पढ़ा है। बाद में उनकी सीरीज़ 'स्टोरी ऑफ़ सिविलाइजेशन' पूरी की पूरी ख़रीदी। चन्द्रधर शर्मा की पाश्चात्य दर्शन की हिन्दी किताब को भी इसी श्रेणी में रखना चाहता हूँ। उन्होंने ही सिखाया था कि अच्छे शिक्षक का मिशन अपने छात्रों में सही सवाल पूछने की कला को सिखाना विकसित करना होना चाहिए। अगर सवाल सही है तो जवाब तो कहीं भी मिल जायेगा। स्पिरिट ऑफ़ इन्क्वायरी को जगाना अच्छे शिक्षक की सबसे महत्त्वपूर्ण ख़ासियत होनी चाहिए। किसी भी मान्यता को चुनौती देकर, अगर हमसे कहीं ग़लती हो रही है तो अपनी ग़लती स्वीकार करने की तमीज़ डॉ. अरुण कुमार सिंह ने ही मुझको सिखायी थी। उस वक़्त जो सीखा था, वह आदत बन गयी और आज तक बनी हुई है। उसका लाभ यह है कि कभी खिसियाना नहीं पड़ता। पाश्चात्य दर्शन के पर्चे में देकार्त के बारे में जो जानकारी उन्होंने दी, वह उस पर्चे को पढ़ने वाले सभी छात्रों

को हर कॉलेज में मिलती होगी लेकिन अपनी बात कुछ अलग थी। हमने देकार्त के तर्क 'काजिटो अर्गो सम' को बौद्धिक इन्क्वायरी के हथियार के रूप में अपनाने की प्रेरणा पायी और आजतक उसका प्रयोग करके ज्ञान के सूत्र तक पहुँचने की कोशिश करते हैं। उनकी कृपा से ही मैंने किताबें ख़रीदने की आदत डाली। मेरे घर में कई बार बुनियादी ज़रूरत की चीज़ों की भी किल्लत रहती थी लेकिन पढ़ने के प्रति उत्सुकता के कारण किताबें ख़रीदने से बाज़ नहीं आता था।

मैंने अपने जीवन के साथ बहुत सारे प्रयोग किये हैं, लेकिन इस गुरु का ही जलवा है कि आज पूरे विश्व में कोई एक इन्सान नहीं मिलेगा जो कह सके कि शेष नारायण सिंह नाम के आदमी ने उसके साथ अन्याय किया है या धोखा दिया है। मेरे गुरु ऐसे हैं कि आज भी मुझे कुछ-न-कुछ सिखाते रहते हैं, मैं कुछ लिखता हूँ तो उसकी समीक्षा करते हैं, टेलीविज़न पर अगर कोई मूर्खतापूर्ण बात कह दी तो आज भी फ़ोन आ जाता है और मैं अगले ही अवसर पर उसे सुधार लेता हूँ। आज मैं भी पूरे देश के विद्यार्थियों के साथ अपने शिक्षक को बारम्बार प्रणाम करता हूँ।

5 सितम्बर, 2013

मेरी पहली लखनऊ यात्रा

1969 के दिसम्बर महीने में लखनऊ विश्वविद्यालय के राजनीतिशास्त्र विभाग में एक अन्तर-विश्वविद्यालय वाद-विवाद प्रतियोगिता का आयोजन हुआ था। मैंने उस मुक़ाबले में अपने विश्वविद्यालय का प्रतिनिधित्व किया था। कैनिंग कॉलेज के मुझे पहली बार वहीं दर्शन हुए थे। कुल अट्ठारह साल उम्र थी, बी.ए. का छात्र था। बच्चा दिखता था।

उन दिनों लखनऊ यूनिवर्सिटी के राजनीतिशास्त्र के विभागाध्यक्ष प्रो. पी. एन. मसालदान साहब थे। उनके बारे में मैंने अपने किसी शिक्षक से सुन रखा था। गवर्नमेंट ऑफ़ इंडिया एक्ट, 1935 के बाद जो थोड़ी-बहुत ऑटोनोमी मिली थी, उसके बारे में उनका एक लेख मैंने अपने कॉलेज की लाइब्रेरी में ऐसे ही पढ़ लिया था। बहुत पुराना लेख था लेकिन मज़ेदार लगा तो पढ़ गया। मसालदान नाम थोड़ा लीक से हटकर था तो याद रह गया था। उनसे प्रभावित था। प्रतियोगिता शुरू होने से पहले सभी प्रतियोगियों को उनके कमरे में चाय के लिए बुलाया गया था। जब उनका नाम बताया गया तो मैं बेसाख़्ता बोल पड़ा, "सर! मेरी आपसे मुलाक़ात तो नहीं है लेकिन मैंने यूनाइटेड प्रॉविन्सेस के बारे में आपके शोध से सम्बन्धित एक लेख पढ़ा है। आपकी बातें, जो शायद आज़ादी के पहले लिखी गयी थीं, बहुत ही सटीक और prophetic थीं। आज उत्तर प्रदेश में वही हो रहा है, जिसकी आशंका आपने अपने शोध में बतायी थी।"

इसके बाद उन्होंने मुझसे थोड़ी-बहुत बातचीत की और प्रभावित हुए। मैं तो ख़ैर सातवें आसमान पर था। मुझे लगा कि डिबेट में जीतूँ या हारूँ, विद्वान प्रोफ़ेसर से शाबाशी पाने की यह ट्रॉफ़ी सँभालकर रखूँगा। इतने ख्यातिप्राप्त विद्वान से शाबाशी पाने का अपना सुख है।

उन दिनों बहुत चौड़ी मोहरी की बेलबॉटम पतलूनों का फ़ैशन था। एक से एक फ़ैशनेबल लोग कैम्पस में विराजते थे। मैं बहुत ही साधारण कपड़े पहनकर गया था। एक ऊनी कुर्ता और पाजामा। भाग्यशाली इसलिए था कि जब दो-चार तोता रटंत लोगों के भाषण समाप्त हो गये, तब मेरा नम्बर आया। कपड़े ठीक नहीं थे लिहाज़ा हूट हो गया। क़रीब तीस सेकंड तक लोग मज़ाक़ उड़ाते रहे। उसके बाद मैंने कहा—''माननीय अध्यक्ष महोदय, देवियो और सज्जनो!''

मुझे याद है इस शुरुआती सम्बोधन के बाद हॉल में तड़ से शान्ति स्थापित हो गयी। फिर मैंने ब्रह्मास्त्र चला दिया। मैंने कहा, ''मेरे पास जो सबसे अच्छी पोशाक थी, वह पहनकर आया हूँ लेकिन आपके मज़ाक़ का विषय बन गया। कृपया मेरी बात ज़रूर सुनिये क्योंकि अगर मैं हूट होकर चला गया तो आने वाला समय मुझे तबाह कर देगा। आज आप अगर मुझे ध्यान से सुन लेंगे तो मेरा मुस्तक़बिल सँवर जायेगा।''

फिर मैंने संविद सरकारों के प्रयोग पर क़रीब पाँच मिनट का भाषण दिया। बीच में कई-कई बार तालियाँ बजीं। जब मैं मंच से उतर कर अपनी सीट पर बैठने आया तो कई लोगों ने मुझसे हाथ मिलाया। प्रो. मसालदान साहब ने भी बहुत तारीफ़ की और एम. ए. करने के लिए लखनऊ आने को प्रोत्साहित किया। मैं गया नहीं लेकिन बहुत ख़ुशी हुई। पहले नम्बर पर तो लखनऊ विश्वविद्यालय की कोई छात्रा आयी लेकिन मेरा सेकंड आना भी मेरे लिए बहुत बड़ी जीत थी। उस यात्रा से मुझे जो आत्मविश्वास मिला वह आज तक बना हुआ है। सही बात यह है कि बिल्कुल शुद्ध ग्रामीण पृष्ठभूमि से निकला हुआ एक ग्रामीण नौजवान, किसी सरकारी नौकरी की गारंटी के बगैर, अपनी रोज़ी-रोटी कमा पाने में कामयाब हुआ, इसमें उस शुरुआती कॉन्फ़िडेंस बूस्टर का बड़ा योगदान है। शुक्रिया लखनऊ। उसके बाद तो इतनी बार लखनऊ गया कि अब वह शहर अपना ही लगता है।

9 फ़रवरी, 2020

महात्मा गाँधी लोक कला में 'गन्ही महत्मा' बनकर प्रवेश करते थे

अवध में पहले हर जाति की नाच होती थी। गाँव में खेती-बारी करने वाले लोग ही उसमें कलाकार होते थे। शादी-ब्याह में खुद ही नाच लेते थे। पुरुष कलाकार ही गुजरिया (स्त्री कलाकार) का रोल करते थे। आजकल दलित कहते हैं लेकिन साठ साल पहले हरिजन सम्मान-सूचक शब्द था। मेरे गाँव के बाबू साहबान चमार शब्द से ही काम चलाते थे। नाऊ, कहार, धोबी सब जातियों की नाच होती थी लेकिन मुझे सतई बाबा की नाच सबसे अच्छी लगती थी। वे मृदंग बजाते थे। उनको सभी मिरदंगी कहते थे। उसी नाच में हमारे हलवाहे दूलम करेंगा बनते थे। उनका नाम हमने कभी नहीं लिया। हम सभी भाई-बहन उन्हें फुफ्फा बुलाते थे और हमारी नज़र में वही उनका नाम भी था। वे मेरे गाँव के दामाद थे। हुआ यह कि गाँव के सबसे रईस दलित, दुकछोर की बड़ी बिटिया जग्गी फुआ उनको ब्याही गयी थीं। शादी तो चार साल की उम्र में हो गयी थी, लेकिन पन्द्रह साल की होने पर जब गौने गयीं यानी पहली बार ससुराल गयीं तो उनको गाँव पसन्द नहीं आया। दो-चार दिन में वापस आ गयीं। अपने दादा (पिताजी) को बता दिया कि अब हम ससुरे न जाब। दुकछोर बाबा गये और अपने दामाद को लेकर आ गये। घर के सामने वाले बाग़ में उनका भी घर बन गया। कोटे की हरवाही लगवा दी गयी और हमारी जग्गी फुआ अपने घर में ही रह गयीं। हरवाही में दो बिगहा जगीर मिल गयी यानी खेतिहर भी हो गये। बखरी के हल से ही अपनी जगीर भी जोत लेने की सुविधा थी। इस तरह से वे गाँव के दामाद हुए। बड़ी उम्र के लोग उनको गँवहियाँ कहते थे और छोटी उम्र के लोगों के

वे फुफ्फा थे। बड़े ही खुशमिज़ाज इन्सान थे। गाँव की नाच में करेंगा का काम मिला तो इज़्ज़त भी ख़ूब मिली। जब उनकी पीठ पर बोलवाई पड़ती थी तो बहुत तेज़ आवाज़ होती थी। हम लोगों को लगता था कि हमारे फुफ्फा को क्यों मारा जा रहा है लेकिन उसमें कलाकारी का कमाल यह था कि आवाज़ तो होती थी लेकिन चोट नहीं लगती थी। बोलवाई वास्तव में चमड़े का बना एक कोड़ा होता था लेकिन वह बिल्कुल चपटा होता था। करेंगा की जो मिर्जई होती थी, वह मारकीन या गाढ़े के कपड़े की होती थी। उसके पीठ वाले हिस्से को काटकर गोल चमड़े की चकती लगा दी जाती थी। इस सावधानी के चलते ही चोट नहीं लगती होगी लेकिन हमको ग़ुस्सा आता था कि हमारे फुफ्फा मारे जा रहे हैं। बहरहाल फुफ्फा को हम लोग बहुत मानते थे और वे भी हमको बहुत मानते थे। उनके अलावा पूरी नाच में हमको सतई बाबा अच्छे लगते थे। जब मिरदंग बजाते थे तो हमारा बाल मन मुग्ध हो जाता था।

मैंने पहली बार 'गन्ही महत्मा' का नाम उनसे ही सुना था। वे मृदंग पर गन्ही महत्मा बजाते थे। बड़े होने पर और जौनपुर में स्व. मुखराम सिंह के साथ संगीत सुनने पर पता लगा कि जिसको सतई बाबा गन्ही महत्मा कहते थे, वास्तव में वह 'ता धिन धिन्ना' था। लेकिन ज़मींदारी के दौर में महात्मा गाँधी का नाम ग़रीबों के मुक्तिदाता के रूप में स्थापित हो चुका था और समाज के दलित-वंचित समाज ने अपनी कला के सबसे नायाब नमूने को महात्माजी को समर्पित कर दिया था। ज़मींदारों के घरों में तो आज़ादी की लड़ाई में शामिल लोगों को उत्पाती माना जाता था लेकिन ग़रीब लोग उनको सन् बयालीस के बाद से ही मुक्तिदाता के रूप में स्वीकार कर चुके थे। दरअसल दूसरे विश्व युद्ध के दौरान वॉर एफ़र्ट्स के बहाने अंग्रेज़ों ने ज़मींदारों के ज़रिये गाँवों में ख़ूब लूट मचायी थी। शोषित-पीड़ित जनता को उम्मीद थी कि गाँधी जी उस लूट से मुक्ति दिलवा देंगे इसलिए उनका प्रवेश लोक कलाओं में बड़े पैमाने पर हो चुका था। गाँव में सारंगी बजाकर भीख माँगने वाले जोगियों को भी मैंने बचपन में गाँधी जी की शान में भजन गाते सुना है। ख़लील की नौटंकी में भी गाँधी बुड्ढे पर पूरा एक क़सीदा पढ़ा जाता था।

आज़ादी के बाद जब पहला चुनाव हुआ तो इसी ग़रीब वर्ग ने अपनी उम्मीदों को साकार करने की उम्मीद में कांग्रेस के चुनाव निशान 'दो बैलों की जोड़ी' पर लगभग एकतरफ़ा वोट दिया था। बड़ मनई की पार्टी उन दिनों स्वतन्त्र पार्टी और जनसंघ थीं। हमारे इलाक़े में इन पार्टियों के उम्मीदवारों का कोई पुछत्तर नहीं था। मुझे बचपन की धुँधली याद है जब गाँव में भोंपू पर कांग्रेसी गाते हुए निकल जाते थे। नारा था–

दी आज़ादी कांगरेस ने, जंज़ीर गुलामी की तोड़ी,
मोहर हमारी वहीं लगेगी, जहाँ बनी बैलों की जोड़ी

सन् बासठ के चुनाव तक स्वतन्त्र पार्टी तो भुला दी गयी थी लेकिन जनसंघ का उम्मीदवार नोटिस होता था। पार्टी बढ़ रही थी। लोकसभा और विधानसभा के चुनाव साथ-साथ होते थे। बेचू सिंह लोकसभा और उदय प्रताप सिंह विधानसभा के लिए जनसंघ के उम्मीदवार थे। ठाकुरों के गाँव में इन्हीं लोगों को वोट दिये गये थे। कुछ बकलोल टाइप ठाकुरों को उम्मीद थी कि जनसंघ जीत जायेगी तो ज़मींदारी फिर वापस आ जायेगी और उनको शूद्रों पर मनमानी करने का फिर मौक़ा मिलेगा। लेकिन उन दिनों आज़ादी के सभी हीरो कांग्रेस या सोशलिस्ट पार्टियों से ही हुआ करते थे। अन्य किसी पार्टी के उम्मीदवार को ऊँची जातियों के अलावा कहीं कोई पूछने वाला नहीं था।

1962 में चीन की लड़ाई और उसके बाद 63 और 64 का सूखा चारों तरफ़ निराशा लेकर आया। 1966 में दिल्ली में गौहत्या विरोधी आन्दोलन हुआ, कुछ बाबा लोग मरे भी। उसके बाद अयोध्या, प्रयाग और धोपाप के तीर्थस्थानों में बाबाओं ने कांग्रेस के ख़िलाफ़ मोर्चा खोल दिया। उधर कांग्रेस भी कमज़ोर पड़ चुकी थी। जवाहरलाल नेहरू और शास्त्री जी की मृत्यु हो चुकी थी। इन्दिरा गाँधी को सिंडिकेट वाले कांग्रेसी मठाधीश गूँगी गुड़िया के रूप में स्थापित कर चुके थे। अटल बिहारी वाजपेयी एक प्रभावशाली वक़्ता और नेता के रूप में स्थापित हो चुके थे। इस सबके बाद भी 1967 के लोकसभा या विधानसभा चुनाव में हमारे यहाँ जनसंघ के हाथ कुछ नहीं लगा। बाद में चौधरी चरण सिंह ने कांग्रेस को तोड़ दिया। कांग्रेस में अक्खड़ लोग किनारे किये जाने लगे। बड़े पैमाने पर चापलूस भर्ती होने लगे और

1969 के चुनाव में जनसंघ को पहली बार विधानसभा चुनाव में जीतने का मौक़ा मिला। इस तरह गाँधी जी का प्रभाव आम जन के दिमाग़ से बाहर हुआ। वैसे इसमें सबसे बड़ा योगदान कांग्रेसियों का ही है। इन लोगों ने महात्मा गाँधी, जवाहरलाल नेहरू और लाल बहदुर शास्त्री का नाम लेना ही बन्द कर दिया। बैंकों के सरकारीकरण के नाम पर कुछ दिन तो इन्दिरा गाँधी से फ़ायदा हुआ लेकिन बाद में कांग्रेस में चापलूस कल्चर ने जड़ पकड़ ली। आज जो दुर्दशा है उसके लिए यही सब ज़िम्मेदार है।

14 अक्टूबर, 2019

मेरे दोस्त जवाहरलाल बरनवाल

सुलतानपुर-जौनपुर रोड पर सबसे बड़ा क़स्बा लम्भुआ है। आज़ादी के पहले तक एक गाँव था। सड़क कच्ची मिट्टी और कंकड़ की थी। दूसरे विश्व युद्ध के समय रेल लाइन बिछी थी जो लम्भुआ से गुज़रती थी लेकिन वह केवल माल गाड़ी या फ़ौजी गाड़ी के लिए इस्तेमाल होती थी। 1947 के बाद इस लाइन पर सवारी गाड़ी चलने लगी। पहले सुलतानपुर-जौनपुर पैसेंजर (एस. जे.) चलना शुरू हुई तो आस-पास के गाँवों के वैश्य बिरादरी के लोग अपनी दूकानें लेकर लम्भुआ आने लगे। जब मैं 1967 में जौनपुर पढ़ने गया तो एक गाड़ी सुबह जौनपुर जाती थी और वही शाम को वापस आती थी। और जो गाड़ी सुबह जौनपुर से चलकर सुलतानपुर आयी रहती थी, वह शाम चार बजकर चालीस मिनट पर सुलतानपुर से जौनपुर रवाना होती थी। सिंगरामऊ में उसके कोयले के इंजन में पानी भरा जाता था। आजकल सिंगरामऊ स्टेशन का नाम हरपाल गंज कर दिया गया है। बाद में तो डीज़ल का इंजन आ गया लेकिन हमारी पैसेंजर कोयले से ही चलती थी। लम्भुआ से जौनपुर का क़रीब पचास किलोमीटर का सफ़र यह गाड़ी तीन घण्टे में तय करती थी। जब हम जौनपुर सिटी स्टेशन पर उतरते थे तो सफ़ेद कपड़े सिलेटी हो चुके होते थे। उसी दौर में, इस लाइन पर हावड़ा से अमृतसर जाने वाली एक्सप्रेस ट्रेन, 49 अप और 50 डाउन भी चलने लगी थी। जब लम्भुआ में उसका स्टॉपेज हो गया तो बाज़ार की कुण्डली में एक नक्षत्र और जुड़ गया। इस बीच सड़क पर भी काम शुरू हुआ और धीरे-धीरे सुलतानपुर-जौनपुर की सड़क तारकोल वाली हो गयी। उसके बाद लम्भुआ का बाज़ार बड़ा होने लगा। शुरू में इस बाज़ार में शुक्रवार और सोमवार

को ही ज़्यादा ख़रीद-फरोख़्त होती थी, अब बात बदल गयी है। अब तो लम्भुआ तहसील मुख्यालय है। पहले तहसील कादीपुर में हुआ करती थी। आज लम्भुआ बाज़ार नहीं एक छोटा शहर है।

लम्भुआ में एक जे. क्लब है। उसके आजीवन अध्यक्ष हैं जवाहरलाल बरनवाल। शायद 1967 में इस क्लब की स्थापना हुई थी। जवाहरलाल के अलावा क्लब के दो और सदस्य हैं, मास्टर कल्लूराम और अलीमुद्दीन। क्लब के नियमों में लिखा है कि इसकी सदस्य संख्या बढ़ायी नहीं जा सकती। तीन ही सदस्य रहेंगे। बाद के वर्षों में क्लब बहुत लोकप्रिय हो गया। बहुत सारे दोस्तों ने माँग की कि हमको भी सदस्य बनाओ तो नियम में थोड़ी ढील दी गयी। तय हुआ कि स्थायी सदस्य तो नहीं बढ़ाये जा सकते लेकिन लोगों को अस्थायी आमन्त्रित सदस्य के रूप में स्वीकार किया जा सकता है। इस नियम के बाद बहुत सारे सदस्य बने लेकिन सभी अस्थायी आमन्त्रित सदस्य हैं। मुझे भी 1970 में इस क्लब के सदस्य के रूप में स्वीकार कर लिया गया था। सत्तर का दशक क्लब के सदस्यों का स्वर्णयुग है। ज़्यादातर लोगों को इसी दौर में नौकरियाँ मिलीं, बहुत सारे लोगों की शादियाँ हुईं, ज़्यादातर लोगों के यहाँ बाल-बच्चे हुए। क्लब के अध्यक्ष जवाहरलाल बरनवाल को एमरजेंसी लगने के बाद गिरफ़्तार किया गया। याद नहीं पड़ रहा कि मीसा में पकड़े गये थे कि डी. आई. आर. में। किसी मुकामी कांग्रेसी नेता से उनकी अनबन हो गयी थी जिसने उनको इन्दिरा गाँधी का विरोधी बताकर बन्द करवा दिया था। इन्दिरा गाँधी के विरोधी तो वे थे लेकिन किसी राजनीतिक गतिविधि से उनका कोई लेना-देना नहीं था। नेता के मुकामी रंग को चमकाने के लिए यह कारस्तानी हुई थी। जवाहरलाल की बिसातखाने की दूकान थी। साबुन-तेल आदि मिलता था। इलाक़े के पढ़ने-लिखने वाले ज़्यादातर नौजवान उनके ग्राहक थे। कभी कुछ पैसा कम पड़ गया तो उधार हो जाता था। उनके यहाँ उधार लेने वाले कुछ लोग इंटरमीडिएट के बाद ही प्राइमरी स्कूल में मास्टर हो गये, कुछ लोग बी.एड. करके इंटर कॉलेजों में शिक्षक हो गये, कुछ लोगों ने एम. ए. में प्रथम श्रेणी ली और डिग्री कॉलेजों में नौकरी पा गये। कुछ लोग वकील हो गये और कुछ दिल्ली-मुम्बई चले गये। मुराद यह कि जे. क्लब के ज़्यादातर सदस्य उस इलाक़े के लिहाज़ से

अच्छी नौकरियों में जम गये। उसके बाद कुछ लोगों ने उनकी दूकान का पुराना उधार चुकता कर दिया और नियमित नक़द ख़रीदारी करने लगे। कुछ महान आत्माएँ ऐसी भी थीं, जिन्होंने पुराना तो अदा किया नहीं बल्कि नयी ख़रीदारी के लिए दूसरी दूकान पकड़ ली। सबको पता है कि क़स्बे की दूकानदारी की बुनियाद नया-पुराना करते रहने में होती है और अगर पुराना उधार अटक जाये तो काम गड़बड़ा जाता है। उनके साथ भी यही हुआ। धीरे-धीरे दूकान से माल टूटने लगा। उधार वाला रजिस्टर मोटा होता गया और दूकान कमज़ोर होती गयी लेकिन अध्यक्ष ने हार नहीं मानी। किसी पुराने साथी से राह चलते तकादा नहीं किया। इस बीच उनका बेटा पढ़ाई-लिखाई कर रहा था। वह तैयार हो गया। काम का रास्ता बदल दिया और आज अध्यक्ष का बुढ़ापा सम्मान से बीत रहा है।

यह अध्यक्ष अजीब आदमी है। कभी भी हार नहीं मानता। सबके मुँह पर खरी-खरी कह देता है। जिससे दोस्ती की, कभी अपनी तरफ़ से नहीं तोड़ी। अगर कोई किसी कारण से अलग हो गया तो हो जाये, उसकी परवाह नहीं की। जिसने पंगा लिया उसको पूरी तरह इग्नोर कर दिया। शान से जीने का आदी 75 साल का यह जवान आज भी उसी ज़िन्दादिली के साथ जमा हुआ है। जवाहरलाल से मेरी बहुत अपनैती है। इनका मूल गाँव मकसूदन है, जो मेरे पुरखों का भी गाँव है। सैकड़ों साल से इनके और हमारे परिवार के बीच में अपनापा है। यह गाँव गोमती नदी के किनारे बसा हुआ है। मेरा पुराना घर तो ठीक नदी किनारे है, इनका घर बाज़ार में है। मकसूदन गाँव में गोमती जी घूमती हैं और अर्धचन्द्राकार होकर नानेमऊ की तरफ़ चली जाती हैं। पापर घाट से मकसूदन तक नदी का बहाव बिल्कुल सीधा है लेकिन हमारी घरुही से मुड़कर अर्धचन्द्राकार हो जाती हैं। बाद में दियरा और धोपाप होती हुई जौनपुर चली जाती हैं। पहले जब सड़कें नहीं होती थीं तो नाव में लादकर व्यापार का सामान नदियों के रास्ते ही लाया जाता था इसलिए ज़्यादातर व्यापारिक केन्द्र नदियों के किनारे ही हैं। पुराने समय में हमारे इलाक़े में मकसूदन, दियरा, बरवारीपुर आदि बहुत बड़े बाज़ार हुआ करते थे। दियरा तो थोड़ा बचा हुआ है लेकिन मकसूदन उजड़ गया। गाँव तो अब भी है लेकिन बाज़ार नहीं है। अब हमारे यहाँ के बरनवाल लोग

लम्भुआ, सुलतानपुर, कानपुर आदि बाज़ारों में शिफ्ट हो चुके हैं और अपने कारोबार की वजह से पहचाने जाते हैं। जवाहरलाल का शानदार मकान अब भी गाँव में है लेकिन अब गाँव के एक बाबू साहब को दे दिया गया है। जवाहरलाल अब लम्भुआ में रहते हैं। उनके कई भाई भी लम्भुआ में अपने घर बनवा चुके हैं।

आज़ादी मिलने से पहले हमारे इलाक़े में हाई स्कूल नहीं था। कादीपुर तहसील में शायद छीतेपट्टी में इंटर कॉलेज था। सुलतानपुर ज़िला मुख्यालय था, वहाँ भी इंटर कॉलेज था। ज़िले में डिग्री कॉलेज कोई भी नहीं था। आज़ादी के बाद सरकार ने ऐसी नीति बनायी कि हाई स्कूल खोलना आसान हो गया। जिसके पास ज़मीन थी और देश के निर्माण का जज़्बा था, उन लोगों ने स्कूल-कॉलेज खोले। 1950-51 में हमारे गाँव के आस-पास चौकिया, भरखरे, कादीपुर, बेलहरी आदि गाँवों में इंटर कॉलेज खुल गये। बेलहरी का इंटर कॉलेज मकसूदन से क़रीब था। नाव से नदी पार करके बेलहरी शुरू हो जाता था। जवाहरलाल उसी कॉलेज में हाई स्कूल के छात्र के रूप में 1957 में दाख़िल हुए थे। बेलहरी से इंटर पास करके आपने ज़िन्दगी की लड़ाई में क़दम रखा और लम्भुआ बाज़ार में बिसातखाने की दूकान खोली। तब तक मकसूदन बाज़ार का रुतबा कम होना शुरू हो गया था, लेकिन जब इस बाज़ार का जलवा था तो यहाँ के सेठ-साहूकार बहुत ही इज़्ज़त से देखे जाते थे। महात्मा गाँधी के असहयोग आन्दोलन में इनके पिताजी ने तीन हज़ार रुपये का चन्दा दिया था। उनके साथ ख़ानदान के चार और सेठों ने भी चन्दा दिया था और जेल गये थे। कादीपुर की तहसील की हवालात में उसका रिकॉर्ड था। जब जवाहरलाल इंटर में पढ़ते थे तो उन्होंने कादीपुर तहसील जाकर इसकी जानकारी ली। वहाँ तैनात क्लर्क ने कहा कि नाम रिकॉर्ड में है। अगर एक हज़ार रुपया दो तो स्वतन्त्रता सेनानी का सर्टिफ़िकेट बना दूँगा। लेकिन इनके पिताजी ने साफ़ मना कर दिया और कहा कि महात्मा गाँधी के आन्दोलन में पैसा किसी लाभ की उम्मीद में नहीं दिया था। उस क्लर्क को घूस नहीं मिली और सर्टिफ़िकेट नहीं बना।

जवाहरलाल बरनवाल की जाति वैश्य है। हमारे इलाक़े में सेठ-साहूकारों के बच्चे दबंगयी नहीं करते लेकिन इन्होंने अपने कॉलेज के दिन पूरे रुतबे

से बिताये और बाक़ायदा फ़ेल भी हुए। लेकिन हिम्मत नहीं हारी और इंटरमीडिएट पास करके ही बेलहरी कॉलेज का पिंड छोड़ा। जवाहरलाल ने पिछले पचास साल में बहुत सारे ऐसे लोगों की मदद की है जिनकी पढ़ाई छूटने वाली थी। इम्तिहान की फ़ीस तो सैकड़ों लोगों की जमा करवायी है। मैंने पूछा कि जिन लोगों की मदद की उनमें से कोई आपकी किसी परेशानी में कभी खड़ा हुआ? तो उन्होंने मुझे बताया कि मैंने यह सोचकर तो किसी की मदद नहीं की थी। ख़ुद मेरे लिए जवाहरलाल हर परेशानी के वक़्त खड़े हो जाते थे। उसका डिटेल लिखकर उनको अपमानित नहीं करूँगा लेकिन मेरे बच्चों को मालूम है कि वे मेरे सही अर्थों में शुभचिन्तक हैं। अपने दोस्तों की अच्छाइयों का बखान करना उनकी आदत का हिस्सा है और उनकी कमियों को ढँक देने के फ़न में वे उस्ताद हैं।

मुझे लगता है भर्तृहरि का यह सुभाषित उन जैसे लोगों के लिए ही लिखा गया होगा–

पापान्निवारयति योजयते हिताय
गुह्यम् च गूहति गुणान् प्रकटी करोति
आपद्गतम् च न जहाति ददाति काले
सन्मित्रलक्षणम् इदम् प्रवदन्ति सन्ताः

जो अपने मित्र को पाप करने से रोकता है, अच्छे काम करने की प्रेरणा देता है, उसकी कमियों को छुपाता है और सद्गुणों को सबके समक्ष प्रकट करता है, बुरे वक़्त में साथ नहीं छोड़ता और ज़रूरत पड़ने पर सहायता देता है, सन्तों ने इसी को अच्छे मित्र के लक्षण बताया है। जवाहरलाल बरनवाल के बारे में मैं अपने उस समय के मित्रों, गया प्रसाद मिश्र, राम मूर्ति मिश्र, राम प्रसाद सिंह, संगम प्रसाद दुबे, महेन्द्र कुमार श्रीवास्तव, राम चन्द्र मिश्र, डॉ. समर बहादुर सिंह आदि के साथ बैठकर एक संस्मरण-नुमा पोथी लिखना चाहता हूँ। देखें कब सम्भव होता है!

12 अक्टूबर, 2018

इलाहाबाद की हिम्मत माई : डॉ. एस. बी. सिंह

आज मेरे दोस्त डॉक्टर एस. बी. सिंह का जन्मदिन है। मैंने फेसबुक पर 'जन्मदिन मुबारक' कह दिया है। डॉक्टर साहेब का पूरा नाम समर बहादुर सिंह है लेकिन इलाहाबाद में उनको आम तौर पर उनके अंग्रेज़ी नाम से ही जाना जाता है। इस सन्दर्भ में एक संस्मरण का उल्लेख करने का लोभ संवरण नहीं कर पा रहा हूँ। हुआ यह कि मेरे हाई स्कूल के सहपाठी, राम अभिलाख वर्मा को 1974 में बैंक ऑफ़ इंडिया में नौकरी मिल गयी। कानपुर में तैनाती हुई। उनके काका इत्तफ़ाक़ से कानपुर गये तो सोचा भतीजे से मिल लें। पता लिखा हुआ था सो पहुँच गये। बैंक में जाकर गार्ड से पूछा कि राम अभिलाख वर्मा से मिलना है। उसने कहा कि इस नाम का यहाँ कोई नहीं है। निराश हुए। लौट रहे थे कि एकाएक वर्मा साहेब दिख गये। उन्होंने गार्ड से कहा कि वो सामने तो खड़े हैं और तुम मना कर रहे हो। गार्ड ने कहा कि उनका नाम तो आर. ए. वर्मा है। बहरहाल वे मिले और चाय पीते वक़्त उनसे पूछा कि, "कहो भइया, नौकरिया पाये के बाद तोहार नाँव भी बदल गवा का?"

इसलिए आज डॉ. एस. बी. सिंह यानी कि समर बहादुर सिंह को उनके जन्मदिन की बहुत बहुत बधाई। डॉक्टर साहब भारत के चोटी के होमियोपैथिक फ़िज़ीशियन हैं। इलाहाबाद में विराजते हैं और महँगाई के इस दौर में आज भी उनकी फ़ीस बहुत कम है। बेहद लोकप्रिय हैं, इसके बावजूद डॉक्टरी सलाह और दवाइयों की क़ीमत बहुत कम रखी हुई है। इलाहाबाद में कई जगहों पर उनकी क्लीनिक है। बहुत नाम है। मैं उनकी सफलता और लम्बी उम्र के लिए दुआ करता हूँ।

आज उनके जन्मदिन पर पिछले पचपन वर्षों की तरह-तरह की तस्वीरें सामने से गुज़र रही हैं। मेरे गाँव के बगल का गाँव है उनका। आज भी वह ऐसे गाँवों में शुमार होता है जिसके पास से विकास बचकर निकल गया है। उनके गाँव में अभी तक पक्की सड़क नहीं है। पिछली कई सरकारों में कई मन्त्री उनके मित्र रहे हैं लेकिन गाँव की तिकड़मी राजनीति ने सड़क नहीं बनने दी। ज़िले के कलेक्टर साहेब उनके दोस्त हैं लेकिन गाँव के घुरहू प्रसाद या निरवाहू राम के आगे किसी की नहीं चलती।

उनके पिताजी ठाकुर केश नारायण सिंह अंग्रेज़ों के ज़माने के अंग्रेज़ी मास्टर थे। सुलतानपुर ज़िले में, लम्भुआ के नामी मिडिल स्कूल में उन्होंने कई पीढ़ियों को अंग्रेज़ी पढ़ाई। उस ग्रामीण अंचल में जिसने भी उनसे ध्यान से अंग्रेज़ी पढ़ ली, वह आज भी अंग्रेज़ी बोलता मिल जायेगा। अपने पिताजी की साइकिल पर बैठकर समर बहादुर लम्भुआ पढ़ने जाया करते थे। मुझसे तीन साल छोटे हैं। मैंने हाई स्कूल के बाद जौनपुर के टी. डी. कॉलेज में इंटरमीडिएट में नाम लिखाया था। हमारे गाँव से बहुत दूर था लेकिन कॉलेज अच्छा था। मास्टर साहेब ने अपने बेटे को भी नवीं कक्षा में वहीं दाखिल करवा दिया और मुझको उनका गार्जियन तैनात कर दिया। तब से आज तक मैं उनका गार्जियन हूँ। जब लोगों को पता चलता है कि मैं उन्हें जानता हूँ तो सभा-समाज में मेरी इज़्ज़त बहुत बढ़ जाती है।

हाँ, मैं इस बेहतरीन इन्सान को जानता हूँ। मैं भगवान राम से तो उनकी तुलना नहीं करूँगा लेकिन तुलसीदास ने राम के जिस एक गुण का वर्णन किया है, वह उनमें है। हर्ष या विषाद दोनों ही स्थितियों में यह व्यक्ति बिल्कुल सामान्य रहता है। ऐश में यादे-ख़ुदा और तैश में ख़ौफ़े-ख़ुदा रखते हैं। कभी भी किसी का नुक़सान नहीं करते। समर बहादुर में लाजवाब इच्छा शक्ति है। हमारे इलाक़े में लड़कियों की शिक्षा को उतना महत्त्व नहीं दिया जाता था जितना लड़कों की शिक्षा को। उनकी पत्नी हाई स्कूल पास करके आयी थीं। अपने डॉक्टर ने मुझसे कहा कि इनकी पढ़ाई जारी रखनी है। काफ़ी दिक़्क़तें आयीं लेकिन उन्होंने अपने पिताजी से यह कहकर अनुमति ले ली कि जितना ख़र्च आप मेरी पढ़ाई पर कर रहे हैं, उतने में हम दोनों पढ़ लेंगे। इलाहाबाद के राजापुर में घर लिया और दोनों ने

उच्च शिक्षा पायी। उनकी पत्नी ने दर्शनशास्त्र में पीएच.डी. की और बहुत अच्छे शिक्षा संस्थान से रिटायर हुई हैं। राजापुर का उनका घर बहुतों की शरणस्थली रह चुका है। जिन मित्रों को इलाहाबाद आने पर कहीं ठिकाना न मिला वे वहीं पधार जाया करते थे। हालाँकि मैं इसका बहुत बुरा मानता था और कई बार जब इलाहाबाद जाने पर उनके घर को धर्मशाला के रूप में देखता था तो तकलीफ़ होती थी।

डॉ. एस. बी. सिंह के बारे में सोचता हूँ कि इनका नाम हिम्मत माई होना चाहिए था। यह इन्सान मेरी नज़र में इच्छाशक्ति का मानवीकृत रूप है। उल्टी से उल्टी परिस्थिति में इस आदमी को मैंने हिम्मत हारते नहीं देखा। उनकी इच्छा-शक्ति ही थी कि अपने बच्चों को इलाहाबाद में रहते हुए लन्दन तक पढ़ाया और आज सभी बच्चे अपने-अपने क्षेत्र में जमे हुए हैं। बड़ा बेटा बैंकर है, बेटी वैज्ञानिक है, और छोटा बेटा सुप्रीम कोर्ट में वकील है। बाप का पुण्य सभी बच्चों की शख़्सियत में नज़र आता है।

मैं तुम्हारे जन्मदिन पर भावुक हो गया हूँ डॉक्टर। लम्बी, बहुत लम्बी उम्र की दुआ करता हूँ। जैसे ग़ालिब ने रानी विक्टोरिया की लम्बी उम्र की दुआ की थी। उनका ही शे'र तुम्हारी नज़र है–

तुम सलामत रहो हज़ार बरस।

30 अक्टूबर, 2018

जब दुलहिन घर आयी

39 साल पहले मेरे पिताजी बारात लेकर जौनपुर ज़िले के टिकरी कलाँ गाँव के ठाकुर फतेह बहादुर सिंह के दरवाज़े गये थे और मेरी शादी हो गयी थी। जब मेरी शादी हुई तो मैं कादीपुर के डिग्री कॉलेज में लेक्चरर था। अगले दिन हम अपने गाँव चले आये थे। मेरी माँ ने बताया था कि दुलहिन बहुत ख़ूबसूरत है, बहुत गुनी है, इसलिए मुझे उसको मानना-जानना चाहिए। और साहेब हमने मानना-जानना शुरू कर दिया। आज उनतालीस साल बाद लगता है कि माँ ने ठीक ही कहा था। बाद में गाँव वालों ने भी बताया कि कोटे की दुलहिन सबसे नीक है, या कि इतनी ख़ूबसूरत दुलहिन साढ़े चारौ में कभी नहीं आयी। कोट का मतलब अवध में मामूली ज़मींदार का घर होता था, जो कोर्ट का बिगड़ा हुआ रूप है। ज़मींदारी के ज़माने में शायद इसी दरवाज़े पर गाँव के या आस-पास के गाँवों के लोगों के फ़ैसले होते रहे होंगे। साढ़े चारौ का मतलब है–1858 में जिन दुनियापति सिंह को अंग्रेज़ों की कृपा से मकसूदन की ज़मींदारी मिली थी, उनके चार बेटे थे। उनकी मृत्यु के बाद उनके तीन छोटे बेटों को ज़मीन में जो हिस्सा मिला होगा, उनके बड़े भाई को हर भाई के हिस्से से डेढ़ गुना मिला होगा इस तरह से साढ़े चार हिस्से हो गये।

शादी से पहले मेरे गुरु डॉ. अरुण कुमार सिंह ने कहा था कि 'फॉलिंग इन लव' शादी के बाद भी हो सकता है। मैंने जब अपने पिताजी से शादी के लिए हाँ कहा था तभी फ़ैसला कर लिया था कि शादी के बाद अपनी पत्नी से मुहब्बत करनी ही है। आज मैं अपनी उन्हीं दुलहिन से, जो तीन बच्चों की माँ, चार बच्चों की बड़ी अम्मा, सात बच्चों की मामी, एक बच्चे की नानी

और एक बच्चे की दादी हैं, फुल मुहब्बत करता हूँ। मुराद यह कि सामन्ती सोच के हर पैमाने पर मेरी शादी सही बैठती है। मैं शादी के अगले दिन अपनी पत्नी की शक्ल देखने में कामयाब हुआ क्योंकि जब दुलहिन घर आयी तो मेरी छोटी बहन ने घूँघट उठा कर दिखा दिया था। मैंने अपनी माँ की आज्ञा मानकर अपनी पत्नी को मानना-जानना शुरू कर दिया था, यानी माताजी के हुक्म से प्यार करना शुरू किया था। इस सामन्ती सोच से निकल कर हम दोनों आज बहुत ही आधुनिक बच्चों के माता-पिता कहे जाते हैं। मेरी पत्नी ने बहुत शुरू में मुझे बता दिया था कि हम जो हैं, वह तो हैं ही अब हमें अपने बच्चों की बुलन्दी में अपने सपनों को देखना चाहिए। यह बात उन्होंने शादी के दिन नहीं कही थी, जब हमारा बेटा पैदा हो गया, तब कही थी। 1980 के बाद हम दिल्ली में रहने लगे थे। उसके बाद हमें अपनी शादी की सालगिरह याद दिलायी जाती रही। जहाँ तक मुझे याद है, तब से आज तक शादी की हर वर्षगाँठ पर मैंने अपनी पत्नी को कोई-न-कोई उपहार ज़रूर दिया है। किसी साल बड़ी बेटी के लिए उसकी पसन्द का फ्रॉक, किसी साल छोटी बेटी के लिए उसकी पसन्द का पेन्सिल बॉक्स, और किसी साल इन दोनों लड़कियों के बड़े भाई के लिए साइकिल। किसी साल घर के लिए कोई बर्तनों का सेट तो किसी साल घर के लिए इन्वर्टर या ए. सी.। ज़रूरी नहीं कि यह सारे सामान शादी की सालगिरह के दिन ही ख़रीदे गये हों। 27 मई को तो बस वादा किया जाता था, सामान ख़रीदा तब जाता था जब जेब में पैसा होता था।

बाद के वर्षों में बातें आसान होती गयीं। अब जब सारे बच्चे अपने घरों में हैं, अपनी गृहस्थी चला रहे हैं तो समस्या होने लगी है। अब मुझे 27 मई को अपनी पत्नी के लिए ऐसा गिफ़्ट ख़रीदना है जो केवल उनके इस्तेमाल के लिए हो। हमारे सबसे प्रिय मित्रों ने ऐसी सलाह दी है। लेकिन अजीब लग रहा है क्योंकि हमने कभी अपने लिए कुछ किया ही नहीं है। हमारी दुनिया बच्चों की ख़ुशी के बाहर देखी ही नहीं गयी। इस साल से मैं कोशिश कर रहा हूँ कि अपनी पत्नी को अपनी प्रेमिका मानना शुरू करूँ लेकिन समझ में नहीं आ रहा कि गिफ़्ट क्या दूँ। एक मित्र ने कहा कि फूल भेंट करूँ, पर इन्दु को लगता है कि इस गर्मी में फूल ख़रीदना बेवकूफ़ी की बात है।

इसलिए अभी आइडियाज़ पर काम चल रहा है। हो सकता है कि शाम तक फिर घर-गृहस्थी के ही किसी सामान पर आकर रुक जाये क्योंकि हमारे घर में जितनी भी शहरी जीवन में इस्तेमाल होने वाली चीज़ें हैं, वे हमारी शादी की सालगिरह के दिन ही ख़रीदी गयी हैं। मेरी बड़ी बेटी ने 27 मई शुरू होते ही रात 12 बजकर एक मिनट पर हमें बधाई दे दी है। हम लोगों की इच्छा है कि जब हमारी शादी के चालीस साल पूरे हों तो हमारे तीनों बच्चे और उनके बच्चे इकट्ठा हों और वे ही बतायें कि मेरी माता जी ने 1974 में जो कहा था, वह कितना सही था यानी उनकी अम्मा, दादी या नानी कितनी अच्छी हैं। लेकिन लगता है कि यह सपना पूरा नहीं हो पायेगा क्योंकि कोई मुम्बई में है, कोई नॉर्वे में तो कोई दिल्ली में। सब का इकट्ठा होना आसान नहीं है। लेकिन सपने देखने में क्या बुराई है? आज हमारे बच्चे जो भी हासिल कर सके हैं, उसमें उनकी माँ और मेरी प्रियतमा के वे सपने हैं जो उन्होंने तब देखे थे जब यह भी पक्का नहीं रहता था कि अगले दिन भोजन कहाँ से आयेगा।

मेरी माँ की इच्छा थी कि उनकी बड़ी पुत्रवधू उनका सारा चार्ज ले ले। सो उनकी दुलहिन ने चार्ज ले लिया। और मैं, पूरी ज़िन्दगी के लिए उनकी बहू की ख़िदमत में तैनात कर दिया गया। उनके चार्ज लेने के बाद से मेरी तबीयत हमेशा झन्न रही। मेरी बहनें, मेरे भाई, मेरे भांजे-भांजियाँ सब उनको ही जानते हैं। मेरी भूमिका केवल उस आदमी की है जो कोटे की दुलहिन का पति है; राजन, लालन, निशा, प्रतिमा, डब्बू की मामी का फ़रमाबरदार है; बिट्टू, राहुल, पिंकी और उज्ज्वल की बड़ी अम्मा से डरता है; पप्पू, गुड्डी और टीनी की अम्मा का पति है; और सूबेदार सिंह अपनी भौजी के मार्फ़त दबाव डलवाकर जिससे कुछ भी करवा सकते हैं। बहरहाल, आज हमारी शादी की सालगिरह है। इस अवसर पर अपने ख़ानदान वालों की सामन्ती सोच पर ज़्यादा चर्चा करना ठीक नहीं होगा। बस, मैं ख़ुश हूँ कि मेरी पत्नी आज बहुत ख़ुश हैं।

26 मई, 2013

डॉटर्स डे

आज डॉटर्स डे है, बेटियों का दिन। सितम्बर के चौथे रविवार को मनाया जाता है। इसकी शुरुआत भारत से ही हुई और अब पूरी दुनिया में मनाया जाता है। मुझे बचपन से ही कुछ ऐसे संस्कार मिले थे कि बेटियों को पराया धन कभी नहीं माना। हालाँकि मेरे गाँव में बेटियों की शिक्षा को प्राथमिकता नहीं दी जाती थी। गाँव से क़रीब डेढ़ किलोमीटर दूर पश्चिम में नरेन्द्रपुर का प्राइमरी स्कूल था और गाँव के दक्खिन क़रीब तीन किलोमीटर दूर लम्भुआ का मिडिल स्कूल था। नरेन्द्रपुर तो ज़िले के सबसे पुराने स्कूलों में से एक है, शायद 1885 के पहले खोला गया होगा। उस स्कूल में हमारे आस-पास के गाँवों के लगभग सभी सवर्ण परिवारों के लड़के पढ़ने गये थे। हमारे गाँव में हमारी पीढ़ी से पहले के ठाकुर साहबान ज़्यादातर लम्भुआ तक ही पढ़े थे। पास-फेल की बात नहीं करूँगा क्योंकि मिडिल पास बहुत कम लोग हुए थे। हमारे काका स्व.भानु प्रताप सिंह और उनके हम-उम्र राम ओंकार सिंह और लालता सिंह ने हाई स्कूल तक पढ़ाई की जहमत उठाई थी, बाक़ी सब लम्भुआ की पढ़ाई के दौरान ही शादी के बन्धन में बाँध दिये गये।

हमारे गाँव में लड़कियों के स्कूल जाने का रिवाज़ नहीं था। हमारी पीढ़ी की लड़कियाँ तो प्राइमरी स्कूल भी नहीं गयीं। मेरे बाद की पीढ़ी की कुछ लड़कियाँ नरेन्द्रपुर गयीं। उसके बाद ही गाँव में स्कूल खुल गया और लड़कियाँ प्राइमरी में जाने लगीं। यह घटना साठ साल पहले की है। अब तो मेरे गाँव की सड़क पर सुबह स्कूल जाने वाली बच्चियों का ताँता लगा रहता है। सभी लड़कियाँ साइकिलों पर सवार होकर जाती हैं। हमारे गाँव की लड़कियाँ अब उच्च शिक्षा प्राप्त हैं। उनके शादी-ब्याह भी अब 12-13 साल की उम्र में नहीं होते।

बीस साल की उम्र के बाद ही शादियाँ होती हैं। गाँव में रहकर पढ़ाई करने वाली एकाध लड़कियों के प्रेमविवाह भी हुए हैं, हालाँकि अभी ग्रामीण माहौल में अन्तर्जातीय विवाह का चलन नहीं शुरू हुआ है। सब कुछ बदल रहा है। मेरे परिवार की सभी बेटियों ने स्नातकोत्तर शिक्षा पायी है। मेरे भाई-बहनों की कुल छह बेटियों में सभी उच्च-शिक्षित हैं। दो ने पीएच.डी. की है।

मेरे बचपन में ऐसा नहीं था। मेरी बड़ी बहन की कोई भी सहेली प्राइमरी में पढ़ने नहीं गयी। मेरी छोटी बहन ने प्राइमरी बहुत ही अच्छे नम्बरों से पास की थी लेकिन बाबू ने लम्भुआ नहीं जाने दिया। उस माहौल में मेरी माँ ने मुझे प्रेरणा दी थी कि सभी बच्चों को उच्च शिक्षा देना ज़रूरी है। माहौल भी बदल रहा था और दृढ़ संकल्प भी था, इसलिए बच्चियों की उच्चशिक्षा के लिए दिन-रात कोशिश की। अब सभी लड़कियाँ अपना जीवन अपने तरीक़े से जी रही हैं। उनकी कुछ सहेलियाँ भी मेरी बेटियाँ ही हैं। गोपाल दादा और लल्लन दादा की बेटियाँ भी मेरी अपनी बेटियाँ हैं। गुड्डी, टीनी चा, बुलबुल, म्याऊँ, डीबी, डॉ. नीता, शिखा, प्रीति, गंगा, मनीषा, मेघना, मोहिता, मौसमी, गोलू, मुन्नी, नीलू, नेहा, निमिषा, बिट्टू, पिंकी, निशा, प्रतिमा यह सारी तो ऐसी बेटियाँ हैं, जिनको मेरी ख़ैरियत की चिन्ता बराबर बनी रहती है। इसके अलावा मेरे साथ काम कर चुकी बहुत सारी छोटी बच्चियाँ भी मुझे पिता-तुल्य मानती हैं। मेरी कुछ छात्राएँ मुझे पिता समझती हैं। बच्चियों के इमोशनल संकट के दौरान अगर ज़रा सी भी मदद कर दो तो वे आपको अपने बाप जैसा मानने लगती हैं। इन सभी बेटियों को आज दिल की गहराइयों से आशीर्वाद देता हूँ और दुआ करता हूँ कि यह लड़कियाँ ज़िन्दगी में हमेशा कामयाब रहें।

बेटियों के महत्त्व का पता तब चलता है जब आप पर कोई संकट आता है। 2016 में मैं बहुत बुरी तरह बीमार पड़ गया था। क़रीब डेढ़ महीने अस्पताल में रहा। मेरी सबसे छोटी वाली बिटिया ने चार्ज ले लिया। अस्पताल में सैकड़ों टेस्ट हुए। हर टेस्ट के समय उनकी मौज़ूदगी साफ़ देखी जा सकती थी। मँझली ने सारा लॉजिस्टिक सँभाला। चार साल हो गये हैं लेकिन मेरे स्वास्थ्य पर हर घड़ी इन लड़कियों की नज़र रहती है। उनकी माँ के पाँव में दर्द था, घुटने बेकार हो चुके थे। यह तय था कि सर्जरी के

अलावा कोई रास्ता नहीं है, लेकिन किसी-न-किसी कारण से सर्जरी टल रही थी। एक दिन मेरे एक पड़ोसी, वरिष्ठ पत्रकार ने बताया कि कोई हड्डियों के डाक्टर हैं जो सूई लगा दें तो दो-तीन महीने के लिए दर्द ख़त्म हो जाता है। मैंने सूई लगवा दी। हमारी टीनी चा लन्दन में थीं। उनको जैसे ही पता लगा कि सूई लगी है, उन्होंने अपना लन्दन का कार्यक्रम रद्द किया और सीधे बेंगलुरु पहुँची। दिल्ली में रहने वाली अपनी बड़ी बहन को अम्मा को लेकर बेंगलुरु पहुँचने की हिदायत दी और तीन दिन के अन्दर सर्जरी करवा दी। बाद में मुझे बताया कि अम्मा ने अगर अपने दर्द का इज़हार कर दिया है तो इसका मतलब है कि वह बहुत ही ज़्यादा परेशान हैं। उनकी अम्मा की तीमारदारी में आपकी सहेलियाँ साथ थीं।

मेरे यहाँ जो पुत्रवधू आयी, वह भी मेरी बेटी है। डॉटर्स डे पर उसी रुतबे से रहती है, जैसे दूसरी बेटियाँ। वह हमारे सीनियर पत्रकार की बेटी है। कोरोना के इस दौर में मुम्बई में रहने वाली यह बेटी ख़ुद भी वायरस की चपेट में आ गयी थी। उसके पति और माँ भी कोरोना से बीमार हो गये थे। सब कुछ उसी ने सँभाला। अपनी माँ की भी देखभाल पूरी तरह से की। अब सब ठीक हैं।

कोरोना के सिलसिले में मार्च से शुरू हुए लॉकडाउन में मेरी पत्नी बेंगलुरु में छोटी बिटिया के यहाँ थीं। पूरा लॉकडाउन वहीं बिताया और स्वस्थ रहीं। मेरी मँझली बेटी दिल्ली में रहती है, उसने यहाँ मेरी पूरी चौकीदारी रखी। हमारी सभी बेटियाँ यह मान कर चलती हैं कि अम्मा-पापा को कुछ नहीं मालूम। हमारी सारी ज़रूरतों पर वे हेडमास्टर भाव से निगरानी रखती हैं। उनको यह भी पता रहता है कि मुझे या उनकी अम्मा को कब जाँच के लिए जाना है। मेरे डॉ. सरीन, डॉ. सुमन लता, डॉ. पी. के. नायक, डॉ. अनुपम भार्गव, डॉ. एस. बी. सिंह और डॉ. वी. पी. सिंह सबसे उनकी जान पहचान है। ख़ुशी की बात यह है कि सारी बेटियाँ मानती हैं कि मुझे जब तक काम मिलता है, करते रहना चाहिए क्योंकि खाली बैठने पर मैं बीमार हो जाऊँगा।

आज अपनी बेटियों के सम्मान में सर झुकाते हुए मैं ईश्वर से प्रार्थना करता हूँ कि सभी बेटियाँ शान और इज़्ज़त की ज़िन्दगी जियें और अपने माता-पिता की निगहबान बनी रहें।

दिल्ली में मेरे शुरुआती दिन

चालीस साल किसी शहर की ज़िन्दगी में कुछ नहीं होते लेकिन इन्सान की ज़िन्दगी में चालीस साल में बहुत कुछ हो जाता है। 20 साल के आदमी की ज़िन्दगी में सपनों की भरमार होती है, कुछ हासिल करने की ललक होती है। अपने समय के सबसे अच्छे लोगों से भी बेहतर कर गुज़रने की इच्छा होती है। लेकिन जब चालीस साल बाद वही आदमी साठ साल का हो जाता है तो तरह-तरह की यादें उसको घेर-घेर कर उसकी ग़लतियाँ बता रही होती हैं। उसको याद दिला रही होती हैं कि कहाँ चूक हुई।

भारत के ग्रामीण इलाक़ों से बड़े-बड़े सपने लेकर दिल्ली या मुम्बई आने वाले अक्सर इसी भ्रमजाल के शिकार होते हैं। मुम्बई की ख़ासियत यह है कि वह उस स्वप्नदर्शी इन्सान को ज़्यादा भटकने नहीं देती क्योंकि बहुत कम समय में ही उसे पता लग जाता है कि उसके सपने ही ग़लत थे। उसको अपने सपने फिर से एडजस्ट करने की ज़रूरत का एहसास मुम्बई शहर बहुत ही कठोरता से करा देता है। नतीजा यह होता है कि वहाँ की सड़कों पर पागल जैसे दिखने वालों की संख्या अपेक्षाकृत कम होती है। जो लोग मुम्बई की व्यापारिक दुनिया में कुछ बड़ा करने के सपने लेकर पहुँचे होते हैं उनको उनके गाँव-जवार के लोग ही ढर्रे पर ला देते हैं, जो पहले से ही वहाँ संघर्ष करके दो जून की रोटी कमा रहे होते हैं। कोई ड्राइविंग सीखकर टैक्सी चलाने लगता है, कोई ऑटो रिक्शा चलाने लगता है, कोई थोक बाज़ार में बोझा ढोने लगता है, तो कोई किसी दूकान में नौकरी कर लेता है। सिनेमा में हीरो बनने गये लोग किसी स्टूडियो में काम पा जाते हैं, कहीं स्पॉट ब्वॉय हो जाते हैं, कहीं सेट बनाने वाले ठेकेदार के यहाँ काम पा जाते हैं।

कुछ लोग गोदी में छोटे-मोटे काम करने लगते हैं। मुराद यह है कि अपनी रोटी कमाने लगते हैं। लेकिन दिल्ली में सब के लिए काम नहीं होता। उनके सपने मरते हैं, लेकिन फिर ज़िन्दा हो जाते हैं। दिल्ली के कनॉट प्लेस और संसद के आस-पास के इलाक़ों में ऐसे बहुत सारे लोग मिल जाते हैं जो कभी दिल्ली फतेह करने के इरादे से आये थे और आज अजीबोग़रीब ज़िन्दगी जी रहे होते हैं। दिल्ली के नॉर्थ एवेन्यू में 1976 में एक रेड्डी साहब घूमते रहते थे। नॉर्थ एवेन्यू में सांसदों के फ़्लैट हैं। रेड्डी साहब दो फ़्लैटों के बीच की सीढ़ियों की खाली जगह में खटिया बिछाकर पड़े रहते थे। लेकिन जब बाहर निकलते थे तो सफ़ेद पैंट, सफ़ेद कमीज़ और टाई पहन लेते थे। उन्होंने एक बार बताया था कि क़रीब बाईस साल पहले, 1954 में जब वे तिरुपति के सांसद अनंतशयनम आयंगर के साथ दिल्ली आये थे तो दिल्ली में कोई बड़ी नौकरी पाने की उम्मीद लेकर आये थे। जब आयंगर लोकसभा के अध्यक्ष हो गये तो उन तक रेड्डी साहब की पहुँच पर पाबन्दी लग गयी लेकिन वे हिम्मत नहीं हारे। उन्होंने दिल्ली को ही अपना स्थायी ठिकाना बनाने का मंसूबा बना लिया और यहीं के होकर रह गये। उन दिनों आन्ध्र प्रदेश नाम का कोई राज्य नहीं था। आज के आन्ध्र प्रदेश और तेलंगाना उन दिनों मद्रास राज्य का हिस्सा हुआ करते थे। आयंगर साहब के बाद वे उधर से आने वाले किसी-न-किसी एम. पी. के साथ अटैच होते रहे लेकिन एक ऐसा मुकाम आया जब लोगों ने उन्हें दुत्कारना शुरू कर दिया। उसके बाद तो टाई बाँधकर नेता-मंडी में घूमते रहना ही उनका धन्धा हो गया। कभी कोई कुछ दे देता तो उसी से गुज़र करते थे। इस तरह के बहुत सारे लोग राजनीति के गलियारों में घूमते मिल जाते हैं।

सुलतानपुर से एक लड़का शायद 1978 में दिल्ली आया था। ज़हीन समझदार लड़का था, बी.ए. पास था, कहीं भी काम मिल सकता था। लेकिन क्रान्तिकारी विचारों से लैस था इसलिए क्रान्ति को ही जीवन समर्पित कर दिया। जवाहरलाल नेहरू विश्वविद्यालय के परिसर में दिन-रात रहने लगा और वहीं अपनी इहलीला समाप्त कर दी।

चालीस साल पहले दिल्ली का कनॉट प्लेस बहुत ही फ़ैशनेबल बाज़ार हुआ करता था। आज भी है लेकिन अब चारों तरफ़ मॉल खुल गये हैं,

जो ज़्यादा फ़ैशन में हैं। उन दिनों साउथ एक्सटेंशन और ग्रेटर कैलाश मार्केट भी फ़ैशनबल होना शुरू हो चुके थे। करोल बाग़ और लाजपत नगर घरेलू सामान के बड़े ठिकाने थे, आज भी हैं। कनॉट प्लेस में प्लाज़ा, रीगल, ओडियन और रिवोली सिनेमा बड़े महत्त्वपूर्ण लैंडमार्क हुआ करते थे। कनॉट प्लेस आने वाली बसें रीगल या प्लाज़ा आया करती थीं। इसके अलावा मद्रास होटल और सुपर बाज़ार बसों के डेस्टिनेशन हुआ करते थे। इन जगहों पर भी बेमतलब घूम रहे लोगों की भरमार होती थी। 1976-77 में मुझे लगता था कि अगर कहीं कोई काम न मिला तो मेरी भी हालत ऐसी ही हो जायेगी। हम भी दिल्ली इसलिए आये थे कि अपने बच्चों को बेहतर ज़िन्दगी देंगे, मेहनत-मजूरी करके उनको ऐसी शिक्षा देंगे जिसके बाद उनको आसानी से नौकरी मिल जाये और वे मेरी तरह की ज़िन्दगी जीने को मजबूर न हों। हालाँकि तब तक अपनी शिक्षा में भी कोई खोट नहीं दिखती थी क्योंकि 1973 में एम. ए. पास करते ही एक मान्यताप्राप्त डिग्री कॉलेज में नौकरी मिल गयी थी। उस दौर की अच्छी तनख़्वाह थी। जब उस काम को छोड़कर दिल्ली आये तो समझ में आया कि शिक्षा कहाँ से ली गयी है, इसका भी महत्त्व है। जिन मन्त्री जी ने सुलतानपुर में मुझसे वायदा किया था कि दिल्ली आ जाओ सब ठीक हो जायेगा, उनसे मुलाक़ात ही असम्भव हो गयी। जब कभी उनके पी. ए. या अनुसुइया प्रसाद सिंह के सौजन्य से उनसे मुलाक़ात होती तो समझाते कि आर्ट साइड से एम. ए. की पढ़ाई का कोई मतलब नहीं है, बेकार है। दिल्ली में भारतीय विद्या भवन से कोई और पढ़ाई कर लो, फिर आसान हो जायेगा। अपने सपने भी बेवकूफ़ी से भरे हुए थे। लेक्चरर की नौकरी छोड़कर आया था और ज़िद थी कि फिर मास्टरी नहीं करूँगा। वरना 1977 में जब जनता पार्टी की सरकार आयी तो अवसर था कि जिन लोगों को एमरजेंसी के दौरान किन्हीं कारणों से इस्तीफ़ा देना पड़ा था, वे दरख़्वास्त दे दें तो उनकी बात पर विचार करके नौकरी बहाल हो सकती थी। लेकिन उस अवसर को मैंने कोई अवसर नहीं माना। मन्त्री जी को मैंने अपनी मदद करने के काम से मुक्ति दे दी और अपने सपने एडजस्ट कर लिए। उसके बाद मैंने अनुवाद करके रोटी कमाने का काम शुरू कर दिया।

शिवाजी स्टेडियम मेट्रो स्टेशन (गुरुद्वारा बंगला साहिब) से सेंट्रल पार्क पैदल जाते हुए, 43 साल पहले की उसी रास्ते पैदल जाने की यादें ताज़ा हो गयीं। वही सड़क लेकिन ज़्यादा चमक-दमक वाली। जहाँ बहुत पुराने कुछ क्वार्टर थे, वहाँ आज बहुत बड़ी व्यापारिक इमारत खड़ी है। सड़क तक ग्रेनाइट लगा हुआ है। उस ग्रेनाइट पर, भीड़-भाड़ और शोरगुल के बीच एक ग़रीब आदमी सो रहा है। शायद रात भर काम किया हो, सो न पाया हो, लिहाज़ा सो गया है। मैंने देखा कि इन चार दशकों में ग़रीब आदमी अब भी फ़ुटपाथ पर ही जमा है। उसके भी सपने होंगे। मेरे दोस्त फूलचन्द बताया करते थे कि इन फ़ुटपाथों पर सो रहे लोग यहाँ फटेहाल ज़िन्दगी बिताने नहीं आये थे लेकिन जब साल-दो साल ठोकर खाने और माँगकर खाने से ऊब गये तो कहीं भी, कोई भी काम करके अपनी रोटी कमाने के उपाय कर रहे हैं। सपनों को एडजस्ट नहीं कर पाये तो इस हाल में आ गये हैं। फूलचन्द मुझसे क़रीब दस साल पहले इस शहर में आये थे। वह भी अपने परिवार की ग़रीबी घटाने और दो पैसे कमाकर घर भेजने के लिए ही आये थे। अपने बुलन्द हौसलों के बल पर उन्होंने तय किया कि अब मेहनत करके ही रास्ते तय करेंगे। उन्होंने पान लगाने का सामान ख़रीदा, सब कुछ सौ रुपये से कम में ही आ गया, सारा सामान एक डेलरी (टोकरी) में रखा और कनॉट प्लेस में घूम-घूमकर पान बेचने लगे। रोज़ इतना कमाने लगे कि अपना ख़र्चा निकल जाये। 1976 में जब मैं दिल्ली आया तो वे एक जमे हुए कारोबारी बन चुके थे। एन. डी. एम. सी. में घूस देकर पान की एक थड़ी ले चुके थे और उसी के सहारे अच्छी-ख़ासी आमदनी हो रही थी। मद्रास होटल के पीछे उनकी दूकान थी। वहीं से मैं रोज़ बस लेकर, पटेल नगर उतरकर अपने ठिकाने पर जाया करता था। उनकी प्रेरणा से ही मैंने मन्त्री जी की मदद न लेने का संकल्प लिया। मन्त्री की मदद से किसी प्राइवेट कम्पनी में मैनेजर बनने का सपना वहीं उनकी दूकान के सामने बह रही नाली में दफ़न कर दिया। उनकी दूकान पर एक दिन मुझे मेरे बचपन के दोस्त घनश्याम मिश्र मिल गये, जिनको मैं तलाश भी रहा था। घनश्याम जे.एन.यू. में रहते थे, हिन्दी में एम. ए. की पढ़ाई कर रहे थे। उन्होंने मुझे बहुत से लोगों से मिलवाया और मैं दिल्ली में पढ़े-लिखे लोगों में घूमने-फिरने लगा।

उनके साथ ही मैं अपने पुराने परिचित देवी प्रसाद त्रिपाठी से मिलने कोर्ट गया। डी. पी. त्रिपाठी उन दिनों जे.एन.यू. यूनियन के अध्यक्ष थे। एमरजेंसी में जेल में बन्द थे। पेशी के लिए जहाँ आजकल संसद मार्ग थाना है, वहीं आते थे। उन दिनों वहाँ कोर्ट हुआ करती थी। वहीं पर पेशी के लिए मदनलाल खुराना और अरुण जेटली भी आते थे। इन लोगों को भी मैं पहले से जानता था, इनसे भी मुलाक़ात हो जाती थी। वहीं कोर्टयार्ड में सबके मिलने वाले आते थे। घनश्याम के साथ जे.एन.यू. के बहुत सारे छात्र भी होते थे। कोर्ट की पेशी के बाद हम लोग यू. एन. आई. कैंटीन में आकर दक्षिण भारतीय खाना खाते थे।

उसी समय के आस-पास हिन्दी की सरिता पत्रिका में एक लेख छपा था जिसका शीर्षक था, 'हिन्दू समाज के पथभ्रष्टक तुलसीदास'। उस लेख को पढ़कर घनश्याम बहुत नाराज़ हुए और उसके बारे में झगड़ा करने के लिए दिल्ली प्रेस गये। मुझे भी साथ ले गये। दिल्ली प्रेस के मालिक विश्वनाथ जी से उनकी बातचीत हुई और बात बढ़ गयी। सेठ ने चुनौती दी कि आप इसका खण्डन लिख कर लाइये, हम उसको छापेंगे और उसके पैसे भी देंगे। इसी बात पर मामला शान्त हुआ लेकिन विश्वनाथ जी के व्यक्तित्व से मैं प्रभावित हुआ। इतनी बड़ी संस्था के मालिक थे, क़रीब साठ साल की उम्र थी और पचीस साल के घनश्याम मिश्र से तुर्की-ब-तुर्की ऐसी बहस कर रहे थे जैसे दोनों एक ही क्लास के विद्यार्थी हों। उनके लिखकर लाने की चुनौती को मिश्र जी ने स्वीकार किया और मुझसे कहा कि लेख तैयार करो। मुझे अपने साथ जे.एन.यू. ले गये। अपने कमरे में रखा, खाना खिलाया और रात भर में मुझे जो समझ में आया मैंने लिख दिया। अगले दिन हम दोनों फिर वहीं पहुँच गये। हाथ से लिखे क़रीब छह पृष्ठ थे। लेखक का नाम घनश्याम मिश्र। विश्वनाथ जी को लेख पसन्द आया। उन्होंने कहा कि उस लेख को वे अगले ही अंक में छाप देंगे। उसका मेहनताना उन्होंने एडवांस दे दिया। हम लोग ख़ुशी-ख़ुशी बाहर आये। थोड़ी दूर जाने पर घनश्याम मिश्र ने अपने आपको गाली दी और बिना कुछ बोले फिर वापस विश्वनाथ जी के पास पहुँच गये। उनसे कहा कि लेख में कुछ ग़लती रह गयी है, ठीक करना है। लेख वहीं मेज़ पर रखा था। मिश्र जी ने लेखक का नाम बदल दिया।

अपना नाम काटकर मेरा नाम लिख दिया और कहा कि रात भर जागकर इन्होंने लिखा है। विश्वनाथ जी बहुत ख़ुश हुए और उन्होंने दोबारा मेहनताना दिया। मिश्र जी ने पहले वाला पैसा वापस करना चाहा लेकिन उन्होंने नहीं लिया। कहा कि आपका भी पैसा बनता है। बहस तो आपने ही की थी। बस वहीं मैंने फ़ैसला कर लिया कि अब किसी नेता या मन्त्री से मदद लिए बिना दिल्ली में ज़िन्दगी गुज़ारी जायेगी।

घनश्याम 1965 में नवीं कक्षा में मेरे सहपाठी थे लेकिन हाई स्कूल के बाद मुलाक़ात नहीं हुई थी। दिल्ली में आकर मिले जब मैं तिनके का सहारा ढूँढ़ रहा था। दिल्ली शहर में जिस तरह से वह आदमी मेरे मददगार के रूप में खड़ा रहा, वह मैं आजीवन नहीं भूलूँगा। बाद में जो लिख-पढ़कर रोटी कमाने का सिलसला शुरू हुआ तो वह आज तक जारी है। उसी समय आज के नामवर प्रकाशक हरिश्चन्द्र शर्मा से भी हम और घनश्याम मिलने गये। तब हरीश राधाकृष्ण प्रकाशन में स्व. ओम प्रकाश जी के सहयोगी के रूप में काम करते थे। आजकल एक प्रकाशन संस्थान के मालिक हैं। मेरी बदक़िस्मती है कि पचास साल की उम्र में चौकिया पोस्ट ग्रेजुएट कॉलेज के रीडर डॉ. घनश्याम मिश्र का स्वर्गवास हो गया। अगर वे ज़िन्दा होते तो मैं उनके बारे में काफ़ी बड़ा संस्मरण लिखता लेकिन अब नहीं लिखूँगा क्योंकि उनकी मंजूरी के बिना अपने दोस्त की सारी सच्चाइयाँ नहीं लिख सकता।

दिल्ली में अपने पहले कुछ महीनों का विवरण मैंने लिख दिया है। अगर लोगों को अच्छा लगा तो अपने अनुभवों के उन हिस्सों को भी लिख सकता हूँ जिनसे किसी की शान में बट्टा न लगता हो। सोचा था अपने प्रकाशक को दिखाऊँगा लेकिन अब खल्के-खुदा के दरबार में हाज़िर कर दे रहा हूँ।

14 अक्टूबर, 2019

डी. पी. त्रिपाठी की याद

1973 में सुलतानपुर शहर में सबसे जीवन्त जगह मुझे बस अड्डे की अख़बार की दूकान लगती थी। उसी दूकान पर इलाहाबाद से छपने वाली पत्रिका 'आगामी कल' के दर्शन हुए थे। दूकान चलाने वाले बुज़ुर्ग बहुत गम्भीर लगते थे। मेरे हाई स्कूल के सहपाठी, गया प्रसाद सिंह तब वकील बन चुके थे और सुलतानपुर में वकालत करते थे। वहीं उनके घनिष्ठ मित्र राज खन्ना से मुलाक़ात हुई जो आज तक बहुत भरोसे की दोस्ती है। 'आगामी कल' पत्रिका से राजेन्द्र अरुण, विभूति नारायण राय और देवी प्रसाद त्रिपाठी जुड़े हुए थे। उसी अख़बार की दूकान पर देवी प्रसाद त्रिपाठी से पहली मुलाक़ात हुई थी। जहाँ तक मेरा सवाल है मैंने पहली बार 'आगामी कल' में ही कुछ लिखा था। उन दिनों डिग्री कॉलेज में लेक्चरर होना इस बात का संकेत माना जाता था कि बन्दा पढ़ा-लिखा होगा। मेरे बारे में भी लोगों को यही मुग़ालता था। ज़िले के उस समय के बड़े समाजवादी नेता त्रिभुवन नाथ संडा थे। वे राज नारायण के दोस्त थे। दो अन्य बड़े नेता थे—कॉमरेड अब्दुल रहमान ख़ान और कॉमरेड शीतला प्रसाद गुप्त। तो मैंने 'आगामी कल' में धंवरुआ में किसानों की जागृति के बारे में कुछ लिख दिया। अब्दुल रहमान ख़ान किसानों के उस जागरण अभियान के हीरो थे। मैंने उन्हीं की बतायी हुई बातों को क़लमबन्द कर दिया था। देवी प्रसाद त्रिपाठी को वह लेख बहुत पसन्द आया। हालाँकि उन दिनों वे कम्युनिस्ट नहीं थे लेकिन आन्दोलन प्रेमी तो थे। अब्दुल रहमान ख़ान साहब ने किसानों के जागरण का जो अभियान चलाया था, वह शुद्ध रूप से वामपन्थी था। त्रिपाठी जब कादीपुर में मेरे कॉलेज आये तो मुझसे बात की। लगभग मेरी ही उम्र

के थे लेकिन मुझसे बहुत ही ज़्यादा जागरूक। बाद में जे.एन.यू. गये, वहाँ छात्र संघ के अध्यक्ष हुए और एमरजेंसी में जेल भी गये। जब बाहर आये तो देश की दूसरी आज़ादी की लड़ाई के हीरो बन गये थे। कादीपुर के मेरे छात्र रमाशंकर यादव और उनके दोस्त असरार ख़ान उनके बहुत प्रिय लोग थे। असरार ख़ान कॉमरेड अब्दुल रहमान ख़ान के बेटे हैं।

डी.पी. त्रिपाठी अब चले गये। कैंसर ने उनको लील लिया। उनके अन्तिम संस्कार के समय दिल्ली के लोधी रोड पर बहुत लोग आये थे। बड़ी संख्या मे वे लोग थे, जिन्होंने 1970 के दशक में जे.एन.यू. को देश की बुलन्द संस्था बनने में डी. पी. त्रिपाठी के साथ योगदान किया था। सबकी आँखें नम थीं। सब अपने-अपने तरीक़े से उनको जानते थे। मैं भी जानता हूँ। उनके व्यक्तित्व की जो सबसे ख़ास बात थी वह यह थी कि कभी किसी के बारे में कुछ भी नेगेटिव नहीं बोलते थे। लोधी रोड श्मशान पर खड़े हुए फुटकर यादें घुमड़-घुमड़ कर आती रहीं। जब अनिल चौधरी ने मेरे कन्धे पर हाथ रखा तो लगा कि बहुत बड़ा सहारा मिल गया है। कुलदीप कुमार को एकदम निराश देखा। इतनी तकलीफ़ उनके चेहरे पर पहले कभी नहीं देखी थी। त्रिपाठी ने कुलदीप के बारे में पहली बार मुझे तब बताया था जब वे शिमला में थे। कहा कि 'इतिहास की पढ़ाई कर रहे हैं लेकिन बहुत ही कुशाग्रबुद्धि हैं और हिन्दी के बहुत अच्छे कवि हैं'। जब कुलदीप कुमार के बारे मे सोचता हूँ, उनकी यह बात हमेशा याद आती है। जब बलराम सिंह को जे.एन.यू. में लाये तो सबको बताया कि यह भविष्य को दिशा देगा। लालचन्द उनके बहुत ही प्रिय थे। हिन्दी में एम. ए. करने आये थे। त्रिपाठी उनके बारे में सबसे अच्छी बातें करते थे। सबके बारे में उनकी राय हमेशा सकारात्मक हुआ करती थी। एमरजेंसी में जेल के दिनों मे उनके साथी हंसराज रहबर, मोहन धारिया, सुरेन्द्र मोहन और चन्द्रशेखर थे। मुझको और घनश्याम मिश्र को उनके यहाँ ले जाते थे। सुरेन्द्र मोहन जी के यहाँ ही पता चला कि अटल बिहारी वाजपेयी की फ़रमाइश पर हंसराज रहबर ने अपनी नज़्म 'महफ़िल में बार-बार जाने को जी करे' ऐसी तोड़-मरोड़ कर पेश की कि उसके बाद उन्होंने रहबर जी से कुछ सुनाने की फ़रमाइश कभी नहीं की।

जब मैं 1976 में दिल्ली आया तो त्रिपाठी तिहाड़ जेल में बन्द थे। घनश्याम मिश्र मुझको उनसे मिलवाने ले गये। उनकी तारीख़ पड़ी थी। आजकल जहाँ संसद मार्ग थाना है, वहीं कोर्ट हुआ करती थी। फ़रवरी का महीना था। बाहर लॉन में बैठकर बात हुई। मुझसे पूछा कि क्या सोचा है। मैंने कह दिया, कादीपुर की नौकरी छूट चुकी है, शादी हो गयी है, एक बेटा भी है। कोई छोटी-मोटी नौकरी करके गुज़र करनी है। उन्होंने साफ़ कह दिया कि भूल जाइये। कोई छोटी-मोटी नौकरी नहीं मिलेगी। फिर से पढ़ाई कीजिए और एमरजेंसी ख़त्म होने का इन्तज़ार कीजिए। उसके बाद ही कुछ सोचियेगा। उसके बाद जेल से जब भी तारीख़ पर आये, मुलाक़ातें होती रहीं। जेल से बाहर आने के बाद प्रो. पुष्पेश पन्त से बात करके मुझे उनके केन्द्र में दाख़िला दिलवा दिया। लेकिन मेरा मन नहीं था पढ़ाई का। मेरा बेटा दो साल का होने वाला था। मुझे तो कुछ कमाकर घर भेजना था। जेल से आने के बाद त्रिपाठी की राजनीतिक हैसियत बहुत बढ़ चुकी थी। जनता पार्टी सरकार के कई मन्त्री उनके दोस्त थे। मोहन धारिया से कहकर उन्होंने मुझे एक प्राइवेट कम्पनी में लगवा दिया लेकिन साथ ही यह वॉर्निंग भी दे दी थी कि कर नहीं पाओगे। लिखने-पढ़ने का काम करो। उस नौकरी की बदौलत सर्वोदय एन्क्लेव में मिला मेरा घर उनका कैम्प कार्यालय हो गया। ऐसी बहुत-सी बातें हैं जो कल से आजतक घूम-घूम कर याद आती जा रही हैं। मैंने पत्रकारिता के क्षेत्र में जो भी किया, उसके लिए मैं देवी प्रसाद त्रिपाठी का आभारी रहूँगा।

एमरजेंसी में जेल जाने से पहले डी.पी.टी. ने जे.एन.यू. यूनियन के अध्यक्ष पद का चुनाव जीता था। रिहा होने के बाद भी अध्यक्ष रहे लेकिन फ़रवरी में ही यूनियन का चुनाव करवाने पर अड़ गये और सीताराम येचुरी एस. एफ. आई. के उम्मीदवार बने। उस चुनाव का प्रचार भी क्या हंगामी था! उसी चुनाव में उन्होंने अनिल चौधरी को ज़िम्मा दिया कि शेष नारायण को सही तरीक़े से एजुकेट करना है। इनके दिमाग़ में काफ़ी सामन्ती तत्त्व हैं, उनको निकालना है। अनिल ने मुझे अवधी लहजे में शिक्षित किया। उस चुनाव के समय मैं जे.एन.यू. में नहीं था, लेकिन चुनाव में काम किया। चुनाव अभियान में मुझे सीढ़ी और कनस्तर में लेई लेकर उन लोगों के साथ चलना होता था जो पोस्टर लगाते थे। यह काम रात में होता था।

घनश्याम मिश्र पोस्टर लेकर चलते थे। दिलीप उपाध्याय, साईनाथ आदि कैम्पस की दीवारों पर पोस्टर लगाते थे। यह सभी लड़के उम्र में हमसे और घनश्याम से कम थे लेकिन हम सीढ़ी कन्धे पर टाँगे चलते थे। अशोकलता जैन, उषा मेनन और अनिल चौधरी मुझे डिक्लास कर रहे थे। डिक्लास होने के कोर्स में जाति, धर्म, उम्र, सब बन्धन तोड़ने पड़ते थे। उसी डिक्लास होने के चक्कर में बर्तन माँजने का काम भी करवाया गया। शादी के बाद प्रबीर और अशोकलता जैन वसन्त विहार की एक कोठी के स्टॉफ क्वॉर्टर में किराये पर रहते थे। एक दिन अनिल चौधरी ने कहा कि उनके यहाँ दावत में जाना है। हम चले गये। पता लगा कि चौधरी साहब को वहाँ खाना बनाना भी है। हम उनके सहायक की भूमिका में थे। रात के 12 बज गये। वापसी पैदल ही हुई। बाद में त्रिपाठी ने बताया कि अब ठीक है, आप इन्सान बन गये हैं। उसी दौर में मैंने एकाध बार जब अभिलाषा सिंह को राजकुमारी कह दिया, तो बहुत खफ़ा हुए और समझाया कि ऐसा कहना अभिलाषा का अपमान है। वे बहुत ही शालीन और वैज्ञानिक सोच वाली हैं, सामन्ती चोले को तिलांजलि दे चुकी हैं।

जे.एन.यू. और सी. पी. एम. की राजनीति में आला मुक़ाम हासिल करने के बाद दिल्ली छोड़कर उनका इलाहाबाद जाना और वहाँ विश्वविद्यालय में शिक्षक हो जाना, एक ऐसी पहेली है जो बहुत दिनों तक समझ में नहीं आयी। लेकिन जब वे राजीव गाँधी के ख़ास सलाहकार बने तब उन्होंने उस गुत्थी को सुलझाया। राजीव के क़रीबी के रूप में मैंने उनके पंचशील एन्क्लेव और डिफेंस कालोनी के घरों में उनकी दिनचर्या को देखा है। बड़े-बड़े मन्त्री उनके यहाँ दरबार लगाया करते थे। उन दिनों घनश्याम मिश्र सुलतानपुर में लेक्चरर हो कर जा चुके थे। मुझसे एक दिन कहा कि उससे कहो कि दिल्ली आया-जाया करे लेकिन घनश्याम वहीं मस्त थे। घनश्याम के जाने के बाद त्रिपाठी के सबसे क़रीबी और विश्वसनीय साथी कुमार नरेन्द्र सिंह रहे।

जब एक अख़बार में काम करने के दौरान मुझे एडिट पेज पर काम करने का मौक़ा मिला तो त्रिपाठी ने कांग्रेसी होने के बावजूद कहा कि विचारधारा के स्तर पर मार्क्सवादी सोच ही सुपीरियर है। राजेन्द्र शर्मा से सम्पर्क रखो और आज का (1993) जो सर्वोच्च लेखन है, उसे छापो।

उससे बड़ा नाम होगा। सी. पी. चन्द्रशेखर, जयन्ती घोष, प्रभात पटनायक, राजेन्द्र शर्मा, सीताराम येचुरी उस दौर में मेरे सम्पादकीय पृष्ठ पर विराजते थे। इन सबको बैलेंस करने के लिए मैंने इशर जज अहलुवालिया से भी लिखवाया। उन दिनों मुझसे बहुत ख़ुश रहते थे। एक दिन मुझसे कहा कि मनमोहन का लेख, 'फ़ैज़ की शायरी–गुरूरे इश्क़ का बाँकपन' पढ़ो। तब तक मैं टेलीविज़न में चर्चा-वीर हो चुका था। मनमोहन का लेख उनको बहुत पसन्द था। अपने फ़ीरोज़ शाह रोड वाले घर पर बैठकर मुझसे पढ़वाया। फ़ैज़ से उनकी आत्मीयता रही होगी क्योंकि जब 1978 में फ़ैज़ दिल्ली आये तो उनकी एक बड़ी बैठकी ज़ाकिर हुसेन मार्ग पर डॉ. आई. पी. सिंह के घर पर हुई थी। भारत सरकार के विदेश मन्त्रालय में पाकिस्तान-इरान-अफ़ग़ानिस्तान डेस्क के इंचार्ज के रूप में डॉक्टर साहेब ने फ़ैज़ की यात्रा को आसान बनाया था। अटल बिहारी वाजपेयी विदेश मन्त्री थे और आई. पी. सिंह उनके ख़ास थे। वे जौनपुर के थे और मेरा भी उनके यहाँ आना-जाना था। मैं त्रिपाठी के साथ वहाँ गया था। डॉ. आई. पी. सिंह के घर के लॉन में मैंने डी. पी. त्रिपाठी को फ़ैज़ से फ़ैज़ की शायरी पर बात करते देखा है। फ़ैज़ उनसे बात करके बहुत ख़ुश हुए थे।

उनके गाँव के केदारनाथ सिंह इन्दिरा गाँधी की सरकार में मन्त्री थे। कांग्रेस के बड़े नेता भी थे। हमारे दोस्त, राजेन्द्र सिंह के बाबूजी थे तो हम लोग उनसे थोड़ी सम्मानजनक दूरी बनाकर रखते थे। लेकिन त्रिपाठी की उनसे बातचीत बिल्कुल दोस्ताना माहौल में होती थी। त्रिपाठी को मैंने राजीव गाँधी फ़ाउंडेशन के एक कार्यक्रम में डेसमंड टूटू और नेल्सन मंडेला से भी बात करते देखा है। उनकी शख़्सियत की सबसे बड़ी बात यह थी कि वे किसी भी इन्सान से इंटिमिडेट नहीं होते थे। केदारनाथ सिंह से बातचीत के दौरान ही उन्होंने प्रेरणा दी थी कि बच्चों को जे.एन.यू. में भेजिये। उनके बेटे अशोक सिंह को जे.एन.यू. में भर्ती करवाने में त्रिपाठी का योगदान था। अशोक उनको और मुझको अपना बड़ा भाई मानते हैं।

बहुत सारी यादें हैं। लेकिन यह तय है कि उस इन्सान के जाने के बाद अन्दर से कुछ हिल गया है। सोच रहा हूँ कि उनके बारे में ज़्यादा से ज़्यादा लिखूँ तो शायद कुछ चैन पड़े।

सबीहा हाशमी जिन्होंने मेरी ज़िन्दगी बदल दी

इस बार मुम्बई की यात्रा में साहित्यकार, रंगकर्मी, संस्कृति संरक्षक, संगीतकार विभा रानी ने बताया कि वे एक किताब छाप रही हैं जिसमें कुछ लेखकों के संस्मरण छापे जायेंगे। आजकल मुझे भी अपने मित्रों के बीच संस्मरणों के लेखक के रूप में मान्यता मिलनी शुरू हो गयी है। शायद इसलिए उन्होंने मुझको भी उस किताब में कुछ लिखने के लिए आमन्त्रित कर दिया और वही सन्देश जो सब को भेजा गया था, मेरे पास भी भेज दिया कि अपने जीवन में सबसे अहम भूमिका निभाने वाली स्त्री के बारे में लिखूँ। मेरे लिए बहुत आसान था क्योंकि मैं अपनी माँ के बारे में बात करते हुए उनकी महानता की बात करके कभी नहीं अघाता। लेकिन विभा जी ने कहा कि माताजी के बारे में नहीं लिखना है क्योंकि सबकी माताजी महान होती हैं। जो सन्देश उन्होंने भेजा था, उसको ज्यों का त्यों प्रस्तुत कर रहा हूँ :

"आप सबके जीवन में कोई एक ऐसी स्त्री आयी होगी, जो आपकी ज़िन्दगी में महत्त्वपूर्ण भूमिका निभाकर चली गयी होगी। वह कौन थी, क्या थी, उसकी फितरत क्या थी? कैसे वह आपकी ज़िन्दगी में आयी? आपके जीवन में क्या बदलकर चली गयी? क्या आपको देकर गयी? क्या आपसे लेकर गयी? मेरी स्त्री! इसके तहत आप अपने जीवन की किसी एक स्त्री के बारे में 2000 से 2500 शब्दों में हमें लिखकर भेजें। बस, ध्यान यह रहे कि यह स्त्री आपकी सगी-सम्बन्धी न हो। माने वह आपकी माँ, बेटी, पत्नी, सास आदि न हो। समाज की स्त्री। समाज से ली गयी स्त्री। यह स्त्री आपकी नायिका भी हो सकती है या खलनायिका भी।

पन्द्रह दिन के भीतर आपका आलेख मिल जाने से हम आपके आभारी होंगे।"

विभा जी के इस सन्देश के बाद तय हो गया कि अपनी बेटियों, बहनों, पत्नी या अन्य किसी सम्बन्धी के बारे में नहीं लिखना है। माताजी के बारे में तो नहीं ही लिखना है। उनके आदेश के बाद मैंने बचपन से लेकर अब तक की महिलाओं के बारे में सोचना शुरू किया। अपने घर की स्त्रियों के अलावा किसी से कोई परिचय तक नहीं था। प्राइमरी स्कूल में तो शायद एकाध लड़कियाँ पढ़ती थीं लेकिन हाई स्कूल और इंटरमीडिएट की कक्षा में न ही कोई लड़की सहपाठी थी और न ही कोई स्त्री शिक्षक के रूप में तैनात थी। बी.ए. में महिला शिक्षक तो थीं लेकिन मेरे क्लास में जो एकाध लड़कियाँ थीं, उनसे किसी तरह का कोई संवाद नहीं था। एम. ए. की क्लास में कई लड़कियाँ सहपाठी थीं। उनमें से कुछ से दोस्ती भी हुई लेकिन क़रीब डेढ़ साल में ऐसी कोई घटना नहीं हुई जिसके बारे में कहा जा सके कि 'जो आपकी ज़िन्दगी में महत्त्वपूर्ण भूमिका निभाकर चली गयी होगी।' दिल्ली आने के बाद ऐसी महिलाओं से मुलाक़ात हुई जिन्हें सामान्य परिचय की श्रेणी में रखा जा सकता है। जे.एन.यू. की कई छात्राओं ने बहुत मदद की। वह ऐसा विश्वविद्यालय है जहाँ इन्सानी रिश्ते सम्मान पाते हैं। अपने शुरुआती वर्षों में जे.एन.यू. का स्तर इतना ऊँचा था कि आई. ए. एस. जैसी नौकरियों के इम्तिहान देना उस कैम्पस में तौहीन माना जाता था। अस्सी के दशक में कुछ लड़कों ने चुपचाप आई. ए. एस. की परीक्षा दी और लगभग सभी सफल हुए। उसके बाद वहाँ प्रवेश के लिए ऐसे छात्रों की भीड़ आने लगी जो आई. ए. एस. या उस स्तर की अन्य केन्द्रीय नौकरियों में जाना अपने जीवन का उद्देश्य मानते थे। कुछ लड़कों को प्रवेश मिल जाता था, बहुतों को नहीं मिलता था। आज जो लोग जे.एन.यू. के बारे में उल्टी-सीधी बकवास करते पाये जाते हैं, उनमें बड़ी संख्या उन लोगों की है जो कम-से-कम एक बार जे.एन.यू. की प्रवेश परीक्षा में शामिल हुए और फेल हो गये थे। उनमें से कई आई. ए. एस. हैं, कुछ नेता हैं और कुछ पत्रकार हैं। उनकी अपनी कुण्ठाएँ और मजबूरियाँ हैं, जिसके कारण वे विश्वविद्यालय के बारे में ऊलजलूल बातें करते रहते हैं।

उनकी अपनी कुण्ठाएँ उनको अब तक नहीं छोड़ रहीं, जबकि उनमें से बहुत सारे तो चौथेपन को प्राप्त कर चुके हैं।

इसी विश्वविद्यालय के सौजन्य से मुझे उस स्त्री से मुलाक़ात का सौभाग्य मिला जिसका मेरे ऊपर बहुत एहसान है। मेरे एक बेहद क़रीबी दोस्त की बड़ी बहन हैं वे। उनकी अम्मा हमारे सभी दोस्तों की अम्मा थीं, लेकिन पूरा परिवार ऐसा था जिसने किसी भी शोषित-पीड़ित की मदद करने में हमेशा पहल की। दिल्ली के एक करखनदार परिवार में उनका जन्म हुआ था। मुल्क के बँटवारे की तकलीफ़ को उनके परिवार ने बहुत क़रीब से झेला था। उनके परिवार के लोग जंगे-आज़ादी की अगली क़तार में रहे थे। उनके पिता ने हिन्दू कॉलेज के छात्र के रूप में बँटवारे के दौर में इन्सानी बुलन्दियों को रेखांकित किया था। लेकिन बँटवारे के बाद परिवार टूट गया। कोई पाकिस्तान चला गया तो कोई हिन्दुस्तान में रह गया। उनके दादा मौलाना अहमद सईद ने मुसलमानों को पाकिस्तान के चक्कर में पड़ने से आगाह किया था और जिन्ना का विरोध किया था। मौलाना अहमद सईद देहलवी ने 1919 में अब्दुल मोहसिन सज्जाद, क़ाज़ी हुसैन अहमद और अब्दुल बारी फ़िरंगीमहली के साथ मिल कर जमीअत-उलेमा-ए-हिन्द की स्थापना की थी। जो लोग बीसवीं सदी के भारत के इतिहास को जानते हैं, उन्हें मालूम है कि जमीअत-उलेमा-ए-हिन्द ने महात्मा गाँधी के 1920 के असहयोग आन्दोलन को इतनी ताक़त दी थी कि अंग्रेज़ी साम्राज्य की बुनियादें हिल गयी थीं। उसके बाद ही अंग्रेज़ों ने हिन्दुओं और मुसलमानों में फूट डालने के प्रोजेक्ट पर काम करना शुरू किया था।

जमीअत उस समय के उलेमा की संस्था थी। ख़िलाफ़त तहरीक़ के समर्थन का सवाल जमीअत और कांग्रेस को क़रीब लाया था। जमीअत ने हिन्दुस्तान भर के मुसलमानों को आज़ादी की लड़ाई में शामिल होने के लिए प्रेरित किया और बाद में जब मुहम्मद अली जिन्ना ने पाकिस्तान की माँग की तो उसका ऐलानिया विरोध किया। मौलाना अहमद सईद साहेब भारत में ही रहे और उनके परिवार का बड़ा हिस्सा भी यहीं रहा लेकिन कुछ लोगों के चले जाने से परिवार तो बिखर ही गया था।

इसी परिवार में आठ नवम्बर 1949 को दिल्ली के कश्मीरी गेट मोहल्ले में सबीहा हाशमी का जन्म हुआ। बँटवारे के बाद परिवार पर आर्थिक संकट

का पहाड़ टूट पड़ा था लेकिन उनके माता-पिता ने हालात का बड़ी बहादुरी से मुक़ाबला किया। अपनी पाँचों औलादों को इज़्ज़त की ज़िन्दगी देने की पूरी कोशिश की और कामयाब भी हुए। यह सारे भाई-बहन बहुत ही आदरणीय लोग हैं। 1947 के बाद जब दिल्ली में कारोबार लगभग ख़त्म हो गया तो डॉ. ज़ाकिर हुसैन और प्रो. नूरुल हसन की प्रेरणा से उनके पिताजी अपने बच्चों के साथ अलीगढ़ चले गये। बाद में उनकी माँ को दिल्ली में नौकरी मिल गयी तो बड़े बच्चे अपनी माँ के पास दिल्ली में रहकर पढ़ाई-लिखाई करने लगे। छोटे बच्चे अलीगढ़ में ही रहे। कुछ साल तक परिवार दिल्ली और अलीगढ़ के बीच झूलता रहा। बाद में सभी दिल्ली आ गये। इसी दिल्ली में आज से चालीस साल पहले मेरी उनसे मुलाक़ात हुई थी।

जो लोग सबीहा को जानते हैं, वह यह भी जानते हैं कि उन्होंने सैकड़ों ऐसे लोगों की ज़िन्दगी को जीने के क़ाबिल बनाने में योगदान दिया है जो अँधेरे भविष्य की ओर ताक रहे थे। वह किसी भी परेशान इन्सान की मददगार के रूप में अपने असली स्वरूप में आ जाती हैं। लगता है कि आर्थिक अभाव में बीते उनके बचपन ने उन्हें ऐसी नज़र दे दी है जो किसी भी मुसीबतज़दा इन्सान को दूर से पहचान लेती है और वे बिना कुछ कहे-सुने उसकी मदद की योजना पर काम करना शुरू कर देती हैं। सबीहा हाशमी ने सैकड़ों लोगों पर एहसान किया है, लेकिन कभी किसी को बताती नहीं हैं। उनकी शख़्सियत की यह ख़ास बात मैंने पिछले चालीस वर्षों में बार-बार देखी है। गाँधी जी के प्रिय भजन की पंक्तियाँ, "वैष्णव जन तो तेने कहिये जे पीर पराई जाणे रे, पर दुक्खे उपकार करे तोये मन अभिमान न आणे रे" उन पर बिल्कुल सटीक बैठती हैं। उन्होंने कभी किसी को नहीं बताया कि उन्होंने किसी की मदद की है, कभी नहीं।

दिल्ली के एक बहुत ही विख्यात पब्लिक स्कूल में आप आर्ट पढ़ाती थीं। एक दिन उनको पता लगा कि किसी बहुत ही कम-उम्र बच्चे को कैंसर हो गया है। कैंसर की शुरुआती स्टेज थी। डॉक्टर ने बताया कि अगर बच्चे का इलाज तुरन्त हो जाये तो उसकी ज़िन्दगी बच सकती है। अगले एक घण्टे के अन्दर आपने अपने तमाम शुभचिन्तकों से बात की और प्रोजेक्ट पर काम करना शुरू कर दिया। जिसको जो भी करना होता था,

अस्पताल में जाकर करता था। बच्चे का इलाज हो गया। लेकिन आपने इसको अपनी ट्रॉफी कभी नहीं बनाया। यहाँ तक कि उनको यह भी मालूम नहीं कि वह बच्चा आज कहाँ है। किसी की क्षमता पहचान कर उसको बेहतरीन अवसर दिलवाना उनकी पहचान का हिस्सा है। उनके स्कूल में एक लड़का उनके विभाग में चपरासी का काम करता था। पारिवारिक परेशानियों के कारण पढ़ाई पूरी नहीं कर सका था। उसको प्राइवेट फॉर्म भरवाकर पढ़ाई पूरी करवायी और बाद में वही लड़का बैंक के प्रोबेशनरी अफ़सर की परीक्षा में बैठा और आज बड़े पद पर है। दफ़्तर के एक सहयोगी की मृत्यु के बाद उसके घर गयीं तो आपने भाँप लिया कि उसकी विधवा को उस परिवार में परेशानी ही परेशानी होगी। अपने दफ़्तर में उसकी नौकरी लगवायी, उसकी आगे की पढ़ाई करवायी और आज वह महिला एक बड़े स्कूल में शिक्षिका है। ऐसे बहुत सारे मामले हैं, लिखना शुरू करें तो पूरी किताब बन जायेगी। आजकल आप बेंगलुरु के पास के ज़िले रामनगर के एक गाँव में विराजती हैं और वहाँ भी कई लड़कियों को अपनी ज़िन्दगी बेहतर बनाने के लिए प्रेरित कर रही हैं। उस गाँव की कई बच्चियों के माता-पिता को हड़का कर, उनकी शिक्षा पूरी कराने का माहौल बनाती हैं और उनकी फ़ीस आदि का इन्तज़ाम करती रहती हैं। अपने लिए सबीहा ने कभी किसी से कोई आर्थिक मदद नहीं ली लेकिन अगर किसी मुसीबतज़दा की मदद करनी हो तो अपने बच्चों, पुराने छात्रों आदि से बेझिझक माँग लेती हैं।

सबीहा अपनी औलादों के लिए कुछ भी कर सकती हैं। दिल्ली के पास गुड़गाँव में उनके बेटे ने अच्छा-ख़ासा घर बनवा दिया था लेकिन जब उनको लगा कि बेटे के पास रहना ज़रूरी है तो उन्होंने यहाँ से सब कुछ समेट कर बेंगलुरु शिफ्ट करना उचित समझा। बावजूद इसके बच्चों के सर पर बोझ नहीं बनीं। अपना अलग घर बनाया और आराम से वहीं रहती हैं। इस मामले में खुशक़िस्मत हैं कि उनकी सभी औलादें अब बेंगलुरु में ही हैं। सब को वहीं काम मिल गया है। आपने वहाँ एक ऐसे गाँव में ठिकाना बनाया है जहाँ तक जाने के लिए सड़क भी नहीं है। मुख्य सड़क से घर काफ़ी दूर है लेकिन वहाँ से हटने को तैयार नहीं हैं क्योंकि गाँव का हर शख़्स परेशान होने पर अज्जी से गुहार लगाता है। गाँव वाले उनकी उम्र और सफ़ेद बालों

की वजह से नहीं बल्कि प्यार और सम्मान से उन्हें अज्जी कहते हैं। अपने इस नये गाँव की बच्चियों से हस्तशिल्प के आइटम बनवाती हैं, खुद भी लगी रहती हैं और बेंगलुरु शहर में जब कहीं कोई प्रदर्शनी लगती है उसमें बच्चों के काम को प्रदर्शित करती हैं। सामान की बिक्री से जो भी आमदनी होती है, उसको उनकी फ़ीस के डिब्बे में डालती रहती हैं। उसमें से एक पैसा नहीं लेतीं। उनके तीनों बच्चे यह जानते हैं इसलिए अगर उन्हें कोई भी ज़रूरत पड़ी तो हाज़िर रहते हैं।

मेरे जीवन में उनकी भूमिका बहुत बड़ी है। मैं उनके भाई का दोस्त ही तो हूँ लेकिन उन्होंने मुझे रास्ता दिखाया और सलीक़े से ज़िन्दगी जीने की तमीज़ सिखायी। मैं गाँव से रोज़गार की तलाश में आया एक ऐसा आदमी था जो इस महानगर में पूरी तरह से कनफ्यूज़ था। दिल्ली में मैं दिशाहीनता की तरफ़ बढ़ रहा था। रोज़गार तो छोटा-मोटा मिल गया था लेकिन परिवार गाँव में था। मैं अपनी पत्नी और दो बच्चों को इसलिए दिल्ली नहीं ला रहा था कि रहेंगे कहाँ। सबीहा ने मुझे डाँट-डपट कर इस बात पर राजी किया कि उन्हें दिल्ली ले आऊँ। किराये का मकान दिलवाया और बच्चों को तुरन्त स्कूलों में प्रवेश दिला दिया। दिल्ली के पब्लिक स्कूलों में प्रवेश पाना बहुत कठिन होता है लेकिन वे ठसकेदार पब्लिक स्कूल की टीचर थीं इसलिए शहर के दूसरे स्कूलों में भी लोग उनका बहुत सम्मान करते थे। दिल्ली में जब मेरी तीसरी औलाद, मेरी छोटी बेटी पैदा हुई तो मेरी पत्नी इन्दु की देखभाल का पूरा जिम्मा उन्होंने ले लिया। उसे लेकर अस्पताल गयीं और सारा इन्तज़ाम किया। मैं सुलतानपुर से डिग्री कॉलेज के लेक्चरर की नौकरी छोड़कर आया था। मुझे ज़िद थी कि उसी स्तर का काम मिलेगा तो करूँगा। उन्होंने मुझे समझाया कि जो भी काम मिले, कर लो। बँधी-बँधाई तनख़्वाह मिलेगी तो गृहस्थी चल निकलेगी। आज सोचता हूँ कि अगर उनकी बात न मानी होती तो पता नहीं कहाँ होता। आज जो मैं पत्रकारिता के कई हल्कों में पहचाना जाता हूँ इसकी शुरुआत करने, रोज़ लिखने की प्रेरणा मुझे सबीहा हाशमी ने ही दी थी।

सबीहा में हिम्मत और हौसला बहुत ज़्यादा है। चालीस साल की उम्र में आपने रॉक क्लाइम्बिंग सीखी और बाक़ायदा एक्सपर्ट बनीं, अड़तालीस साल

की उम्र में कार चलाना सीखा। चालीस पार करने के बाद चीनी भाषा का ज्ञान प्राप्त किया और पचास साल की होने पर नयी दिल्ली के नेशनल म्यूज़ियम इंस्टिट्यूट (डीम्ड यूनिवर्सिटी) से पीएच.डी. की। जब मैंने पूछा कि इस उम्र में पीएच.डी. से क्या फ़ायदा होगा तो आप बोलीं—''यह मेरी इमोशनल यात्रा है। मेरे अब्बू चाहते थे कि मैं पीएच.डी. करूँ। उनके जीवन में नहीं कर पायी लेकिन अब जब उनके लिए पढ़ाई करती हूँ तो लगता है उन्हें श्रद्धांजलि दे रही हूँ।' सबीहा कहती हैं कि उनके दिमाग़ में एक फ़िल्टर लगा है जिसके कारण वे उन बातों को भूल जाती हैं जो तकलीफ़ देने वाली होती हैं। उनके साथ ज़िन्दगी में बहुत सारे धोखे हुए हैं लेकिन कभी किसी का उल्लेख नहीं करतीं। उनकी किसी बात को मैं आज भी नज़रअन्दाज़ नहीं कर सकता।

9 जनवरी, 2020

नौकरी की ख़बर के साथ मिली बेटी के जन्म की ख़बर

आज से चालीस साल पहले, इक्कीस अगस्त के दिन मेरी गुड्डी पैदा हुई थी। एमरजेंसी हट चुकी थी, जनता पार्टी की सरकार बन चुकी थी। मोरारजी देसाई को प्रधानमन्त्री बनाकर यथास्थिति वादियों ने यह सुनिश्चित कर लिया था कि एमरजेंसी जैसे काले राजनीतिक अध्याय के बाद भी केवल इन्दिरा गाँधी की सरकार बदले, बाक़ी कुछ न बदले। जो लोग एमरजेंसी के ख़िलाफ़ हुए जन आन्दोलन को राजनीतिक परिवर्तन की शुरुआत मान रहे थे, उनका मोहभंग हो चुका था। मैं दिल्ली में रहता था। आया तो रोज़गार की तलाश में था लेकिन एमरजेंसी में कहीं कोई नौकरी नहीं मिल रही थी। मजबूरी में कुछ पढ़ाई-लिखाई भी कर रहा था। इसी दौर में कोई मामूली नौकरी मिल गयी थी। जिस दिन नौकरी की ख़बर मिली, उसी दिन गाँव से कोई आया। उसने बताया कि घर पर बेटी का जन्म हुआ है। मैं दो साल से ठोकरें खा रहा था। नौकरी की ख़बर के साथ जब बेटी के जन्म की ख़बर भी मिली तो लगा कि बिटिया भाग्यशाली है। बाप के लिए कहीं पाँव जमाने की जगह लेकर आयी है। उससे दो साल बड़ा एक भाई है और छह साल छोटी एक बहन भी है। गुड्डी मँझली औलाद हैं।

एमरजेंसी के दौरान इन्दिरा-संजय की टोली ने देश में तरह-तरह के अत्याचार किये थे। एमरजेंसी लगने से पहले मैं अच्छा-भला लेक्चरर था। मान्यता-प्राप्त, सहायता-प्राप्त डिग्री कॉलेज में पढ़ाता था। लेकिन अगस्त 1975 में नौकरी छोड़नी पड़ी थी। उत्तर प्रदेश में कॉलेजों के प्रबन्धन अब तो माफ़िया-तन्त्र में बदल चुके हैं, लेकिन उन दिनों भी किसी से कम नहीं

होते थे। बहरहाल एमरजेंसी लगने के बाद जो मेरी नौकरी छूटी तो उसके हटने के बाद ही लगी। एमरजेंसी के दौर में मैंने बहुत-सी बुरी ख़बरें सुनीं और देखीं लेकिन गुड्डी के जन्म के बाद लगता था कि शायद चीज़ें बदल रही थीं। लेकिन असल में ऐसा नहीं था। मेरे ज़िले का ग्रामीण समाज अब भी पुरानी सोच के दायरे में ही था। दहेज अपने विकराल रूप में नज़र आना शुरू हो गया था। हमारे इलाक़े के बिल्कुल अनपढ़ या दसवीं फ़ेल लड़कों की शादियाँ ऐसी लड़कियों से हो रही थीं जो बी.ए. या एम. ए. तक पढ़ कर आती थीं। ज़ाहिर है मेरी बेटी के जन्म के बाद भी इसी तरह की सोच समाज में थी। लेकिन मैंने ठान लिया था कि अपनी बेटी को बदलते समाज के आईने के रूप में ही देखूँगा। गुड्डी बेटी थी, साँवली थी, और ऊपर से गोरे-चिट्टे भाई की बहन थी। मेरे परिवार के शुभचिन्तक अक्सर उसके भविष्य को लेकर चिन्ता जताया करते थे। लेकिन गुड्डी की माँ और दादी का फ़ैसला था कि बच्ची को दिल्ली में उच्च शिक्षा दिलायी जायेगी और समाज की रूढ़ियों को चुनौती दी जायेगी। गुड्डी दिल्ली आयीं। यहाँ के बहुत अच्छे स्कूल से दसवीं पास की लेकिन इतने नम्बर नहीं आये कि उस स्कूल में उनको अगली क्लास में साइंस मिल सके। आर्ट्स लेनी पड़ी और तब गुड्डी की समझ में आ गया कि मेहनत से पढ़ाई किये बिना बात नहीं बनेगी। बस, फिर क्या था! गुड्डी ने कठिन परिश्रम किया और दक्षिणी दिल्ली के बहुत अच्छे कॉलेज, वेंकटेश्वर कॉलेज में, पहली ही लिस्ट में दाख़िला लिया।

गुड्डी जो भी तय कर लेती हैं, उसको हासिल करती हैं। आज वे चालीस साल की हो गयी हैं। जीवन में अच्छी तरह से व्यवस्थित हैं। ख़ुद बहुत अच्छे स्कूल में टीचर हैं। उनका बेटा दिल्ली के सबसे अच्छे स्कूल का छात्र है। अपनी पसन्द के लड़के से अन्तर्जातीय शादी की है और सामन्ती शादी-ब्याह के बन्धन को तोड़कर मुझे गौरवान्वित किया है। दिल्ली के एक पुराने परिवार में ब्याही गयी हैं। नयी दिल्ली स्टेशन के पास घर है, व्यापारिक परिवार है। परिवार के सबसे आदरणीय व्यक्ति, उनके अजिया ससुर, समाज और क्षेत्र के बहुत ही सम्मानित व्यक्ति हैं। रेलवे से अवकाश प्राप्त अधिकारी हैं। गुड्डी को बहुत स्नेह करते हैं।

दिल्ली में गुड्डी हमारी गार्जियन भी हैं। अपनी अम्मा की हर ज़रूरत का ख़याल रखती हैं। थोड़ी ज़िद्दी हैं। यह ज़िद वैसी ही है, जिसको अन्य माँ-बाप अपने बच्चों की दृढ़-निश्चयी प्रवृत्ति बताते हैं। अपनी शर्तों पर ज़िन्दगी जीने वाली मेरी बेटी को आज उसका जन्मदिन बहुत-बहुत मुबारक होगा, ऐसा मेरा विश्वास है।

20 अगस्त, 2017

मेरी बेटी, जो अब मेरी दादी है

आज (6 जून) हमारी सबसे छोटी बेटी का जन्मदिन है। 1983 में जब इनका जन्म हुआ, संयोग ऐसा हुआ कि उसके बाद कभी हमें फ़ाक़े नहीं करने पड़े। इनके बड़े भाई-बहनों ने इनको हमेशा सबसे महत्त्वपूर्ण इन्सान माना। मेरी आर्थिक हैसियत तो ऐसी नहीं थी लेकिन फिर भी आप शिशुवन गयीं, श्रीराम स्कूल गयीं, दिल्ली विश्वविद्यालय से अर्थशास्त्र में ऑनर्स किया, जे.एन.यू. से एम. ए. किया और स्कॉलरशिप मिल गयी तो अमरीका के एक टॉप विश्वविद्यालय से पीएच.डी. की। विश्व बैंक में नौकरी की और आज दुनिया के महत्त्वपूर्ण युवा अर्थशास्त्रियों में इनका नाम सम्मान से लिया जाता है। इस सारी प्रक्रिया में यह कब मेरी दादी बन गयीं, मुझे पता ही नहीं चला। जब छोटी थीं तो पापा की गोद में बैठी रहती थीं। इनकी पढ़ाई-लिखाई हमारे पूरे परिवार की प्राथमिकता रहती थी। इन्हें हमेशा बच्ची के रूप में ही देखा गया।

2016 में जब मैं बीमार हुआ और क़रीब डेढ़ महीने अस्पताल में पड़ा रहा तो मैंने देखा कि हमारी बच्ची एकदम से दादी हो गयी है। अस्पताल में मेरी देखभाल का चार्ज पूरी तरह से इनके ज़िम्मे हो गया। इनके बड़े भाई मुम्बई से लगभग हर शनिवार को आ जाते थे, इनका बेटा दिन भर इनकी बड़ी बहन के घर रहता था। देश के एक शीर्ष मैनेजमेंट स्कूल में इनकी नौकरी थी, जहाँ से छुट्टी लेकर आप अपने बाप की देखभाल करती रहीं, अपनी माँ का सहारा बनी रहीं और अपने पिता को मौत के मुँह से खींचकर ले आयीं। समय से दवा देना, अम्मा को सहारा देना, भाई-बहनों को मेरी बीमारी के बारे में अपडेट रखना, अस्पताल में आये मेरे भाई-बहन

का पूरा ख़याल रखना, ऐसे काम थे जिसको आपने बिना किसी तनाव के पूरा किया। मेरे हज़ारों टेस्ट हुए होंगे, सबकी डिटेल आपको याद रहती थी।

हम बीमार थे, ठीक हो गये, घर आ गये, काम शुरू कर दिया और ज़िन्दगी एक बार फिर सामान्य हो गयी। सब कुछ सहज-सामान्य हो गया लेकिन इस सारी प्रक्रिया में हमारी सबसे छोटी बिटिया कहीं खो गयी। मेरी टीनी चा, जिसने बीमारी के दौरान मेरी दादी का रोल ओढ़ लिया था, वह उसी मुकाम पर जम गयी। अब वह फुल दादी है। मैं कोई भी बात कहना चाहूँ तो आधी बात सुनकर ही उसका आशय पता लग जाता है और बात पूरी होने से पहले ही पापा टोक दिये जाते हैं। अगर कोई ज़रूरत है तो उसको पूरा कर देती हैं। हमसे बहुत दूर दक्षिण भारत में रहती हैं लेकिन हर परेशानी की लिस्ट उनके पास रहती है। उसका समाधान भी करती रहती हैं। उनकी बड़ी बहन दिल्ली में रहती हैं। वे हमारे राशन-पानी की इंचार्ज हैं। मेरी उम्र और औकात से ज़्यादा कपड़े हमको मिलते रहते हैं। इनकी अम्मा इनके साथ ही खेल में शामिल हैं और इन्हीं की तरह ख़र्च-वर्च करती हैं, लेकिन पापा बेचारे अब बुढ़ऊ हो गये हैं। उनको कुछ नहीं मालूम। उनको क्या करना है, यह तो दादी जी ही तय करती हैं। पापा के बारे में सारे फ़ैसले आप ही करती हैं। मेरी प्रार्थना है कि ऐसी बेटी परवरदिगार सबको दे।

जन्मदिन मुबारक मेरे बेटे

आज हमारे बेटे का जन्मदिन है। 1975 में एमरजेंसी लगने के क़रीब डेढ़ महीने बाद सुलतानपुर ज़िले के मेरे गाँव में 5 और 6 अगस्त के बीच की रात में इनका जन्म हुआ था। तब मेरे गाँव में जन्मदिन मनाने का रिवाज़ नहीं था। दिल्ली आने पर स्कूल के बाक़ी बच्चों के जन्मदिन की चर्चा होती थी तो इनके जन्मदिन पर घर में कुछ अच्छा खाना बनने लगा। अभी कुछ साल पहले इनके जन्मदिन पर हम मुम्बई में इनके घर पर थे। इनकी अम्मा ने कहा कि चलो बेटे के लिए अच्छी-सी कमीज़ ख़रीद कर लाते हैं। छूटते ही इन्होंने कहा कि मेरे जन्मदिन पर क़मीज़ तो कभी नहीं आयी। इस बात से अड़तीस साल पहले का एक-एक दिन नज़रों के सामने से गुज़र गया। हमें याद है, अपने बेटे के लिए पहली बार जन्मदिन का गिफ़्ट लेने हम 1981 में गये थे। कई दूकानों में गये लेकिन कुछ समझ में नहीं आया। जिस गिफ़्ट पर भी हाथ डाला, वह जेब की सीमा के बाहर था। थक-हार कर शाम तक वापस आ गये। अगले दिन जे.एन.यू. जाना हुआ। गीता बुक सेंटर पर खड़े हुए दूकान के मालिक दादा से ज़िक्र किया तो लगा कि सारी राहें आसान हो गयीं। दादा ने प्रगति प्रकाशन मॉस्को की कई किताबें पैक कर दीं और कहा कि जब तक बच्चा बड़ा न हो जाये उसे हर साल किताबें ही देते रहना। वह सारा गिफ़्ट दस रुपये में आ गया था।

उसके बाद जब तक हम साथ रहे, हर साल किताबों का गिफ़्ट ही देते रहे। उनके जन्मदिन पर दी गयी किताबों ने उनकी ज़िन्दगी को ख़ूबसूरत बनाने में अहम भूमिका निभायी वर्ना अनिश्चित आमदनी वाले माँ-बाप के बच्चों की ज़िन्दगी में वह स्थिरता नहीं होती जो इनकी ज़िन्दगी में है।

जन्मदिन की किताबें ख़रीदने हम कई बार गोलचा सिनेमा के पास वाले फ़ुटपाथ पर भी गये। कभी बुक ऑफ़ नॉलेज लाये तो कभी डिक्शनरियाँ लाये। किताबों के प्रति उनके मन में आज भी बहुत सम्मान है। जब भी कहीं टाइम पास करना होता है किताबें ख़रीद लेते हैं।

सिद्धार्थ जब 14 साल के हुए तो हम ग्रीन पार्क में रहते थे। आमदनी भी ठीक-ठाक हो गयी थी। उनकी इच्छा थी कि उन्हें साइकिल दी जाये। सरदार गुरबचन सिंह हमारे साथ काम करते थे। उनकी गाड़ी हमारे साथ अटैच थी। उन्होंने कहा कि चलिये, झंडेवालान के साइकिल मार्केट से साइकिल ले आते हैं। पूरा परिवार गुरबचन की कार में लद कर गया। एक अच्छी-सी साइकिल ले ली गयी। सब ख़ुशी-ख़ुशी लौटे और साइकिल नीचे खड़ी करके घर गये। कुछ देर बाद जब नीचे आये तो साइकिल का कहीं अता-पता नहीं था। ज़ाहिर है, सबसे बड़ा धक्का सिद्धार्थ को ही लगा होगा। इतने दिनों के बाद एक तमन्ना पूरी हुई थी और वह भी किसी सपने सी ग़ायब हो गयी। मैंने तुरन्त उससे कहा कि चलो दूसरी साइकिल लेकर आते हैं, लेकिन उसने बहुत ही दृढ़ आवाज़ में कहा—"नहीं पापा, अब जाने दो।" उस दिन उसकी वह दृढ़ता देखकर मुझे लग गया था कि मैं एक मज़बूत बेटे का बाप हूँ। हुआ ऐसा कि हम दूसरी मंज़िल पर रहते थे और ग्राउंड फ़्लोर पर मकान मालिक रहते थे। भले आदमी थे, लेकिन उस दिन पता नहीं क्या सूझा कि जैसे ही हम साइकिल सीढ़ी के पास खड़ी करके ऊपर गये कि उन्होंने साइकिल अन्दर रख ली। साइकिल न मिलने पर मैंने बहुत हो-हल्ला मचाया और पुलिस को फ़ोन करने ऊपर गया। मकान मालिक हाँफते हुए ऊपर आये और गिड़गिड़ाने लगे कि पुलिस मत बुलाओ, बड़ी बदनामी होगी। बाद में मुहल्ले में सभी को पता चल गया कि उनकी ही कारस्तानी थी। उसके बाद उनके जन्मदिन पर फिर किताबें गिफ़्ट करने का सिलसिला शुरू हो गया जो अब तक चल रहा है। अब वे हर नयी किताब प्रकाशित होने के साथ ही ख़रीद लेते हैं और अपने जन्मदिन पर मुझे गिफ़्ट करते हैं।

उनकी दो छोटी बहनें हैं। गुड्डी उनसे दो साल और टीनी चा आठ साल छोटी हैं। खुद भी जब ज़्यादा बड़े नहीं थे तभी से दोनों के बारे में सोचते

आ रहे हैं। एक ज़िम्मेदार बड़े भाई की तरह उनकी पढ़ाई-लिखाई की हर बारीक़ी पर नज़र रखते थे। जब गणित में टीनी के नम्बर कम आये तो मेरे बेटे ने कहा कि आई. आई. टी. में पहुँचना मुश्किल होगा क्योंकि वहाँ गणित वालों का ही एडमिशन होता है लेकिन जब टीनी चा ने फ़िटजी की कोचिंग जॉइन करने का फ़ैसला किया तो उन्हें ख़ूब उत्साहित किया। जब सेलेक्शन नहीं हुआ तो सलाह दी कि अर्थशास्त्र में बढ़िया कर सकती हैं। आज वे अर्थशास्त्री हैं। गुड्डी बचपन में मारपीट में काफ़ी प्रवीण थीं। जब झगड़ा होता था तो बड़े भाई पर हाथ उठाने में कोई संकोच नहीं करती थीं, लेकिन सिद्धार्थ ने कभी उनको नहीं पीटा। बस, उनके हमलों को रोकते थे। हालाँकि बहुत मज़बूत थे लेकिन बहन पर कभी हाथ नहीं उठाया। आज वे एक बड़े विदेशी बैंक में बड़े पद पर काम करते हैं। उच्च मध्य वर्ग की अच्छी ज़िन्दगी जीते हैं। एक बहुत ही ज़हीन लड़की उनकी पत्नी है और एक निहायत क़ाबिल लड़का उनका बेटा है।

पीछे मुड़कर देखता हूँ तो लगता है कि जे.एन.यू. के गीता बुक सेंटर के दादा की सलाह ने मेरे और मेरे बच्चों के भविष्य को बदल दिया। किताबें पढ़ने की आदत विकसित हुई जो आगे चलकर उनके बहुत काम आयी। सिद्धार्थ के आई. आई. एम. में प्रवेश के लिए उनका अंग्रेज़ी का ज्ञान बहुत काम आया क्योंकि एक किशोर के रूप में वे जब भी बोर होते थे, डिक्शनरी पढ़ने लगते थे। अंग्रेज़ी के बहुत सारे ऐसे शब्द उनको मालूम हैं जो मैंने कभी सुने ही नहीं। शायद यही कारण है कि हमारा बेटा जहाँ जाता है लोग उसको बहुत सम्मान देते हैं। पढ़ा-लिखा इन्सान माना जाता है। आमतौर पर शान्त रहने वाला हमारा यह बेटा एक बेहतरीन पति और बहुत अच्छा बाप है। हमको उम्मीद थी कि आई. आई. एम. जैसे संस्थान से एम. बी.ए. करने गया है, कोई लड़की पसन्द आ जायेगी और शादी हो जायेगी। लेकिन पढ़ाई पूरी करने के चार साल बाद मुझे पता लगा कि उनकी किसी लड़की से जान पहचान ही नहीं है, यानी उनकी शादी के लिए मुझे ही कोई लड़की देखनी थी। वह तो भला हो बीबीसी की पूर्व सम्पादक और मेरी मित्र स्व. सलमा ज़ैदी का जिन्होंने अपनी सहकर्मी विनीता को सिद्धार्थ की आदर्श जीवनसाथी के रूप में सुझाया। विनीता बीबीसी में बड़े पद पर थीं।

मेरे कहने पर सिद्धार्थ ने विनीता से मुलाक़ात की और दोनों ने साथ रहने का फ़ैसला कर लिया। दोनों बेस्ट फ़्रेंड्स भी हैं और पति-पत्नी भी।

मुझे मालूम है कि वह अपनी अम्मा का बहुत सम्मान करता है। मेरी हर परेशानी को समझता है लेकिन कभी मुझे बेचारा नहीं मानता। जैसे ही हमारी किसी परेशानी का पता चलता है मेरा बेटा उसे हल करने को तड़प उठता है लेकिन जब तक हम न कहें, अपनी तरफ़ से कोई पहल नहीं करता। हर किसी की निजता का सम्मान करना उसकी आदत का हिस्सा बन चुका है। हमें गर्व है कि हम ऐसी औलाद के माता-पिता हैं। जन्मदिन मुबारक मेरे बेटे! अम्मा की तरफ़ से भी और पापा की तरफ़ से भी।

5 अगस्त, 2013

मेरा दोस्त दिलीप, जिसका जाना अब तक टीसता है

दिसम्बर का दूसरा पाख। साल का यह समय 1997 तक तो ठीक रहता था लेकिन उसके बाद एक अजीब सी दहशत पैदा कर जाता है। अभी कल एक खगोलविद् से बात हो रही थी। वे सड़क-छाप ज्योतिषी नहीं हैं, विद्वान व्यक्ति हैं। आसमान के तारों के बारे में खगोल वैज्ञानिकों जैसी जानकारी रखते हैं। उस आधार पर बता रहे थे कि इस साल दिसम्बर के अन्त में दुनिया में कहीं-न-कहीं अनहोनी घटनाएँ हो सकती हैं। 27 दिसम्बर को सूर्यास्त के समय जो होगा वह तारों और ब्रह्माण्ड का अध्ययन करने वालों को अजीब स्थिति में डाल चुका है क्योंकि विज्ञान के अब तक के ज्ञात इतिहास में ऐसा कभी नहीं हुआ है। 27 दिसम्बर को ही तो मेरे बहुत अज़ीज़ दोस्त, दिलीप कुमार ने इस दुनिया को अलविदा कहा था। वर्ष 1997 की इसी तारीख़ को मैंने अपना बेहद क़रीबी दोस्त खो दिया। उसके छह साल बाद 23 दिसम्बर को मेरी माँ चली गयीं इसलिए दिसम्बर की किसी अनहोनी भविष्यवाणी से मैं डर जाता हूँ। हालाँकि मैं आम तौर पर भविष्यवाणी का विश्वास नहीं करता लेकिन जबसे मृत्युंजय शर्मा की कुछ भविष्यवाणियाँ बिल्कुल सही पायी गयी हैं तब से उनकी बातों को मैं बहुत गम्भीरता से लेने लगा हूँ।

1997 में मैंने एनडीटीवी संगठन में काम शुरू कर दिया था। वहाँ मेरा काम डेस्क का था इसलिए प्रेस क्लब, आईएनएस बिल्डिंग, पार्लियामेंट, कांग्रेस या अन्य पार्टी मुख्यालयों में जाना बन्द हो चुका था। आठ-दस घण्टे टेलीविज़न के न्यूज़रूम में खटने के बाद कहीं और जाने का मन नहीं होता था। कोई ज़रूरत भी नहीं थी। 27 दिसम्बर, 1997 को शनिवार था,

लिहाज़ा घर पर आराम कर रहा था। उस वक़्त के हम लोगों के दोस्त अली साहब का फ़ोन आया और जो कुछ उन्होंने बताया उसके बाद मेरी आँखों के सामने अँधेरा छा गया। उन्होंने बताया कि हमारे दोस्त दिलीप कुमार नहीं रहे। मैं सन्नाटे में आ गया। समझ में नहीं आ रहा था कि क्या हो गया। बहरहाल अपनी पत्नी को बताया और यह निवेदन करके कि अभी बच्चों को न बतायें, मैं दिलीप के घर के लिए रवाना हो गया। पुष्प विहार की सरकारी कालोनी से मुनीरका डी.डी.ए. फ़्लैट की दूरी यही कोई आठ किलोमीटर की होगी लेकिन मुझे लगा कि इतनी लम्बी दूरी मैंने ज़िन्दगी में कभी नहीं तय की। वहाँ पहुँच कर देखा तो कोहराम मचा हुआ था। हम दिलीप कुमार के शरीर को लेकर लोधी रोड के श्मशान पहुँचे। वहाँ भी हर शख़्स सन्न था। अपनी मृत्यु के पहले काफ़ी समय से दिलीप कुमार किसी अख़बार आदि में नहीं थे इसलिए जो लोग किसी के अन्तिम संस्कार में सिर्फ़ हाज़िरी लगाने आते हैं, वे वहाँ नहीं थे। जो भी आया था, दिलीप का दोस्त था और गुमसुम था। किसी अपने ख़ास के चले जाने की पीड़ा सभी के चेहरे पर साफ़ नज़र आ रही थी।

दिलीप कुमार का जाना मेरे लिए बहुत बड़ा हादसा था, लेकिन मैं उसे स्वीकार नहीं कर पा रहा था। आज भी स्वीकार नहीं कर पाया हूँ। उनके परिवार पर वह दिन वज्रपात जैसा था। अपने भाई अनूप को दिलीप जान से बढ़कर मानते थे। उनकी बहन आशा तो उनकी बेटी ही थी। जब दिल्ली में दिलीप कुमार से मेरी मुलाक़ात हुई थी तो उनके घर बेटी का जन्म हुआ था। कई बार मुझे लगता है कि अपनी नवजात बेटी से ज़्यादा वे बहन आशा को मानते थे। उत्तर प्रदेश के बहराइच शहर में उनका बचपन बीता था। जब बहुत छोटे थे तभी माता-पिता स्वर्गवासी हो गये थे। छोटे भाई-बहन को सँभालने का ज़िम्मा दिलीप पर आ गया और उसको उन्होंने पूरी ज़िम्मेदारी से निभाया। ख़ुद भी पढ़ाई करते रहे और अनूप और आशा को भी पढ़ाते रहे। भाई ने बी. कॉम. किया, एल. एल. बी. किया, और आजकल हिन्दी में क़ानूनी पत्रकारिता का चोटी का जानकार है। बहन आशा ने दिल्ली के विख्यात जवाहरलाल नेहरू विश्वविद्यालय से एम. ए. किया। दोनों के शादी-ब्याह दिलीप कुमार ने जिस तरह किये उससे लगता था

कि कोई बाप अपने बच्चों के सुनहरे भविष्य की कामना कर रहा है। भाई-बहन अपनी ज़िन्दगी अपने तरीक़े से जी रहे हैं और अपनी गृहस्थी में ख़ुश हैं।

जब दिलीप की मृत्यु हुई तो उनके अपने दोनों बच्चे साकेत स्थित ज्ञान भारती स्कूल में बारहवीं में पढ़ते थे। कुछ ही दिन बाद उनके प्री बोर्ड इम्तिहान होने वाले थे। उन बच्चों पर क्या गुज़र रही थी, इसका अनुमान लगा सकना मेरे लिए बिल्कुल मुमकिन नहीं है। उनके भाई अनूप भटनागर को देखकर लगता था कि उसका सब कुछ लुट चुका था। दिलीप के शरीर को जब वाहन पर रखा गया तो उनकी पत्नी ने जिस तरह से उनको अन्तिम विदा दी, वह दृश्य मुझे हमेशा याद रहता है। शरीर गाड़ी में रखा जा चुका था और उन्होंने कुछ काले, कुछ सफ़ेद हो रहे घने बालों को जिस तरह से चूमा था, उससे सर्वस्व लुट जाने की दर्दनाक सच्चाई उभर कर सामने आ गयी थी। इस बात में दो राय नहीं है कि अभाव में जीते हुए अपने भाई-बहन और बच्चों को उन्होंने शानदार ज़िन्दगी देने की भरपूर कोशिश की थी। आज के ज़माने में इस तरह का अपनापन देखने को मिलता तो है लेकिन बहुत कम।

हिन्दी और रामचरितमानस के बड़े विद्वान स्व. लल्लन प्रसाद व्यास की बेटी मंजू व्यास से दिलीप कुमार ने प्रेम विवाह किया था। उत्तर प्रदेश के बनारस में गुजराती ब्राह्मणों की ठीक-ठाक आबादी है। कुछ बहराइच में भी थी। वर्ण व्यवस्था के ऊपरी पायदान पर विराजने वाले इन गुजराती ब्राह्मणों में उन दिनों गुजराती मूल के लोगों के साथ ही शादी-ब्याह का रिवाज़ था। दिलीप कुमार ब्राह्मण नहीं थे लेकिन उन्होंने जाति और वर्ण प्रथा की फ़ौलादी दीवार को तोड़ा। अपनी प्रियतमा को पत्नी के रूप में पाने के लिए ख़ासी मशक़्क़त की, पापड़ बेले और शादी की।

दिलीप कुमार को गुस्सा नहीं आता था या आता रहा होगा तो मैंने नहीं देखा। मुझसे उनका रिश्ता बहुत ही बराबरी का था। हिन्दी के कई बड़े अख़बारों में उन्होंने काम किया था। दैनिक जागरण और अमर उजाला के दिल्ली संवाददाता के रूप में इज़्ज़त कमायी थी। 1989 में जब उदयन शर्मा ने हिन्दी ऑब्ज़वर को नये सिरे से शुरू किया तो हिन्दी के कुछ अच्छे

पत्रकारों की टीम बनायी। उसमें दिलीप कुमार भी थे। राजनीतिक संवाददाता के रूप में उन्होंने बहुत नाम कमाया। दिल्ली के सत्ता के गलियारों में दिलीप के साथ काम करने वाले कई सूरमा पत्रकार आज बड़ी सम्पत्ति के मालिक हैं लेकिन बहराइच से आया हुआ यह फ़क़ीर कम-से-कम में ही ज़िन्दगी जीता रहा। अपने ऊपर और अपनी पत्नी के ऊपर पड़ने वाली तकलीफ़ों को कभी अपनी सधुक्कड़ी की राह में रोड़ा नहीं बनने दिया। मेरे ज़िले की अमेठी तहसील (अब ज़िला) के सांसद और देश के प्रधानमन्त्री, स्व. राजीव गाँधी को मैंने कई बार दिलीप के साथ बड़ी गम्भीरता से बात करते देखा लेकिन उसने उनसे कभी कोई लाभ नहीं लिया। क़रीब छियालीस साल की उम्र में उनका देहान्त हुआ लेकिन तब तक उनके पास पूरे देश में कहीं कोई घर या ठिकाना नहीं था। उनके भाई अनूप भटनागर की शादी 1995 में हुई। उनको पत्नी के साथ जीने का स्पेस देने की बात दिलीप ने मुझसे कई बार की थी। तब तक अनूप के पास अच्छी नौकरी थी। दिलीप ख़ुद भी एक अच्छे अख़बार में काम करते थे। भाई को किराये के अच्छे फ़्लैट में शिफ़्ट करने के बाद उनके चेहरे पर जो सन्तुष्टि का भाव था, वह मुझे हमेशा याद रहेगा। भाई का बेटा अक्षत जब पैदा हुआ तो लगता था जैसे दिलीप कुमार को दुनिया मिल गयी हो।

मेरे लिए दिलीप का जाना एक ऐसी ख़ाली जगह है जो मैं अभी तक नहीं भर पाया हूँ। दिलीप की मृत्यु के कुछ दिन बाद तक मुझे समझ में ही नहीं आता था कि क्या करूँ। प्रेस क्लब में आयोजित उनकी शोक सभा में मैं नहीं गया। मैं दिलीप का शोक मनाने के लिए तैयार ही नहीं था। मैंने अनूप, उनकी भाभी, और बच्चों से मिलने की हिम्मत जुटाने में बहुत समय लगा दिया। जिस समय वे गये थे, वह समय हम जैसे सभी लोगों के लिए अपने बच्चों और रोज़गार को सँभाले रखने के लिहाज़ से कठिन दौर था। हमारी मुलाक़ातें बहुत कम होती थीं लेकिन अपनापन था, ख़ूब था। जब कई महीने मैं अनूप से नहीं मिला तो एक दिन वही मेरे घर आये और मुझसे कहा कि, "भइया, आप यह बताइये कि मैं कैसे सँभला हुआ हूँ? वे तो गये और आपको यह बात स्वीकार करनी पड़ेगी कि आपके दोस्त अब दुनिया में नहीं हैं।" उसके बाद से दिलीप कुमार की मृत्यु मेरे लिए

एक वास्तविकता है। उनके बच्चे, उनका भाई, उनका परिवार मेरे अपने परिवार जैसा है। हालाँकि यह भी सच है कि एक दोस्त के लिए अपने स्वर्गीय दोस्त की बात कर पाना बहुत मुश्किल है लेकिन जिस तरह से उनकी पत्नी ने दिन-रात मेहनत करके, ट्यूशन करके, अनुवाद का काम करके, अपने बच्चों को सफलता के मुकाम तक पहुँचने के अवसर दिये, वह बहुत ही सम्मान और गर्व का विषय है। उनकी बेटी छोटी ही थी लेकिन उसने अपनी माँ को कभी अकेला नहीं महसूस होने दिया। बेटा दिन-रात काम करके अपनी माँ को वही रुतबा देता है जो दिलीप के होने पर मिलता। दिलीप की मृत्यु के बाद नोएडा में किश्तों पर एक एल. आई. जी. फ्लैट एलॉट हो गया था, उसको बेचकर माँ-बेटे ने एक उच्च-मध्यवर्गीय सोसाइटी में फ़्लैट ले लिया है। बिटिया लन्दन में रहती है। उसकी ज़िन्दगी बहुत ही पुरसुकून है। बीबीसी के पत्रकार के रूप में उसका बहुत नाम है। बेटा एक विदेशी कम्पनी में प्रबन्धक है। उनकी माँ नोएडा और लन्दन के बीच आती-जाती रहती हैं।

अब सब कुछ ठीक है लेकिन पता नहीं क्यों हर साल दिसम्बर के अन्तिम दिनों में दिलीप की याद आती है तो एक टीस-सी उठती है। दिलीप की याद मेरे लिए भलमनसाहत की थाती है।

25 दिसम्बर, 2019

भयानक बीमारी के एक साल बाद

आज सुबह से मन बेचैन है। ठीक एक साल पहले 11 सितम्बर, 2016 को मेरे बच्चे मुझे ग्रेटर नोएडा के एक कसाई अस्पताल से निकाल कर वसन्त कुंज, नयी दिल्ली के इंस्टिट्यूट ऑफ़ लिवर एंड बाइलियरी साइंसेज लेकर गये थे। 31 अगस्त को मुझे बुख़ार हो गया था। तबीयत नहीं सँभली तो पड़ोस के एक नामी अस्पताल में दाख़िल हो गया। दो दिन बाद वहाँ से छुट्टी मिल गयी। बाद में पता चला कि मुझे चिकनगुनिया था लेकिन उस अस्पताल के डॉक्टर ने वाइरल बुख़ार बताकर और अच्छे-ख़ासे पैसे लेकर मुझे विदा कर दिया था। घर आया तो हालत फिर बिगड़ गयी। एक दूसरे अस्पताल में भर्ती हो गया। चिकनगुनिया की पहचान हो गयी लेकिन इलाज में भारी लापरवाही बरती गयी।

हालत बिगड़ती गयी। उसके बाद तो पूरे परिवार पर मुसीबतों के थपेड़े पड़ने लगे। मेरी बड़ी बेटी दिल्ली के अपने घर से अपने सास ससुर और पति के साथ मुझे देखने आ रही थी। कार का एक्सीडेंट हो गया। उसके ससुर जी के हाथ में बड़ा फ्रैक्चर हो गया। वह भी उसी अस्पताल में भर्ती हो गये। अस्पताल में जो भी मुझे देखने आता था, उसका चेहरा देख कर मुझे शक होने लगा कि मेरी हालत ठीक नहीं है। मेरी बेटी ने मुम्बई में अपने भाई को बता दिया कि पापा बहुत बीमार हैं। बेटा अपनी पत्नी के साथ आ गया। बहू का बहनोई भी मुझे देखने आया था और उसने भी फ़ोन पर बिगड़ते हालात की जानकारी उन्हें दे दी थी। मेरी बहू ने मुझे देखते ही इस अस्पताल से हटाने की ज़िद पकड़ ली। लेकिन मैं किसी 'नाम बड़े और दर्शन छोटे' टाइप अस्पताल में जाने को तैयार नहीं था। इधर, इस अस्पताल

के लोग इतने ग़ैर-ज़िम्मेदार थे कि मेरे विजिटर्स को बताना शुरू कर चुके थे कि इनको सेप्टिसीमिया का शक़ है, लेकिन मेरे बच्चों को नहीं बता रहे थे। मेरी एक दूर की बहन के पति ने मेरी सेवा के लिए दो कर्मचारी तैनात कर दिये थे। जब उनको पता चला कि मेरी हालत बिगड़ती जा रही है तो उन्होंने मुझसे धीरे से कहा कि "भाई साहब बच्चों की बात मान लीजिए।"

इसी बीच, मेरे एक बहुत बड़े नेता मित्र का फ़ोन आया। मैं उन्हें बता नहीं पाया। फिर मेरे बेटे से उनकी बात हुई और उन्होंने फ़ौरन इन्तज़ाम कर दिया। वसन्त कुंज वाले अस्पताल के निदेशक डॉक्टर एस. के. सरीन उनके मित्र थे। रविवार का दिन था, लेकिन जाते ही भर्ती कर लिया गया। फिर इलाज शुरू हो गया। तीन दिन बाद डॉ. सरीन ने कहा कि अब आप ख़तरे से बाहर हैं। तब मुझे अन्दाज़ा हुआ कि मैं ख़तरे में था और मेरी हालत बहुत ख़राब थी। मेरी छोटी बेटी अपनी नौकरी की परवाह किये बिना, बेंगलुरु से आ गयी। मेरे भाई-बहन गाँव से आ गये। मुझसे छह साल छोटा मेरा भाई वहीं जम गया। लगातार मेरे और अपनी भाभी के साथ खड़ा रहा। मेरी बहन ने घर का सारा ज़िम्मा सँभाल लिया। मेरी छोटी बेटी ने अपने नन्हे-से बेटे को पूरे-पूरे दिन अपनी बड़ी बहन के यहाँ छोड़कर लगभग पूरा समय अस्पताल में बिताया। बड़ी बेटी के परिवार ने पूरा साथ दिया। मेरी बहू बीमारी के हर स्तर पर इलाज का मूल्यांकन कराती रही।

नोएडा के अस्पताल में डॉक्टरों की लापरवाही के कारण बीमारी बहुत बिगड़ गयी थी। सोडियम की कमी, यू. टी. आई., के अलावा किडनी और लिवर की भाँति-भाँति की बीमारियाँ हो गयी थीं। पैर और कमर की माँसपेशियाँ शिथिल हो गयी थीं, उठना-बैठना असम्भव हो गया था। सैकड़ों टेस्ट हुए। डॉ. सरीन सब कुछ रूल-आउट कर देना चाहते थे। मेरी छोटी बेटी इस बीमारी में मेरी माँ बन गयी और बड़ी बेटी सब की गार्जियन बन गयी। हर शुक्रवार को मेरा बेटा मुम्बई से दिल्ली आता रहा। मेरी बहू इस बीमारी में तीसरी बेटी बन गयी। सब कुछ रूल-आउट करने के चक्कर में डॉ. सरीन और डॉ. सुमनलता मेरी रीढ़ की बायोप्सी कराना चाहते थे। इसे लेकर मेरे बच्चों के बीच मतभेद था और काफ़ी विवाद भी हो गया। शुरू में मैंने भी मना कर दिया था, लेकिन डॉ. सरीन के आग्रह से वह भी करा लिया गया।

उन्होंने कैंसर और टीबी के भी सारे टेस्ट करवा लिये और इन बीमारियों को रूल-आउट कर दिया। मैं ठीक होकर घर आ गया। तीन महीने घर पर रहकर फ़िज़ियोथेरेपी करवायी तब चलना-फिरना शुरू हुआ। इस बीच चिन्ता रहती थी कि जहाँ काम कर रहा था, यहाँ कोई नुक़सान न हो जाये लेकिन देशबन्धु और टीवी 18 के अधिकारियों ने लगातार भरोसा दिलाया कि आप स्वास्थ्य ठीक करिये, बाक़ी सब ठीक हो जायेगा। मेरे खाते में नियमित रूप से मेरा वेतन आता रहा।

आज एक साल बाद उन घटनाओं को याद करता हूँ तो सिहर उठता हूँ। इस बीमारी के दौरान मैंने इन सब के चेहरे देखे। बिस्तर पर पड़े-पड़े मुझे और काम भी क्या था? साफ़ लगता था कि सब लोग घबड़ाये हुए हैं लेकिन मेरी पत्नी चौबीसों घण्टे मेरे साथ अस्पताल में रहते हुए यही कहती रहीं कि सब ठीक हो जायेगा। आज जो यह ज़िन्दगी है यह इन्हीं लोगों की है, जिन्होंने इसे बचाया। इन्दु, पप्पू, गुड्डी, टीनी चा, बुलबुल, लालन, सूबेदार, मुन्नी... आज एक साल बाद मन कर रहा है कि तुम सबको एक साथ बैठा कर देखूँ। तुम्हीं लोगों ने मुझे बचाया, वरना आज मैं न होता।

11 सितम्बर, 2017

भाग - 2

पुच्छ-विषाण

मुम्बई का पृथ्वी थियेटर–जहाँ सपने अपनी मंज़िल तलाशते हैं

ं जब भी मुम्बई के पृथ्वी थियेटर जाता हूँ मुझे महान बुद्धिजीवी जी. पी. शपाण्डे की याद ज़रूर आ जाती है। शायद ऐसा इसलिए कि मुझे मालूम : कि इस थियेटर का उद्घाटन उनके नाटक 'उध्वस्त धर्मशाला' के मंचन से आ था। और जब वे इस नाटक के बाद दिल्ली वापस आये थे तो इसके ारे में बात की थी। विश्वविद्यालय की सड़क पर चलते हुए उन्होंने बताया ा कि उन्हें कितनी ख़ुशी हुई थी। पी. पी. एच से निकल कर आते हुए नसे मुलाक़ात हुई थी। कुछ लोग थे और उनके बीच जी. पी. देशपाण्डे। ह याद अब तक इसलिए बनी हुई है कि शब्द 'उध्वस्त धर्मशाला' कहीं ुझसे चिपक-सा गया है। कभी इस अभिव्यक्ति को सुना नहीं था। इस ार उनकी याद बहुत शिद्दत से आयी क्योंकि अभी कुछ दिन पहले उनका हान्त हो गया है। हो सकता है कि लोग पृथ्वी थियेटर को पृथ्वीराज कपूर ी याद से जोड़ते हों लेकिन मेरे लिए यह देशपाण्डे जी की यादगार है। लाँकि मैं पृथ्वीराज कपूर को भी बहुत सम्मान से याद करता हूँ, लेकिन थ्वी थियेटर जाते ही मुझे जी. पी. डी. की याद आ जाती है। क्या करूँ?

महाराष्ट्र के ग्रामीण इलाक़ों में लोग औरंगज़ेब को नहीं जानते थे लेकिन ब मराठी थियेटर के बेहतरीन अभिनेता प्रभाकर पणशीकर ने औरंगज़ेब की ूमिका में गाँव-गाँव घूमकर नाटक प्रस्तुत करना शुरू किया तो लोग उनकी ख़्सियत से जोड़कर औरंगज़ेब का तसव्वुर करने लगे। लगभग ऐसा ही ालम मुग़ल बादशाह अकबर का भी है। हमारी और हमसे पहले की पीढ़ी ़ ज़्यादातर लोग अकबर को उसी रूप में याद करते हैं, जो के. आसिफ़

की फ़िल्म 'मुग़ले-आज़म' में दिखाया गया था। भारी-भरकम जिस्म औ रोबीली आवाज़ वाले पृथ्वीराज कपूर जैसे हिन्दुस्तान के शहंशाह मुहम्म जलालुद्दीन अकबर का अक्स बन गये थे।

पृथ्वीराज कपूर अपने ज़माने के बहुत बड़े अभिनेता थे और फ़िल्मों स कहीं ज़्यादा थियेटर में अपने योगदान के लिए जाने जाते हैं। शायद इसीलिए उनकी याद में उनके बच्चों ने पृथ्वी थियेटर की मौजूदा इमारत बनवायी उनकी इच्छा थी कि पृथ्वी थियेटर को एक स्थायी पता दिया जाये। इ उद्देश्य से उन्होंने 1962 में ज़मीन का इन्तज़ाम कर लिया था लेकिन इमारत नहीं बनवा पाये। 1972 में उनकी मृत्यु हो गयी। ज़मीन की लीज़ ख़त्म ह गयी थी। उनके बेटे शशि कपूर और बहू जेनिफ़र ने लीज़ का नवीकरण कराया और पृथ्वीराज कपूर की गरिमा के अनुरूप ही एक भव्य इमारत क निर्माण करवाया। श्री पृथ्वीराज कपूर मेमोरियल ट्रस्ट एंड रिसर्च फ़ाउंडेशन नाम की संस्था इसका संचालन करती है। इसके मुख्य ट्रस्ट्री शशि कपू हैं और उनके बच्चे इसका संचालन करते हैं। आज मुम्बई के सांस्कृतिक कैलेंडर में पृथ्वी थियेटर का स्थान बहुत बड़ा है।

जब 1978 में जेनिफ़र केंडल और शशि कपूर ने इस जगह पृथ्वी क काम शुरू किया तो इसका घोषित उद्देश्य हिन्दी नाटकों को पुनः स्थापित करना था। लेकिन अब यहाँ अंग्रेज़ी नाटक भी होते हैं। जेनिफ़र केंडल ख़ु रंगमंच से जुड़े परिवार से हैं। उनके पिता, भाई और बहन सभी अभिनय करते रहे हैं। वे स्वयं भी अभिनेत्री थीं और अपने पिता की नाटक कम्पनी शेक्स्पीयाराना में काम करती थीं। वहीं उनकी शशि कपूर से मुलाक़ात हुई जो पहले प्रेम और फिर विवाह तक पहुँची। विवाह के बाद उन्होंने अभिनय तो छोड़ दिया, लेकिन किसी-न-किसी रूप में थियेटर और फ़िल्मों से जुड़ी रहीं

पृथ्वीराज कपूर ने 1944 में अपने रंगमंच ग्रुप—पृथ्वी थियेटर्स क स्थापना की थी। सिनेमा की अपनी कमाई को वे पृथ्वी थियेटर के नाटक में लगाते थे। अपने ज़माने में उन्होंने बहुत सारे नामी नाटकों की प्रस्तुति की। 'शकुन्तला', 'दीवार', 'पठान', 'गद्दार', 'आहुति', 'किसान', 'कलाकार ऐसे ही कुछ नाटक हैं जिनका हिन्दी-उर्दू नाटकों के विकास में अहम योगदा है। उनके साथ नाटक करने वाले बहुत से लोग आज भी उन्हें याद करते

और कहते हैं कि जिस तरह का प्यार और अपनापन उन्हें पृथ्वी थियेटर में मिला, वैसा कहीं और नहीं मिला। शायद इसीलिए उन्हें 'पापाजी' के नाम से बुलाया और याद किया जाता है।

मौजूदा पृथ्वी थियेटर का उद्घाटन 1978 में किया गया और वहाँ मंचित होने वाला पहला नाटक था जी. पी. देशपाण्डे का लिखा 'उध्वस्त धर्मशाला'। रंगमंच की दो बहुत बड़ी हस्तियों—नसीरुद्दीन शाह और ओम पुरी ने इसमें अभिनय किया था। पृथ्वी का दूसरा नाटक था 'बकरी'। सर्वेश्वर दयाल सक्सेना के लिखे इस नाटक को इप्टा की ओर से एम. एस. सथ्यू ने निर्देशित किया था। यह वह समय है जबकि मुम्बई में हिन्दी नाटकों की कोई औकात नहीं थी लेकिन पृथ्वी थियेटर ने उन्हें एक नया मुक़ाम दिया। इससे पहले मुम्बई में अंग्रेज़ी, मराठी और गुजराती नाटकों का बोलबाला हुआ करता था लेकिन पृथ्वी थियेटर की स्थापना के बाद 35 वर्षों में बहुत कुछ बदल गया है। अब हिन्दी के नाटकों की अपनी एक पहचान है और मुम्बई के हर इलाक़े में आयोजित होते हैं। आज अपने सपनों को साकार करने के लिए मुम्बई आने वाले बहुत सारे संघर्षशील कलाकारों को पृथ्वी थियेटर में देखा जा सकता है। और मुझे मंज़िल की जुस्तजू में निकले इन भावी सितारों को देखना अच्छा लगता है इसलिए मैं जब भी मुम्बई आता हूँ, अक्सर टहलते हुए वहाँ चला जाता हूँ। एक महान कलाकार को श्रद्धा सुमन अर्पित करने और रंगमंच से जुड़ी हस्तियों को थोड़ा क़रीब से देखने-सुनने।

3 नवम्बर, 2013

देव आनन्द ने ज़िन्दगी का साथ निभाना बन्द कर दिया

देव आनन्द ने आज ज़िन्दगी का साथ निभाना बन्द कर दिया, हालाँकि उन्होंने बार-बार यह ऐलान किया था कि वे ज़िन्दगी का साथ निभाते चले जायेंगे। देव आनन्द ने अपनी सारी ज़िन्दगी फ़िल्मों को समर्पित की, इसलिए उन्हें फ़िल्मकार के रूप में ही याद किया जायेगा लेकिन उनकी एक ज़िन्दगी वह भी है, जो 1946 में फ़िल्मी कैरियर शुरू होने के पहले मुम्बई में शुरू हो चुकी थी। देव आनन्द ने उसी गवर्नमेंट कॉलेज लाहौर से पढ़ाई की थी जहाँ देश के बड़े-बड़े बुद्धिजीवी पढ़े थे। लाहौर से अंग्रेज़ी में बी.ए. करने के बाद वे मुम्बई चले गये जहाँ उनके बड़े भाई चेतन आनन्द रोज़गार के तलाश में पहले से ही रहते थे। दूसरे विश्व युद्ध का ज़माना था। उन्हें मुम्बई के फ़ौजी दफ़्तर में क्लर्क की नौकरी मिल गयी। उन्हीं दिनों महात्मा गाँधी नाम का तूफ़ान भी चल रहा था। ख़्वाजा अहमद अब्बास की प्रेरणा और प्रयास से इप्टा (इंडियन पीपल्स थियेटर एसोसियेशन) की स्थापना हो चुकी थी। चेतन आनन्द इप्टा के सक्रिय सदस्य थे। देव आनन्द भी उनके साथ नाटक के ज़रिये जन-जागरण के अभियान में जुट गये। वहाँ उनकी मुलाक़ात होमी भाभा, किशन चन्दर, कैफ़ी आज़मी, मजरूह सुलतानपुरी, साहिर लुधियानवी, बलराज साहनी, मोहन सहगल, मुल्कराज आनन्द, रोमेश थापर, शैलेन्द्र, प्रेम धवन, इस्मत चुग़ताई, ए के हंगल, हेमन्त कुमार, अदी मर्ज़बान, सलिल चौधरी जैसे कम्युनिस्टों से हुई और एक बेहतरीन कलात्मक जीवन की बुनियाद पड़ी। 1942-43 में बने यह दोस्त जब तक जीवित रहे, देव आनन्द की बुलन्दियों को और ऊँचा करने में सहयोग करते रहे। अब यह सब दुनिया छोड़कर जा चुके हैं। अफ़सोस, आज इप्टा का आख़िरी महान कलाकार भी अलविदा कह गया।

नाटकों में तो वे अपने भाई और बलराज साहनी के साथ काम करते रहे लेकिन पहला फ़िल्मी ब्रेक उनको 1946 में मिला जब अशोक कुमार ने उन्हें प्रभात टाकीज की फ़िल्म 'हम एक हैं' में काम दिया। इसी फ़िल्म की शूटिंग के दौरान उनकी मुलाक़ात गुरुदत्त से हुई, जो गुरुदत्त के जीवन भर चली। इसी दोस्ती का नतीजा था कि जब देव आनन्द ने अपनी कम्पनी नवकेतन के बैनर तले, फ़िल्म 'बाज़ी' बनाने का फ़ैसला किया तो इप्टा वाले कई साथी उनके साथ आये। बलराज साहनी ने फ़िल्म की पटकथा और संवाद लिखे, गुरुदत्त ने निर्देशन किया, साहिर लुधियानवी ने गीत लिखे, सचिन देव बर्मन ने संगीत दिया और गीता बाली और कल्पना कार्तिक के साथ देव आनन्द ने मुख्य भूमिका निभायी। यह देव आनद का ही जज़्बा था कि उन्होंने इतने सारे नये लोगों के साथ फ़िल्म बनाने का रिस्क लिया। इसी फ़िल्म में बलराज साहनी पहली बार लेखक के रूप में देखे गये। साहिर लुधियानवी ने पहले भी फ़िल्मों के लिए गीत लिखे थे लेकिन शोहरत उन्हें इसी फ़िल्म से मिली। देव आनन्द ने बाज़ी लगायी और एक बहुत ही सफल फ़िल्म बनाकर दिखायी।

देव आनन्द आगे भी इस तरह के ख़तरों से खेलते रहे, नये-नये प्रयोग करते रहे, नये लोगों को फ़िल्मी परदे पर उतारते रहे। भारतीय सिनेमा के इतिहास पर नज़र डालें तो साफ़ पता चलता है कि रावी किनारे के इस छोरे की रिस्क लेने की आदत की वजह से ही हम आज कई बड़े कलाकारों को जानते हैं, जैसेकि शत्रुघ्न सिन्हा, ज़ीनत अमान, टीना मुनीम आदि। उनके कुछ प्रयोग बुरी तरह असफल भी हुए। ज़ाहिदा, ज़ाहिरा और नताशा नाम की अनजान लड़कियों को उन्होंने बहुत बड़ी फ़िल्मों में मुख्य भूमिका दी, लेकिन वे चल नहीं सकीं, कहीं खो गयीं। अपने बेटे सुनील को भी उन्होंने हीरो बनाने की कोशिश की। सफल विदेशी फ़िल्म 'क्रेमर वर्सेस क्रेमर' की तर्ज पर 'आनन्द और आनन्द' बनायी लेकिन अभिनय सुनील के बस का नहीं था। उसके बाद देव आनन्द ने मनोज कुमार या राजेन्द्र कुमार की तरह अपने बेटे को अभिनेता बनाने की ज़िद नहीं की, उसे और काम में लगा दिया।

देव आनन्द ने जो कुछ भी किया वह सिनेमा हो गया। साठ और सत्तर के दशक में देव आनन्द जो करते थे, वही फ़ैशन हो जाता था। उनके नाम से बहुत सारी कहानियाँ भी चला दी जाती थीं। मैं जब हाई स्कूल में पढ़ता था

तब कई लोगों ने मुझे बताया कि देव आनन्द के ऊपर सरकारी रोक लगी हुई है कि वे सफ़ेद पैंट और काली कमीज़ नहीं पहन सकते। उनका कहना था कि उस पोशाक में देव इतने आकर्षक लगते थे कि लड़कियाँ उनके पीछे दौड़ पड़ती थीं। यह कोरी बकवास थी लेकिन ख़ूब चल गयी थी। उनके स्टाइल को सभी कॉपी करते थे। उनके समकालीन दिलीप कुमार और राज कपूर भी बहुत बड़े अभिनेता थे लेकिन जो जलवा देव आनन्द का था, वह किसी का नहीं था। यह भी उन्हीं का जलवा था कि उन्होंने 40 से लेकर 80 के दशक तक की सभी ख़ूबसूरत अभिनेत्रियों के साथ काम किया। उनकी नायिकाओं में सुरैया, नलिनी जयवन्त, गीता बाली, मधुबाला, नूतन, नन्दा, वहीदा रहमान, मुमताज़, हेमा मालिनी, ज़ीनत अमान और टीना मुनीम से लेकर रति अग्निहोत्री और पद्मिनी कोल्हापुरे तक शामिल रही हैं।

देव आनन्द को उनकी हिम्मत के लिए हमेशा याद किया जायेगा। फ़िल्मों में तो वे प्रयोग करते ही रहे, इन्साफ़ के पक्षधर के रूप में भी उनका कोई जोड़ नहीं है। इन्दिरा गाँधी ने जब 1975 में एमरजेंसी लगायी तो देव आनन्द ने उसका विरोध किया। यह वही दौर है जब मुम्बई की फ़िल्मी दुनिया के लोग क़तार बाँधे संजय गाँधी और इन्दिरा गाँधी की जय-जयकार करते थे। देव आनन्द और किशोर कुमार ने तानाशाही रवैये के ख़िलाफ़ मोर्चा खोल दिया। संजय गाँधी ने देश के इकलौते टीवी चैनल दूरदर्शन पर उनकी फ़िल्मों और गानों को बन्द करवा दिया लेकिन दोनों ने परवाह नहीं की। देव आनन्द ने तो एक राजनीतिक पार्टी भी बनायी। बाद में जब जनता पार्टी की जीत हुई और सारे नवनिर्वाचित सांसद राजघाट स्थित महात्मा गाँधी की समाधि पर शपथ लेने गये तो देव आनन्द भी वहाँ मौजूद थे।

देव आनन्द की शख़्सियत को आँकड़ों के ज़रिये आँक पाना मुश्किल है। उन्हें वे सभी पुरस्कार और सम्मान मिले जो बड़े फ़िल्मकारों को मिलते हैं, जैसे फ़िल्मफेयर, पद्म भूषण और दादा साहेब फाल्के पुरस्कार, लेकिन जो सबसे बड़ा सम्मान उन्हें मिला वह है दर्शकों का अटूट प्यार। आज देव आनन्द नहीं हैं। जाना ही था, सभी जाते हैं... लेकिन मन में एक हूक सी उठती है कि काश देव आनन्द न जाते।

4 दिसम्बर, 2011

डॉ. नामवर सिंह अमर रहें

जोधपुर विश्वविद्यालय के हिन्दी विभाग में आंचलिक उपन्यास के अध्ययन के कोर्स में 1974 में डॉ. राही मासूम रज़ा का 'आधा गाँव' लगा दिया गया। बड़ा हो-हल्ला हुआ। छात्रों के एक गुट ने आसमान सर पर उठा लिया और किताब को हटवाने के लिए आन्दोलन करने लगे। उपन्यास में कुछ ऐसी बातें थीं जो पुरातनपन्थी दिमाग़ वालों की समझ में नहीं आ रही थीं, लिहाज़ा उन लोगों ने आन्दोलन शुरू कर दिया। डॉ. नामवर सिंह उन दिनों वहाँ हिन्दी के विभागाध्यक्ष थे। किताब को कोर्स से हटाने की माँग शुरू हो गयी। डॉ. नामवर सिंह झुकना नहीं जानते थे और अपनी इसी प्रवृत्ति के कारण उन पोंगापन्थी छात्रों के सामने भी नहीं झुके। अपने ऊपर उनको इतना विश्वास था कि वे किसी भी नौकरी से चिपकना नहीं चाहते थे। जोधपुर वालों का आन्दोलन दिल्ली विश्वविद्यालय में भी शुरू हो गया। कुछ दक्षिणपन्थी जमातों से सम्बद्ध छात्रों ने दिल्ली में भी हल्ला-गुल्ला किया और डॉक्टर साहब ने इस्तीफ़ा दे दिया। उसके बाद डॉ. रामविलास शर्मा ने उनको आगरा के केन्द्रीय हिन्दी संस्थान में जाने के लिए राजी किया। सब कुछ तय हो गया था लेकिन भविष्य तो उनके लिए कुछ और ही भूमिका तय कर चुका था। जवाहरलाल नेहरू विश्वविद्यालय में उन दिनों हिन्दी का नियमित कोर्स नहीं था। डी. पी. त्रिपाठी जे.एन.यू. छात्र संघ के अध्यक्ष थे। छात्रों ने माँग की कि डॉ. नामवर सिंह को जे.एन.यू. लाया जाये। एक नया कोर्स शुरू हुआ जिसका नाम था, विदेशी भाषा के रूप में हिन्दी का शिक्षण। विश्वविद्यालय में उन दिनों विदेशी छात्रों का जमावड़ा होता था, शायद उनके लिए ही यह विषय रखा गया था। हिन्दी में एम.ए. करने वालों के पहले

बैच का प्रवेश इसी कोर्स में हुआ था। कवि मनमोहन, घनश्याम मिश्र, आदि इसी कोर्स में दाख़िल हुए थे।

डॉ. नामवर सिंह के जे.एन.यू. आ जाने के बाद हिन्दी आलोचना भी कैम्पस में चर्चा के केन्द्र में आ गयी। वे राजकमल प्रकाशन से निकलने वाली विख्यात साहित्यिक पत्रिका 'आलोचना' के सम्पादक भी थे। उन दिनों जवाहरलाल नेहरू विश्वविद्यालय में देश के शीर्ष विद्वानों का जमावड़ा हुआ करता था। प्रो. मुहम्मद हसन के साथ मिलकर डॉ. नामवर सिंह ने भारतीय भाषा केन्द्र को दुनिया की एक नामी संस्था बना दिया। इसी भारतीय भाषा केन्द्र में साहित्य की विभूतियों के आने-जाने का सिलसिला जो शुरू हुआ तो बहुत समय बाद तक चलता रहा। उन दिनों सारी कक्षाएँ पुराने कैम्पस में चलती थीं। अध्यापकों के आवास और छात्रावास नये कैम्पस में हुआ करते थे। आम तौर पर लोग दोनों परिसरों के बीच बनी पत्थर की पगडंडी से पैदल ही आया-जाया करते थे। वैसे तो 612 नम्बर की एक डी. टी. सी. बस भी थी जो ओल्ड कैम्पस से गोदावरी हॉस्टल तक जाती थी। इसी पगडण्डी पर पैदल चलते हुए डॉक्टर साहब ने आम बातचीत में मार्क्सवादी सौन्दर्यशास्त्र के महान विद्वान क्रिस्टोफर कॉडवेल की किताब 'इल्यूज़न एंड रियलिटी' का ज़िक्र किया था। तब तक मैंने उस किताब का नाम भी नहीं सुना था। उन्होंने उत्सुकता पैदा की कि मैं उसके बारे में और जानकारी प्राप्त करूँ। यह किताब पिछले अस्सी साल से साहित्यिक आलोचना की सन्दर्भ पुस्तक मानी जाती है।

कठिन से कठिन बात को बहुत ही साधारण ढंग से बता देना डॉ. नामवर सिंह के बायें हाथ का खेल था। आज़ादी की लड़ाई के दौरान, सन् बयालीस में कम्युनिस्टों का अंग्रेज़ों के साथ खड़ा हो जाना, एक ऐसा तथ्य है जिसको सभी मंचों से दोहराया जाता रहा है। हम भी समझ नहीं पाते थे कि ऐसा क्यों हुआ। एक दिन उन्होंने समझाया। उन्होंने कहा कि दूसरा विश्व युद्ध जब उफान पर था और हिटलर ने सोवियत रूस पर हमला कर दिया तो हिटलर का विरोध करना जनयुद्ध (Peoples War) हो गया और दुनिया भर की बायें बाजू की जमातें तानाशाह हिटलर को हराने के लिए लामबन्द हो गयीं। उसी प्रक्रिया में भारत की कम्युनिस्ट पार्टी

ने भी हिटलर की विरोधी ताक़तों का समर्थन कर दिया। उस प्रक्रिया में कम्युनिस्टों को आज़ादी के बाद बार-बार ताने सुनने पड़े लेकिन जब फ़ैसला हुआ था तब उसमें कोई ग़लती नहीं थी। देश-विदेश में उनके छात्रों की बहुत बड़ी संख्या है। सब अपने-अपने क्षेत्र में शीर्ष पर हैं। डॉ. मैनेजर पाण्डेय, मनमोहन, असद ज़ैदी, उदय प्रकाश, राजेन्द्र शर्मा, अली जावेद, जगदीश्वर चतुर्वेदी, पंकज सिंह, महेन्द्र शर्मा उनके छात्र रहे हैं। हिन्दी के शीर्ष विद्वानों में से अनेक उनके छात्र हैं और उनके बारे में सब के निजी संस्मरण हैं। उनकी सेमिनारीय प्रतिभा बेजोड़ रही है। हमने देखा है कि जब भी वे किसी सेमिनार में शामिल हो जाते थे तो चर्चा उनके इर्द-गिर्द ही केन्द्रित हो जाती थी। जहाँ वे नहीं भी होते थे, कोई-न-कोई उनकी दृष्टि का उल्लेख कर देता था और चर्चा उसी विषय पर केन्द्रित हो जाती थी।

उनके छात्रों में बहुत से ऐसे प्रतिभाशाली छात्र भी थे जो उनके ख़िलाफ़ हो रही साज़िशों को हर स्तर पर बेनकाब करते थे। 1977 की बात है, जे.एन.यू. के सिटी सेंटर, 35 फ़ीरोज़ शाह रोड, नयी दिल्ली में एक सम्मेलन हो रहा था। मुम्बई से आये एक साहित्यिक बाहुबली ने उसको सम्पन्न करवाने का ज़िम्मा लिया हुआ था। जनता पार्टी का राज था। अटल बिहारी वाजपेयी विदेश मन्त्री थे। विदेश मन्त्रालय के एक संयुक्त सचिव ने उस सम्मलेन को सहयोग दिया था। कार्यक्रम प्राइवेट था लेकिन सरकार का गुप्त सहयोग था। डॉ. नामवर सिंह के ख़िलाफ़ उसमें कुछ पत्रक पढ़े जाने थे। भारतीय भाषा केन्द्र के छात्रों को इस एजेंडा की भनक लग गयी थी। श्रोता के रूप में घनश्याम मिश्र, विजय चौधरी, पंकज सिंह आदि शारीरिक रूप से सक्षम छात्र भी वहाँ पहुँच गये थे। भूमिका के दौरान जैसे ही उन कार्तिकेय जी ने नामवर जी के बारे में कुछ उलटा-सीधा कहा, उनका मुखर विरोध हुआ। वे अपनी बात पर अड़े रहे तो उनको रोका गया और जब वे नहीं माने तो अगला क़दम भी सम्पादित कर दिया। बाद में स्व. सर्वेश्वर दयाल सक्सेना ने उनको समझाया कि यहाँ इस तरह का प्रयास उनको ज़रूरी नतीजे नहीं दे पायेगा। शाम को जब कैम्पस में इस टीम के कुछ सदस्य मिले तो डॉक्टर साहब ने उनको समझाया कि बौद्धिक धरातल पर ही विरोध किया जाना चाहिए था, शारीरिक दण्ड देना बिल्कुल ग़लत था।

डॉ. नामवर सिंह का नाम जब भी लिया जायेगा तो यह बात बिना बताये सब की समझ में आ जायेगी कि उन्होंने कभी किसी को अपमानित नहीं किया लेकिन आत्मसम्मान से कभी समझौता भी नहीं किया। काशी हिन्दू विश्वविद्यालय में हिन्दी के प्राध्यापक होते हुए वे कम्युनिस्ट पार्टी के उम्मीदवार के रूप में चुनाव लड़े थे। चुनाव हार गये तो नौकरी से भी इस्तीफ़ा दे दिया। उन दिनों उनके सबसे छोटे भाई काशीनाथ सिंह को बी.एच.यू. में काम मिल गया था। घर चल रहा था। परिवार साथ ही रहता था। सुबह जब वे घर से निकलते थे तो चार आने उनकी जेब में होते थे। उसमें उनके पान का ख़र्च और केदार की दूकान पर चाय का ख़र्च चल जाता था। काशी उन दिनों बहुत बड़े साहित्यकारों का ठिकाना हुआ करता था। काशीनाथ सिंह ने बताया था या शायद कहीं लिखा है कि एक बार उन्होंने उनकी जेब में कुछ रुपये डाल दिये। जब शाम को घर आये तो उनको समझाया कि उनके अपने ख़र्च के लिए जो चाहिए, वह उनके पास रहता है। आगे से ऐसी बात नहीं होनी चाहिए। ऐसे बहुत सारे दृष्टान्त हैं जिनके आधार पर उनकी शख़्सियत के इस अहम पहलू को रेखांकित किया जा सकता है।

हिन्दी आलोचना के क्षेत्र में और भी बहुत से लोग हैं जो अपने को उनके बराबर बताते थे। पुराने कैम्पस की क्लब बिल्डिंग के लॉन में बैठे हुए फ़रवरी 1977 में बाबा नागार्जुन ने बहुत ही गम्भीरता से कहा था कि बाक़ी सब नामवर सिंह के हवाले से अपनी बात कहते हैं जबकि नामवर सिंह हमेशा मौलिक बात करते हैं। उनके कहे में मार्क्सवाद की शास्त्रीय और व्यावहारिक समझ को वे लोग देख सकते हैं जो विषय को समझते हैं। दिल्ली में हर दौर में नामवर के विरोधियों के खेमे रहे हैं लेकिन ज़्यादातर के विरोध निजी कारणों से होते थे या अन्य कम्युनिस्ट पार्टियों से सम्बद्धता के कारण होते थे। मैंने पिछले चालीस वर्षों में ऐसे लोग भी देखे हैं जिनका उन्होंने कोई फ़ायदा नहीं होने दिया, बल्कि नुक़सान होने के अवसर बनाये लेकिन वे लोग भी उनकी मेधा और विद्वत्ता की तारीफ़ करते हैं। कलकत्ता विश्वविद्यालय के रिटायर्ड प्रोफ़ेसर डॉ. जगदीश्वर चतुर्वेदी ऐसे ही एक विद्वान हैं। जे.एन.यू. में उनके प्रवेश में भी नामवर सिंह ने अड़चन डाली थी।

दिल्ली में उनकी नौकरी लगने में भी अड़ंगा लगाया और कोई सहयोग भी नहीं किया लेकिन जगदीश्वर हमेशा उनको सम्मान करते हैं। उनके हज़ारों छात्रों में जगदीश्वर इकलौते छात्र हैं, जिन्होंने उनके जीवन और लेखन के बारे में किताब लिखी है। जगदीश्वर का कहना है कि डॉ. नामवर सिंह ने अमरीकी साम्राज्यवाद के ख़िलाफ़ जो भी लिखा है, वह साम्राज्यवाद के ख़िलाफ़ सभी भाषाओं के लेखन की तुलना में बेजोड़ है। साम्प्रदायिकता के ख़िलाफ़ उनका लेखन अगर सेकुलर ताक़तों के पैरोकार ठीक से पढ़ लें और उसका प्रयोग करें तो साम्प्रदायिक राजनीति निश्चित रूप से कमज़ोर पड़ेगी। उनके बारे में लिखी अपनी किताब जब जगदीश्वर चतुर्वेदी ने उन्हें भेंट को तो उन्होंने कहा कि तुमने मुझे एक बार फिर जीवित कर दिया। उस किताब में उनके विचलन का भी ज़िक्र है, किसी को भी महान कह देने की उनकी परवर्ती प्रवृत्ति का भी ज़िक्र है, उनकी आलोचना भी है लेकिन डॉक्टर साहब ने उसकी तारीफ़ की और उसे माथे से लगाया।

एक शानदार जीवन बिता कर डॉ. नामवर सिंह की मृत्यु हुई है। जो कुछ उन्होंने लिखा है, वह अपने देश के साहित्यिक इतिहास की धरोहर है। उनकी प्रमुख किताबें हैं–'हिन्दी के विकास में अपभ्रंश का योगदान', 'आधुनिक साहित्य की प्रवृत्तियाँ', 'छायावाद', 'पृथ्वीराज रासो की भाषा', 'इतिहास और आलोचना', 'कविता के नये प्रतिमान', दूसरी परम्परा की खोज। आने वाली पीढ़ियाँ इनके आलोक में अपनी मेधा का विकास करती रहेंगी।

21 फ़रवरी, 2019

हर गाँव में बजता राग दरबारी

श्रीलाल शुक्ल और अमरकान्त को साहित्य का सबसे अधिक प्रतिष्ठित ज्ञानपीठ पुरस्कार मिला है। लखनऊ के दैनिक जनसन्देश टाइम्स ने आज इसे पहले पेज पर मुख्य हेडलाइन बनाकर छापा है। यह बहुत ख़ुशी की बात है। श्रीलाल शुक्ल के कालजयी ग्रन्थ 'राग दरबारी' को देश का सबसे महत्त्वपूर्ण साहित्यिक पुरस्कार साहित्य अकादेमी तो 1969 में ही मिल चुका था लेकिन सबसे ज़्यादा पैसे वाला पुरस्कार मिलने में बहुत देर हुई। ज्ञानपीठ ने 'राग दरबारी' के लेखक को यह पुरस्कार देकर उनका सम्मान नहीं बढ़ाया है। हिन्दी साहित्य के जिस मुक़ाम पर श्रीलाल शुक्ल विराजते हैं, वहाँ किसी पुरस्कार की कोई औक़ात नहीं रह जाती लेकिन पुरस्कार की घोषणा से भारतीय ज्ञानपीठ के सम्मान में वृद्धि ज़रूर हुई है। राजनीतिक और समकालीन घटनाओं पर केन्द्रित एक अख़बार ने इस साहित्यिक घटना को मुख्य हेडलाइन बनाकर यह साबित कर दिया है कि पिछले 40 साल से जिस साहित्यकार की धमक लखनऊ की हर साँस में रही है वह किसी भी नेता से बड़ा है और जब कोई संगठन उसे सम्मानित करता है तो उसे लखनऊ की सबसे बड़ी ख़बर तो होना ही चाहिए। राग दरबारी का सम्मान करके ज्ञानपीठ ने एक बार फिर अपने को सम्मान के योग्य घोषित कर दिया है।

1970 में, अपने कॉलेज के दिनों में ताराशंकर बन्द्योपाध्याय का उपन्यास 'गणदेवता' पढ़ते हुए मुझे लगा था कि प्रेमचन्द के बाद भी ऐसे लोग हुए हैं जो आपको अपनी कहानी के गाँव में बैठा देते हैं। ग्रामीण बंगाल की पृष्ठभूमि और जाति संस्था और ज़मीन के रिश्तों पर हमला बोल रहे इस उपन्यास के लेखक की कबीरपन्थी ईमानदारी से मैं बहुत प्रभावित हुआ था।

मैंने कभी बंगाल का कोई गाँव नहीं देखा था लेकिन उस उपन्यास के पात्र मुझे अपने गाँव में ही मिल गये थे। ख़ास तौर पर छिरू पाल का चरित्र तो कुछ पन्नों के बाद बंगाल के किसी गाँव से उठकर सीधे मेरे गाँव में आ गया था। लगता था कि वह मेरे गाँव का ही कोई गँवई दबंग चरित्र है। ज़मीन की मिल्कियत के बदल रहे समीकरण ने भी मुझे अपने गाँव की याद दिला दी थी। मेरे कॉलेज में उस समय गणदेवता पढ़ने वाले बहुत कम लोग थे इसलिए किसी के साथ उस पर चर्वण-चर्चा भी नहीं हो सकी थी।

ज्ञानपीठ सम्मान में उन दिनों शायद एक लाख रुपये मिलते थे, जो सम्मानित लेखक के लिए बहुत बड़ी रक़म थी। उन दिनों श्रीलाल शुक्ल का राग दरबारी बहुत चर्चा में था। उसे उसी साल या कुछ पहले साहित्य अकादेमी पुरस्कार मिला था। गणदेवता के बाद जब मैंने राग दरबारी पढ़ा तो मुझे लगा कि इसको भी लखटकिया पुरस्कार मिलना चाहिए। आज 40 साल बाद, जब राग दरबारी के लेखक को लखटकिया पुरस्कार मिला है तो वे 85 की उम्र पार कर चुके हैं। फिर भी, मुझे ख़ुशी है कि मिला तो। साथ में यह ख़ुशी भी है कि जिस अख़बार के लिए मैं लिखता हूँ, उसने समकालीन साहित्य के सबसे बड़े मनीषी को मिले सम्मान को मुख्य ख़बर बनाया है।

छात्र जीवन के बाद 1973 में डिग्री कॉलेज में लेक्चरर होने के बाद मैंने 'राग दरबारी' दोबारा पढ़ा। उसके सारे चरित्र वही थे लेकिन उनका मतलब मेरे लिए नया हो चुका था। खन्ना मास्टर में अब अपना अक्स दिखने लगा था। पहली बार पढ़ने पर सनीचर मेरे अपने गाँव का एक आदमी नज़र आया था लेकिन कॉलेज में तो वह प्रिंसिपल की काया में प्रवेश कर गया था। 1970 में रंगनाथ एक बन्तू क़िस्म का इन्सान था जो कि मेरे कॉलेज में पढ़ाता था, लेकिन यहाँ आकर वह एकदम अलग तरह का बेहूदा नज़र आने लगा था। वैद जी के चरित्र में भी नयी पहचान घुस गयी थी। नयी परिस्थिति में एकदम अलग क़िस्म का रामाधीन भीखमखेडवी पैदा हो चुका था। कहने का तात्पर्य यह है कि 'राग दरबारी' के जो चरित्र मूल रूप से शिवपालगंज के आस-पास विराजते थे, वे मौक़ा मिलते ही किसी भी गाँव के चरित्र बन सकते थे। यही नहीं, वे शहरी चरित्र भी बन सकते थे। 1977 की दिल्ली में मैंने 'राग दरबारी' के पात्रों को फिर नये परिवेश में देखा।

यहाँ वैद जी जवाहरलाल नेहरू विश्वविद्यालय के प्रोफ़ेसर नामवर सिंह लगते थे। सनीचर कई नज़र आने लगे थे। यहाँ के रंगनाथ का बाँकपन बिल्कुल अलग था। 1978 में शायद राजिन्दर नाथ का नाटक 'जाति ही पूछो साधु की' श्रीराम सेंटर में खेला गया था। उस नाटक में आज के बुज़ुर्ग अभिनेता, एस. एम. ज़हीर ने लेक्चरर की नौकरी के लिए इंटरव्यू देने वाले पात्र की भूमिका अदा की थी। वह भी बिल्कुल खन्ना मास्टर का अवतार लग रहा था। राष्ट्रीय सहारा अख़बार में नौकरी करते हुए मैंने और मेरे साथी संजय श्रीवास्तव ने उस अख़बार के दफ़्तर को ही शिवपालगंज नाम दे दिया था। वहाँ भी एक से बढ़ कर एक वैद जी, खन्ना मास्टर पाये जाते थे। राग दरबारी के और भी बहुत सारे इस्तेमाल हैं। मैंने उसे तीन-चार बार पढ़ रखा था लेकिन जब दिल्ली में अपनी पत्नी के साथ अपना घर बसाया तो मैंने उन्हें पूरा राग दरबारी क़रीब एक हफ़्ते के अन्दर बाँचकर सुनाया था। मुझे मालूम है कि उसके बाद वे मुझे पहले से ज़्यादा प्यार करने लगी थीं।

राग दरबारी को हालाँकि उपन्यास कहा जाता है, लेकिन मैं उसे एक पूर्ण ग्रन्थ मानता हूँ। साहित्यकार और आलोचक कुछ भी कहते रहें, मेरी नज़र में वह 1960 के बदल रहे भारत और ख़ास तौर पर अवध के इलाक़े का समकालीन इतिहास है। उसकी ख़ूबी यह है कि उसके पात्र हर गाँव और हर व्यक्ति में अलग-अलग मायने लेकर हाज़िर होते हैं। भारतीय ज्ञानपीठ बीच में बहुत सारे तिकड़मबाज़ों को सम्मानित कर, सरकारी पद्म पुरस्कारों की तरह पतन के रास्ते पर चल पड़ा था लेकिन श्रीलाल शुक्ल के राग दरबारी को पुरस्कृत कर उसने एक बार फिर अपनी खोयी हुई प्रतिष्ठा हासिल करने की कोशिश की है।

20 सितम्बर, 2011

लखनवी मेहमाननवाज़ी की एक शाम

कई दशक बाद माल गया। माल के राजा कुँवर भूपेन्द्र सिंह की शादी की 51वीं सालगिरह थी। उनकी पौत्री (नवनिधि और माधवेन्द्र की बेटी) का अन्नप्राशन भी था। बाकायदा जश्न मनाया गया। उनके प्रिय जल्लाबाद फार्म पर मुख्य कार्यक्रम था। उनके बच्चों ने आयोजन किया था। उनके उन सारे दोस्तों को आमन्त्रित किया गया था जो उन्हें पचास साल या ज़्यादा वक़्त से जानते हैं। उन्होंने थोड़े दिन लखनऊ के कॉल्विन ताल्लुकेदार्स कॉलेज में पढ़ाई की, अमेरिका गये और फिर लखनऊ यूनिवर्सिटी से पढ़ाई पूरी की। उन्हें मैं सत्तर के दशक से जानता हूँ और सम्मान से लल्लन दादा कहता हूँ। शुरुआती परिचय के बाद उनसे मुलाक़ातें तो बहुत रेगुलर नहीं थीं, लेकिन लखनऊ के उनके 60, पुराना क़िला आवास पर कभी-कभार आना-जाना होता था। बाद में मैं दिल्ली आ गया और वे लखनऊ में आम के पल्प की यूनिट लगाने में व्यस्त हो गये। फिर एमरजेंसी लग गयी और ज़्यादातर पढ़े-लिखे लोग थोड़े संकोच में रहने लगे—पता नहीं कब, कौन, कहाँ नाराज़ हो जाये और सत्ता का क्रोध किस रूप में सामने आ जाये। अमेठी के कोहरा में उनकी चाची का मायका है। उनके मामा स्व. रवीन्द्र प्रताप सिंह सुलतानपुर के जनसंघ के ज़िला स्तर के नेता थे। 1967 में गौरीगंज से एम. एल. ए. रह चुके थे। 1977 में जब संजय गाँधी के सामने विपक्ष को कोई ताक़तवर उम्मीदवार नहीं सूझ रहा था तो नानाजी देशमुख ने अमेठी से जनता पार्टी के उम्मीदवार के रूप में रवीन्द्र प्रताप सिंह के नाम की घोषणा कर दी। वे उस वक़्त की सत्ता के युवराज के ख़िलाफ़ मैदान में आये और संजय गाँधी को बुरी तरह हराया। मैं उन दिनों रोज़गार की तलाश में दिल्ली रहता था। यहाँ उन्हीं के आवास पर लल्लन दादा से दोबारा मुलाक़ात हुई। लल्लन दादा पूरी मैंगो बेल्ट में बहुत

सम्मानित शख़्सियत हैं। आम की राजधानी मलीहाबाद के पास उनका एस्टेट है। जल्लाबाद का बाग़ भी उसी इलाक़े में है जहाँ उनके बेटे कुँवर माधवेन्द्र सिंह ने एक आधुनिक और वैज्ञानिक, माधव उद्यान विकसित किया है। इसी माधव उद्यान में 13 मार्च को उनकी बेटियों और बेटों ने जश्न आयोजित किया था। उनके भाई कुँवर देवेन्द्र सिंह हमेशा की तरह साथ-साथ मौजूद थे, जैसे राम के साथ लक्ष्मण। भाभी साहिबा, कुँवरानी गायत्री सिंह के इर्द-गिर्द सारा कार्यक्रम केन्द्रित था। हो भी क्यों न? अपनी बेटियों को जिस तरह से भाभी ने शिक्षा दिलवाई है, जिस तरह से उनका लालन-पालन किया है, सभी खुदमुख़्तार हैं। आम तौर पर राजाओं की बेटियाँ इतनी आत्मनिर्भर नहीं होतीं, लेकिन मनीषा, मेघना, मोहिता, मौसमी सब जहाँ जाती हैं रोशनी बिखेर देती हैं। दादा की बहनों-भाइयों की औलादें भी अपने जीवनसाथियों के साथ जश्न में शामिल थीं। कटक से आयी भांजी ने जिस तरह फ़िल्म का गाना प्रस्तुत किया वह बेहतरीन था। उनके बेटे माधवेन्द्र की बहू नवनिधि सकारात्मक ऊर्जा का पुंज है। भाभी साहिबा उसको वही सम्मान देती हैं जो बेटियों को, या शायद उससे भी ज़्यादा। मुझे ख़ुशी है कि मैं इस बार माल के किसी आयोजन में शामिल हो सका। मैं ही नहीं, अवध के ताल्लुकेदारों के ज़्यादातर परिवार जश्न में शामिल हुए। उनमें से कई लल्लन दादा के साथ यूनिवर्सिटी के छात्र भी रह चुके हैं। सबकी अपनी मीठी यादें हैं।

मैं खुद किसी राजा या ताल्लुकेदार परिवार से नहीं हूँ। आम आदमी हूँ। उनसे सात साल छोटा हूँ तो साथ पढ़ने-लिखने का भी दावा नहीं कर सकता। दरअसल उनके साथ मेरा बेहतरीन समय दिल्ली में ही बीता है। लल्लन दादा ने लोगों से मुझे अपना भाई कहकर परिचित कराया। उनके बालसखा अनिल चन्द्रा दिल्ली में गारमेंट की दुनिया के बहुत ही आदरणीय नाम हुआ करते थे। अब तो बुज़ुर्ग हो गये हैं। दोनों साथ-साथ लखनऊ विश्वविद्यालय में पढ़ते थे। अनिल दादा के पिताजी स्व डॉ. सुशील चन्द्रा लखनऊ विश्वविद्यालय में समाजशास्त्र के प्रोफ़ेसर और जे. के. इंस्टीट्यूट के डयरेक्टर रह चुके थे। रिटायर होने के बाद दिल्ली में रहते थे। बहुत बड़ा नाम था उनका। वे अनिल चन्द्रा के डैडी थे तो लल्लन दादा समेत ज़्यादातर दोस्त उन्हें डैडी ही कहते थे। हमने उन्हें डैडी चन्द्रा कहना शुरू कर दिया। एक बार उन्होंने मुझसे कहा कि तुम सुलतानपुर के ठाकुर हो लेकिन अवध की नफ़ासत और ठसक तुम्हारी पर्सनॅलिटी में बिल्कुल नहीं है।

तुमको चाहिए कि लल्लन को गुरु मानकर चलो ताकि तुम्हें सभ्य समाज में उठने-बैठने की तमीज़ आ जाये। तो जनाब हमने डैडी चन्द्रा की सलाह मानी और तमीज़ के मामले में लल्लन दादा के शिष्य हो गये। उन्होंने भी अपने गुरु पद को बहुत गम्भीरता से लिया और 1978 से मुझे तमीज़ सिखाने के प्रोजेक्ट में लग गये। यह अलग बात है कि आज 43 साल बाद भी मैं कुछ ख़ास तमीज़ नहीं सीख पाया।

लल्लन दादा और अनिल दादा जब कभी बात करने लगते, तो घण्टों बतियाते रहते। दोनों मित्र कम, भाई ज़्यादा लगते थे। एक बार अनिल चन्द्रा के मालचा मार्ग स्थित घर पर आमन्त्रित लोगों को ख़ास क़िस्म के लखनवी व्यंजन खिलाये जाने का ऐलान हुआ। दोनों मित्रों ने ख़ुद बावर्चीख़ाने का ज़िम्मा सँभाला, सारे नौकर-चाकर साथ लगे, हम भी सहायक की भूमिका में थे। लंच का आमन्त्रण था, एक बजे से भूख के मारे बुरा हाल था लेकिन चूँकि तमीज़ के विद्यार्थी थे तो भूख ज़ाहिर करने का तो सवाल ही नहीं उठता था। चार बजे जाकर कहीं लंच सर्व हुआ, तब तक हमारे पेट में चूहे कूद-कूदकर सो चुके थे। बहरहाल खाना लाजवाब था। 13 मार्च के जश्न में अनिल दादा शामिल नहीं हो सके लेकिन मैंने उनकी नुमाइन्दगी की।

दिल्ली में हम जे.एन.यू. के छात्रावास का खाना खाते थे लेकिन जब कभी लल्लन दादा दिल्ली आते तो हम पाँच सितारा होटलों में खाने जाया करते। हमने अमरीका और ब्रिटेन की बेहतरीन फ़िल्में उनके साथ ही देखी हैं। उनको अच्छे कपड़े पहनने का बहुत शौक़ है। उस दौर के मेरे सभी अच्छे पैंट-शर्ट उनके साथ ही ख़रीदे गये थे।

लल्लन दादा यानी कुँवर भूपेन्द्र सिंह का कहना है कि उनके आम, दुनिया के सबसे बेहतरीन आम होते हैं। मैं इस बात की तस्दीक करता हूँ। हर साल आम के मौसम में मेरे लिए जल्लाबाद फार्म के आम ज़रूर आते थे और दिल्ली में अपने ख़ास मित्रों और शुभचिन्तकों को मैं वही आम खिलाया करता था। उन दिनों मैं बेरोज़गार था लेकिन उन्होंने जब भी मुझे किसी से मिलाया तो या तो अपना भाई या कलीग कहकर ही मिलाया। दुनिया भर में विख्यात फूड टेक्नॉलॉजिस्ट डॉ. आनन्द कुराडे को दादा ने ही पहले-पहल अपनी कम्पनी में काम दिया। कैनर्स इंडिया लिमिटेड उनका पहला कंसल्टेंसी का काम था। जब लल्लन दादा को मैंने बताया

कि बीबीसी रेडियो में भी मुझे कुछ काम मिलता रहता है तो उनकी ख़ुशी का ठिकाना नहीं था। आज से क़रीब 24 साल पहले, जब मैंने एनडीटीवी जॉइन किया तो उन्होंने मुझे और मेरे दोस्तों को मिठाई खिलाई थी। मेरे तीनों बच्चे उनका बहुत सम्मान करते हैं। 1988 में मेरे ग्रीन पार्क के घर में जब भी वे पधारे, सब के लिए कोई-न-कोई गिफ़्ट लेकर आये।

एक बार उन्होंने कहा कि पीटर सेलर्स की कोई फ़िल्म चाणक्य सिनेमा में लगी है, जो उन्हें देखनी है। उस सिनेमा की महँगी टिकटें सबसे पहले बिक जाती थीं। हम जब पहुँचे तो थोड़ी देर हो गयी थी, सिर्फ़ 65 पैसे वाली टिकटें ही बची थीं। उन्होंने कहा वही ख़रीद लो क्योंकि अगले दिन सुबह की फ्लाइट से उन्हें लखनऊ जाना था। एक रुपये तीस पैसे की टिकटें ख़रीदी गयीं। ग़ौरतलब बात यह है कि हम अशोक होटल में खाना खाकर गये थे जिसका बिल तब हज़ार रुपये तो रहा ही होगा और जिस टैक्सी से गये थे उसका किराया भी डेढ़ सौ रुपये पड़ा था।

ऐसी उनके बारे में बहुत सारी यादें हैं। कभी लिखूँगा। अब वे पूरी तरह रिटायर हैं, माधवेन्द्र ने काम बहुत अच्छी तरह सँभाल लिया है। अब माल या जल्लाबाद जाना बहुत आसान है। पहली बार जब गया तो मलीहाबाद होकर गया था। उन दिनों लगता था कि माल बहुत दूर है लेकिन इस बार हजरतगंज से चलने के एक घण्टे बाद ही मैं जल्लाबाद पहुँच गया, क्योंकि दुबग्गा से माल तक सड़क बन गयी है जिस पर कोई ख़ास ट्रैफ़िक भी नहीं रहता। कुल मिलाकर 'मालगाँव' भी तरक़्क़ी कर रहा है। माल में तो कोठी है ही, जल्लाबाद में भी बेहतरीन कॉटेज है। सोचता हूँ कि अब जब भी लखनऊ जाऊँ तो एक बार उस सन्त, राजा भूपेन्द्र सिंह के ठिकाने पर ज़रूर जाऊँ, जिसने पता नहीं कितने लोगों का उपकार किया है लेकिन कभी किसी की मजबूरी या मुफ़लिसी का ज़िक्र नहीं किया। मुबारक सिद्दीक़ी का यह शे'र उन पर कितना सही बैठता है—

किसी की रह से, ख़ुदा की ख़ातिर, उठा के काँटे, हटा के पत्थर
फिर उसके आगे, निगाह अपनी, झुका के रखना, कमाल ये है।

बहुत बहुत मुबारक भाभी जी और लल्लन दादा, बहुत बहुत बधाई मेरे बच्चो!

15 मार्च, 2021

छोरा गोमती किनारे वाला, मुम्बई में छपाई की दुनिया का दादा है

पिछले हफ़्ते, एक दिन सुबह जब मैंने अख़बार उठाया तो टाइम्स ऑफ़ इंडिया देख कर चमत्कृत रह गया। अख़बार बहुत ही चमकदार था। लगा कि टाइम्स वालों ने अल्युमिनियम की शीट पर छाप कर भेजा है। लेकिन यह कमाल बस पहले पेज पर ही था। बात समझ में आ गयी कि यह विज्ञापन वालों का काम है। पहले और आख़िरी पेज पर एक कार कम्पनी के विज्ञापन लगे थे। ज़ाहिर है इस काम के लिए टाइम्स ऑफ़ इंडिया ने कम्पनी से भारी रक़म ली होगी। टाइम्स के कुछ लोगों से फ़ोन पर बात हुई तो मैंने उन्हें छपाई की दुनिया में यह बुलन्दी हासिल करने पर बधाई दी। उन्होंने कहा कि यह छपाई उनकी नहीं है, बाहर से छपवाया गया है लेकिन कोई भी यह बताने को तैयार नहीं था कि कहाँ से। प्रेस में काम करने वाले, मेरे ज़िले के एक साथी ने बताया कि चीन से छपकर आया था वह विज्ञापन। बात आयी-गयी हो गयी।

फिर कल एक दोस्त का मुम्बई से फ़ोन आया जो पढ़ाई बीच में छोड़कर इलाहाबाद से मुम्बई भाग गया था। वहाँ उसने किसी बहुत बड़े प्रेस में नौकरी कर ली थी। आजकल अपना कारोबार कर रहा है। बातों-बातों में मैंने उसे प्रेरणा दी कि चीन से सम्पर्क करे और टाइम्स ऑफ़ इंडिया में जिस तरह अल्युमिनियम पर छपाई हुई है, उसे छापने की कोशिश करे। नयी टेक्नोलॉजी है, बहुत लाभ होगा।

उसने बताया कि बेटा! वह टाइम्स ऑफ़ इंडिया वाला माल मैंने ही छापा है, कहीं चीन-वीन से छपकर नहीं आया। मैंने उसे अपने प्रेस में छापकर

टाइम्स वालों को दिया है और वह अल्युमिनियम नहीं है। मैंने उसे काग़ज़ पर छाप कर एक ख़ास तरीक़े से लैमिनेट किया है, जिससे अल्युमिनियम का लुक आया है।

मैंने उसे हड़काया कि प्रिंट लाइन में अपना नाम क्यों नहीं डाला।

उसने कहा कि यह कारोबार की बातें हैं, तुम नहीं समझोगे।

उसकी बात सुनकर मन फिर उसी कादीपुर और सुलतानपुर वापस चला गया, जहाँ के हम दोनों रहने वाले हैं। गोमती नदी पर स्थित धोपाप महातीर्थ के उत्तर की ओर उसका गाँव है और दक्षिण की ओर मेरा। मेरा यह दोस्त–टी. पी. पाण्डे बहुत भला आदमी है। पिछले कई वर्षों से मुझे शराब पीना सिखाने की कोशिश कर रहा है। इलाहाबाद विश्वविद्यालय में पीएच.डी. कर रहा था। शोध की कुछ सामग्री जुटाने के लिए मुम्बई गया तो चमक-दमक में रिसर्च भूल गया। भाई ने वहाँ किसी फ़िल्मी पत्रिका में नौकरी कर ली। फ़िल्मी आकाश पर उन दिनों हेमा मालिनी चमक रही थीं। रेखा के जलवे थे। पाण्डे ने उनके दर्शन किये और मुम्बई का होकर रह गया। धीरे-धीरे फ़िल्मी दुनिया की रिपोर्टिंग का दादा बन गया। वह पत्रिका फ़िल्म लाइन की सबसे बड़ी पत्रिका थी। कम्पनी ने उसे पूरी छपाई का इंचार्ज बना दिया। उसकी तरक़्क़ी से कम्पनी के कुछ लोग जल गये और उसे बे-इज़्ज़त करने की कोशिश करने में लग गये। मेरे दोस्त ने जिस बाँकपन से उनका मुक़ाबला किया, उस पर कोई भी मोहित हो जायेगा। मामला रफ़ा-दफ़ा हो जाने के बाद एक बार जब मैं मुम्बई पहुँचा तो उसने मेरा हाल पूछा।

मैंने कहा कि यार! क़िस्मत ऐसी है कि कभी ऐसी नौकरी नहीं मिली जिससे मन सन्तुष्ट होता। ज़िन्दगी ठोकर खाते बीत गयी। अब फिर नौकरी तलाश रहा हूँ।

उसने भी नये सिरे से प्रेस लगाने की अपनी कोशिश का ज़िक्र किया और कहा कि गाँव में लोग साठ साल के उम्र में बच्चों के सहारे मौज करते हैं और हम लोग साठ साल की उम्र में नया काम तलाश रहे हैं।

अपने बचपन की तुलना में अपने आज को रख कर हम दोनों ने देखा तो समझ में आ गया कि पूँजीवादी अर्थ-व्यवस्था और उससे पैदा सामाजिक

हालात ने हमें ज़िन्दगी भर खटने के लिए अभिशप्त कर दिया है। टी पी पाण्डे के साथ टी. डी. कॉलेज जौनपुर के राजपूत हॉस्टल में बिताये दिन याद आये। वे सपने जो अब पता नहीं कहाँ लतमद्दर हो गये हैं, बार-बार याद आये। लगा कि ग़रीब आदमी का बेटा कभी चैन से नहीं बैठ सकता। लेकिन आज जब टी. पी. की बुलन्दी को देखा-सुना, छपाई की दुनिया में उसके आविष्कार को देखा तो लगा कि हम भी किसी से कम नहीं।

अपना टी. पी. पाण्डे शिर्डी के फ़क़ीर का मुरीद है। हर साल वहाँ का मशहूर कैलेंडर छापता है जिसे शिर्डी संस्थान की ओर से पूरी दुनिया में बाँटा जाता है। पाण्डे जो भी करता है उसी फ़क़ीर को समर्पित करता है। जो कुछ अपने लिए रखता है उसे साईं बाबा का प्रसाद मानता है। अब वह सफल है। टैको विज़न नाम की अपनी कम्पनी का प्रबन्ध निदेशक है। मुम्बई के धीरूभाई अम्बानी अस्पताल में एक बहुत बड़ी होर्डिंग उसी ने छापी है जिसकी वजह से उसका नाम लिम्का बुक ऑफ़ रिकॉर्ड्स में दर्ज है। उसकी सफलता देख कर लगता है कि अगर अन्य लोग भी ऐसे समर्पण भाव से काम करें तो मुम्बई जैसी कम्पिटीशन की नगरी में भी सफलता हासिल की जा सकती है।

30 अगस्त, 2011

राम जेठमलानी : एक बहादुर इन्सान और जीनियस वकील

राम जेठमलानी चले गये। क़रीब 96 साल की ज़िन्दगी पायी। वकालत 17 साल की उम्र में ही शुरू कर दी थी लिहाज़ा क़रीब आठ दशक तक वकालत का काम किया। क़रीब दो साल पहले ऐलान कर दिया था कि अब वकालत नहीं करेंगे लेकिन जब तक अदालतों में पेश होते रहे, उनकी मौजूदगी की धमक महसूस की जाती रही। पंगा लेना उनकी आदत थी। क़ानून की बारीक़ियों को समझना उनकी फ़ितरत थी। जिसके साथ कोई नहीं हो उसके साथ राम जेठमलानी खड़े हो जाते थे। सैकड़ों ऐसे लोग मिल जायेंगे जिनके पक्ष में राम जेठमलानी खड़े हो जाते थे, हालाँकि उनकी फ़ीस दे पाने की सबकी हैसियत नहीं होती थी। राम जेठमलानी को इससे बहुत फ़र्क़ नहीं पड़ता था। वे जिस बात को ठीक समझते थे, करते थे। पहली बार जब वकील के रूप में चर्चा में आये तब अठारह साल के थे। उन्होंने सरकार के उस फ़ैसले को चुनौती दी थी कि बाईस साल की उम्र न हो जाने तक कोई आदमी वकालत नहीं कर सकता। जेठमलानी ख़ुद 17 साल की उम्र में ही एल. एल. बी. पास कर चुके थे। बस, अपना ही मुक़दमा लेकर पेश हो गये और जीतकर आये। वह दिन है और आज का दिन... लड़ते रहे और आख़िर तक लड़ते रहे।

राम जेठमलानी का जन्म सिन्ध में हुआ था। वह इलाक़ा अब पाकिस्तान में है। 1947 में बँटवारे के समय वे कराची में ही जमे रहे। तब तक वकील हो चुके थे और वकालत चल भी रही थी लेकिन छह महीने के अन्दर ही वहाँ बहुत बड़ा दंगा हो गया और वे भागकर मुम्बई आ गये। मुम्बई में एक शरणार्थी शिविर में पनाह ली। यहाँ उनके पास कोई काम नहीं था

लेकिन उन्होंने मौक़ा तलाश लिया। शरणार्थी शिविरों में रहने वालों लोगों की बहुत दुर्दशा थी। बॉम्बे रिफ्यूजी एक्ट के तहत पाकिस्तान से भागकर आये लोगों को रहने की जगह दी गयी थी। तब गुजरात और महाराष्ट्र मिलाकर एक ही राज्य था। मुख्यमन्त्री मोरारजी देसाई थे। बहुत ही ज़िद्दी इन्सान थे। शरणार्थी शिविरों में रहने वाले लोगों के साथ अपराधियों जैसा व्यवहार किया जाता था। क़ानून ही ऐसा था। राम जेठमलानी ने सरकार के ऊपर मुक़दमा दायर कर दिया। इसके बाद सरकार को बॉम्बे रिफ्यूजी एक्ट में बदलाव करना पड़ा। शहर के शरणार्थियों में उनकी इज़्ज़त बढ़ गयी। सिन्ध छोड़कर आये लोगों के बीच उनकी पोज़ीशन मज़बूत होने लगी और मुम्बई शहर के नये वकीलों में उनका नाम गिना जाने लगा।

वकील के रूप में उनका नाम 1959 में पूरी दुनिया में मशहूर हो गया जब वे नेवी कमांडर कवास मानेकशा नानावती के ख़िलाफ़ अभियोजन पक्ष के वकील बने। सरकार बनाम के. एम. नानावती केस क़ानूनी इतिहास का बहुत बड़ा दस्तावेज़ है। हुआ यह था कि कमांडर नानावती ने अपनी पत्नी के दोस्त, प्रेम आहूजा को गोली मार दी थी। जूरी ट्रायल हुआ जिसमें जूरी ने कमांडर नानावती को अपराधी नहीं माना और बरी कर दिया। मामला हाई कोर्ट में पहुँचा जहाँ जूरी के फ़ैसले को नामंजूर कर दिया गया और मुक़दमा शुरू हुआ। उस केस में कमांडर नानावती के ख़िलाफ़ सरकारी वकील वाई. वी. चन्द्रचूड़ थे। उनके साथ मक़तूल के परिवार ने राम जेठमलानी को भी वकील बनाने की अर्ज़ी दे दी। बाद में वाई. वी. चन्द्रचूड़ भारत के मुख्य न्यायाधीश भी बने। उस केस ने समाज को अजीब तरीक़े से बाँट दिया था। प्रेम आहूजा सिन्धी थे तो मुम्बई का पूरा सिन्धी समाज उनकी तरफ़ था। कवास नानावती पारसी थे तो पूरा पारसी समाज उन्हीं को सही मानता था। उनके वकील कार्ल खण्डालावाला पारसी थे और प्रेम आहूजा की बिरादरी वालों ने सिन्धी वकील राम जेठमलानी को खड़ा कर दिया था। उन दिनों का नामी साप्ताहिक ब्लिट्ज़ भी मैदान में था और पूरे देश में नानावती के पक्ष में माहौल बना रहा था। अख़बार के मालिक और सम्पादक रूसी करंजिया पारसी थे, हालाँकि वे जातिवाद से ऊपर थे लेकिन उन्होंने इस तर्क को आगे बढ़ाया कि अपनी पत्नी के प्रेमी को मारकर नानावती ने कोई ग़लती नहीं की है,

बल्कि सामाजिक मूल्यों को ताक़त दी है। राम जेठमलानी का कहना था कि क़त्ल किसी का भी हो, वह क़त्ल होता है और क़ातिल पर दफ़ा 302 के तहत मुक़दमा चलना चाहिए। उन्होंने मुक़दमे की ज़बरदस्त पैरवी की और साबित कर दिया कि नानावती ने सोच-समझकर क़त्ल किया था। नानावती को उम्रक़ैद की सज़ा हुई। मुम्बई के पारसी समाज और नेहरू परिवार से दोस्ती के चलते नानावती की सज़ा राज्य की राज्यपाल और जवाहरलाल नेहरू की बहन विजयलक्ष्मी पण्डित ने माफ़ कर दी लेकिन राम जेठमलानी ने नानावती को क़ानून के रास्ते से बचने नहीं दिया। उसी मुक़दमे को लेकर राम जेठमलानी सुप्रीम कोर्ट आये और यहीं के होकर रह गये।

राम जेठमलानी ने हर ताक़तवर इन्सान से मोर्चा लिया और शोषित-पीड़ित जनता का साथ दिया। इन्दिरा गाँधी की एमरजेंसी के ख़िलाफ़ भी उन्होंने अभियान चलाया। जब उनकी गिरफ़्तारी की आशंका पक्की हो गयी तो बहुत नामी वकील एन. ए. पालकीवाला क़रीब तीन सौ वकीलों के साथ अदालत में राम जेठमलानी के वकील के रूप में पेश हुए और उनकी गिरफ़्तारी रुक गयी। इसके बाद जेठमलानी कनाडा चले गये और वहाँ एमरजेंसी के ख़िलाफ़ माहौल बनाने में लग गये। एमरजेंसी ख़त्म होने पर वापस आये और 1977 में जनता पार्टी के टिकट पर मुम्बई से चुनाव जीतकर छठी लोकसभा के सदस्य बने। उनके मन्त्री बनने की भी बात थी लेकिन प्रधानमन्त्री मोरारजी देसाई ज़िद पर अड़ गये। उनको राम जेठमलानी की जीवन-शैली पसन्द नहीं थी। उसके बाद तो वे कई बार लोकसभा और राज्यसभा में सदस्य के रूप में आते-जाते रहे। अटल बिहारी वाजपेयी की सरकार में मन्त्री बने और उनसे बाकायदा इस्तीफ़ा भी लिया गया। एक समय तो बीजेपी के राष्ट्रीय उपाध्यक्ष भी रहे लेकिन पार्टी से निकाले भी गये। अटल जी ने उनको मन्त्री बनाया था लेकिन जब उनसे नाराज़ हो गये तो 2004 में उनके ख़िलाफ़ चुनाव लड़ने लखनऊ पहुँच गये।

राम जेठमलानी एक ज़बरदस्त इन्सान थे। अगर केस उनकी समझ में आ जाता था तो वे वकील के रूप में किसी के साथ भी खड़े होने में संकोच नहीं करते थे। कुख्यात तस्कर हाजी मस्तान के वकील के रूप में पूरी दुनिया में पहचान बनायी। सत्तर के दशक में मुम्बई के अंडरवर्ल्ड में हाजी मस्तान का

आतंक था लेकिन राम जेठमलानी की समझ में आ गया कि उसके ऊपर जो मुक़दमा था वह ग़लत था। बस, वे हाजी मस्तान के वकील बन गये। शेयर बाज़ार घोटाले की ख़बर आने के बाद सारा देश हर्षद मेहता के ख़िलाफ़ हो गया था लेकिन राम जेठमलानी उसके वकील बने और उसके पक्ष में खड़े होकर अपना दायित्व निभाया। राजीव गाँधी के हत्यारों के ख़िलाफ़ चले मुक़दमे में वे अभियुक्तों के वकील थे। इन्दिरा गाँधी की हत्या के अभियुक्त को बचाने के लिए भी वही आगे आये। सोहराबुद्दीन मुठभेड़ मामले में वे अमित शाह के वकील थे। उन्होंने कहा कि अमित शाह को सोहराबुद्दीन केस में ग़लत फँसाया गया था इसलिए उन्होंने उनकी तरफ़ से पैरवी की। लालू प्रसाद यादव, लालकृष्ण आडवाणी, जयललिता, कनिमोज़ी, रामदेव आदि के मुश्किल मुक़दमों में भी वे वकील के रूप में खड़े होते रहे।

राम जेठमलानी के बहुत से चाहने वाले हैं तो वहीं उनसे नफ़रत करने वालों की भी कमी नहीं। देश के प्रधानमन्त्री भी उनका बहुत सम्मान करते हैं। उनके निधन पर प्रधानमन्त्री नरेन्द्र मोदी ने दुख व्यक्त किया और अपने ट्वीट में कहा कि, "राम जेठमलानी जी के निधन से, भारत ने एक असाधारण वकील और प्रतिष्ठित सार्वजनिक व्यक्ति खो दिया है। राम जेठमलानी ने न्यायालय और संसद दोनों में समृद्ध योगदान दिया है। वह मज़ाकिया और साहसी थे और कभी भी, किसी भी विषय पर साहसपूर्वक बोलने से नहीं कतराते थे। उनके सबसे अच्छे पहलुओं में से एक उनकी मन की बात कहने की क्षमता थी और उन्होंने बिना किसी डर के ऐसा किया। आपातकाल के काले दिनों के दौरान, सार्वजनिक स्वतन्त्रता के लिए उनकी लड़ाई को याद किया जायेगा। ज़रूरतमन्दों की मदद करना उनके व्यक्तित्व का अभिन्न हिस्सा था। मैं ख़ुद को सौभाग्यशाली मानता हूँ कि मुझे राम जेठमलानी के साथ बातचीत करने के कई अवसर मिले।" गृह मन्त्री अमित शाह राम जेठमलानी को श्रद्धांजलि देने उनके घर गये और उनके निधन पर दुख प्रकट किया। अमित शाह ने ट्वीट किया कि "हमने एक प्रतिष्ठित वकील के साथ एक महान मानव को खो दिया।"

इस बात में दो राय नहीं है कि राम जेठमलानी एक बहादुर और निडर इन्सान थे।

कुलदीप नय्यर

कुलदीप नय्यर का जाना पत्रकारिता के बुलन्द आदर्शों के इतिहास में एक पूर्ण विराम है। सत्तर साल की पत्रकारिता का जीवन आज समाप्त हो गया। उन्होंने 1947 में पत्रकारिता शुरू की थी। दिल्ली के उर्दू अख़बार 'अंजाम' से शुरुआत की और आज सात दशक बाद दुनिया के बहुत सारे अख़बारों में, बहुत सारी भाषाओं में उनके लेख छपते हैं। भारतीय उपमहाद्वीप के सभी बड़े नेताओं को उन्होंने क़रीब से देखा था। एक शावक रिपोर्टर के रूप में उन्होंने महात्मा गाँधी की दिल्ली में होने वाली प्रार्थना सभा को कवर किया था। 1947 में जब महात्मा गाँधी बंगाल के दंगाग्रस्त इलाक़ों से दिल्ली आये तो नय्यर साहब के अख़बार ने उनको महात्मा गाँधी 'बीट' दे दी। महात्मा जी की हत्या के दिन वे वहीं थे और अपने अख़बार के लिए उस भयानक वारदात की रिपोर्ट लिखी थी। महात्मा जी की हत्या की सच्चाई उनके मन में बार-बार आती रही और वे उस तकलीफ़ से प्रेरणा लेते रहे। उन्होंने बार-बार प्रार्थना सभा में कही गयी उस बात को दुहराया जब गाँधी जी ने कहा था कि हिन्दू और मुसलमान मेरी दोनों आँखें हैं। अपने दीर्घ जीवन में उन्होंने इन्दिरा गाँधी, जयप्रकाश नारायण, लालबहादुर शास्त्री, मुजीबुर्रहमान, ज़िया-उल-हक़, ज़ुल्फ़िकार अली भुट्टो आदि के इंटरव्यू लिए। आज़ादी के बाद की हर घटना पर नय्यर साहब की नज़र रहती थी।

मुल्क के बँटवारे ने उनके ऊपर भारी असर किया था। नतीजा यह रहा कि पूरे जीवन वे हिंसा के ख़िलाफ़ और शान्ति की तरफ़ खड़े रहे। उनका जाना एक महान योद्धा का जाना है। लाहौर में फ़ोरमैन क्रिश्चियन कॉलेज के छात्र के रूप में उन्होंने आज़ादी की लड़ाई को क़रीब से देखा था

और गवर्नमेंट कॉलेज लाहौर में एल. एल. बी. के छात्र के रूप में बँटवारे की आहट सुनी थी। अपनी किताब 'Beyond the Lines' में उन्होंने लिखा है कि, जब 13 सितम्बर, 1947 के दिन मैंने बॉर्डर पार किया तो मैं धर्म के नाम पर इतना ख़ून-ख़राबा और तबाही देख चुका था कि मैंने ठान लिया था कि जो नया भारत हम बनाने जा रहे हैं, वहाँ धार्मिक मतभेद के कारण किसी की मौत नहीं होगी। इसलिए जब मैंने 1984 में सिखों का क़त्लेआम और 2002 में गुजरात का नर-संहार देखा तो मैं बहुत रोया।

जीवन भर उन्होंने बँटवारे को नकार देने की गाँधी की सीख का पालन किया लेकिन बँटवारा एक सच्चाई है जिसे पलटा नहीं जा सकता। उनका सपना था कि एक दिन पूरा दक्षिण एशिया एक यूनियन बन जायेगा, एक वीजा, एक मुद्रा और एक लोग। इस इलाक़े का हर इन्सान जहाँ चाहेगा—काम करेगा, जहाँ चाहेगा—जायेगा। हालाँकि यह सपना पूरा होने वाला नहीं है लेकिन वे अपने सपनों को ज़िन्दा रखने में विश्वास करते थे। सियालकोट में जहाँ उनका जन्म हुआ था, उसकी बहुत दर्द भरी यादें थीं। एक बार बीबीसी के एक पत्रकार ने पाकिस्तान से लौटकर दिल्ली में उन्हें बताना शुरू किया कि वह सियालकोट गया था और नय्यर मैंशन देखा था। इससे पहले कि वे कुछ आगे बोल सकते, नय्यर साहब ने कह दिया कि अपने घर के बारे में सोचकर बहुत तकलीफ़ होती है। कुछ मत बताओ।

भारत की आज़ादी की रक्षा की हर मुहिम में कुलदीप नय्यर के हस्ताक्षर हैं। मैंने उनको सबसे पहले 1977 में देखा था जब नयी दिल्ली के मावलंकर हाल में एक सार्वजनिक सभा हुई थी। वे ख़ुद जेल में रहकर आये थे लेकिन अपने अख़बार के सम्पादकीय में लिखा था कि एमरजेंसी की ज़्यादतियों के बाद बदले की भावना से काम नहीं किया जाना चाहिए। उसी सभा में बड़ौदा डाइनामाइट केस के अभियुक्त और समाजवादी नेता जार्ज फर्नान्डीज़ ने कहा कि अत्याचार को भूल जाने की ज़रूरत नहीं है लेकिन कुलदीप नय्यर अडिग रहे। एमरजेंसी की ज़्यादतियों पर उनकी 'जजमेंट' एक बेजोड़ किताब है। एमरजेंसी के बारे में, उसके तुरन्त बाद लिखी गयी इस किताब का कोई सानी नहीं है। उसी दौर में जनार्दन ठाकुर की किताब 'आल द प्राइम मिनिस्टर्स मेन' आयी थी। इन दो किताबों को पढ़ लेने के

बाद आपातकाल के आतंक के बारे में सब कुछ पता चल जाता है। अजीब बात यह है कि जब प्रेस पर सेंसरशिप लगायी गयी तो बहुत सारे पत्रकारों ने सरकार और सूचना मन्त्री विद्याचरण शुक्ल के सामने घुटने टेक दिये लेकिन कुलदीप नय्यर ने कुछ पत्रकारों का जुलूस लेकर इस फ़ैसले का विरोध किया और जेल भेजे गये। बहुत सारे दबाव पड़े लेकिन उन्होंने प्रेस की आज़ादी की बात को सर्वोपरि रखा और मीसा बन्दी के रूप में जेल की यातना सही। इन्दिरा गाँधी और संजय गाँधी को वे हमेशा लोकशाही के शत्रु के रूप में मानते रहे।

जब 1984 में इन्दिरा गाँधी की हत्या हुई तो मुझे उनको बहुत क़रीब से देखने का मौक़ा मिला। 31 अक्टूबर, 1984 की शाम से ही दिल्ली में कांग्रेसी मठाधीशों अर्जुन दास, ललित माकन, धर्मदास शास्त्री, जगदीश टाइटलर, एच. के. एल. भगत और सज्जन कुमार के गुण्डों ने सिखों के घर और दूकान जलाना शुरू कर दिया था। देश के अन्य हिस्सों से भी इसी तरह की ख़बरें आ रही थीं। इन्दिरा गाँधी का शव तीनमूर्ति भवन में रखा था। राजीव गाँधी को 31 अक्टूबर की शाम को ही प्रधानमन्त्री पद की शपथ दिला दी गयी थी। दिल्ली पुलिस सड़क पर या तो निष्क्रिय खड़ी थी या हत्यारों का सहयोग कर रही थी। बाक़ी पत्रकारों-सम्पादकों को हर जगह ख़बर ही ख़बर दिख रही थी, लेकिन कुलदीप नय्यर अपने कुछ साथियों के साथ लाजपत नगर के सर्वेन्ट्स ऑफ़ इंडिया सोसाइटी के दफ़्तर में सहायता कार्य संगठित करने में जुट हुए थे। उनके साथियों में एक प्रोफ़ेसर भी थीं, जिनके पति सरकार में बड़े अधिकारी थे। उन्होंने सुझाव दिया कि सरकार से भी मदद की बात करते हैं। नय्यर साहब ने कहा कि अभी सरकार से कोई सहायता नहीं मिलेगी क्योंकि सरकार की शह पर ही तो सब कुछ हो रहा है। अभी पीड़ितों तक बुनियादी ज़रूरत की चीज़ें पहुँचाना प्राथमिकता है। नय्यर साहब ने साफ़ कहा कि अभी जिनके घर जले हैं, जिनका सब कुछ लुट गया है, उनको बुनियादी सहायता पहुँचाना ज़रूरी है।

उनके व्यक्तित्व में अपनी बात साफ़ तरीक़े से पेश कर देने की अतुलनीय क्षमता थी। एक पत्रकार के रूप में उन्होंने कई पीढ़ियों को प्रभावित किया है और बहुत सारे पत्रकारों के हीरो रहे हैं। अभी दस दिन पहले उन्होंने

अनिल सिन्हा के पोर्टल 'द्रोह काल' के कार्यक्रम में मीडिया की मौजूदा दशा पर बात की थी। अक्सर कहते थे कि अब सरकार को मीडिया को दबाने के लिए आपातकाल की तरह सेंसरशिप की ज़रूरत नहीं है क्योंकि ज़्यादातर टी. वी. चैनलों के पत्रकार सत्ताधारी पार्टी के कारिन्दों की तरह काम कर रहे हैं। कहते थे कि इन्दिरा गाँधी की सेंसरशिप के समय पत्रकारों के एक बड़े वर्ग ने काला मास्टहेड छापकर या सम्पादकीय की जगह ख़ाली रखकर विरोध किया था लेकिन अब तो ज़्यादातर बड़े मीडिया संस्थान, सरकार के कारिन्दों की तरह काम कर रहे हैं, इसलिए अब किसी सेंसरशिप की ज़रूरत नहीं है। जो काम इन्दिरा गाँधी ने एमरजेंसी लगाकर हासिल किया था, वही यह सरकार कुछ पत्रकारों को अपनी तरफ़ लेकर कर रही है।

कुलदीप नय्यर देश के बहुत ही आदरणीय अख़बारों के सम्पादक रहे। प्रधानमन्त्री लाल बहादुर शास्त्री के सूचना सलाहकार का काम किया। राज्यसभा के सदस्य रहे। ब्रिटेन में भारत के हाई कमिश्नर रहे। लेकिन मुझे लगता है कि इतिहास कुलदीप को सबसे बढ़कर शान्ति के एक योद्धा के रूप में याद करेगा। बँटवारे के समय सरहद के दोनों तरफ़ उन्होंने जो ख़ून-ख़राबा देखा था, उसको वे कभी नहीं भुला पाये। बावजूद इसके उनके अन्दर बदला लेने की प्रवृत्ति कभी नहीं आयी। वे हमेशा शान्ति की बात करते रहे। इसी सिलसिले में उन्होंने 1992 में भारत-पाकिस्तान सीमा की अटारी चौकी पर 14-15 अगस्त की रात मोमबत्ती जलाकर शान्ति की पहल की थी। यह अब एक बड़ा कार्यक्रम बन चुका है जहाँ दोनों तरफ़ के शान्ति कार्यकर्ता हर साल जमा होते हैं। इससे दोनों देशों के झगड़ों में तो कोई फ़र्क़ नहीं पड़ता लेकिन शान्ति की बात होती रहती है। जब वहाँ हिन्दुस्तान-पाकिस्तान ज़िन्दाबाद के नारे लगते हैं तो दुनिया में अमन चाहने वालों को उम्मीद की एक, हलकी-सी ही सही, किरण दिखायी पड़ती है।

नय्यर साहब को बचपन में भोला नाम से पुकारा जाता था, लेकिन क़िस्मत को कुछ और मंज़ूर था। उनकी ज़िन्दगी को किसी तरह से भोला नहीं कहा जा सकता। शान्ति और लोकशाही की तलाश में उन्होंने बहुत टेढ़े-मेढ़े रास्ते देखे। आने वाली नस्लें उनकी शख़्सियत को आदर्श मानेंगी और हम जैसे लोग इस बात पर गर्व करेंगे कि हमने कुलदीप नय्यर को

देखा है और उनके साथ काम किया है। उन्होंने अपनी ज़िन्दगी को शान से जिया, चाहे बॉर्डर पार करते हुए की खूँरेज़ी हो या दिल्ली की सत्ता का आतंक। शायद इसलिए उनको फ़ैज़ का यह शेर बहुत पसन्द था, अक्सर इसे गुनगुनाते थे—

जिस धज से कोई मक़तल को चला, वह शान सलामत रहती है
यह जान तो आनी जानी है, इस जान की कोई बात नहीं।

23 अगस्त, 2018

अजातशत्रु थे ललित सुरजन

ललित सुरजन जी चले गये। 74 साल की उम्र भी कोई जाने की उम्र है लेकिन उन्होंने हमें अलविदा कह दिया। देशबन्धु अख़बार के प्रधान सम्पादक थे, एक सम्मानित कवि और लेखक थे, सामाजिक मुद्दों पर बेबाक राय रखते थे। सामाजिक सरोकारों में भी शामिल होते थे इसलिए उनके जानने वाले उन्हें सामाजिक कार्यकर्ता भी मानते हैं। वे साहित्य, शिक्षा, पर्यावरण, साम्प्रदायिक सद्भाव व विश्व शान्ति से सम्बन्धित मुद्दों पर हमेशा बेबाक राय रखते थे। दुनिया भर के देशों की संस्कृति और रीति-रिवाज़ों की जानकारी रखने का भी उन्हें शौक़ था। उनके स्तर का यात्रा-वृत्तान्त लिखने वाला मैंने दूसरा नहीं देखा। सबसे बड़ी बात यह कि वे एक आला और नफ़ीस इन्सान थे।

ललित जी देशबन्धु अख़बार के संस्थापक स्व. मायाराम सुरजन के बड़े बेटे थे। मायाराम जी मध्य प्रदेश के नेताओं और पत्रकारों के बीच बाबू जी के रूप में पहचाने जाते थे। वे मध्य प्रदेश में पत्रकारिता के मार्गदर्शक माने जाते थे। उन्होंने मध्य प्रदेश हिन्दी साहित्य सम्मेलन को बहुत सम्मान दिलवाया। वे नये लेखकों के लिए ख़ास शिविर आयोजित करते थे और उन्हें अवसर देते थे। बाद में, उनमें से कई बड़े साहित्यकार बने। 'अपना मोर्चा' जैसे कालजयी उपन्यास के लेखक डॉ. काशीनाथ सिंह ने मुझे बताया था कि मायाराम जी ने उनको शुरुआती दौर में मंच दिया था। व्यंग्य के शिखर पुरुष हरिशंकर परसाई जी से उनके पारिवारिक सम्बन्ध थे। स्व. मायाराम जी के सभी गुण ललित जी में भी आये थे।

ललित सुरजन ने 1961 में देशबन्धु में एक जूनियर पत्रकार के रूप में शुरुआत की। उनको साफ़ बता दिया गया था कि अख़बार के संस्थापक

के बेटे होने का कोई विशेष लाभ नहीं होगा, अपना रास्ता ख़ुद तय करना होगा, अपना सम्मान स्वयं अर्जित करना होगा। देशबन्धु उन्हें केवल इसका अवसर देगा, उससे ज़्यादा कुछ नहीं। चुनाँचे ललित जी ने वह सब किया जो एक नये रिपोर्टर को करना होता है और सही अर्थों में अपने महान पिता के वारिस बने। पिछले साठ साल की मध्य प्रदेश और छत्तीसगढ़ की हर राजनीतिक गतिविधि को उन्होंने एक पत्रकार के रूप में देखा, अपने स्वर्गीय पिताजी को आदर्श माना और कभी भी राजनीतिक नेताओं के सामने सर नहीं झुकाया। द्वारिका प्रसाद मिश्र और रविशंकर शुक्ल उनके पिता स्व. मायाराम जी सुरजन के समकालीन थे, इस लिहाज़ से उनको सम्मान तो दिया लेकिन उनकी राजनीति का हथियार कभी नहीं बने। अपने अख़बार को किसी नेता के हित में इस्तेमाल नहीं होने दिया। जब दिसम्बर 1994 में मायाराम जी का स्वर्गवास हुआ तो अख़बार की पूरी ज़िम्मेदारी उनके कन्धों पर आ गयी। दिल्ली, रायपुर, बिलासपुर, भोपाल, जबलपुर, सतना और सागर से छपने वाले इस अख़बार को वे मायाराम जी की मान्यताओं के अनुरूप ही निकालते रहे। ललित जी बहुत ही विनम्र किन्तु दृढ़ व्यक्ति थे। अपनी मान्यताओं के साथ कभी कोई समझौता नहीं किया। कई बार बड़ी क़ीमत भी चुकाई। अख़बार चलाने में आर्थिक तंगी भी आयी और अन्य परेशानियाँ भी हुईं लेकिन वे कभी झुके नहीं। अजातशत्रु ललित जी ने कभी किसी से दुश्मनी नहीं की। जिन लोगों ने उनका नुक़सान किया उनको भी हमेशा माफ़ करते रहे, कभी बदले की भावना से काम नहीं किया।

ललित जी अपने भाइयों को बहुत प्यार करते थे। सभी भाइयों को देशबन्धु के अलग-अलग संस्करणों की ज़िम्मेदारी दे दी थी और आजकल वानप्रस्थ जीवन जी रहे थे। लेकिन लेखन में एक दिन की भी चूक नहीं हुई। कोरोना के दौर में उनको कैंसर का पता लगा। विमान और ट्रेन सेवाएँ ठप थीं लेकिन उनके बच्चों ने उनको विशेष विमान से दिल्ली लाकर इलाज शुरू करवाया। वे कैंसर से ठीक हो रहे थे लेकिन काल ने उनको ब्रेन हैमरेज देकर उठा लिया।

ललित जी का जाना मेरे लिए बहुत बड़ा व्यक्तिगत नुक़सान है। उनके साथ ख़ान मार्किट की किताब की दूकान बाहरीसंस पर जाना एक ऐसा

अनुभव है जिसका वर्णन नहीं किया जा सकता। वह मेरे लिए एक शिक्षा की यात्रा भी होती थी। जो भी किताब छपी उसको उन्होंने अवश्य पढ़ा। अभी अमरीकी राष्ट्रपति बराक ओबामा की किताब आयी है, जिसका इन्तज़ार वे बहुत बेसब्री से कर रहे थे। उनके जन्मदिन पर बधाई सन्देश भेजने के बाद मैं उनके फ़ोन का इन्तज़ार करता रहता था कि बस, अब फ़ोन आने वाला है। हुआ यह था कि उनके असली जन्मदिन और फेसबुक पर लिखित जन्मदिन में थोड़ा अन्तर था। अगर ग़लत दिन मैसेज भेज दिया तो फ़ोन करके बताते थे, शेष जी आपसे ग़लती हो गयी। जब किसी साल सही वाले पर मैसेज दे दिया तो कहते थे कि इस बार आपने सही मैसेज भेजा। अब यह नौबत कभी नहीं आयेगी क्योंकि अब उनके जीवन में कराल काल ने एक तारीख़ पक्की लिख दी है, उनकी मृत्यु की तारीख़। इस मनहूस तारीख़ को उनका कोई चाहने वाला कभी नहीं भुला पायेगा। मैं उनके अख़बार में काम करता हूँ लेकिन उन्होंने यह अहसास कभी नहीं होने दिया कि मैं कर्मचारी हूँ। आज उनके जाने के बाद लगता है कि मेरा बड़ा भाई चला गया। आपको कभी नहीं भुला पाऊँगा, ललित जी!

2 दिसम्बर, 2020

कैफ़ी आज़मी के बिना दस साल

कैफ़ी आज़मी को गये 10 साल हो गये। अवाम के शायर कैफ़ी इस बीच बहुत याद आये लेकिन मैं किसी से कह भी नहीं सकता कि मुझे कैफ़ी की याद आती है। मैं अपने आपको उस वर्ग का आदमी मानता हूँ जिसने कैफ़ी को क़रीब से नहीं देखा, लेकिन हमारी पीढ़ी की एक बड़ी जमात के लिए कैफ़ी प्रेरणा-स्रोत थे। सामन्ती सोच वाले एक ग़रीब परिवार से आये मुझ जैसे व्यक्ति को कैफ़ी साहेब की जिस नज़्म ने सबसे ज़्यादा प्रभावित किया, वह थी उनकी मशहूर नज़्म 'औरत'। छात्र जीवन में मैंने उसे बार-बार पढ़ा। मैं बयान नहीं कर सकता कि औरत को कुछ भी न समझने वालों के गाँव का होते हुए भी मैंने इस नज़्म को पढ़ने के बाद किस तरह अपनी माँ और बहनों को बिल्कुल अलग नज़रिये से देखना शुरू कर दिया था। बाद में जब मैं दिल्ली में रहने लगा तो इस नज़्म को पढ़ते हुए मुझे अपनी दोनों बेटियाँ याद आती थीं। मैं उनके ग़रीबी में बीत रहे बचपन को इस नज़्म के टुकड़ों से बुलन्दी देने की कोशिश करता था। हालाँकि यह नज़्म मैंने उन्हें कभी पूरी पढ़कर नहीं सुनायी लेकिन इसके टुकड़ों का हिन्दी या अंग्रेज़ी में अनुवाद करके उनको समझाया करता था। मेरे दोस्त ख़ुर्शीद अनवर ने एक बार लिखा था कि कैफ़ी ने 'उठ मिरी जान मिरे साथ ही चलना है तुझे' कह कर लगाम अपने हाथ में ले ली थी। आज के सन्दर्भ में उनकी बात बिल्कुल सही है। सवाल उठता है कि भाई, आप के साथ क्यों चलना है? औरत ख़ुद ही चली जायेगी। लेकिन चालीस के दशक में लिखी गयी यह नज़्म उस वक़्त की क्रान्तिकारी नज़्मों में से एक थी क्योंकि अगर कोई समाज औरत को मर्द के बराबर का दर्जा देता था तो वह भी बहुत बड़ी बात थी।

जहाँ तक शायरी और अदब की बात है, मैं कैफ़ी आज़मी के बारे में कुछ भी लिख सकने का हक़दार नहीं हूँ। मुझे अदब का अलिफ़ भी नहीं मालूम लेकिन इतना जानता हूँ कि शायर के रूप में मशहूर कैफ़ी आज़मी एक बेहतरीन इन्सान भी थे। आज़मगढ़ ज़िले के मिजवाँ में जन्मे अतहर हुसैन रिजवी ही बाद में कैफ़ी आज़मी बने। कैफ़ी बचपन से ही बहुत संवेदनशील थे और क़लम आज़माते रहते थे। क़िस्सा मशहूर है कि किस तरह उन्होंने महज़ 11-12 साल की उम्र में ख़ासी मैच्योर ग़ज़ल लिख डाली थी।

इतना तो ज़िन्दगी में किसी की ख़लल पड़े,
हँसने से हो सुकून न रोने से कल पड़े

अपने अब्बा के घर हुए मुशायरे में, अपने बड़े भाई के इसरार पर अतहर हुसैन रिज़वी ने जब यह ग़ज़ल पढ़ी तो किसी ने यक़ीन नहीं किया कि ग़ज़ल अतहर मियाँ की ही है। सबने यही सोचा कि बड़े भाई ने अपनी ग़ज़ल छोटे से पढ़वा दी है। इम्तिहान के तौर पर उन्हें एक और मिसरा दिया गया और जब उन्होंने उस मिसरे पर भी पूरी ग़ज़ल लिख डाली तब कहीं जाकर लोगों को उनकी क़ालियत पर यक़ीन हुआ। बाद में बेगम अख़्तर ने उनकी उस ज़माने की ग़ज़ल को आवाज़ देकर अमर बना दिया।

जो आदमी सारी दुनिया की तकलीफ़ें ख़त्म करने वालों की जमात में शामिल हो जाये, सबके दर्द को अपने गीतों से ज़बान दे, और जिसके गीत इन्साफ़ की लड़ाई में अगली क़तार में हों, वह अपना दर्द कभी बयान नहीं करता था।

कैफ़ी आज़मी इस मामले में बहुत ख़ुशक़िस्मत रहे कि उन्हें दोस्त हमेशा ही बेहतरीन मिले। मुम्बई में इप्टा के दिनों के उनके दोस्त आगे चलकर नामी कलाकारों और फ़िल्मकारों के रूप में जाने गये। इन दोस्तों में होमी भाभा, किशन चन्दर, मजरूह सुलतानपुरी, साहिर लुधियानवी, बलराज साहनी, मोहन सहगल, मुल्कराज आनन्द, रोमेश थापर, शैलेन्द्र, प्रेम धवन, इस्मत चुग़ताई, ए. के. हंगल, हेमन्त कुमार, अदी मर्ज़बान, सलिल चौधरी जैसे लोग शामिल थे। प्रोग्रेसिव राइटर्स एसोसिएशन के संस्थापक सज्जाद ज़हीर के ड्राइंग रूम में उनकी शादी हुई। उनकी जीवन साथी, शौकत ने उन्हें इसलिए पसन्द किया था कि कैफ़ी आज़मी बहुत बड़े शायर थे।

1946 में भी शौकत के तेवर इन्क़लाबी थे और माँ की मर्ज़ी के ख़िलाफ़ अपने प्रगतिशील पिता के साथ औरंगाबाद से मुम्बई आकर उन्होंने कैफ़ी से शादी कर ली थी। शादी के बाद कैफ़ी ने काफ़ी पापड़ बेले। अपने गाँव चले गये जहाँ बेटा पैदा हुआ, शबाना आज़मी का बड़ा भाई। मगर एक साल का भी नहीं हो पाया था कि चल बसा। बाद में वाया लखनऊ मुम्बई पहुँचे। शुरुआत में भी लखनऊ रह चुके थे। दीनी तालीम के लिए भेजे गये थे लेकिन इन्साफ़ की लड़ाई शुरू कर दी और निकाल दिये गये। जब शौकत दोबारा माँ बनने वाली थीं तो कम्युनिस्ट पार्टी ने फ़रमान सुना दिया कि एबार्शन कराओ। कैफ़ी अंडरग्राउंड थे और पार्टी को लगता था कि बच्चे का ख़र्च कहाँ से आयेगा। शौकत अपनी माँ के पास हैदराबाद चली गयीं, जहाँ शबाना का जन्म हुआ। मुफ़लिसी के उस दौर में इस्मत चुग़ताई और उनके पति शाहिद लतीफ़ ने एक हज़ार रुपये भिजवाये थे। यह ख़ैरात नहीं थी, फ़िल्म निर्माण के काम में लगे शाहिद लतीफ़ ने अपनी फ़िल्म में कैफ़ी के लिखे दो गीतों का इस्तेमाल किया था, उसका मेहनताना था। शौकत आपा अब तक उस बात का ज़िक्र करती रहती हैं।

कैफ़ी आज़मी अपने बच्चों से बेपनाह प्यार करते थे। जब कभी ऐसा होता था कि शौकत आपा पृथ्वी थियेटर के अपने काम के सिलसिले में शहर से बाहर चली जाती थीं तो वे मुशायरों में बच्चों–शबाना और बाबा को साथ ले जाते। मंच पर जहाँ शायर बिठाये जाते थे उसी के पीछे दोनों बच्चे बैठे रहते थे। जो लोग कभी बच्चे रहे हैं उन्हें मालूम है कि बाप से इज़्ज़त मिलने पर बहुत अच्छा लगता है। ज़ीरो आमदनी वाले, कम्युनिस्ट पार्टी के होल टाइमर कैफ़ी आज़मी को जब पता लगा कि उनकी बेटी अपने स्कूल से ख़ुश नहीं थी और दूसरे स्कूल में जाना चाहती थी जिसकी फ़ीस तीस रुपये महीना थी, तो कैफ़ी आज़मी ने उसे वहाँ भेजा और अतिरिक्त काम करके 30 रुपये महीने का इन्तज़ाम किया।

एक बार शबाना आज़मी की किसी फ़िल्म को प्रतिष्ठित कान फ़िल्म समारोह में दिखाया जाना था। जाने से पहले शबाना को पता लगा कि मुम्बई के एक इलाक़े में लोगों की झोपड़ियाँ उजाड़ी जा रही हैं तो शबाना ने कान का कार्यक्रम रद्द कर दिया और झोपड़ियाँ बचाने के लिए भूख हड़ताल पर बैठ गयीं।

भीषण गर्मी में ज़मीन पर बैठकर हड़ताल करती शबाना आज़मी का बी. पी. बढ़ गया, बीमार पड़ गयीं। सारे रिश्तेदार परेशान हो गये। कैफ़ी साहेब शहर से कहीं बाहर गये हुए थे। लोगों ने सोचा कि अब्बा से कहा जाये तो शायद वे इस ज़िद्दी लड़की को समझा सकें। लेकिन कैफ़ी आजमी आख़िर कम्युनिस्ट थे, बेटी को ग़रीबों के हक़ की लड़ाई से कैसे रोकते? उनका टेलीग्राम आया। लिखा था, "बेस्ट ऑफ़ लक कॉमरेड" आज शबाना जिस मुक़ाम पर हैं उसमें प्रगतिशील माता-पिता की सोच का बहुत ज़्यादा योगदान है। कैफ़ी आज़मी ने अपने बच्चों को संघर्ष की तमीज़ सिखायी है, शायद इसीलिए उनकी बेटी को संघर्ष करने में मज़ा आता है। हो सकता है इसकी बुनियाद वहीं रेड फ्लैग हॉल में पड़ गयी थी, जहाँ उनका बचपन बीता। जब मज़दूर संघर्ष करते थे तो शबाना के माता-पिता जुलूस में शामिल होते और वह नारे लगा रहे मज़दूरों के कन्धों पर बैठी होती थी।

बीसवीं सदी की कुछ बेहतरीन फ़िल्में कैफ़ी के नाम से पहचानी जाती हैं। चेतन आनन्द ने 'हीर राँझा' को ऑपेरा स्टाइल में बनाने का मन बनाया तो कैफ़ी आज़मी से उसके सारे काव्यमय डायलॉग लिखने की गुजारिश की। राजकुमार और प्रिया राजवंश की यह फ़िल्म अनूठी है। इसके गीत भी कैफ़ी साहेब ने लिखे थे। हीर की तलाश में भटकते राँझे का गीत 'ये दुनिया, ये महफ़िल मेरे काम की नहीं' हर टूटे दिल की आवाज़ बन गया था। और अगर कैफ़ी साहेब ने 'हक़ीक़त' का देशभक्ति से लबरेज़ 'कर चले हम फ़िदा जानो तन साथियो! अब तुम्हारे हवाले वतन साथियो!' न लिखा होता तो हमारे 15 अगस्त और 26 जनवरी कितने फीके रह जाते। चेतन आनन्द कैम्प के तो वे स्थायी गीतकार थे ही, उसके अलावा 'सोने की चिड़िया', 'काग़ज़ के फूल', 'कोहरा', 'शोला और शबनम', 'अनुपमा', 'सत्यकाम', 'सात हिन्दुस्तानी', 'बावर्ची', 'पाकीज़ा', 'रजिया सुलतान' और 'अर्थ' जैसी फ़िल्मों को भी कैफ़ी के गीतों ने अमर कर दिया।

आज दस साल हो गये। जब तक ज़िन्दगी है, कैफ़ी आज़मी बहुत याद आयेंगे। काश हम उन्हें उन्हीं के शब्दों की ज़ंजीर से बाँधकर रोक पाते—और कुछ देर ठहर, और कुछ देर न जा।

10 मई, 2012

उसने गंगा के बहने पर भी सवाल उठाया था

ब्रह्मपुत्र के गायक भूपेन हजारिका नहीं रहे। अब दिल हुम्-हुम् नहीं करेगा और गंगा के बहने पर जनवादी सवाल भी नहीं पूछे जायेंगे। भूपेन दा महान गायक तो थे ही, जन-पक्षधर कवि भी थे, संगीत रचयिता थे और बहुत ही मज़बूत और बुलन्द आवाज़ के मालिक थे। उनके जाने के बाद असम, कोलकाता और ढाका में तो मातम है ही, शेष दुनिया में भी उनके चाहने वालों की आँखें नम हैं।

भूपेन ने बहुत उच्च शिक्षा पायी थी। गुवाहाटी में शुरुआती पढ़ाई करने के बाद वे बी.एच.यू. चले आये थे, जहाँ से उन्होंने बी.ए. और एम. ए. पास किया। 1946 में एम. ए. करने के बाद वे अमरीका के विख्यात कोलम्बिया विश्वविद्यालय चले गये, जहाँ उन्होंने मास कम्युनिकेशन में पीएच.डी. की। उसके बाद भी उन्होंने पढ़ाई जारी रखी और शिकागो विश्वविद्यालय से शिक्षा में सिनेमा के इस्तेमाल पर पोस्ट डॉक्टोरल अध्ययन किया। बताया जाता है कि भूपेन हजारिका मास कम्युनिकेशन में पीएच.डी. करने वाले पहले एशियन थे।

अमरीका में भूपेन हजारिका की मुलाक़ात, पॉल रॉबसन से हुई। पॉल रॉबसन की हैसियत दुनिया के क्रान्तिकारी गायकों में बहुत ऊँची है। यह अमरीका का वह दौर था, जब अश्वेत लोगों को वोट देने का अधिकार नहीं था। उस दौर में पॉल का गाना 'ओल्ड मैन रिवर' मानवीय अधिकारों के संघर्ष का प्रतीक गीत बन चुका था। हर जुलूस में लाठी-गोली खाने वाले दलित और अश्वेत अधिकारों के दीवाने इस गीत को ज़रूर गाते थे। इसी गीत की प्रेरणा से भूपेन ने 'गंगा बहती हो क्यों' लिखा। अधिकारों के लिए जहाँ भी संघर्ष हुआ, वहाँ यह गीत ज़रूर सुना और गाया गया।

भूपेन ने 1930 से गाना शुरू किया और लगभग पूरी सदी आम आदमी के गीत गाते रहे। बहुत सारी असमिया फ़िल्मों के लिए उन्होंने गीत लिखे, संगीत दिया और गाया। अपनी जीवन भर की दोस्त कल्पना लाजमी के साथ मिलकर उन्होंने हिन्दी फ़िल्मों—'रुदाली', 'एक पल', 'दरमियान', आदि का संगीत दिया। मक़बूल फ़िदा हुसैन की फ़िल्म 'गजगामिनी' का संगीत भी भूपेन दा का ही था।

भूपेन बायें बाजू के महान बुद्धिजीवी थे। बलराज साहनी और अनिल चौधरी के दोस्त थे। अपने दीर्घ जीवन में उन्हें दुनिया भर से मिले सम्मानों को गिनाने का कोई मतलब नहीं है। उनको हर वह सम्मान मिला था जो किसी भी संगीतकार को मिलना चाहिए। सरकारी पदों से बचने के चक्कर में रहने वाले भूपेन दा ने 2003 में प्रसार भारती बोर्ड का सदस्य होना स्वीकार कर लिया था। हमें उनकी याद हमेशा रहेगी।

5 नवम्बर, 2011

विद्या बालन बहुत बड़ी कलाकार हैं

विद्या बालन की फ़िल्म 'डर्टी पिक्चर' देखने का मौक़ा मिला। इसके पहले, पी. आर. वालों की कृपा से महीनों से चल रहे प्रोमो देखकर लगता था कि फ़िल्म बनाने वालों ने प्रचार-प्रसार में ख़ूब पैसा झोंका है। इससे लग रहा था कि डर्टी पिक्चर भी बाक़ी फ़िल्मों जैसी ही एक फ़िल्म होगी जिसमें हर तरह के मसाले अपनाये गये होंगे। फ़िल्म की कहानी भी वैसी ही थी। हर तरह का मसाला था। नसीरुद्दीन शाह जैसे समर्थ अभिनेता की घटिया ऐक्टिंग थी। आम तौर पर नसीर ऐसी रद्दी ऐक्टिंग नहीं करते, लेकिन 65 साल की उम्र में जो काम मिले, वही कर लेना ठीक रहता है। क़र्ज़ में डूबे अमिताभ बच्चन भी तो लोगों को करोड़पति बनाने का लालच देने वालों के साथ हो लिये थे और लोगों को फँसाने वालों के साथ मिलकर पैसा कमाया था और अपना क़र्ज़ उतारा था। इमरान हाशमी से ऐक्टिंग की उम्मीद कोई नहीं करता, फ़िल्म में उनकी मौजूदगी ही उनके रोटी-पानी भर के पैसों का बन्दोबस्त कर देती है। तुषार कपूर ठीक हैं। जब उनकी अम्मा और बहन फ़िल्म की प्रोड्यूसर हों तो उन्हें भी छोटा-मोटा रोल मिल जाना कोई बड़ी बात नहीं है। पैसा उनकी अम्मा का है, जो चाहें करें। वैसे भी जब इमरान हाशमी जैसे ऐक्टर फ़िल्म में रोल पा रहे हैं, तो तुषार तो घर के बन्दे हैं।

लेकिन फ़िल्म ने एक बात मेरे दिलो-दिमाग़ में बैठा दी कि यह विद्या बालन बहुत बड़ी कलाकार है। जिस तरीक़े से उसने अभिव्यक्ति को जीवन्त रूप दिया, वह 'न भूतो न भविष्यति' है। एक्सप्रेशन के व्याकरण को उसने बिल्कुल शास्त्रीय अर्थ दे दिया है। कहीं वहीदा रहमान लगती है तो कहीं रेखा, कहीं स्मिता पाटिल तो कहीं शबाना आज़मी। समझ में नहीं आता

कि एक सौ अलग-अलग तरह के भाव वाले चेहरे कैसे जी लिये हैं इस लड़की ने... और बात करते-करते जिस तरह चेहरे की कुछ लकीरें, फ़्लैश मात्र में बदल जाती हैं... भई वाह! क्या बात है! लगता है कि आचार्य भरत के नाट्यशास्त्र के चेहरे की अभिव्यक्ति वाले अध्याय का लैब डेमोंस्ट्रेशन चल रहा हो।

आज ही देव आनन्द गये हैं और यह कहते हुए गये हैं कि उनका सबसे अच्छा काम अभी आना बाक़ी है। उनके इस बयान को उनकी ज़िन्दादिली का उदाहरण माना जा रहा है लेकिन एक बात बहुत ही भरोसे के साथ कही जा सकती है कि विद्या बालन का सबसे अच्छा काम अभी आना बाक़ी है। आने वाले वर्षों में सिनेमा के जानकारों को विद्या बालन पर नज़र रखनी पड़ेगी। अगर नज़र नहीं रख सके तो कुछ छूट जायेगा क्योंकि विद्या बालन के अभिनय की परतें अभी तक पूरे तौर पर खुली कहाँ हैं?

4 दिसम्बर, 2011

दादासाहेब फाल्के के उद्यम का दस्तावेज़ 'हरिश्चन्द्राची फैक्ट्री'

टेलीविज़न पर मराठी फ़िल्म 'हरिश्चन्द्राची फैक्ट्री' देखने का मौक़ा मिला। एक अज़ीज़ दोस्त ने कहा कि मराठी भाषा न जानने की वजह से फ़िल्म देखने में कोई दिक़्क़त नहीं आयेगी। इस फ़िल्म के बारे में इतना पता था कि ऑस्कर पुरस्कारों के लिए गयी थी लेकिन पुरस्कार मिला नहीं। फ़िल्म देख कर समझ में आया कि ऑस्कर वाले ग़लती कैसे करते हैं। यह फ़िल्म भारतीय सिनेमा के आदिपुरुष दादासाहेब फाल्के की पहली फ़िल्म हरिश्चन्द्र तारामती के निर्माण के बारे में है। दादासाहेब फाल्के ने देश में सिनेमा की बुनियाद डालने के लिए अपना सब कुछ दाँव पर लगा दिया था। उनके उद्यम को विषय बनाकर बनायी गयी यह फ़िल्म बेहतरीन है और पहली बार निर्देशन कर रहे परेश मोकाशी की लीक से हट कर चलने की हिम्मत भी लाजवाब है। फ़िल्म डॉक्यूमेंट्री की तरह बनायी गयी है। दादासाहेब फाल्के के दृढ़निश्चय को फ़िल्म की भाषा में पेश करने की कोशिश में मोकाशी एक ऐसी फ़िल्म बनाने में सफल हुए हैं जो ग़ैर-मराठीभाषी को भी मन्त्रमुग्ध करने की क्षमता रखती है। दादासाहेब फाल्के की शुरुआती ज़िन्दगी और ख़तरों से खेलने की क्षमता को बहुत अच्छी तरह प्रस्तुत किया गया है। मुम्बई में प्रिंटिंग प्रेस की नौकरी छोड़कर जब फाल्के ने जादू दिखाने का काम शुरू किया तो जिस ऊहापोह से गुज़रे उसे फ़िल्म के व्याकरण में बहुत ख़ूबसूरती से पेश किया गया है। दादासाहेब ने जब चलती-फिरती तस्वीरें देखीं तो अभिभूत हो गये। फ़िल्मों के बारे में कुछ नहीं जानते थे लेकिन पढ़-लिख कर पता लगाया कि लन्दन में उस तरह की फ़िल्में बनती थीं।

ख़र्चे-पानी का इन्तज़ाम कर लन्दन गये। देखा कि वहाँ छोटी-छोटी फ़िल्में बनती थीं, कलाकार बोलते नहीं थे लेकिन ख़ासा मनोरंजन होता था। वहीं उन्होंने ईसा मसीह के जीवन पर बनी फ़िल्म देखी, जिसमें एक कहानी थी। बस, उन्होंने फ़ैसला कर लिया कि महापुरुषों के जीवन पर आधारित फ़िल्में बनायेंगे। लन्दन से लौटने से पहले ही कैमरा ख़रीदने का ऑर्डर दे दिया और यहाँ आकर अयोध्या के राजा हरिश्चन्द्र के जीवन पर फ़िल्म बनाने का मन बनाया। दादासाहेब फाल्के की भूमिका नन्दू माधव ने निभायी है जबकि उनकी पत्नी सरस्वती की भूमिका मराठी रंगमंच की सफल अभिनेत्री विभावरी देशपाण्डे ने की है। दोनों ही कलाकारों का अभिनय बेहतरीन है।

'हरिश्चन्द्राची फैक्ट्री' की कहानी 1911 में शुरू होती है जब फाल्के ने कुछ नया कर गुज़रने का मन बनाया। 1913 में हरिश्चन्द्र तारामती प्रदर्शित होने और उसके बाद के फाल्के के हौसले को जिस तरह फ़िल्माया गया है, वह लाजवाब है। फ़िल्म बहुत गम्भीर होने के बावजूद उसमें ह्यूमर है। शास्त्रीय परिभाषा कहती है कि अपने आप पर हँसने की क्षमता को ह्यूमर कहा जाता है। ज़ाहिर है, अपने आप पर हँस पाना कमज़ोर इन्सान के बूते में नहीं होता, उसके लिए अन्दर की मज़बूती चाहिए। पूरी फ़िल्म में ऐसी बहुत सारी स्थितियाँ हैं जब नन्दू माधव दादासाहेब की ज़िन्दगी के बहुत मुश्किल लम्हों को ह्यूमर में बदल देते हैं। इससे फाल्के के चरित्र की ऐतिहासिक मज़बूती और नन्दू माधव की अभिनय क्षमता दोनों का डंका बज जाता है। जब फाल्के फ़िल्म बनाने की योजना को कार्यरूप देने के लिए पत्नी और बच्चों के साथ घर छोड़कर चल पड़ते हैं तो उनकी मंज़िल दादर है। उन्हें पता चला था कि दादर में फ़िल्म का काम करने के लिए सस्ते दामों पर ज़्यादा जगह मिल जायेगी। दादर उन दिनों शहर से दूर था।

उनकी पड़ोसी महिला अपने पति से कहती है—सुना है दादर में तो जंगल हैं।

जवाब में बुढ़ऊ कहते हैं—फाल्के जैसे जंगली के लिए वही सही जगह है।

अभिनेताओं के लिए दिया गया विज्ञापन और उसके जवाब में आने वाले लोगों का हिस्सा भी फाल्के की उस क़ाबिलियत की सनद है कि वे विपरीत परिस्थितियों में भी किस तरह अपने लक्ष्य को नहीं भूलते।

तारामती के रोल के लिए महिला कलाकार की तलाश के दृश्य बहुत ही अच्छी तरह प्रस्तुत किये गये हैं। उन दिनों किसी महिला को सिनेमा में काम करने के लिए तैयार कर पाना असम्भव था, लेकिन फाल्के ने आसानी से हार नहीं मानी। तवायफ़ों के कोठों पर भी गये फिर भी सफलता हाथ नहीं लगी। आख़िरकार लड़कों को ही स्त्रियों के रोल में इस्तेमाल किया। जिस लड़के को तारामती का रोल दिया था, उसके मूँछों समेत तारामती का रोल निभाने के आग्रह को देखते हुए उसे बाप की मौजूदगी में मूँछ साफ़ कराने के लिए राजी कर पाना बहुत ही कठिन काम था लेकिन फाल्के ने उसे हासिल किया। नन्दू माधव ने उस सीन में जान डाल दी है। इससे पहले, अपनी पत्नी को तारामती की भूमिका में उतारने की कोशिश वाला दृश्य विभावरी देशपाण्डे और नन्दू माधव को वहाँ स्थापित कर देता है जहाँ अभिनय के लिहाज़ से हिन्दी फ़िल्मों का कोई भी मौजूदा स्टार नहीं पहुँच पाया है।

फाल्के की फ़िल्म लन्दन में दिखायी गयी। वहाँ के फ़िल्म उद्योग के नेताओं ने उन्हें आमन्त्रित किया कि लन्दन में रहकर फ़िल्म बनायें लेकिन उन्होंने यह कहकर मना कर दिया कि अगर वे ज़्यादा पैसों के लालच में लन्दन में फ़िल्म बनायेंगे तो भारत में फ़िल्म उद्योग की स्थापना नहीं हो पायेगी। बाद में जब नन्दू माधव और विभावरी देशपाण्डे, मुम्बई की सड़कों पर चार आने में फाल्के नाम के खिलौने बिकते देखते हैं, तब उनकी समझ में आ जाता है कि भारतीय सिनेमा के आदिपुरुष ने अपना काम कर दिखाया है। फ़िल्म में कोई नाच-गाना नहीं है लेकिन आनन्द मोडक का संगीत बहुत अच्छा है। पूरी फ़िल्म में लगता है कि आप 1910-11 की मुम्बई में घूम रहे हैं। उसके लिए कला निदेशक नितिन चन्द्रकान्त देसाई और संगीतकार आनन्द मोडक की तारीफ़ की जानी चाहिए। सिनेमा के इतिहास पर एक बहुत ही अच्छी ऐतिहासिक फ़िल्म बन गयी है। इस तरह की फ़िल्में बनाने का सौदा बहुत ही रिस्की होता है। श्याम बेनेगल जैसा फ़िल्मकार 'भूमिका' बनाकर इस ख़तरे को रेखांकित कर चुका है लेकिन फिर भी आशा की जानी चाहिए कि हिन्दी में कभी फिर इस तरह की फ़िल्म बनाने की कोशिश की जायेगी।

21 फ़रवरी, 2011

बँटवारे पर एक और अच्छी फ़िल्म : 'वाइसरॉय'ज़ हाउस'

भारत का बँटवारा एक बहुत बड़ा धोखा था, जो कई स्तरों पर खेला गया था। अंग्रेज़ भारत को किसी क़ीमत पर आज़ाद नहीं करना चाहते थे लेकिन उनके प्रधानमन्त्री विन्स्टन चर्चिल को सन् बयालीस के बाद अन्दाज़ा लग ही गया था कि अब महात्मा गाँधी की आँधी के सामने टिक पाना नामुमकिन है। तभी से उसने देश के टुकड़े करने की योजना पर काम करना शुरू कर दिया। जिन्ना अंग्रेज़ों के वफ़ादार थे ही, चर्चिल ने देसी राजाओं को भी हवा देना शुरू कर दिया। उसको उम्मीद थी कि राजा लोग कांग्रेस के अधीन भारत में शामिल नहीं होंगे। पाकिस्तान तो उसने बनवा लिया लेकिन सरदार पटेल ने राजाओं को भारत में शामिल होने के लिए राजी कर लिया। जो राजी नहीं हो रहे थे उनको नयी हुकूमत की ताक़त दिखा दी। हैदराबाद के निज़ाम और जूनागढ़ के नवाब कुछ पाकिस्तानी मुहब्बत में नज़र आये तो उनको सरदार पटेल की राजनीतिक अधिकारिता के दायरे में ले लिया गया। कश्मीर के राजा शरारत की बात सोच रहे थे लेकिन उन्हें उसी वक़्त भारत की मदद की ज़रूरत पड़ गयी जब पाकिस्तान की तरफ़ से क़बायली हमला हुआ। हमले से डरे राजा की मदद करने से पटेल ने इनकार कर दिया। जब राजा ने भारत में विलय के दस्तावेज़ पर दस्तख़त कर दिये तब भारत की सेना ने हमलावरों को मार भगाया। लेकिन यह सब देश के बँटवारे के बाद की घटनाएँ हैं। 1945 में तो चर्चिल ने ऐसी योजना बनायी थी कि भारत के टुकड़े-टुकड़े हो जाते। चर्चिल का सपना था कि दूसरे विश्व युद्ध के बाद जिस तरह विजयी देशों ने यूरोप में बन्दरबाँट की थी, उसी तरह भारत में भी कर ली जायेगी।

अंग्रेज़ों ने भारत को छोड़ कर जाने की बात सोची ही नहीं थी। उन्होंने तो दिल्ली में एक ख़ूबसूरत राजधानी बना ली थी। प्रोजेक्ट नयी दिल्ली 1911 में शुरू हुआ था और महात्मा गाँधी के असहयोग आन्दोलन और सविनय अवज्ञा आन्दोलन की सफलता के बावजूद नयी इम्पीरियल कैपिटल में ब्रिटिश हुक्मरान पूरे ताम-झाम से आकर बस गये थे। 10 फ़रवरी, 1931 को नयी दिल्ली औपचारिक रूप से ब्रिटिश भारत की राजधानी बनी। उस वक़्त महात्मा गाँधी देश के सर्वोच्च नेता थे और पूरी दुनिया बड़ी उत्सुकता से देख रही थी कि राजनीतिक संघर्ष के हथियार के रूप में अहिंसा का इस्तेमाल किस तरह किया जा रहा है।

महात्मा गाँधी के आन्दोलन की सफलता और हिन्दू-मुसलमानों के एकजुट समर्थन से ब्रिटिश सरकार के लोग घबड़ा गये थे। उन्होंने हिन्दू-मुस्लिम एकता तोड़ने की कोशिश करना शुरू कर दिया था। हिन्दू महासभा के नेता वी. डी. सावरकर को माफ़ी देकर ऐसे संगठन की स्थापना का ज़िम्मा दिया गया जो हिन्दुओं और मुसलमानों में फ़र्क़ डाल सके। दूसरी तरफ़ कांग्रेस की राजनीति से दूर हो चुके मुहम्मद अली जिन्ना को सक्रिय किया गया और उनसे मुसलमानों के लिए अलग देश माँगने की राजनीति पर काम करने को कहा गया। देश का राजनीतिक माहौल इतना गर्म हो गया था कि अंग्रेज़ों की समझ में आ गया कि उनके चैन से बैठने के दिन लद चुके हैं।

लेकिन अंग्रेज़ भी हार मानने वाले नहीं थे। उन्होंने जिस डॉमिनियन स्टेटस की बात को अब तक नकारा था, उसको लागू करने की बात करने लगे। 1935 का गवर्नमेंट ऑफ़ इंडिया एक्ट इसी दिशा में एक क़दम था लेकिन कांग्रेस ने लाहौर में 1930 में ही तय कर लिया था कि अब 'पूर्ण स्वराज' चाहिए, उस से कम कुछ नहीं। 1935 के बाद तो और भी स्पष्ट हो गया था कि अंग्रेज़ों को जाना ही पड़ेगा लेकिन वे तरह-तरह से उस दिन को टालने की कोशिश कर रहे थे। उन्होंने जिन्ना को नयी दिल्ली के क्वीन्स् वे (अब जनपथ) पर घर दिला दिया था। जिन्ना को पहले से मालूम हो गया था कि बँटवारा होगा और फ़ाइनल होगा इसीलिए जिन्ना अपनी हर चाल बड़ी चालाकी से चल रहे थे।

सन् बयालीस के बाद आज़ादी की लड़ाई बहुत तेज़ हो गयी। ब्रिटेन के युद्धकालीन प्रधानमन्त्री विन्स्टन चर्चिल जान गये थे कि अब भारत से ब्रिटिश साम्राज्य का दाना-पानी उठ चुका है इसलिए उन्होंने बँटवारे का ख़ाका बनाना शुरू कर दिया था। चर्चिल को उम्मीद थी कि युद्ध के बाद होने वाले चुनाव में वह फिर चुने जायेंगे और प्रधानमन्त्री बनेंगे इसलिए उन्होंने भारत के तत्कालीन वाइसरॉय लॉर्ड वॉवेल को पंजाब और बंगाल के विभाजन का नक़्शा भी दे दिया था। उनको शक़ था कि आज़ाद भारत, सोवियत रूस की तरफ़ जा सकता है और उसे कराची का बेहतरीन बन्दरगाह मिल सकता है। उसके बाद पश्चिम एशिया के तेल भण्डार पर भी उसका ज़्यादा अधिकार हो जायेगा। शायद इसलिए चर्चिल ने जिन्ना को इस्तेमाल करके कराची को भारत से अलग करने की साज़िश रची। वॉवेल तो चले गये लेकिन नक़्शा वहीं रह गया। जब लॉर्ड माउंटबेटन भारत के वाइसरॉय तैनात हुए तो लॉर्ड हैस्टिंग्ज़ लायोनेल इस्मे ने जुगाड़ करके अपने आपको वाइसरॉय का चीफ़ ऑफ़ स्टॉफ़ नियुक्त करवा लिया। उन्होंने युद्ध काल में चर्चिल के साथ काम किया था, इसलिए इस्मे उनके भरोसे के आदमी थे और चर्चिल ने अपनी योजना को लागू करने के लिए उनको सही समझा। प्रधानमन्त्री एटली को भरोसे में लेकर लॉर्ड हैस्टिंग्ज़ लायनेल इस्मे नये वाइसरॉय के साथ भारत आ गये। चर्चिल की बँटवारे की योजना के वे ही सूत्रधार बने। वे युद्ध काल में चर्चिल के चीफ़ मिलिटरी असिस्टेंट रह चुके थे और बाद में नेटो के गठन के बाद उसके पहले सेक्रेटरी जनरल भी बने।

जब लॉर्ड माउंटबेटन मार्च 1947 में भारत आये तो उनका काम भारत की नयी सरकार को सत्ता सौंप देने का था। उनको क्या पता था कि चर्चिल ने पहले से ही तय कर रखा था कि देश का बँटवारा करना है। इसी विषय पर ब्रिटिश फ़िल्मकार गुरिन्दर चड्ढा की नयी फ़िल्म आयी है। फ़िल्म मूल रूप से अंग्रेज़ी में बनी है लेकिन हिन्दी में डब करके भी पेश की गयी है। अंग्रेज़ी फ़िल्म का नाम 'वाइसरॉय'ज़ हाउस' है जबकि हिन्दी में इसका नाम 'पार्टीशन : 1947' दिया गया है। माउंटबेटन 1947 में भारत आये थे लेकिन उनको क्या करना है यह पहले से ही तय हो चुका था। यह अलग बात है कि उनको पूरी जानकारी नहीं थी। वे अपने हिसाब से ट्रॉसफ़र ऑफ़ पावर

के कार्य में लगे हुए थे। फ़िल्म में लॉर्ड माउंटबेटन की शख़्सयित को शुरू में इरादे के पक्के इन्सान के रूप में पेश किया गया है लेकिन बाद में वे निहायत लाचार और बेचारे व्यक्ति के रूप में नज़र आते हैं। फ़िल्म की अन्तिम रीलों में उनको पता लगता है कि चर्चिल ने उनका इस्तेमाल किया है लेकिन तब तक बहुत देर हो चुकी थी। गुरिन्दर चड्ढा ने भारत के अन्तिम वाइसरॉय की दुविधा को बहुत ही सलीक़े से फ़िल्माया है। दावा किया गया है कि यह फ़िल्म लैरी कालिंस और डंमिनिक लैपियर की किताब 'फ्रीडम एट मिडनाइट' और नरेन्द्र सिंह सरीला की किताब 'शैडो ऑफ़ द ग्रेट गेम : द अनटोल्ड स्टोरी ऑफ़ इंडिया'ज़ पार्टीशन' से प्रेरणा ले कर बनायी गयी है।

भारत के बँटवारे में अंग्रेज़ों की साज़िश की जानकारी तो शुरू से थी लेकिन नरेन्द्र सिंह सरीला की किताब से पता चलता है कि उनको ब्रिटिश लायब्रेरी में एक ऐसा दस्तावेज़ मिला, जो बताता है कि चर्चिल ने 1945 में ही पंजाब और बंगाल को बाँटकर नक़्शे की शक्ल दे दी थी। सरीला ने दावा किया है कि जब माउंटबेटन को पता चला कि वे इस्तेमाल हो गये हैं तो उन्होंने बहुत गुस्सा किया और अपने चीफ़ ऑफ़ स्टॉफ़ हैस्टिंग्ज इस्मे से कहा कि आप लोगों के हाथ ख़ून से रंगे हैं तो जवाब मिला कि तलवार तो आपके हाथ में थी। उन्हें याद दिलाया गया कि भारत के बँटवारे की योजना का नाम 'माउंटबेटन प्लान' है। फ़िल्म में इस दृश्य को बहुत ही अच्छी तरह से फ़िल्माया गया है। एक दृश्य और भी यादगार है। जब पाकिस्तान के उद्घाटन के अवसर पर माउंटबेटन कराची गये तो जिन्ना ने उनको धन्यवाद दिया। वाइसरॉय ने जवाब दिया कि धन्यवाद तो चर्चिल को दीजिए जिन्होंने आपके साथ मिलकर यह साज़िश रची थी, मैं तो इस्तेमाल हो गया। जिन्ना ने जवाब दिया कि हम दोनों ही इस्तेमाल हुए हैं, हम दोनों ही शतरंज की चाल में मोहरे बने हैं। नरेन्द्र सिंह सरीला कुछ समय लॉर्ड माउंटबेटन के ए. डी. सी. रहे थे इसलिए उनकी बात पर विश्वास करने के अवसर उपलब्ध हैं। जानकार बताते हैं कि चर्चिल ने जिन्ना को ऐसा पाकिस्तान देने का सब्ज़बाग़ दिखाया था, जिसमें बंगाल और पंजाब तो होगा ही, बीच का वह पूरा इलाक़ा भी होगा जहाँ से होकर जी. टी. रोड गुज़रती है।

शायद इसलिए जब दो दूर-दराज़ के हिस्सों में फैला पाकिस्तान बना तो जिन्ना की पहली प्रतिक्रिया थी कि उनको 'मॉथ ईटन पाकिस्तान' मिला है।

बँटवारे के विषय पर एक और अच्छी फ़िल्म आयी है, जिससे इतिहास के उस दौर में जाने का मौक़ा मिलता है जिसके बारे में जानकारी अभी पता नहीं कब तक ताज़ा होती रहेगी।

20 अगस्त, 2017

नन्दिता दास की फ़िल्म 'मण्टो' और बँटवारे का दर्द

उन दिनों फ़िल्मों में काम करने पंजाबी लड़के ज़्यादातर लाहौर जाते थे लेकिन उनको तो फ़िल्मी अख़बारों में काम करना था लिहाज़ा वे अमृतसर से मुम्बई आ गये। फ़िल्मी रिपोर्टिंग के साथ-साथ फिल्मों की कहानियाँ लिखने का काम भी पकड़ लिया पर फ़िल्म लेखक के रूप में सफल नहीं हुए। शायद उनको मालूम भी था कि फ़िल्मी लेखक के रूप में वे सफल नहीं होने वाले हैं। जब असफल होने लगे तो फ़िल्मी लोगों ने उनसे कहानी लिखवाना बन्द कर दिया। आज की मुम्बइया ज़बान में कहें तो वे फ़्लॉप लेखक थे लेकिन उस दौर के बड़े सितारों, श्याम और अशोक कुमार से उनकी गहरी दोस्ती थी। मुसीबतों को अड़चन नहीं समझा और कभी हार नहीं मानी। उनके नाम की एक नयी फ़िल्म आयी है जिसमें एक ऐसा संवाद है जो उनकी सारी बात कह देता है। उनका किरदार अपनी बीवी से कहता है कि, "मैं आग बेचता हूँ सफ़िया, आग। उसकी चिंगारियाँ दूसरों की राख में नहीं झोंक सकता।" मेरी मुराद सआदत हसन मण्टो से है, जिनकी तुलना कभी फ्रांस के मोपासां से की जाती है तो कभी रूस के टॉलस्टॉय या चेख़व से।

अभिनेत्री नन्दिता दास ने 'मण्टो' नाम की एक फ़िल्म बनायी है। यह फ़िल्म इसी हफ़्ते बाज़ार में होगी और दुनिया को पिछली सदी के महान कथाकार से रूबरू करायेगी। यह वही कथाकार है जिसकी उर्दू किताबें अभी थोड़े दिनों पहले तक पाकिस्तान और हिन्दुस्तान के शरीफ़ घरों के बच्चों के हाथों में दिखने की मनाही थी। मैं मण्टो को हिन्दुस्तानी कहानीकार मानता हूँ। हाँ, ग़रीबी में झुलसने, पागल होने और मरने के लिए वे पाकिस्तान चले गये थे। अपनी जान से प्यारी बम्बई को छोड़कर वे लाहौर इसलिए गये थे

क्योंकि उनके सारे मुस्लिम दोस्त पाकिस्तान जा चुके थे। वे जाना नहीं चाहते थे, लेकिन एक दिन उनके एक हिन्दू दोस्त ने कह दिया कि तुमको यहाँ कोई ख़तरा नहीं है, यहीं रहो। लेकिन अगर तुम मेरे दोस्त न होते तो मैंने ही तुमको मार डाला होता। इस बातचीत के बाद वे घर आये, अपनी बीवी और बेटियों को साथ लिया और लाहौर चले गये।

रोमांटिक और इन्सानी रिश्तों की कहानियाँ लिखने वाला मण्टो बँटवारे के दर्द देखने के बाद एक ऐसा इन्सान बन गया जो उस ख़ूरेज़ी के बाद तहस-नहस हो रहे इन्सानी रिश्तों का सबसे बड़ा कहानीकार है। बँटवारे की जो तफ़सील सरकारी फ़ाइलों में है, वह तो सरकारी आँकड़ेबाज़ी है। मण्टो के यहाँ बँटवारे के दर्द की परतें एक के बाद एक खुलती जाती हैं, हैवानियत बेपर्दा होती है और समझ में आने लगता है कि इन्सान किस हद तक हैवान बन सकता है। उनके साहित्य को पढ़ने से साफ़ नज़र आता है कि बँटवारे की तमाम नीचता को मण्टो की क़लम ने घेर रखा है और वह आने वाली नस्लों के लिए उसे विरासत के रूप में छोड़कर जाने को प्रतिबद्ध हैं।

नन्दिता दास की फ़िल्म 'मण्टो' इसी महान कहानीकार की जीवनी का क़िस्सा बताने की कोशिश करती है। कहानी को इस तरह बुना गया है कि उसमें मण्टो की कुछ कहानियों के किरदार भी शामिल होते हैं क्योंकि मण्टो की ज़िन्दगी को उनकी कहानियों के बिना समझ पाना नामुमकिन है। मण्टो केवल 43 साल ज़िन्दा रहे और इस दौरान उन्होंने जो लिखा वह 22 कहानी संग्रह, एक उपन्यास, तीन निबन्ध संग्रह, कुछ रेडियो नाटक, कुछ फ़िल्मी कहानियाँ, दो जिल्दों में आत्मकथा के रूप में उपलब्ध है। नन्दिता दास की फ़िल्म में मण्टो का रोल नवाज़ुद्दीन सिद्दीक़ी कर रहे हैं।

मण्टो के काम को भारत और पाकिस्तान ही नहीं, पूरी दुनिया में सराहा गया है। इस फ़िल्म के बहाने मण्टो के काम को एक बार फिर परखा जायेगा, समझा जायेगा और मण्टो नये सिरे से 'फ़ैशन' में आ जायेंगे। उनके काम को एक बार फिर से समझने की ज़रूरत भी है। मण्टो ने अपनी पहली कहानी 1931 में लिखी थी। उसके बाद से 23 साल तक लिखते रहे। वे पाकिस्तान तो चले गये थे लेकिन अपने दूसरे वतन मुम्बई को कभी दिल से बाहर नहीं कर सके। ज़िन्दगी भर ख़ुद को 'चलता-फिरता मुम्बई' कहते रहे।

मुम्बई में उन्होंने 'चन्द रुपयों से लेकर हज़ारों-लाखों कमाये और ख़र्च किये' लेकिन नये मुल्क लाहौर में उनकी हालत ख़स्ता थी। मण्टो लिखते हैं कि "दिन-रात मशक़्क़त के बाद मुश्किल से इतना कमाता हूँ जो मेरी रोज़मर्रा की ज़रूरियात के लिए पूरा हो सके। ये तकलीफ़देह एहसास हर वक़्त मुझे दीमक की तरह चाटता रहता है कि अगर आज मैंने आँखें मींच लीं तो मेरी बीवी और तीन कमसिन बच्चियों की देखभाल कौन करेगा।"

पाकिस्तान ने मण्टो को बहुत दर्द दिया। वे विभाजन को कभी स्वीकार नहीं कर पाये। विभाजन के दर्द को इस विषय पर लिखी मण्टो की कहानियाँ बिल्कुल साफ़ बयान करती हैं। बहुत ही भारी मन से वे दो राष्ट्रों के सिद्धान्त पर तंज़ करते हैं और कहते हैं कि, "मुल्क के बँटवारे से जो इक़लाब बरपा हुआ, उससे मैं एक अरसे तक बाग़ी रहा और अब भी हूँ लेकिन बाद में उस ख़ौफ़नाक हक़ीक़त को मैंने तस्लीम कर लिया।" लेकिन लगता है कि मण्टो ने मुल्क के बँटवारे की हक़ीक़त को कभी तस्लीम नहीं किया। तस्लीम करने वाले इक़बालिया बयान के बाद भी उनके लेखन में इन्सानी तकलीफ़ों के जो झुण्ड के झुण्ड नज़र आते हैं वे इस बात को नकारते हैं। उनका कृतित्व विभाजन की त्रासदी की तल्ख़ी को कभी कम नहीं होने देगा। उनकी कहानी 'सियाह हाशिये' विभाजन की ख़ौफ़नाक हक़ीक़त को फिर सामने ला देती है। लूटी हुई चीनी कुएँ में फेंकने गया आदमी चीनी के बोरे के साथ ख़ुद कुएँ में गिर जाता है। बाद में उसकी लाश निकाली जाती है तो ज़ाहिर है कि कुएँ का पानी मीठा हो गया था। लेकिन वहाँ क्या होता है? मीठे पानी के कारण उस आदमी के मज़ार पर लोग दिये जलाने लगते हैं। यह अपने आप में दहशत का साधारणीकरण है लेकिन दर्द के दायरे को बहुत ही विस्तृत बना देता है। करामात, ग़लती का सुधार, घाटे का सौदा, रियायत, हैवानियत, मिस्टेक, सफ़ाई पसन्द, साम्यवाद, हलाल और झटका, ऐसे दस्तावेज़ हैं जो केवल और केवल मण्टो की क़लम से ही निकल सकते थे। यह छोटी कहानियाँ 'टोबा टेक सिंह' से कम अहम नहीं हैं, हालाँकि 'टोबा टेक सिंह' भारतीय उपमहाद्वीप के विभाजन के साहित्य का सबसे बड़ा क्लासिक है। मण्टो तक़सीम के पागलपन को पहचानते हैं। लेकिन वे इस बात के भी गवाह हैं

कि यह पागलपन ख़त्म होगा और उस बात को उनकी कहानी 'यज़ीद' में महसूस किया जा सकता है।

मण्टो तीस के दशक में मुम्बई आये थे। फ़िल्मी सपनों के शहर में अपनी रोटी कमाने के लिए उन्होंने संघर्ष किया। इस प्रक्रिया में वे स्वतन्त्र पत्रकारिता के सिम्बल भी बन गये। बाद के वर्षों में जिसे संविधान के मौलिक अधिकारों वाले खण्ड में अभिव्यक्ति की आज़ादी कहा गया, उसको उन्होंने पूरी तरह से जिया। इसमें दो राय नहीं कि मण्टो उर्दू कहानी के सबसे ज़बरदस्त हस्ताक्षर हैं लेकिन उनकी फ़िल्मी पत्रकार के रूप में लिखी गयीं रिपोर्टें भी हमेशा मीडिया की स्वतन्त्रता की मिसाल के रूप में याद की जायेंगी। अपने समय के महानतम लोगों के बारे में मण्टो ने जो लिखा है वह उस दौर में तो फ़िल्मी ख़बरें या डायरी आइटम रहे होंगे लेकिन आज हमारी विरासत का हिस्सा हैं। अशोक कुमार और श्याम से उनकी बहुत अच्छी दोस्ती थी। अशोक कुमार अक्सर मण्टो को अपनी कार में उनके घर तक छोड़कर आते थे। एक बार मुम्बई में दंगा हुआ था। मुसलमानों के इलाक़े से गाड़ी जा रही थी। एकाएक कुछ दंगाई सामने आ गये। दादा मोनी भी डर गये, मण्टो तो ख़ैर दहशत में थे ही। जब उन लोगों ने अशोक कुमार को देखा तो बिना कोई नुक़सान पहुँचाये जाने दिया क्योंकि अशोक कुमार को मुसलमान अपना आदमी मानते थे। नरगिस के बारे में उनका वर्णन बहुत ही दिलचस्प है। उनकी पत्नी सफ़िया ने ऐसे ही नरगिस को फ़ोन मिला दिया था, दोस्ती हो गयी। एक दिन नरगिस ने ज़िद की कि अपनी सहेलियों से मिलने जाना है। नरगिस की माँ, जद्दन बाई ने अकेले नहीं जाने दिया, ख़ुद भी साथ आयीं। जब उनको पता चला कि यह मण्टो का घर है तो उन्होंने कहा कि 'अगर मुझे मालूम होता कि बेबी तुम्हारे घर आ रही है... इसके बाद का जुमला मण्टो ने पूरा किया और कहा "तो आप न नाज़िल होतीं।" लाहौर से आयीं सितारा देवी की घुमक्कड़ी का भी ऐसा वर्णन है कि अगर वह आज होतीं तो शर्म से पानी-पानी हो जातीं। मण्टो की ज़बानी ही हम जानते हैं कि प्राण नाम का एक ख़ूबसूरत नौजवान सितारा देवी के साथ लाहौर से आया था। वह उनके साथ ही रहता था। मुम्बई आने के बाद में सितारा देवी के बहुत लोगों से सम्बन्ध हुए।

उनको मण्टो आदमख़ोर कहते थे। श्याम मण्टो के अज़ीज़ दोस्त थे, शायद इसलिए उनको असल ज़िन्दगी में भी बतौर हीरो ही पेश किया गया है।

इतनी अजीबोग़रीब शख़्सियत के मालिक मण्टो के बारे में नन्दिता दास ने जीवनीनुमा फ़िल्म बनाने की कोशिश की है। यह देखना दिलचस्प होगा कि फ़िल्म को किस तरह स्वीकार किया जाता है लेकिन इतना तो तय है कि इस फ़िल्म के बहाने एक बार फिर सआदत हसन मण्टो जैसे महान साहित्यकार के बारे में चर्चा शुरू हो जायेगी।

20 सितम्बर, 2018

भाग - 3

सोच-विचार

सारे जहाँ में धूम हमारी ज़बाँ की है

लोकसभा में उर्दू आज सबकी प्रिय भाषा बन गयी। मुलायम सिंह यादव ने ज़ीरो आवर में उर्दू अख़बारों के साथ हो रही ज़्यादती की बात को उठाया। फिर क्या था? हर पार्टी का नेता टूट पड़ा और उर्दू के पक्ष में भाषण देने लगा। उन लोगों ने भी उर्दू के पक्ष में बात की जिन्हें उर्दू वाले अपना नहीं मानते। बीजेपी के उपनेता गोपी नाथ मुंडे और शत्रुघ्न सिन्हा ने भी उर्दू की शान में ख़ूब क़सीदे पढ़े। चर्चा ज़ीरो आवर में शुरू हुई थी लेकिन बड़ी देर तक चलती रही। लगभग हर पार्टी के नेता उर्दू के पक्ष में खड़े दिखे। फ़ारूक़ अब्दुल्ला, गुलाम नबी आज़ाद, और ममता बनर्जी ने भी बात की और लोकसभा अध्यक्ष, मीरा कुमार ने सरकार से जवाब देने को कहा। सरकार की ओर से प्रणब मुखर्जी ने लोकसभा को भरोसा दिलाया कि सरकार उर्दू के लिए वह सब कुछ करेगी, जो सम्भव है। उर्दू के बारे में इतनी अहम चर्चा के बाद मुझे अपना एक पुराना लेख याद आ गया।

कभी उर्दू की धूम सारे जहाँ में हुआ करती थी। दक्षिण एशिया का बेहतरीन साहित्य इसी भाषा में लिखा जाता था। उर्दू जानना पढ़े-लिखे होने का सबूत माना जाता था। अब वह बात नहीं है। राजनीति के थपेड़ों को बर्दाश्त करती भारत की यह भाषा आजकल अपने अस्तित्व की लड़ाई लड़ रही है। वह उर्दू जो आज़ादी की ख़्वाहिश के इज़हार का ज़रिया बनी, आज एक धर्म विशेष के लोगों की ज़बान बताई जा रही है। इसी ज़बान में कई बार मुश्तरका तबाही के बाद ग़म और गुस्से का इज़हार भी किया गया था। आज जिस ज़बान को उर्दू कहते हैं वह विकास के कई पड़ावों से होकर गुज़री है। 12वीं सदी की शुरुआत में मध्य एशिया से आने वाले लोग

भारत में बसने लगे थे। वे अपने साथ चर्ख़ा और काग़ज़ भी लाये जिसके बाद ज़िन्दगी, तहज़ीब और ज़बान ने एक नया रंग अख़्तियार करना शुरू कर दिया। जो फ़ौजी आते थे, वे साथ लाते थे अपनी ज़बान, खाने-पीने की आदतें और संगीत।

वे यहाँ के लोगों से अपने इलाक़े की ज़बान में बात करते थे जो यहाँ की पंजाबी, हरियाणवी और खड़ी बोली से मिल जाती थी और बन जाती थी फ़ौजी लश्करी ज़बान जिसमें पश्तो, फ़ारसी, ब्रजभाषा और पंजाबी के शब्द और वाक्य मिलते जाते थे। 13वीं सदी में सिन्धी, पंजाबी, फ़ारसी, तुर्की और खड़ी बोली के मिश्रण से लश्करी की अगली पीढ़ी आयी और उसे सराय की ज़बान कहा गया। इसी दौर में यहाँ सूफ़ी ख़यालात की लहर भी फैल रही थी। सूफ़ियों के दरवाज़ों पर बादशाह आते और अमीर आते, सिपहसालार आते और ग़रीब आते और सब अपनी-अपनी ज़बान में कुछ कहते। इस बातचीत से जो ज़बान पैदा हो रही थी वही जम्हूरी ज़बान आने वाली सदियों में इस देश की सबसे महत्त्वपूर्ण ज़बान बनने वाली थी। इस तरह की संस्कृति का सबसे बड़ा केन्द्र महरौली में क़ुतुब साहब की ख़ानक़ाह थी। सूफ़ियों की ख़ानक़ाहों में जो संगीत पैदा हुआ, वह आज 800 साल बाद भी न केवल ज़िन्दा है बल्कि अवाम की ज़िन्दगी का हिस्सा है।

अजमेर शरीफ़ में चिश्तिया सिलसिले के सबसे बड़े बुज़ुर्ग ख़्वाजा ग़रीबनवाज़ के दरबार में अमीर-ग़रीब, हिन्दू-मुसलमान सभी आते थे और आशीर्वाद की जो भाषा लेकर जाते थे, आने वाले वक़्त में उसी का नाम उर्दू होने वाला था। सूफ़ी सन्तों की ख़ानक़ाहों पर एक नयी ज़बान परवान चढ़ रही थी। मुक़ामी बोलियों में फ़ारसी और अरबी के शब्द मिल रहे थे और हिन्दुस्तान को एक सूत्र में पिरोने वाली ज़बान की बुनियाद पड़ रही थी। इस ज़बान को अब हिन्दवी कहा जाने लगा था। बाबा फ़रीद गंजेशकर ने इसी ज़बान में अपनी बात कही। बाबा फ़रीद के कलाम को गुरु ग्रन्थ साहिब में भी शामिल किया गया। दिल्ली और पंजाब में विकसित हो रही इस भाषा को दक्षिण में पहुँचाने का काम ख़्वाजा गेसूदराज़ ने किया, जब वे गुलबर्गा गये और वहीं उनका आस्ताना बना। इस बीच दिल्ली में हिन्दवी के सबसे बड़े शायर हज़रत अमीर ख़ुसरो अपने पीर हज़रत निज़ामुद्दीन औलिया

के चरणों में बैठकर हिन्दवी ज़बान को छाप-तिलक से विभूषित कर रहे थे। अमीर ख़ुसरो साहब की लाजवाब शायरी अदब का बेहतरीन हिस्सा है और आने वाली नस्लें उन पर फ़ख्र करेंगी। हज़रत अमीर ख़ुसरो से महबूब-ए-इलाही ने ही फ़रमाया था कि हिन्दवी में शायरी करो और इस महान जीनियस ने हिन्दवी में वह सब लिखा जो ज़िन्दगी को छूता है। हज़रत निजामुद्दीन औलिया के आशीर्वाद से दिल्ली की यह ज़बान आम आदमी की ज़बान बनती जा रही थी।

उर्दू की तरक़्क़ी में दिल्ली के सुल्तानों की विजय यात्राओं का भी योगदान है। 1297 में अलाउद्दीन ख़िलजी ने जब गुजरात पर हमला किया तो लश्कर के साथ यह ज़बान भी गयी। 1327 ई. में जब मोहम्मद बिन तुग़लक़ ने दकन कूच किया तो देहली वालों के साथ उनकी भाषा हिन्दवी भी गयी। अब इस ज़बान में मराठी, तेलुगू और गुजराती के शब्द मिल चुके थे। दकनी और गूजरी का जन्म हो चुका था। इस बीच, दिल्ली पर कुछ और हमले भी हुए। 14वीं सदी के अन्त में तैमूर लंग ने दिल्ली पर हमला किया, ज़िन्दगी मुश्किल हो गयी। लोग भागने लगे। पर भागकर जहाँ-जहाँ गये अपनी ज़बान ले गये, जिसका नतीजा यह हुआ कि उर्दू की पूर्वज भाषा का दायरा पूरे भारत में फैल गया। बीजापुर में हिन्दवी को बहुत इज़्ज़त मिली। वहाँ का सुल्तान आदिलशाह प्रजा में बहुत लोकप्रिय था, उसे जगद्गुरु कहा जाता था। सुल्तान ने स्वयं हज़रत मुहम्मद साहेब, ख़्वाजा गेसूदराज़ और बहुत सारे हिन्दू देवी-देवताओं की शान में शायरी लिखी। गोलकुंडा के क़ुली क़ुतुबशाह भी बड़े शायर थे। उन्होंने राधा-कृष्ण के बारे में शायरी की। मसनवी क़ुली क़ुतुबशाह एक ऐतिहासिक किताब है। 1653 में उर्दू गद्य (नस्र) की पहली किताब लिखी गयी। उर्दू के विकास के इस मुक़ाम पर गव्वासी का नाम लेना ज़रूरी है। गव्वासी ने बहुत काम किया है। इनका नाम उर्दू के जानकारों में सम्मान से लिया जाता है। दकन में उर्दू को सबसे ज़्यादा सम्मान वली दकनी की शायरी से मिला। गुजरात की बार-बार यात्रा करने की वजह से इन्हें वली गुजराती भी कहते हैं।

1526 में ज़हीरुद्दीन बाबर ने इब्राहीम लोदी को हराकर भारत में मुग़ल साम्राज्य की बुनियाद डाली। 17 मुग़ल बादशाहों में मुहम्मद जलालुद्दीन अकबर

सबसे ज़्यादा प्रभावशाली हुए। अकबर ने इन्सानी मुहब्बत और रवादारी को हुकूमत का बुनियादी सिद्धान्त बनाया। अब तक अलग-थलग रहीं दो तहज़ीबें इसी दौर में मिलना शुरू हुईं और हिन्दुस्तान की गंगा-जमनी संस्कृति की नींव पड़ी। अकबर के दरबार में इल्म को तरजीह दी जाती थी, मज़हब को नहीं। इसीलिए वहाँ अबुल फ़ज़ल थे, तो टोडरमल भी थे, अब्दुर्रहीम ख़ानख़ाना और फ़ैज़ी थे तो बीरबल भी थे।

इस दौर में ब्रज और अवधी भाषाओं का ख़ूब विकास हुआ, जब सूफ़ी सन्तों और भक्त सन्तों ने आम बोलचाल की भाषा में अपनी बात कही। सारी भाषाओं का आपस में मेलजोल बढ़ रहा था और उर्दू ज़बान की बुनियाद मज़बूत हो रही थी। बाबर के समकालीन गुरु नानक देव जी ने नामदेव, बाबा फ़रीद और कबीर के कलाम को भरपूर सम्मान दिया। इसी दौर में मलिक मुहम्मद जायसी ने पदमावत की रचना की जो अवधी भाषा का महाकाव्य है लेकिन इसका रस्मुल-ख़त फ़ारसी है। शाहजहाँ के काल में मुग़ल साम्राज्य की राजधानी दिल्ली आ गयी। इसी दौर में वली दकनी की शायरी दिल्ली पहुँची और दिल्ली के फ़ारसीदानों को पता चला कि रेख़्ता में भी बेहतरीन शायरी हो सकती है। तभी रेख़्ता एक जम्हूरी ज़बान के रूप में अपनी पहचान बना सकी। दिल्ली में मुग़ल साम्राज्य के कमज़ोर होने के बाद अवध ने दिल्ली से नाता तोड़ लिया लेकिन ज़बान की तरक़्क़ी लगातार होती रही। दरअसल 18वीं सदी मीर, सौदा और दर्द के नाम से याद की जाती है। मीर पहले अवामी शायर हैं। बचपन ग़रीबी में बीता और जब जवान हुए तो दिल्ली पर मुसीबत बनकर नादिर शाह टूट पड़ा। उनकी शायरी की जो तल्ख़ी है वह अपने ज़माने के दर्द को बयान करती है। बाद में नज़ीर की शायरी में भी ज़ालिम हुक्मरानों का ज़िक्र, मीर तक़ी मीर की याद दिलाता है। मुग़लिया ताक़त के कमज़ोर होने के बाद रेख़्ता के अन्य महत्त्वपूर्ण केन्द्र हैं—हैदराबाद, रामपुर और लखनऊ। इसी जमाने में दिल्ली से इंशा लखनऊ गये। उनकी 'रानी केतकी की कहानी' उर्दू की पहली कहानी है। लखनऊ को पहले नॉवेल की सरज़मीं होने का शर्फ़ भी हासिल है। इसके बाद मुसहफ़ी, आतिश और नासिख का ज़िक्र होना ज़रूरी है। मीर हसन ने दकनी और देहलवी मसनवियाँ लिखीं।

उर्दू की इस विकास यात्रा में अवध के नवाब वाजिद अली शाह 'अख़्तर' का महत्त्वपूर्ण योगदान है, लेकिन जब अंग्रेज़ों ने उन्हें गिरफ़्तार कर कलकत्ता भेज दिया तो अदब के केन्द्र के रूप में लखनऊ की पहचान धुँधली पड़ गयी। लेकिन दिल्ली के दिन फिर बहुरे।

आज़ादी की पहली लड़ाई के समय गद्दीनशीन बादशाह बहादुरशाह ज़फ़र ख़ुद शायर थे और उनके दरबार की ज़ीनत थे ज़ौक़ और ग़ालिब, जो उर्दू ही नहीं समूची भारतीय साहित्यिक परम्परा की शान हैं। कह सकते हैं कि उर्दू साहित्य में ग़ालिब को कुछ वैसा ही बुलन्द दरजा हासिल है जैसा संस्कृत में कालिदास या अंग्रेज़ी में शेक्सपीयर को।

1857 से 1947 तक अविभाजित भारत में और उसके बाद भारत-पाकिस्तान-बांग्लादेश में उर्दू को सजाने-सँवारने वाले एक से बढ़कर एक शायर और सहाफ़ी हुए हैं। तभी तो उसकी हनक सारी दुनिया में है।

उर्दू है जिसका नाम, हमीं जानते हैं दाग़
सारे जहाँ में धूम हमारी ज़बाँ की है।

5 अगस्त, 2010

हिन्दी के विकास के लिए उसको बच्चों की भाषा बनाना बहुत ही ज़रूरी है

इस साल का हिन्दी दिवस और सरकारी दफ़्तरों का हिन्दी पखवाड़ा बीत गया। नयी दिल्ली के सरकारी दफ़्तरों में ख़ूब आना-जाना हुआ। हर जगह हिन्दी पखवाड़े का बैनर लगा था। लेकिन वहाँ काम करने वालों से वही हिन्दी सुनने को मिली जिसको दिल्ली के एक प्रतिष्ठित हिन्दी दैनिक ने असली हिन्दी बताने का बीड़ा उठा रखा है। हिन्दी पखवाड़े के दौरान सुनायी पड़ी भाषा की एक बानगी, "यू नो, आई वेरी मच लाइक हिन्दी लैंग्वेज। मैं हिन्दी बोलने वालों को एप्रिशियेट करता हूँ।" इस भाषा को हिन्दी के विकास का संकेत मानने वाले वास्तव में भाषा की हत्या कर रहे हैं। सच्ची बात यह है कि इस तरह की भाषा का इस्तेमाल करके वे लोग अपनी धरोहर और भावी पीढ़ियों के विकास पर ज़बरदस्त हमला कर रहे हैं। ऐसे लोगों के कारण ही बहुत बड़े पैमाने पर भाषा का भ्रम फैला हुआ है। आम धारणा फैला दी गयी है कि भाषा सम्प्रेषण और संवाद का माध्यम है। इसका अर्थ यह हुआ कि यदि भाषा दो व्यक्तियों या समूहों के बीच संवाद स्थापित कर सकती है, और जिस समूह को सम्बोधित किया जा रहा है उसकी समझ में आ रहा है, तो भाषा का काम हो गया। समझा जाता है कि भाषा का काम है कि एक की बात दूसरे तक पहुँचा दे लेकिन यह बात सच्चाई से बिल्कुल परे है। यदि भाषा केवल बोलने और समझने तक सीमित कर दी गयी तो पढ़ने और लिखने का काम कौन करेगा? भाषा को यदि लिखने के काम से मुक्त कर दिया गया तो ज्ञान को आगे कैसे बढ़ाया जायेगा? भाषा को जीवित रखने के लिए पढ़ना भी बहुत ज़रूरी है क्योंकि

अब श्रुति और स्मृति का युग नहीं है। भाषा सम्प्रेषण का माध्यम है, लेकिन वह धरोहर और मेधा की वाहक भी है। इसलिए भाषा को बोलने-समझने के साथ लिखने और पढ़ने की मर्यादा में भी रखना होगा। यह भाषा की प्रगति और सम्मान के लिए सबसे आवश्यक शर्त है। भाषा के लिए समझना और बोलना सबसे छोटी भूमिका है। जब तक उसको पढ़ा और लिखा नहीं जायेगा तब तक वह भाषा कहलाने की अधिकारी ही नहीं होगी, केवल बोली होकर रह जायेगी। यह बातें सभी भाषाओं के लिए सही हैं लेकिन हिन्दी भाषा के लिए ज़्यादा सही हैं। आज हिन्दी के बारे में जिस तरह का विमर्श देखा जा रहा है वह हिन्दी के संकट की शुरुआत का संकेत माना जा सकता है। हिन्दी में अंग्रेज़ी शब्दों को डालकर उसको भाषा का विकास बताना अपनी हीनता स्वीकार करना है। हिन्दी को एक वैज्ञानिक सोच की भाषा और सांस्कृतिक थाती की वाहक बनाने के लिए अथक प्रयास कर रहे भाषाविद् राहुल देव का कहना है कि, "हिन्दी समाज वास्तव में एक आत्मलज्जित समाज है। उसको अपने आपको हिन्दी वाला कहने में शर्म आती है। वास्तव में अपने को दीन मानकर, अपने दैन्य को छुपाने के लिए वह अपनी हिन्दी में अंग्रेज़ी शब्दों को ठूँसता है।" इसी तर्क के आधार पर हिन्दी की वर्तमान स्थिति को समझने का प्रयास किया जायेगा।

हिन्दी के बारे में एक और भाषा-भ्रम भी बहुत बड़े स्तर पर प्रचलित है। कहा जाता है कि भारत में टेलीविज़न और सिनेमा पूरे देश में हिन्दी का विकास कर रहा है। इतना ही नहीं इन माध्यमों के कारण विदेशों में भी हिन्दी का विस्तार हो रहा है। लेकिन इस तर्क में दो समस्याएँ हैं। एक तो यह कि सिनेमा-टेलीविज़न की हिन्दी भी वही वाली है, जिसका उदाहरण ऊपर दिया गया है। दूसरी समस्या यह है कि बोलने या समझने से किसी भाषा का विकास नहीं हो सकता। उसको लिखना और पढ़ना बहुत ज़रूरी है। उसके बिना फौरी तौर पर संवाद तो हो जाता है लेकिन उसका कोई स्वरूप तय नहीं होता। टेलीविज़न और सिनेमा में पटकथा या संवाद लिखने वाले बहुत से लोग हैं, जो हिन्दी की सही समझ रखते हैं लेकिन शायद उनकी कोई मजबूरी होती है, जो उल्टी-सीधी भाषा लिख देते हैं। हो सकता है कि उनके अभिनेता या निर्माता उनसे वही माँगते हैं।

इन लेखकों को प्रयास करना चाहिए कि निर्माता-निर्देशकों को समझायें कि यदि सही भाषा लिखी गयी तो बात और अच्छी हो जायेगी। यहाँ डॉ. चन्द्र प्रकाश द्विवेदी की फ़िल्मों का उदाहरण दिया जा सकता है जो भाषा के बारे में बहुत सजग रहते हैं। अमिताभ बच्चन की भाषा भी अच्छा उदाहरण है। सिनेमा के संवादों में उनकी हिन्दी को सुनकर भाषा की क्षमता का अनुमान लगता है। सही हिन्दी बोलना असम्भव नहीं है, बहुत आसान है। अधिकतर सिनेमा कलाकार निजी बातचीत में अंग्रेज़ी बोलते पाये जाते हैं जबकि उनकी रोजी-रोटी का साधन हिन्दी सिनेमा है। पिछले दिनों एक टेलीविज़न कार्यक्रम में फ़िल्म अभिनेत्री कंगना रनौट की भाषा सुनने का अवसर मिला। जिस तरह के हिन्दी शब्दों और मुहावरों का उन्होंने प्रयोग किया, उसको टेलीविज़न और सिनेमा वालों को उदाहरण के रूप में प्रयोग में लाना चाहिए। एक अन्य अभिनेत्री स्वरा भास्कर भी बहुत अच्छी भाषा बोलते देखी और सुनी गयी हैं। डॉ. राही मासूम रज़ा ने टेलीविज़न और सिनेमा के माध्यम से सही हिन्दी को पूरी दुनिया में पहुँचाने का जो काम किया, उस पर किसी भी भारतीय को गर्व हो सकता है। कुछ दशक पहले टेलीविज़न पर दिखाये गये उनके धारावाहिक, 'महाभारत' के संवाद हमारी भाषाई धरोहर का हिस्सा बन चुके हैं। टेलीविज़न बहुत बड़ा माध्यम है, बहुत बड़ा उद्योग है। उसका समाज की भाषा चेतना पर बड़ा असर पड़ता है। लेकिन उसमें सही भाषा बोलने वालों को उँगलियों पर गिना जा सकता है। दुर्भाग्य की बात यह है कि इस माध्यम के कारण ही आज बच्चों के भाषा के संस्कार बिगड़ रहे हैं। छत्तीसगढ़ हिन्दी साहित्य सम्मेलन के अध्यक्ष ललित सुरजन का कहना है कि, 'टेलीविज़न वालों से उम्मीद की जाती है कि वह भाषा को परिमार्जित करेंगे और भाषा का संस्कार देंगे लेकिन वे तो भाषा को बिगाड़ रहे हैं। हिन्दी के अधिकतर टेलीविज़न चैनल हिन्दी और अन्य भाषाओं में विग्रह पैदा कर रहे हैं। हिन्दी के अख़बार भी हिन्दी को बर्बाद कर रहे हैं। आवश्यक है कि औपचारिक मंचों से सही हिन्दी बोली जाये अन्यथा हिन्दी बोली के स्तर तक सीमित हो जायेगी।''

आज टेलीविज़न की कृपा से छोटे बच्चों की भाषा का प्रदूषण हो रहा है। बच्चे सोचते हैं कि जो भाषा टीवी पर सुनायी पड़ रही है, वही हिन्दी है।

माता-पिता भी उन्हें अंग्रेज़ी ही बोलने के लिए प्रोत्साहित करते हैं क्योंकि स्कूलों का दबाव रहता है। भारी फ़ीस लेने वाले स्कूलों में अंग्रेज़ी बोलना अनिवार्य है। अपनी भाषा बोलने वाले बच्चों को दण्डित किया जाता है। दिल्ली के एक महँगे स्कूल के हिन्दी समर्थक मालिकों की बातचीत के एक अंश पर ध्यान देना ज़रूरी है, "हम अपनी ही कंट्री में हिन्दी को सपोर्ट नहीं करेंगे, तो और कौन करेगा? मैंने अपने स्कूल में हिन्दी बोलने वालों पर सिर्फ़ हंड्रेड रुपीज़ फ़ाइन का प्रॉविज़न रखा है, अदरवाइज़ दूसरे स्कूल टू हंड्रेड रुपीज़ फ़ाइन करते हैं।"

यह दिल्ली की बात है, देश के अन्य क्षेत्रों में भी यही दशा होगी। बच्चों की मुख्य भाषा अंग्रेज़ी हो जाने के संकट बहुत भयावह हैं। साहित्य, संगीत, आदि की बात तो बाद में आयेगी, अभी तो बड़ा संकट दादा-दादी, नाना-नानी से संवादहीनता की स्थिति है। बच्चे आपस में अंग्रेज़ी में बात करते हैं, स्कूल की भाषा अंग्रेज़ी हो चुकी है, माता-पिता आपस में और बच्चों से अंग्रेज़ी में बात करते हैं, नतीजा यह होता है कि बच्चों को अपने दादा-दादी से बात करने के लिए हिन्दी के शब्द तलाशने पड़ते हैं, जिसके कारण संवाद में निश्चित रूप से कमी आती है। यह स्पष्ट तरीक़े से नहीं दिखता लेकिन बूढ़े लोगों को तकलीफ़ बहुत होती है। यह मेरा भोगा हुआ यथार्थ है। मेरे पौत्र ने स्कूल और पास-पड़ोस के अपने मित्रों से बहुत गर्व से बताया था कि, "माई बाबा नोज़ इंगलिश।" यानी बच्चा अपने बाबा को अंग्रेज़ी का ज्ञाता बताकर अपने को या तो औरों से श्रेष्ठ बता रहा था, या अपने दोस्तों को बता रहा था कि मेरे बाबा आप लोगों के बाबा से कम नहीं हैं। शायद उसके दोस्तों के बाबा-दादी अंग्रेज़ी जानते होंगे।

एक समाज के रूप में हमें इस स्थिति को सँभालना पडेगा। बंगला, तमिल, कन्नड़, तेलुगु, मराठी आदि भाषाओं के इलाक़े में रहने वालों को अपनी भाषा की श्रेष्ठता पर गर्व होता है। वे कहीं भी हों, अपनी भाषा में बात करने में शर्म महसूस नहीं करते लेकिन हिन्दी में यह संकट है। हमें अपने भाषाई संस्कारों को इस शर्म से मुक्त कराना पड़ेगा। अपनी भाषा को बोलकर श्रेष्ठता का अनुभव करना, भाषा के विकास की बहुत ज़रूरी शर्त है। इसके लिए हिन्दी को रोज़मर्रा की भाषा, बच्चों की भाषा और

बाज़ार की भाषा बनाना बहुत ज़रूरी है। आज देश में बड़े व्यापार की भाषा अंग्रेज़ी है, हालाँकि वहाँ भी अपनी मातृभाषा का प्रयोग किया जा सकता है। चीन और जापान ने अपनी भाषाओं को ही बड़े व्यापार का माध्यम बनाया और आज हमसे बेहतर आर्थिक विकास के उदाहरण बन चुके हैं। अंग्रेज़ी सीखना ज़रूरी है तो वह सीखी जानी चाहिए, उसका साहित्य पढ़ा जाना चाहिए, ज़रूरी होने पर उसके माध्यम से वैज्ञानिक जानकारी जुटायी जानी चाहिए लेकिन अपनी भाषा की श्रेष्ठता स्थापित करने के लिए भी सतत प्रयत्नशील रहना चाहिए। भारतेन्दु हरिश्चन्द्र की बात सनातन सत्य है कि "निज भाषा उन्नति अहै सब उन्नति को मूल"। भाषा की चेतना से ही पारिवारिक जीवन को और सुखमय बनाया जा सकता है। हमारी परम्परा की वाहक भाषा ही होती है, संस्कृति-साहित्य-संगीत सब भाषा के ज़रिये ही अभिव्यक्ति पाते हैं इसलिए हिन्दी भाषा को उसका गौरवशाली स्थान दिलाने के लिए हर स्तर पर हर सम्भव प्रयास किया जाना चाहिए।

22 सितम्बर, 2017

हिन्दी पत्रकारिता : सामयिक मुद्दे और प्रस्तुतीकरण

(3 जून, 2020 को काशी विद्यापीठ के वेबिनार में मुख्य वक्ता के रूप में दिया गया भाषण)

हिन्दी पत्रकारिता : सामयिक मुद्दे और प्रस्तुतीकरण दिलचस्प विषय है। शुरुआत में ही बता दूँ कि मैं पत्रकारिता को सामयिक मुद्दों का विज्ञान मानता हूँ। भूतकाल के मुद्दे इतिहास होते हैं और भविष्य के मुद्दे ज्योतिष की सीमा में आते हैं। पत्रकारिता के मुद्दे सामयिक ही हो सकते हैं। हाँ, उनके प्रस्तुतीकरण पर भारी मत-वैभिन्य है। आजकल देखने में आया है कि पत्रकार अपने दृष्टिकोण को ही पत्रकारिता बताने लगे हैं। असल में वह सम्पादकीय है और पत्रकारिता का एक ज़रूरी अंग है। लेकिन सम्पादकीय लेखन या प्रस्तुतीकरण में बहुत सँभलना पड़ता है। ख़तरा रहता है कि कहीं पत्रकार के दृष्टिकोण इतने पक्षपातपूर्ण न हो जायें कि वह किसी की जयजयकार करता हुआ नज़र आने लगे। उससे बचना चाहिए। आज मैं कोशिश करूँगा कि पत्रकारिता के शुद्ध रूप, यानी समाचार के प्रस्तुतीकरण पर ही केन्द्रित रहूँ।

समाचार के प्रस्तुतीकरण के लिए मैं सन्त कबीर और गोस्वामी तुलसीदास को हीरो मानकर चलता हूँ क्योंकि सत्य के प्रति उनकी प्रतिबद्धता हमेशा अनुकरणीय रही। आशा की जानी चाहिए कि आगे की पीढ़ियों के लिए भी रहेगी। राजा शिवप्रसाद सिंह 'सितारे हिन्द' का बनारस अख़बार, जुगल किशोर शुक्ल का 'उदन्त मार्तण्ड', भारतेन्दु हरिश्चन्द्र के 'कविवचनसुधा', 'हरिश्चन्द्र पत्रिका' और 'बालाबोधिनी', बालकृष्ण भट्ट का 'हिन्दी प्रदीप', बद्री नारायण चौधरी 'प्रेमघन' की 'आनन्द कादम्बिनी',

आचार्य महावीर प्रसाद द्विवेदी की 'सरस्वती' और प्रेमचन्द की 'हंस', ब्रिटिश आधिपत्य के दौर की पत्रकारिता और साहित्य के बुलन्द उदाहरण हैं। मैं व्यक्तिगत रूप से कलकत्ता से तीन-चार साल तक छपे अख़बार 'मतवाला' को आदर्श के रूप में मानना चाहूँगा। आचार्य शिवपूजन सहाय, मुंशी नवजादिक लाल श्रीवास्तव, सूर्यकान्त त्रिपाठी 'निराला', बालकृष्ण भट्ट और पाण्डेय बेचन शर्मा 'उग्र' ने मतवाला के ज़रिये तो मानदण्ड स्थापित किये थे, उनको आदर्श के रूप में मानेंगे तो कोई दिक़्क़त पेश नहीं आयेगी। महात्मा गाँधी और गणेश शंकर विद्यार्थी की पत्रकारिता तो हमारे लिए प्रकाश स्तम्भ की तरह है ही।

यह सारे पत्रकार आज़ादी के पहले की मिशन पत्रकारिता करने वाले लोग हैं। आज़ादी के बाद हमारे संविधान के संस्थापकों ने प्रेस की आज़ादी को हमेशा ध्यान में रखा, इसलिए प्रेस की आज़ादी की व्यवस्था संविधान में ही निहित है। संविधान के अनुच्छेद 19(1) (a) में अभिव्यक्ति की स्वतन्त्रता की व्यवस्था दी गयी है। प्रेस की आज़ादी उसी से निकलती है। इस आज़ादी को सुप्रीम कोर्ट ने अपने बहुत से फ़ैसलों में सही ठहराया है। 1950 के बृजभूषण बनाम दिल्ली राज्य और 1962 के सकाळ पेपर्स प्रा. लि. बनाम यूनियन ऑफ़ इंडिया के फ़ैसलों में प्रेस की अभिव्यक्ति की आज़ादी को मौलिक अधिकार की श्रेणी में रख दिया गया है। प्रेस की यह आज़ादी निर्बाध (अब्सॉल्यूट) नहीं है। संविधान के मौलिक अधिकारों वाले अनुच्छेद 19(2) में उसकी सीमायें तय कर दी गयी हैं। संविधान में लिखा है कि "अभिव्यक्ति की आज़ादी के अधिकार के प्रयोग पर भारत की प्रभुता और अखण्डता, राज्य की सुरक्षा, विदेशी राज्यों के साथ मैत्रीपूर्ण सम्बन्धों, लोक व्यवस्था, शिष्टाचार या सदाचार के हितों में अथवा न्यायालय-अवमान, मानहानि या अपराध-उद्दीपन के सम्बन्ध में युक्तियुक्त निर्बन्धन जहाँ तक कोई विद्यमान विधि अधिरोपित करती है वहाँ तक उसके प्रवर्तन पर प्रभाव नहीं डालेगी या वैसे निर्बन्धन अधिरोपित करने वाली कोई विधि बनाने से राज्य को निवारित नहीं करेगी।" यानी प्रेस की आज़ादी का मतलब मौलिक अधिकारों के तहत कुछ भी लिखने की आज़ादी नहीं है।

इसके साथ ही यह सवाल भी उठता है कि यदि किसी के लेखन से किसी को एतराज़ है और वह मानता है कि पत्रकार ने 19(2) का उल्लंघन किया है

तो क्या उसे मार डालना सही है? इस तर्क की परिणति बहुत ही ख़तरनाक है और इसी तर्क से लोकशाही को ख़तरा है। कर्नाटक की पत्रकार गौरी लंकेश की हत्या के हवाले से बात को समझने की कोशिश की जायेगी। उनकी हत्या के बाद उनके पुराने लेखों का ज़िक्र किया गया, जिसमें उन्होंने ऐसी बातें लिखी थीं जो एक वर्ग को स्वीकार नहीं थीं। सोशल मीडिया पर सक्रिय वर्ग ने चरित्र हनन का प्रयास भी किया। वे कहना चाह रहे थे कि गौरी लंकेश की हत्या एक ज़रूरी काम था और जो हुआ वह ठीक ही हुआ। आज ज़रूरत इस बात की है कि इस तरह की प्रवृत्तियों की निन्दा की जाये। निन्दा हो भी रही है। गौरी लंकेश की हत्या के अगले ही दिन देश भर में पत्रकारों ने सभाएँ कीं, जुलूस निकाले, सरकारों से हत्या जाँच की माँग की और तय किया कि मीडिया को निडर रहना है। दिल्ली के प्रेस क्लब में एक सभा का आयोजन हुआ जिसमें लगभग सभी बड़े पत्रकार शामिल हुए और गौरी लंकेश की हत्या करने वालों को फासिस्ट ताक़तों का प्रतिनिधि बताया। कोलकाता प्रेस क्लब के तत्त्वावधान में प्रेस क्लब से गाँधी प्रतिमा तक जुलूस निकाला गया। मुम्बई में सामाजिक कार्यकर्ता, पत्रकार, फ़िल्मकार, अभिनेता इकट्ठा हुए और असहमत होने के अधिकार को लोकशाही का सबसे महत्त्वपूर्ण अधिकार बताया, गौरी लंकेश की हत्या को प्रेस की आज़ादी की हत्या बताया।

बुनियादी बात यह है कि असुविधाजनक लेख लिखने के लिए अगर पत्रकार की हत्या को सही ठहराया जायेगा तो बहुत मुश्किल होगी। लोकतन्त्र के अस्तित्व पर ही सवालिया निशान लग जायेगा। लोकतन्त्र को बहुत ही मुश्किल से हासिल किया गया है और उतनी ही मुश्किल से सँवारा गया है। अगर मीडिया जनता को सही बातें और वैकल्पिक दृष्टिकोण नहीं पहुँचायेगा तो सत्ता पक्ष के लिए भी मुश्किल होगी। इन्दिरा गाँधी ने 1975 में यही ग़लती की थी। एमरजेंसी में सेंसरशिप लगा दी थी। सरकार के ख़िलाफ़ कोई ख़बर नहीं छप सकती थी। टीवी और रेडियो पूरी तरह से सरकारी नियन्त्रण में थे। उनके पास तक जा सकने वालों में सभी चापलूस होते थे, उनकी जयजयकार करते रहते थे इसलिए उनको सही ख़बरों का पता ही नहीं लगता था। उनको बता दिया गया कि देश में उनके पक्ष में बहुत भारी

माहौल है और वे बड़े आराम से चुनाव जीत जायेंगी। उन्होंने चुनाव करवा दिया और उनकी राजनीति में 1977 जुड़ गया।

प्रेस की आज़ादी सत्ता पक्ष के लिए बहुत ज़रूरी है। सत्ताधारी जमातों को अगर वैकल्पिक दृष्टिकोण नहीं मिलेंगे तो चापलूस नौकरशाह और स्वार्थी नेता सच को ढाँककर राजा से उलटे-सीधे काम करवाते रहेंगे। भारत के प्रथम प्रधानमन्त्री जवाहरलाल नेहरू को यह बात बहुत अच्छी तरह मालूम थी इसीलिए उन्होंने कहा था, "मैं पीत पत्रकारिता से नफ़रत करता हूँ, लेकिन पीत पत्रकारिता करने के आपके अधिकार की रक्षा के लिए हर सम्भव कोशिश करूँगा।" लोकतन्त्र को अगर जनता के लिए उपयोगी बनाना है तो सत्ताधारी जमातों को निष्पक्ष और निर्भीक पत्रकारिता को व्यावहारिकता के साथ लागू करने के उपाय करने होंगे। प्रधानमन्त्री नरेन्द्र मोदी और उनकी पार्टी से यह उम्मीद तो की ही जानी चाहिए कि वे वह ग़लतियाँ न करें जो इन्दिरा गाँधी ने की थीं। इन्दिरा गाँधी के भक्त और तत्कालीन कांग्रेस अध्यक्ष देवकान्त बरुआ ने प्रेस सेंसरशिप के दौरान नारा दिया था–'इन्दिरा इज़ इंडिया, इंडिया इज़ इन्दिरा'। इसी तरह हिटलर के तानाशाह बनने से पहले उसके चापलूस रूडोल्फ हेस ने नारा दिया था– 'जर्मनी इज़ हिटलर, हिटलर इज़ जर्मनी'। रूडोल्फ हेस नाज़ी पार्टी में बड़े पद पर था। मौजूदा शासकों को इस तरह की प्रवृत्तियों से बच कर रहना चाहिए क्योंकि मीडिया का चरित्र बहुत अजीब होता है। इन्दिरा गाँधी जब बहुत सारे लोगों को जेलों में बन्द कर रही थीं, जिसमें पत्रकार भी शामिल थे, तो चापलूसों और पत्रकारों का एक वर्ग किसी को भी आर.एस.एस. या कम्युनिस्ट पार्टी का सदस्य बताकर गिरफ़्तार करवाने की फ़िराक़ में रहता था। उस दौर में भी बहुत सारे पत्रकारों ने आर्थिक लाभ के लिए चारण शैली में पत्रकारिता की थी और आज भी वह ख़तरा बना हुआ है। चारण पत्रकारिता सत्ताधारी पार्टियों की सबसे बड़ी दुश्मन है क्योंकि वह सत्य पर पर्दा डालती है और सरकारें ग़लत फ़ैसला ले लेती हैं। ऐसे माहौल में सरकार की ज़िम्मेदारी बनती है कि वह मीडिया को निष्पक्ष और निडर बनाये रखने में योगदान करे। चापलूस पत्रकारों से पिंड छुड़ाये। इसके संकेत दिखने लगे हैं। एक ऑफ़ द रिकॉर्ड बातचीत में बीजेपी के मीडिया से जुड़े एक नेता ने बताया

कि जो पत्रकार टीवी पर हमारे पक्ष में नारे लगाते रहते हैं, वे हमारी पार्टी का बहुत नुक़सान करते हैं। भारतीय जनता पार्टी के बड़े नेताओं में इस तरह की सोच अच्छा संकेत है। सरकार को चाहिए कि पत्रकारों के सवाल पूछने के अधिकार और आज़ादी को सुनिश्चित करे। साथ ही संविधान के अनुच्छेद 19(2) की सीमा में रहते हुए कुछ भी लिखने की आज़ादी और अधिकार को सरकारी तौर पर गारंटी की श्रेणी में ला दे। इससे निष्पक्ष पत्रकारिता का बहुत लाभ होगा।

पत्रकारिता का काम बहुत ही कठिन दौर से गुज़र रहा है। महानगरों से लेकर दूर-दराज़ के गाँवों में रहने वालों की आर्थिक व्यवस्था बहुत सारे मामलों में चिन्ता का विषय है। यह ऐसा संकट है जिसके कारण कई स्तर पर समझौते हो रहे हैं और सूचना के निष्पक्ष मूल्यांकन का काम बाधित हो रहा है। देश के कई बड़े अख़बार अपने कर्मचारियों का आर्थिक शोषण करते हैं। उनसे पत्रकारिता से इतर काम करवाते हैं। मालिक लोग निजी सम्पत्ति में वृद्धि के लिए अख़बार और पत्रकार की छवि का इस्तेमाल करते हैं। अख़बार मालिकों का यही वर्ग है, जिसने पिछले वर्षों मजीठिया की वेतन सम्बन्धी सिफ़ारिशों को बेअसर करने के लिए तरह-तरह की तिकड़में लगायी थीं। सुप्रीम कोर्ट के आदेशों की अवमानना करने वाले यह अख़बार पत्रकारों के शोषण के लिए भी ज़िम्मेदार हैं। यह मालिक लोग वेतन इतना कम देते हैं कि दो जून की रोटी का भी जुगाड़ न हो सके और उम्मीद करते हैं कि छोटे शहरों में उनके कार्ड को लेकर पत्रकार उनके लिए विज्ञापन भी जुटाये। नाम लेने की ज़रूरत नहीं है लेकिन दिल्ली में ही नज़र दौड़ाने पर इस तरह के अख़बारों और टीवी चैनलों के बारे में जानकारी मिल जायेगी। एक संस्मरण के माध्यम से इस बात को रेखांकित करना उचित होगा। हमारे एक स्वर्गीय मित्र को क़रीब बीस साल पहले एक अख़बार के राजस्थान का ब्यूरो प्रमुख बना दिया गया। कह दिया गया कि आप जल्द से जल्द जयपुर जाकर काम शुरू कर दीजिए। वे परेशान थे कि वेतन की कोई बात किये बिना कैसे जयपुर चले जायें। अगले दिन वे मालिक-सम्पादक से मिले और कहा कि पैसे की कोई बात नहीं हुई थी इसलिए मैंने सोचा कि स्पष्ट बात कर लूँ। मालिक-सम्पादक ने छूटते ही कहा कि पैसे की क्या बात करना है।

आप हमारे मित्र हैं, जाइये काम करिये और तरक़्क़ी करिये। संस्था को बस पचास हज़ार रुपये महीने भेज दिया करियेगा, बाक़ी सब आपका। दफ़्तर का ख़र्च निकाल कर सब अपने पास रख लीजियेगा। पत्रकारिता की गरिमा को कम करने में ऐसी बातों का बहुत योगदान है।

लेकिन उम्मीद ख़त्म नहीं हुई है, उम्मीद अब भी बाक़ी है। सूचना क्रान्ति ने अपने देश में पाँव जमा लिये हैं। भारत के सूचना टेक्नालोजी के जानकारों की हैसियत को पूरी दुनिया मान चुकी है। इसी सूचना क्रान्ति की कृपा से आज वेब पत्रकारिता सम्प्रेषण का ज़बरदस्त माध्यम बन चुकी है। वेब मीडिया ने वर्तमान समाज में क्रान्ति की दस्तक दे दी है। अब लगभग सभी अख़बारों और टीवी चैनलों के वेब-पोर्टल हैं। लेकिन बहुत सारे स्वतन्त्र पत्रकारों ने भी इस दिशा में ज़बरदस्त तरीक़े से हस्तक्षेप किया है। इन स्वतन्त्र पत्रकारों के पास साधन कम हैं लेकिन हिम्मत की कमी नहीं। उनको आधुनिक युग का अभिमन्यु कहा जा सकता है। मीडिया के महाभारत में वेब पत्रकारिता के ये अभिमन्यु शहीद नहीं होंगे। मूल महाभारत युद्ध में शासक वर्ग ने अभिमन्यु को घेर कर मारा था लेकिन सूचना क्रान्ति युग के जनपक्षधरता के इस युद्ध में आज के वेब पत्रकार अपने काम में माहिर हैं। वे चक्रव्यूह में प्रवेश कर चुके हैं और उसे भेद कर विजय पताका भी फहरायेंगे। कल्पना कीजिए कि वेब के ज़रिये राडिया काण्ड का खुलासा न हुआ होता तो नीरा राडिया की सत्ता की दलाली की कथा के सभी खलनायक मस्ती में रहते, सरकारी समारोहों में मुख्य अतिथि बनते रहते और पद्मश्री आदि से सम्मानित होते रहते। लेकिन इन बहादुर वेब पत्रकारों ने टीवी, प्रिंट और रेडियो पत्रकारिता के संस्थानों को मजबूर कर दिया कि वे सच्चाई को जनता के सामने लाने के इनके प्रयास में इनके पीछे चलें और लीपा-पोती की पत्रकारिता से बचने की कोशिश करें।

वास्तव में हम जिस दौर में रह रहे हैं वह पत्रकारिता के जनवादीकरण का युग है। इस जनवादीकरण को मूर्त रूप देने में सबसे बड़ा योगदान तो सूचना क्रान्ति का है क्योंकि अगर सूचना क्रान्ति न हुई होती तो चाह कर भी कम ख़र्च में सच्चाई को आम आदमी तक नहीं पहुँचाया जा सकता था। दूसरी बात यह है कि अख़बारों और टीवी चैनलों से आज़ाद हो कर काम

करने वाले पत्रकारों की राजनीतिक और सामाजिक समझदारी बिल्कुल खरी है। इन्हें किसी का डर नहीं है। यह डंके की चोट पर सच को सच कहने की तमीज़ और हिम्मत रखते हैं। कहने का मतलब यह हरगिज़ नहीं है कि अख़बारों और टीवी चैनलों के लोग सच्चाई को समझते नहीं हैं। वहाँ भी बहुत अच्छे पत्रकार हैं और जब वे अपने मन की बात लिखते हैं तो वह सही मायनों में पत्रकारिता होती है। लेकिन कई बार उन पर ऐसे दबाव होते हैं कि वे खरी बात नहीं कह पाते।

मुझे उम्मीद नहीं थी कि अपने जीवन में ऐसे लोगों के दर्शन हो पायेंगे जो कबीर साहेब की तरह खरी और सच्ची बात कहते हों और किसी की परवाह नहीं करते हों लेकिन ख़ुशी है कि आज के पत्रकार सोशल मीडिया के ज़रिये अपनी बात डंके की चोट कह रहे हैं। आज सूचना किसी की मुहताज़ नहीं है। मीडिया के यह नये जनपक्षधर वेब पत्रकारिता के ज़रिये उसे सार्वजनिक डोमेन में डाल दे रहे हैं और बात दूर तलक जा रही है। मैंने जिस राडिया काण्ड का ज़िक्र किया था, वह पत्रकारिता के नाम पर धन्धा करने वालों को बेनकाब करने का बेहतरीन उदाहरण है। राडिया ने जिस तरह का जाल फैला रखा था, वह हमारे राजनीतिक-सामाजिक जीवन में घुन की तरह घुस चुका है। ऐसे पता नहीं कितने मामले दिल्ली के गलियारों में घूम रहे होंगे। जिस तरह से राडिया ने पूरी राजनीतिक बिरादरी को अपने लपेटे में ले लिया था वह कोई मामूली बात नहीं है। आज से क़रीब तीस साल पहले भी इसी तरह का एक घोटाला हुआ था जिसे जैन हवाला काण्ड के नाम से जाना जाता है। उसमें सभी पार्टियों के नेता बेईमानी करते पकड़े गये थे। तब कम्युनिस्ट उसमें नहीं थे, लेकिन इस बार कम्युनिस्ट भी नहीं बचे हैं। यानी जनता का हक़ छीनने की जो कोशिशें चल रही हैं उसमें सभी राजनीतिक दल शामिल हैं। सबको मालूम है कि जब राजा की चोरी पकड़ी जाती है तो उसके ख़िलाफ़ कोई कार्रवाई नहीं होती। हमने देखा कि जैन हवाला काण्ड न जाने कहाँ दफ़न हो गया। लेकिन अब इस तरह कफ़न-दफ़न आसान नहीं है। एक बार सूचना पब्लिक डोमेन में आ गयी तो अपना काम करेगी, जनमत बनायेगी। वेब पत्रकारिता की ताक़त बढ़ जाने के कारण मुझे विश्वास है कि यह पत्रकारिता का स्वर्ण युग है। बस इस क्रान्ति में

शामिल हो जाने की ज़रूरत है। आज के पत्रकार के पास अपनी नौकरी के साथ-साथ सूचना-क्रान्ति का महारथी बनने का विकल्प है और विकल्प उपलब्ध हो तो उससे बड़ी आज़ादी कोई नहीं होती।

मुझे खुशी है कि आज मैं काशी के एक नामी संस्थान के मंच पर हूँ। यहाँ रहते हुए मेरे दो महानायकों ने साधारण भाषा में आम आदमी को ख़बरदार किया। मैं कबीर साहेब और सन्त तुलसीदास की नामाबरी को प्रणाम करना चाहता हूँ। गोस्वामी तुलसीदास को धर्म के ठेकेदारों ने काशी से भगा दिया था क्योंकि वे शास्त्रीय भाषा में नहीं लिखते थे, वे आम आदमी की बोली की पक्षधरता करते थे। भगवान राम की अयोध्या से दूकानदार रामभक्तों ने भी उन्हें भगा दिया था क्योंकि वे युग के महानायक की कथा सर्व जन सुलभ बना रहे थे और पण्डों के एकाधिकार को नुक़सान पहुँचा रहे थे। आज वही सन्त तुलसीदास भगवान राम और उनकी कथा के सबसे बड़े भक्त माने जाते हैं। तुलसीदास के काम को मैं क्रान्तिकारी और जनजागरण की पत्रकारिता मानता हूँ क्योंकि भारत के तत्कालीन शासक अकबर के राज में उन्होंने हर घर में राजा रामचन्द्र की जय के नारे लगवा दिये थे। अकबर के राज में चार बार अकाल पड़ा था, उसने तेरह बड़ी लड़ाइयाँ लड़ी थीं लेकिन उसके दरबार के चापलूस पत्रकारों ने प्रचारित कर दिया कि वह तो बहुत महान शासक था। मैं अकबर को महान नहीं मानता क्योंकि उसने जनहित का कोई काम नहीं किया। इलाहाबाद और आगरा में क़िले बनवाये और अपनी जय बुलवायी। उससे बड़ा तो शेरशाह सूरी था जिसने अपने राज में सड़कें बनवायीं।

कुछ निजी अनुभवों की बात भी कर ली जाये तो ठीक रहेगा। जब मैंने अख़बारों में नौकरी शुरू की और ज़रा सीनियर लेवल तक पहुँचा तो समझ में आया कि प्रेस की आज़ादी का क्या मतलब है। ऊपर से हिदायत आ जाती थी कि कुछ लोगों के ख़िलाफ़ ख़बर नहीं लिखनी है। नीचे वालों को समझाया जाता था लेकिन तरीक़ा ऐसा अपनाया जाता था कि उन्हें यह मुग़ालता बना रहे कि वे प्रेस की तथाकथित आज़ादी का लाभ उठा रहे हैं। जब टेलीविज़न में काम करने का अवसर मिला तो शुरुआती दौर दिलचस्प था। अपने देश में 24 घण्टे की टीवी ख़बरों का वह शुरुआती दौर था।

अख़बार से आये मेरे जैसे व्यक्ति के लिए बहुत मज़ेदार स्थिति थी। जो ख़बर जहाँ हुई, अगर उसकी बाईट और शॉट हाथ आ गये तो उन्हें लगाकर सही बात रखने में बहुत मज़ा आता था लेकिन छह महीने के अन्दर सिस्टम ने अपना रुतबा दिखा दिया। ऐसा माहौल बना दिया गया कि वही ख़बरें जाने लगीं जो संस्थान के हित में रहती थीं। मैं जिस न्यूज़ रूम की बात कर रहा हूँ, फ़िल्म पीपली लाइव के निर्माता अनुषा रिज़वी और महमूद फ़ारूक़ी उन दिनों उसी न्यूज़ रूम में इस विकासमान व्यवस्था को देख रहे थे। पीपली लाइव की स्क्रिप्ट को उनके उस दौर के अनुभव से सीधे जोड़कर देखा जा सकता है। उसी संस्थान में बहुत सारे, बहुत मामूली स्तर के लोगों को महान बनाने की कार्यशाला भी चल रही थी और टेलीविज़न की चकाचौंध के शिकार लोगों के सामने वही मीडियोकर सर्वज्ञ बनाकर पेश किये जा रहे थे।

पत्रकारिता की संवादहीनता को ख़त्म करने के लिए महात्मा गाँधी के जीवन से प्रेरणा लेनी होगी

आज से ठीक सौ साल पहले असहयोग आन्दोलन की शुरुआत हुई थी। उस समय महात्मा गाँधी की उम्र पचास साल थी। दुनिया के जन-आन्दोलनों के इतिहास में असहयोग आन्दोलन का मुक़ाम बहुत ऊँचा है। अंग्रेज़ों की वादाख़िलाफ़ी को रेखांकित करने के लिए महात्मा गाँधी ने पूरे देश को तैयार कर दिया था लेकिन कुछ वक़्त बाद आन्दोलन हिंसक हो गया और चौरीचौरा काण्ड हो गया। इस आन्दोलन के नेता खुद महात्मा गाँधी थे। उन्होंने बिना कोई वक़्त गँवाये आन्दोलन वापस ले लिया। उनके इस फ़ैसले का लोगों की मनोभावना पर बहुत उलटा असर पड़ा लेकिन गाँधी जी को मालूम था कि हिंसक आन्दोलन को दबा देना और ख़त्म कर देना ब्रिटिश सत्ता के बायें हाथ का खेल था। 1857 में जिस तरह से हिंसक विरोध को अंग्रेज़ों ने नेस्तनाबूद किया था, वह 1919 के नेता को मालूम था। उसके बाद से गाँधी जी लगातार प्रयोग करते रहे। कांग्रेस जो तब तक एक सीमित आबादी तक पहुँच वाली पार्टी थी, गाँधी जी उसे जनसंगठन का रूप दे रहे थे। इसके लिए वे शाश्वत संवाद की स्थिति में रहते थे। 1919 के आन्दोलन की तैयारी में भी उनकी सभी से संवाद स्थापित कर लेने की क्षमता को बारीकी से देखा-समझा जा सकता है। असहयोग आन्दोलन के गाँधी जी के प्रस्ताव का कांग्रेस के कलकत्ता सम्मेलन में देशबन्धु चित्तरंजन दास ने ज़बरदस्त विरोध किया था। उसके बाद नागपुर में उस प्रस्ताव को पक्का किया जाना था। देशबन्धु ने तय कर लिया था कि गाँधी जी के प्रस्ताव को हर हाल में फ़ेल कराना है। इसलिए नागपुर जाने से पहले उन्होंने कांग्रेस के

बहुत सारे डेलीगेट्स बनाये और सब को कलकत्ता से नागपुर लेकर गये। उनका काम गाँधी जी के प्रस्ताव का विरोध करना था लेकिन जब गाँधी जी ने प्रस्ताव रखा तो देशबन्धु ख़ुद उसके पक्ष में हो गये और उन सारे लोगों से भी गाँधी के पक्ष में मतदान करने को कहा। ज़ाहिर है प्रस्ताव लगभग सर्वसम्मति से पास हो गया क्योंकि कलकत्ता से नागपुर के बीच में गाँधी के सबसे बड़े विरोधी, मुहम्मद अली जिन्ना की भूमिका ख़त्म हो चुकी थी और अब सी. आर. दास गाँधी के समर्थक थे।

महात्मा गाँधी के हर आन्दोलन की बुनियाद में अपनी बात कहने और उसे सही व्यक्ति तक पहुँचाने की क्षमता की सबसे प्रमुख भूमिका होती थी। यही क्षमता गाँधी की सबसे बड़ी ताक़त थी। गाँधी संवाद विधा के सबसे बड़े ज्ञाता हैं। उनके कार्य के हर पहलू के बारे में ख़ूब लिखा गया है, बहुत सारे शोध हुए हैं लेकिन यह एक ऐसा पक्ष है, जिसपर उतना शोध नहीं हुआ जितना होना चाहिए था। पत्रकार के रूप में तो गाँधी जी को पूरी दुनिया जानती है। उन्होंने जिन अख़बारों का सम्पादन किया, वे किसी भी जन आन्दोलन के बीजक के रूप में जाने जाते हैं। लेकिन पत्रकारिता से इतर संप्रेषण के क्षेत्र में भी उन्होंने ज़बरदस्त काम किया। संवाद की तरक़ीबों को उन्होंने ललित कला के रूप में विकसित किया। उनके इस पक्ष के बारे में जानकारी अपेक्षाकृत कम है। हालाँकि उनके व्यक्तित्व का यह पक्ष उनके भारत में क़दम रखने के साथ ही उजागर होने लगता है। उनकी भारत दर्शन यात्रा को देश की जनता से संवाद स्थापित करने के सन्दर्भ में देखा जाना चाहिए। भारत में उनकी राजनीति की शुरुआत चम्पारण के उनके प्रयोगों से मानी जाती है। उन्होंने वहाँ तरह-तरह के प्रयोग किये। उस इलाक़े की किसी भी भाषा को गाँधी जी नहीं जानते थे। मैथिली, भोजपुरी, हिन्दी, मगही, कैथी आदि की जानकारी उन्हें बिल्कुल नहीं थी लेकिन उसी चम्पारण में एक ऐसा भी समय आया जब इलाक़े की जनता, वहाँ के नेता, वहाँ के अंग्रेज़ अफ़सर, वहाँ के नील के कारोबारी, वहाँ के किसान वही समझते थे जो गाँधी जी उनको समझाना चाहते थे। अभी कुछ साल पहले देश के बड़े पत्रकार और गाँधीविद् अरविन्द मोहन ने मोतीहारी में रहकर गाँधी जी के चम्पारण के प्रयोगों का गम्भीर अध्ययन किया है। उस अध्ययन को उन्होंने

कुछ किताबों के ज़रिये सार्वजनिक भी किया है। अभी शायद और भी कुछ लिखा जाना है लेकिन जितना काम सार्वजनिक हो चुका है उसके आधार पर कहा जा सकता है कि उनका काम एक बेहतरीन अकादमिक धरोहर है। महात्मा गाँधी की रोज़ की गतिविधियों, चिट्ठी-पत्री, बातचीत, सन्देश आदि को आधार बनाकर उनकी जिस डायरी की अरविन्द मोहन ने पुनर्रचना की है वह राजनीतिक अध्ययन प्रणाली के लिए मील का पत्थर है। उस डायरी को पढ़कर महात्मा जी के संवाद को बुलन्दी तक पहुँचाने की क्षमता को जानने का जो अवसर मुझे मिला, वह मेरे जीवन का बहुत बड़ा अनुभव है। कई बार ऐसा हुआ कि गाँधी मार्ग में नियमित रूप से छप रही डायरी को पढ़ते हुए ऐसा लगता था कि जैसे महात्मा गाँधी ने उस डायरी को वहीं कहीं मोतीहारी में बैठकर लिखा है। अरविन्द के चम्पारण प्रोजेक्ट के बाद उनकी जो भी पुस्तकें छपी हैं वे गाँधी जी को समझने में, आने वाली पीढ़ियों की बहुत मदद करेंगी। अरविन्द मोहन की भारतीय ज्ञानपीठ से प्रकाशित किताब, 'प्रयोग चम्पारण' की कई प्रतियाँ मैंने नौजवानों को भेंट की हैं और उन सब का कहना है कि गाँधी जी को अब वे पहले से ज़्यादा अच्छी तरह समझ सकते हैं। मोतीहारी जाकर गाँधी जी को ब्रजकिशोर प्रसाद, राजेन्द्र प्रसाद जैसे बिहार के बहुत बड़े और नामी वकीलों का साथ मिला जो गाँधी की संवाद शैली का प्रतिफल है। ब्रजकिशोर बाबू, उस इलाक़े के सबसे बड़े वकीलों में शुमार थे। मुक़दमा लेने से पहले उसको सुनने के लिए भी फ़ीस लेते थे, जो 1916 में दस हज़ार रुपये होती थी। इतिहास और अर्थशास्त्र के विद्यार्थी अनुमान लगा सकते हैं कि अगर इस रक़म को आज की मुद्रा में आँकें तो यह आँकड़ा कहाँ पहुँचेगा।

ब्रजकिशोर प्रसाद मोतीहारी में बैठकर नील की खेती करने वाले किसानों के बयान लिखा करते थे। जब वे गाँधी के यहाँ गये तो सारे नौकर-चाकर उनके साथ गये थे। लेकिन तीन महीने के अन्दर गाँधी ने उन्हें अपने रंग में रँग लिया और सारे नौकर-चाकर वापस भेज दिये गये। राजेन्द्र प्रसाद, आचार्य जे. बी. कृपलानी, रामनवमी प्रसाद, धरणीधर प्रसाद जैसे लोग अपनी आरामदेह ज़िन्दगी छोड़कर महात्मा गाँधी के साथ हो गये और वह सभी काम करते थे जो गाँधी जी कहते थे। सबको अपना सारा काम ख़ुद ही

करना पड़ता था, जिसमें बर्तन माँजने से लेकर कपड़े धोने तक का काम शामिल था। इन सब लोगों के पास वापस जाकर अपनी ज़िन्दगी आराम से बसर करने का विकल्प था, लेकिन गाँधी जी का सबसे ऐसा संवाद स्थापित हो गया कि कोई वापस जाने की बात सोच ही नहीं सकता था। यह सारी जानकारी अरविन्द मोहन की चम्पारण वाली किताबों में है और मुझे लगता है कि गाँधी की राजनीति और उनकी शैली को समझने की कोशिश करने वाले हर व्यक्ति को उन किताबों पर एक नज़र ज़रूर डाल लेनी चाहिए।

गाँधी जी ने चम्पारण में जो किया वह स्थापित ब्रितानी सत्ता को दी गयी चुनौती थी। स्थापित सत्ता की तानाशाही को चुनौती देने का गाँधी जी का तरीक़ा हर कालखण्ड में रामबाण की तरह असर करता है। आज़ादी की लड़ाई में 1919 से 1947 तक के इतिहास में हर मोड़ पर देखा गया है कि उनकी बात हमेशा बड़ी गम्भीरता से ली जाती थी। उनके 1920, 1930 और 1942 के आन्दोलनों के दौरान उनके समर्थकों का एक बड़ा वर्ग नतीजों के बारे में सशंकित था। उनको लगता था कि जिन नतीजों की उम्मीद महात्मा गाँधी कर रहे थे उनको हासिल नहीं किया जा सकता। लेकिन जब 1920 का आन्दोलन शुरू हुआ तब हिन्दू, मुसलमान, सिख, ईसाई सभी उनके साथ जुड़ गये, किसान-मज़दूर गाँधी के साथ खड़े हो गये। अकबर इलाहाबादी ने इसी दौर में कहा था कि–

गो मुश्ते-ख़ाक हैं मगर आँधी के साथ हैं
बुद्धू मियाँ भी हज़रते-गाँधी के साथ हैं।

इस आन्दोलन के बाद अंग्रेज़ों को आम जनता के बीच गाँधी की अपील की ताक़त समझ में आ गयी थी। अंग्रेज़ों ने साफ़ देखा कि हिन्दू-मुसलमान एक हो गया है, मज़दूर-किसान एक हो गया है, शहरी-ग्रामीण सब गाँधी के साथ हैं। जिस बाँकपन से गाँधी ने चौरीचौरा के बाद आन्दोलन वापस लिया, वह उनके आत्मविश्वास और अपनी बात स्वीकार करवाने की क्षमता का परिचायक है। 1930 के आन्दोलन में जब उन्होंने दांडी यात्रा की योजना बनायी तो गाँधी समर्थक बुद्धिजीवियों का बड़ा वर्ग भी आशंका से भरा हुआ था कि क्या नमक सत्याग्रह के वह नतीजे निकलेंगे जिनकी कल्पना की जा रही है।

उनके बड़े समर्थक मोतीलाल नेहरू ने क़रीब बीस पृष्ठ की चिट्ठी लिखी और दावा किया कि दांडी यात्रा से कुछ नहीं होने वाला है। गाँधी जी ने पोस्टकार्ड पर एक लाइन का जवाब दिया—"आदरणीय मोतीलाल जी, करके देखिये।" उसके बाद मोतीलाल नेहरू ने इलाहाबाद में नमक क़ानून तोड़ने की घोषणा की और गिरफ़्तार हुए। उन्होंने गाँधी जी को तार भेजा जिसमें लिखा था, "आदरणीय गाँधी जी, करने के पहले ही देख लिया।" बाद में तो ख़ैर, पूरी दुनिया ने देखा कि उस सत्याग्रह ने ब्रितानी सत्ता को इतना बड़ा आईना दिखा दिया कि उनको गवर्नमेंट ऑफ़ इंडिया एक्ट लाकर मामले को शान्त करने की कोशिश करनी पड़ी। इस बीच भारत के नेताओं में जो अंग्रेज़ी राज के वफ़ादार लोग थे उन्हें गाँधी को नाकाम करने के लिए सक्रिय कर दिया गया। लेकिन जनता ने वही सुना जो गाँधी सुनाना चाहते थे। बाक़ी लोग उस समय के इंटेलिजेंस ब्यूरो के अफ़सरों के हुक्म के ग़ुलाम ही बने रहे। 1942 में भी भारत छोड़ो के नारे की उपयोगिता पर कांग्रेस के अन्दर ही सवाल उठाये जा रहे थे, लेकिन गाँधी जी ने किसी की नहीं सुनी। आज़ादी की लड़ाई के सभी बड़े नेताओं को अहमदनगर क़िले की जेल और महात्मा गाँधी को पुणे के आग़ा ख़ान पैलेस में बन्द कर दिया गया। 1945 में जब लोग जेल से बाहर आये तो कई नेताओं की हिम्मत चुनाव में जाने की नहीं थी लेकिन जब यही लोग भारत के शहरों-गाँवों में निकले तो देखा कि गाँधी का सन्देश हर घर में पहुँच गया था कि अंग्रेज़ों को भारत छोड़कर जाना है। कुछ इलाक़ों में अंग्रेज़ों की कृपापात्र मुस्लिम लीग को भी सफलता मिली लेकिन पूरे देश में गाँधी का डंका बज रहा था। पूरा देश गाँधी के साथ खड़ा हो गया था।

इतना बड़ा जन-आन्दोलन महात्मा गाँधी इसलिए चला सके क्योंकि जनता से संवाद स्थापित करने की उनमें अद्‌भुत क्षमता थी। संवाद स्थापित करने की दिशा में उन्होंने तरह-तरह के प्रयोग किये और उनके जाने के बाद भी बार-बार प्रयोग होते रहे। महात्मा गाँधी के बाद के दो दशकों तक पत्रकारिता के क्षेत्र में ऐसे बहुत सारे दिग्गज थे जिन्होंने उनके काम को रिपोर्ट किया था, उनके जीवन काल में ही उनके बारे में लिखा-पढ़ा था लेकिन सत्तर का दशक आते-आते राजनीति और पत्रकारिता में महात्मा गाँधी के

साथ काम कर चुके लोग हाशिये पर जाने लगे। राजनीति और पत्रकारिता दोनों ही में सत्ता के केन्द्र की चाटुकारिता का फ़ैशन चल पड़ा। 'इंडिया इज़ इन्दिरा एंड इन्दिरा इज़ इंडिया' की संस्कृति विकसित होने लगी। चापलूसी का फ़ैशन राजनीतिक आचरण में प्रवेश कर चुका था। एमरजेंसी के बाद जेल से बाहर आये, जनता पार्टी के सूचना प्रसारण मन्त्री लालकृष्ण आडवाणी की बात उस वक़्त की मीडिया को रेखांकित कर देती है। एमरजेंसी में जब सेंसरशिप की बात हुई तो उन्होंने पत्रकारों से मुख़ातिब होकर कहा था कि "आपसे स्थापित सत्ता की तरफ़ से झुकने को कहा गया तो आप रेंगने लगे थे (You were asked to bend but you started crawling)।"

गाँधी के रास्ते से दूर हो रहे समाज और राजनीति के इसी दौर में एमरजेंसी लगी थी। लेकिन उससे पहले गाँधी के चम्पारण के साथी ब्रजकिशोर बाबू के दामाद और गाँधी के असली अनुयायी, जयप्रकाश नारायण ने स्थापित सत्ता के ख़िलाफ़ आन्दोलन शुरू कर दिया था। बिहार की सरज़मीन से उठे उस आन्दोलन ने देशव्यापी रूप पकड़ना शुरू कर दिया था। आज के बिहार के बहुत सारे वरिष्ठ नेता उन दिनों छात्र थे और उन्होंने जेपी आन्दोलन के हरावल दस्ते में शिरकत की थी। अठारह मार्च 1975 के दिन एक हज़ार आदमियों का जो जुलूस पटना की सड़कों पर निकला था उसमें आज के हमारे मनीषी कुमार प्रशान्त भी शामिल हुए थे। मैंने पटना में इन्सानी बुलन्दी के उस पर्व को नहीं देखा था लेकिन क़रीब पाँच साल पहले कुमार प्रशान्त ने उस वक़्त के माहौल को क़लमबन्द करके जनसत्ता अख़बार में छापा था। मेरा मन तो कहता है कि उनके पूरे लेख को ही यहाँ उद्धृत कर दूँ। बहरहाल, उसके कुछ अंश उद्धृत किये बिना अपनी बात नहीं कह पाऊँगा। कुमार प्रशान्त के उस कालजयी लेख की शुरुआती पंक्तियाँ देश के उस समय के माहौल को साफ़ बयान करती हैं। लिखते हैं, "छब्बीस जून, 1975 वह तारीख़ है जहाँ से भारतीय लोकतन्त्र का इतिहास मोड़ लेता है। सब ओर सत्ता की चालें-कुचालें थीं और सब हतप्रभ थे, लेकिन कोई बोलता नहीं था। राजनीति चाटुकारों से और समाज गूँगों से पट गया था। 1973-74 में गुजरात के युवकों ने एक चिनगारी फूँकी थी लेकिन वह रोशनी कम और आग ज़्यादा फैला रही थी। बिहार के युवकों ने इस सन्नाटे

को भेदने का काम किया था लेकिन सन्नाटा कुछ इस तरह टूटा कि पहले से ज़्यादा दमघोंटू सन्नाटा घिर आया! तब कायर चुप्पी थी, अब भयग्रस्त घिघियाहट भर थी। ऐसे में उस बीमार, बूढ़े आदमी ने कमान सँभाली थी। वर्तमान उसे कम जानता था, इतिहास उसे जयप्रकाश के नाम से पहचानता था और राष्ट्रकवि दिनकर उसके लिए यही गाते हुए इस दुनिया से विदा हुए थे : 'कहते हैं उसको जयप्रकाश जो नहीं मरण से डरता है/ज्वाला को बुझते देख कुण्ड में स्वयं कूद जो पड़ता है!'

''वैसा ही हुआ! वह मौत के बिस्तर से उठा और हम समझ पाये या न समझ पाये, हमें साथ लेकर क्रान्ति-कुण्ड में कूद पड़ा। अठारह मार्च को पटना की सड़कों पर बमुश्किल हज़ार लोग ही तो उतरे थे—हाथ पीछे बँधे थे और मुँह पर पट्टी बँधी थी। उन हज़ार लोगों ने अपना-अपना शपथपत्र भरा था जिसकी पूरी जाँच जयप्रकाश ने की थी। पहली लक्ष्मण-रेखा तो यही खींची थी उन्होंने कि आपका सम्बन्ध किसी राजनीतिक दल से नहीं होना चाहिए। तो कांग्रेसी सत्ता की अपनी कुर्सी से और विपक्षी विपक्ष की अपनी कुर्सी से बँधकर रह गये थे। पटना शहर की मुख्य सड़कों से गुज़र कर, सत्ता की हेकड़ी और प्रशासन की अकड़ को ज़मींदोज़ कर, कोई तीन घण्टे बाद जब ''क्षुब्ध हृदय है/बन्द ज़ुबाँ'' की तख़्ती घुमा कर हम सब जमा हुए तो मुँह पर बँधी पट्टी खोलकर साहित्यकार फणीश्वरनाथ रेणु लम्बे समय तक ख़ामोश ही रह गये। मैंने पानी का गिलास लेकर कन्धा छुआ तो कुछ देर मुझे देखते ही रहे, फिर बोले : प्रशान्तजी, ऐसा निनाद करता सन्नाटा तो मैंने पहली बार ही देखा और सुना। और ख़ामोशी में लिपटा वह निनाद अगले दिन जिस गड़गड़ाहट के साथ फटा, क्या उसकी कल्पना थी किसी को? मतलब तो क्या पता होता, जिस शब्द से भी किसी का परिचय नहीं था वह शब्द—सम्पूर्ण क्रान्ति—सारे माहौल में गूँज उठा। उस वृद्ध जयप्रकाश नारायण ने न जाने कौन-सी बिजली दौड़ा दी थी कि सब ओर रोशनी छिटकने लगी थी।''

जयप्रकाश नारायण ने महात्मा गाँधी की संवाद स्थापित करने की केवल एक तरकीब का उस दिन पटना की सड़कों पर प्रयोग किया था। और जब रेणु जी ने कहा कि, ''प्रशान्तजी, ऐसा निनाद करता सन्नाटा तो मैंने

पहली बार ही देखा और सुना" तो वे गाँधी की संवाद शैली की ही बात कर रहे थे। यही सन्नाटा चौरीचौरा के बाद महसूस किया गया था, यही सन्नाटा दांडी गाँव में एक मुट्ठी नमक उठाते समय सुना गया था और यही सन्नाटा आग़ा ख़ान पैलेस में पसरा हुआ था। जब गाँधी जी ने महादेवभाई देसाई की अन्त्येष्टि की थी। 9 अगस्त 1942 को महात्मा गाँधी और अन्य नेता गिरफ़्तार हुए थे। महादेवभाई और कस्तूरबा गाँधी को महात्मा गाँधी के साथ पुणे के आग़ा ख़ान पैलेस में रखा गया था, जहाँ हफ़्ते भर बाद ही महादेवभाई की मृत्यु हो गयी थी। महात्मा गाँधी ने अपने हाथों से उनका अन्तिम संस्कार किया। चारों तरफ़ सन्नाटा था लेकिन उसकी अनुगूँज कह रही थी कि अब अंग्रेज़ों को जाना ही पड़ेगा।

महात्मा गाँधी ने अपनी बात हमेशा बिना किसी बाजे-गाजे या किसी भाषाई शृंगार के कही। उन्होंने बड़ी साधारण भाषा में जो कुछ कहा उसका असर ठीक वही हुआ जो वे चाहते थे। स्व. हरिदेव शर्मा ने तीन मूर्ति पुस्तकालय में अपने पास आने वाले लोगों को बार-बार यह बात बतायी थी कि महात्मा गाँधी की बातें साधारण से साधारण भाषा में कही जाती थीं लेकिन उनका भावार्थ बहुत ही ज़बरदस्त तरीक़े से उन तक पहुँचता था जिन्हें लक्ष्य करके वह बात कही गयी थी। उन्होंने ही बताया था कि जलियाँवाला बाग़ के नरसंहार की जाँच करने के लिए कांग्रेस ने एक कमेटी गठित की थी। उस कमेटी के सेक्रेटरी गाँधी जी थे। उन्होंने जो रिपोर्ट लिखी वह ब्रितानी संसद और समाज तक पहुँची। उसी के आधार पर लन्दन के अख़बारों में ख़बरें लिखी गयीं और आततायी जनरल डायर की सारी पोल खुल गयी। मुराद यह कि महात्मा गाँधी जब जो कहना चाहते थे, उसको सहज तरीक़े से कहते थे पर उसका असर बहुत सटीक होता था।

फणीश्वरनाथ 'रेणु' ने जिसको 'निनाद करता सन्नाटा' नाम दिया था, वह वास्तव में गाँधी के सत्याग्रह का स्थायी और संचारी भाव, दोनों ही था। जहाँ कहीं भी आततायी और अहंकारी सत्ता के मुक़ाबिल संघर्ष करना पड़ा, वहीं इस निनाद करते सन्नाटे को इस्तेमाल किया गया। दक्षिण अफ्रीका में नेल्सन मंडेला का उदाहरण दुनिया के सामने है। अमरीका में भी रंगभेद के ख़िलाफ़ संघर्ष में गाँधी के संवाद स्थापित करने के तरीक़ों का बार-बार इस्तेमाल हुआ।

गाँधी के जाने के क़रीब पन्द्रह साल बाद अमरीका में उनके हथियार प्रयोग में लाये गये। वहाँ रंगभेद विरोधी आन्दोलन बहुत पहले से चलता रहा था, लेकिन पचास और साठ के दशक में रेस्तराओं, बसों और शिक्षा संस्थाओं में ग़ैर-बराबरी के ख़िलाफ़ ज़बरदस्त आन्दोलन शुरू हुए। कई बार यह आन्दोलन हिंसक भी हो जाता था। क्लू क्लक्स क्लान नाम के श्वेत संगठन के गुण्डे बदमाशी करते थे और उसके जवाब में अफ्रीकी-अमरीकी भी हिंसक हो जाते थे। नतीजा यह होता था कि हिंसा के नाम पर आन्दोलन तोड़ दिया जाता था। साठ के दशक के शुरुआती वर्षों में यह आन्दोलन अपने निर्णायक दौर में पहुँच गया। टेनेसी राज्य की राजधानी नैशविल का वैंडरबिल्ट विश्वविद्यालय श्वेत अहंकार का केन्द्र हुआ करता था। उसमें काले लोगों को प्रवेश नहीं दिया जाता था। सरकारी हस्तक्षेप के कारण कुछ छात्रों का प्रवेश होता था लेकिन उनको बहुत परेशानी का सामना करना पड़ता था। उसी विश्वविद्यालय में अश्वेत छात्रों ने रंगभेद के ख़िलाफ़ आन्दोलन की शुरुआत की। नैशविल शहर में ही फिस्क विश्वविद्यालय है जहाँ केवल काले लोग पढ़ते थे। इन दोनों विश्वविद्यालय के छात्र आन्दोलन कर रहे थे लेकिन सरकार में श्वेत प्रभुता के कारण इनको हिंसक करार देकर सरकारी कार्रवाई का शिकार बना दिया जाता था। इस बीच, नागपुर से मोहनदास करमचन्द गाँधी के विचारों का अध्ययन करके लौटे जेम्स मोरिस लॉसन जूनियर ने आन्दोलन को पूरी तरह गाँधी के विचारों में रंग दिया। वे धार्मिक शिक्षा के सिलसिले में भारत आये थे लेकिन जब वापस गये तो पूरी तरह से महात्मा गाँधी के सत्याग्रह और अहिंसा की ताक़त के जानकार बनकर लौटे। नैशविल जाकर उन्होंने वैंडरबिल्ट विश्वविद्यालय के डिविनिटी स्कूल में दाख़िला लिया और धार्मिक शिक्षा में शोध कार्य करने लगे। वहाँ उन्होंने सदर्न क्रिश्चियन लीडरशिप कॉन्फ्रेंस के माध्यम से अहिंसक आन्दोलन की शिक्षा देना शुरू किया। छात्र आन्दोलन के नेताओं डियान नैश, जेम्स बेवेल, बर्नार्ड लफायेट, मैरियन बैरी और जॉन लेविस को उन्होंने अहिंसक आन्दोलन चलाने के गाँधीवादी तरीक़ों की जानकारी दी। इन्हीं छात्र-छात्राओं ने 1959-60 में दूकानों में नैशविल सिट-इन का आन्दोलन चलाया। जेम्स लॉसन को वैंडरबिल्ट विश्वविद्यालय से निकाल दिया गया।

इन्हीं छात्र नेताओं ने संयुक्त राज्य अमरीका के दक्षिण में चले फ्रीडम राइड्स, मिसीसिपी फ्रीडम समर, 1963 के बर्मिंघम चिल्ड्रेन्स क्रुसेड, 1963 के सेल्मा वोटिंग राइट्स आन्दोलन, 1966 के वियतनाम युद्ध विरोधी आन्दोलन, आदि का नेतृत्व किया। इन छात्रों के नेतृत्व में हुए बहुत महत्त्वपूर्ण आन्दोलनों में से एक है 1963 का वॉशिंगटन मार्च आन्दोलन जिसमें मार्टिन लूथर किंग जूनियर को आमन्त्रित किया गया था। उसके बाद वे आन्दोलन में सहयोग करते रहे। जेम्स लॉसन ने ही कमेटी ऑफ़ मूव टू इक्वेलिटी की स्थापना की जिसके तहत हुए कार्यक्रम में मार्टिन लूथर किंग ने अपना आख़िरी भाषण, माउंटेनटॉप स्पीच दिया था। मुराद यह है कि अमरीका में ग़ैर-बराबरी का जो संघर्ष पचास और साठ के दशक में हुआ उसमें पूरी तरह से महात्मा गाँधी के सत्याग्रह और अहिंसा की धमक देखी जा सकती है। इतने बड़े आन्दोलन के बारे में दुनिया भर में जानकारी एक पत्रकार ने पहुँचायी। डेविड हल्बर्ट्सम नाम के इस पत्रकार ने हार्वर्ड विश्वविद्यालय से पढ़ाई पूरी करने के बाद कुछ दिन किसी अख़बार में काम किया और बाद में नैशविल टेनेसियन अख़बार के रिपोर्टर हो गये। नैशविल में सिट-इन का आन्दोलन शुरू हो चुका था। जेम्स लॉसन के चेलों के साथ रहते हुए उन्होंने ख़बरें लिखना शुरू किया। वे वहीं अपनी ख़बरों के निर्माताओं के बीच रहते थे और सौ फ़ीसदी सच्ची ख़बरें दुनिया तक पहुँचा रहे थे। छात्र नेता धीरे-धीरे बड़े होते गये और वॉशिंगटन की राजनीति में सक्रिय होते गये। कुछ लोग तो सेनेट और अमरीकी कांग्रेस के सदस्य भी बने लेकिन उनके बीच रहकर जो ख़बरें लिखी गयीं वे भावी इतिहास की गवाह बनने वाली थीं। बाद में, अपनी उन्हीं रिपोर्टों के आधार पर डेविड हल्बर्ट्सम ने एक उपन्यास भी लिखा जो उनकी ख़बरों को अमर करने की क्षमता रखता है। 'चिल्ड्रेन' नाम का यह उपन्यास अमरीकी साहित्य में बहुत सम्मान से देखा जाता है। यह एक उदाहरण है कि संवाद की स्थिति बनाये रखने से पत्रकारिता अमर होने की क्षमता रखती है।

अपने देश में भी आज़ादी की लड़ाई के दौरान और उसके बाद के वर्षों में पत्रकारिता में संवाद की स्थिति शाश्वत बनी रही। बहुत-सी ऐसी रिपोर्टें हैं, जिन्होंने बाद की राजनीति को बदल कर रख दिया। ऐसी ही एक रिपोर्ट

असम के नेल्ली के नरसंहार की है। इंडियन एक्सप्रेस के रिपोर्टर शेखर गुप्ता और हेमेन्द्र नारायण की उस रिपोर्ट ने असम में घुसपैठियों के ख़िलाफ़ चल रहे असम के छात्रों के आन्दोलन को देश की राजनीति के केन्द्र में ला दिया था। कहते हैं कि असम समझौते के क़रीब दो साल पहले आयी इस रिपोर्ट ने पूर्वोत्तर भारत की राजनीति को एक नयी दिशा दी थी। भागलपुर में लोगों को अन्धा किये जाने वाली रिपोर्ट भी पत्रकारिता के मानदण्ड के रूप में देखी जाती है। महाराष्ट्र के तत्कालीन मुख्यमन्त्री, अब्दुल रहमान अन्तुले की इन्दिरा प्रतिभा प्रतिष्ठान की रिपोर्ट, बिहार आन्दोलन की 1974 की 'दिनमान' में छपने वाली रिपोर्टें, 'हिन्दू' अख़बार में छपी बोफोर्स की ख़बरें सही और ऐतिहासिक ख़बरों की श्रेणी में आती हैं। आज़ादी के बाद से अब तक ऐसी हज़ारों ख़बरें हैं जो डूबकर लिखी गयी हैं और रिपोर्टर और उसके विषय के बीच संवाद की स्थिति का नतीजा हैं। लेकिन इन दिनों अजीब स्थिति है। पत्रकारिता एकतरफ़ा दिशा में बह रही है। चुनावों के दौरान देश में राजनीतिक गतिविधियाँ सबसे ज़्यादा होती हैं। चौबीस घण्टे टीवी समाचारों के इस दौर में समाचार आते तो बराबर रहते हैं लेकिन अधिकतर एकतरफ़ा होते हैं। ज़मीनी सच्चाई आम लोगों तक पहुँचती ही नहीं है। इसके कारणों पर ग़ौर करना पड़ेगा। पहले के चुनावों में ज़मीन से रिपोर्टिंग ख़ूब होती थी। हर क्षेत्र में अख़बारों के संवाददाता होते थे जिनका आम आदमी से लगातार संवाद बना रहता था। देश की राजधानी और राज्यों की राजधानियों में होने वाली सभी गतिविधियों पर मुक़ामी स्तर पर चर्चा होती थी और सच्ची ख़बरें अख़बार तक पहुँचती थीं लेकिन अब वैसा नहीं है। अब टेलीविज़न चैनल के मुख्यालय से कुछ स्टार पत्रकार हर महत्त्वपूर्ण केन्द्र पर जाते हैं, सेट लगाये जाते हैं, कुछ लोगों को श्रोता के रूप में बुलाया जाता है और उनके आगे ये पत्रकार या एंकर अपना ज्ञान बघारते हैं। जनता की आवाज़ के नाम पर आस-पास के बाज़ारों में घूम रहे कुछ लोगों की बाइट रिकॉर्ड कर ली जाती है और उसी के आधार पर देश-दुनिया की जानकारी परोस दी जाती है। यह उचित नहीं है और पत्रकारिता के नीतिशास्त्र के हिसाब से अक्षम्य है। सामाजिक स्तर पर भी संवादहीनता आज की पत्रकारिता का स्थायी भाव होता जा रहा है। बँधुआ मज़दूरी के

बारे में जानकारी उस समय के पत्रकारों के कारण ही सामने आयी थी। महिलाओं या बच्चों के शोषण की ख़बरें भी आजकल चुन कर लिखी जा रही हैं। ऐसा इसलिए है कि ख़बरों के काम में लगे लोग संवादहीनता का शिकार हो चुके हैं और मनमानी की शैली में एकतरफ़ा ख़बरों का निर्माण कर रहे हैं। ख़बरों के निर्माण करने की इस आदत से बचना होगा। इस देश की आज़ादी के साथ बहुत सारे सामाजिक परिवर्तनों के पुरोधा महात्मा गाँधी के जीवन को आदर्श मानने से बात बन सकती है क्योंकि गाँधी ने बार-बार कहा था कि, 'मेरा जीवन ही मेरा सन्देश है।' महात्मा गाँधी जीवन भर आम आदमी से संवाद की स्थिति में बने रहे। शायद इसलिए जब देश आज़ाद हो रहा था, दिल्ली में यूनियन जैक उतर कर तिरंगा स्थापित हो रहा था तो महात्मा गाँधी बंगाल के गाँवों में घायलों के ज़ख़्मों पर मरहम लगा रहे थे, उनसे संवाद स्थापित कर रहे थे। जब अंग्रेज़ों ने भारतीयों को सत्ता सौंप कर अपना रास्ता पकड़ा तो महात्मा गाँधी ने दिल्ली में अपनी प्रार्थना सभाओं के माध्यम से संवाद बनाये रखा।

आज की पत्रकारिता में निश्चित रूप से संवादहीनता मौजूद है। उसको समाप्त करके एकतरफ़ा संवाद की बीमारी से बचना पड़ेगा और हर स्तर पर संवाद का माहौल बनाना पड़ेगा। अगर शाश्वत संवाद की स्थिति बनाने के प्रयास किये जायें तो यह पत्रकारिता जगत की ओर से महात्मा गाँधी के जन्म के डेढ़ सौ वर्ष पूरे होने पर सबसे महत्त्वपूर्ण श्रद्धांजलि होगी।

ग़ैर-बराबरी के ख़िलाफ़ पहला मोर्चा खोला था महात्मा ज्योतिराव फुले ने

महात्मा ज्योतिराव गोविन्दराव फुले का जन्म 1827 में पुणे के एक सम्पन्न परिवार में हुआ था। उनके पिता पेशवा के दरबार में सम्मानित व्यक्ति थे, लेकिन ज्योतिराव फुले शुरू से ही ग़रीबों के पक्षधर रहे। उन्होंने समाज के वंचित-शोषित वर्ग के उत्थान के लिए जो काम किये उनकी तुलना किसी से नहीं की जा सकती। 1848 में केवल 21 वर्ष की उम्र में उन्होंने शूद्रातिशूद्र लड़कियों के लिए एक स्कूल की स्थापना की। आजकल जिन्हें दलित कहा जाता है, महात्मा फुले ने उन्हें शूद्रातिशूद्र कहा है। उन्नीसवीं सदी के मध्य में दलित लड़कियों के लिए स्कूल खोलना एक क्रान्तिकारी क़दम था। उस समय तक बम्बई विश्वविद्यालय की भी स्थापना नहीं हुई थी। वह भी नौ वर्ष बाद, 1857 में स्थापित हुआ था। यह स्कूल खोलकर महात्मा फुले ने उस वक़्त के समाज के ठेकेदारों, यहाँ तक कि स्वयं अपने पिता को भी नाराज़ कर दिया था। स्कूल के मुद्दे पर बहुत झगड़ा हुआ लेकिन ज्योतिराव फुले ने किसी की न सुनी। नतीजतन उन्हें 1849 में घर से निकाल दिया गया। सामाजिक बहिष्कार का जवाब महात्मा फुले ने 1851 में दो और स्कूल खोलकर दिया। जब 1868 में उनके पिताजी की मृत्यु हो गयी तो उन्होंने अपने परिवार के पीने के पानी वाले तालाब को अछूतों के लिए खोल दिया। 1873 में महात्मा फुले ने सत्यशोधक समाज की स्थापना की और उसी साल उनकी पुस्तक 'गुलामगीरी' प्रकाशित हुई। दोनों घटनाओं ने पश्चिमी और दक्षिण भारत के भावी इतिहास और चिन्तन को बहुत प्रभावित किया।

महात्मा फुले के चिन्तन के केन्द्र में मुख्य रूप से धर्म और जाति की अवधारणा है। वे कभी भी हिन्दू धर्म शब्द का प्रयोग नहीं करते। वे उसे ब्राह्मणवाद कहते थे। उनका विश्वास था कि ब्राह्मणों ने अपना एकाधिकार बनाये रखने के उद्देश्य से श्रुति और स्मृति का आविष्कार किया और इनके ज़रिये वर्ण-व्यवस्था को दैवी रूप देने की कोशिश की। महात्मा फुले ने इस विचारधारा को पूरी तरह ख़ारिज कर दिया। फुले का मानना था कि ब्राह्मणवाद एक ऐसी धार्मिक व्यवस्था थी जो ब्राह्मणों के प्रभुत्व को बौद्धिक और तार्किक आधार देने के लिए बनायी गयी थी। उनका हमला ब्राह्मण वर्चस्ववादी दर्शन पर होता था। उनका कहना था कि ब्राह्मणवाद के इतिहास पर ग़ौर करें तो समझ में आ जायेगा कि यह शोषण करने के उद्देश्य से हज़ारों वर्षों में विकसित की गयी व्यवस्था है। इसमें कुछ भी पवित्र या दैवी नहीं है। न्याय शास्त्र में सत्य की जानकारी के लिए जिन 16 उपायों का वर्णन किया गया है, वितंडा उसमें से एक है। महात्मा फुले ने इसी वितंडा का सहारा लेकर ब्राह्मणवादी वर्चस्व को समाप्त करने की लड़ाई लड़ी। उन्होंने अवतार कल्पना का भी विरोध किया। उन्होंने विष्णु के विभिन्न अवतारों का बहुत ही ज़ोरदार विरोध किया। कई बार उनका विरोध ऐतिहासिक या तार्किक कसौटी पर खरा नहीं उतरता लेकिन उनकी कोशिश थी कि ब्राह्मणवाद ने जो कुछ भी पवित्र या दैवी कह कर प्रचारित कर रखा है उसका विनाश किया जाना चाहिए तभी न्याय पर आधारित व्यवस्था कायम की जा सकेगी। ब्राह्मणवादी धर्म के ईश्वर और आर्यों की उत्पत्ति के बारे में उनके विचार को समझने के लिए ज़रूरी है कि यह ध्यान में रखा जाये कि महात्मा फुले इतिहास नहीं लिख रहे थे। वे सामाजिक न्याय और समरसता के युद्ध की भावी सेनाओं के लिए बीजक लिख रहे थे।

महात्मा फुले ने कर्म विपाक के सिद्धान्त को भी ख़ारिज कर दिया था, जिसमें जन्म-जन्मान्तर के पाप-पुण्य का हिसाब रखा जाता है। उनका कहना था कि यह सोच जाति-व्यवस्था को बढ़ावा देती है इसलिए इसे फौरन ख़ारिज किया जाना चाहिए। फुले के लेखन में कहीं भी पुनर्जन्म की बात का खण्डन या मण्डन नहीं किया गया है। यह अजीब लगता है क्योंकि पुनर्जन्म का आधार तो कर्म विपाक ही है।

महात्मा फुले ने जाति को उत्पादन के एक औज़ार के रूप में इस्तेमाल करने और ब्राह्मणों के आधिपत्य को स्थापित करने की एक विधा के रूप में देखा। उनके हिसाब से जाति भारतीय समाज की बुनियाद का काम भी करती थी और उसके ऊपर बने ढाँचे का भी। उन्होंने शूद्रातिशूद्र राजा बलि और विष्णु के वामनावतार के संघर्ष का बार-बार ज़िक्र किया है। ऐसा लगता है कि उनके अन्दर यह क्षमता थी कि वह सारे इतिहास की व्याख्या बलि-वामन संघर्ष के सन्दर्भ में कर सकते थे।

स्थापित व्यवस्था के ख़िलाफ़ महात्मा फुले के हमले बहुत ही ज़बरदस्त थे। वे एक मिशन को ध्यान में रखकर काम कर रहे थे। उन्होंने इस बात के सूत्र भी दिये, जिसके आधार पर शूद्रातिशूद्रों का अपना धर्म चल सके। वे एक क्रान्तिकारी सामाजिक परिवर्तन की बात कर रहे थे। ब्राह्मणवाद की वर्ण-व्यवस्था को ख़ारिज करते हुए उन्होंने चार वर्णों का प्रतिपादन करने वाले ऋग्वेद के पुरुष सूक्त को फ़र्ज़ी बताया और द्वैवर्णिक व्यवस्था की बात की।

महात्मा फुले एक समतामूलक और न्याय पर आधारित समाज की बात कर रहे थे इसलिए उन्होंने अपनी रचनाओं में किसानों और खेतिहर मज़दूरों के लिए विस्तृत योजना का उल्लेख किया है। पशुपालन, खेती, सिंचाई व्यवस्था सबके बारे में उन्होंने विस्तार से लिखा है। ग़रीबों के बच्चों की शिक्षा पर उन्होंने बहुत ज़ोर दिया। उन्होंने आज से 150 साल पहले कृषि शिक्षा के लिए विद्यालयों की स्थापना की बात की। जानकार बताते हैं कि 1875 में पुणे और अहमदनगर ज़िलों का जो किसानों का आन्दोलन था, वह महात्मा फुले की प्रेरणा से ही हुआ था। इस दौर के समाजसुधारकों में किसानों के बारे में विस्तार से सोच-विचार करने का रिवाज़ नहीं था लेकिन महात्मा फुले ने उन्हें अपने आन्दोलन का हिस्सा बनाया।

स्त्रियों के बारे में महात्मा फुले के विचार क्रान्तिकारी थे। मनु की व्यवस्था में सभी वर्णों की औरतें शूद्रों की श्रेणी में गिनी गयी थीं। लेकिन फुले ने स्त्री-पुरुष को बराबर समझा। उन्होंने औरतों की आर्यभट्ट यानी ब्राह्मणवादी व्याख्या को ग़लत बताया।

फुले ने विवाह प्रथा में बड़े सुधार की बात की। प्रचलित विवाह प्रथा के कर्मकाण्ड में स्त्री को पुरुष के अधीन माना जाता था लेकिन

महात्मा फुले का दर्शन हर स्तर पर ग़ैर-बराबरी का विरोध करता था। इसीलिए जब पण्डिता रमाबाई ने धर्म परिवर्तन किया और ईसाई बन गयीं तो महात्मा फुले ने उनके समर्थन में लोगों को लामबन्द किया। वे धर्म परिवर्तन के समर्थक नहीं थे लेकिन महिला द्वारा अपने फ़ैसले ख़ुद लेने के सिद्धान्त के समर्थक थे।

महात्मा फुले की किताब ग़ुलामगीरी के आधार पर पश्चिमी और दक्षिणी भारत में बहुत सारे आन्दोलन चले। उत्तर प्रदेश में चल रही दलित अस्मिता की लड़ाई के बहुत सारे सूत्र ग़ुलामगीरी में ढूँढ़े जा सकते हैं। उनके राष्ट्रव्यापी प्रभाव को देखते हुए यह जानना सुखद है कि महाराष्ट्र के इस सपूत के नाम का ज़िला सुदूर उत्तर प्रदेश में है।

10 अप्रैल, 2015

रामराज्य का मतलब ग़रीबी का उन्मूलन और आपसी सौहार्द की स्थापना

दिल्ली में आयोजित अयोध्या पर्व के अवसर पर रामराज्य की चर्चा हुई। गोस्वामी तुलसीदास ने रामचरितमानस के उत्तरकाण्ड में जिस रामराज्य की बात की है वह वास्तव में किसी भी वेलफ़ेयर स्टेट का लक्ष्य हो सकता है। मानस में वर्णित रामराज्य में किसी को भी दैहिक, दैविक, भौतिक कष्ट नहीं होता था। सब लोगों में आपसी प्रेम था। सभी अपने स्वधर्म यानी कर्तव्य का पालन करते थे। किसी की अकाल मृत्यु नहीं होती थी। कोई दुखी और ग़रीब नहीं था, अहंकारी नहीं था। सभी ज्ञानी थे। किसी के प्रति कपट भाव रखने का न तो कोई कारण था और न ही कोई अवसर था। तुलसी बाबा ने बताया है कि रामराज्य में "नर अरु नारि चतुर सब गुनी" यानी स्त्री और पुरुष सभी चतुर और गुणी थे यानी शिक्षा का प्रसार था। शिक्षा केवल पुरुषों के लिए नहीं थी, स्त्रियाँ भी बराबरी के साथ शामिल थीं। रामचरितमानस में रामराज्य की जो परिकल्पना है वह किसी भी सरकार या शासक के लिए सपना साकार होने की स्थिति है।

दिल्ली के आयोजन में रामराज्य के स्वरूप पर कई दृष्टिकोण सामने आये। कुछ लोग अधिक से अधिक मन्दिर और मठ बनाकर रामराज्य का लक्ष्य हासिल करने की बात कर रहे थे। कुछ लोगों ने सुराज और स्वराज शब्द की बारीकियों का निरूपण करने की कोशिश की जिसे वरिष्ठ पत्रकार बनवारी ने सिरे से ख़ारिज कर दिया। उनका कहना था कि दरअसल दोनों एक ही हैं। बहरहाल रामराज्य का स्थायी भाव यह हैं कि अधिकतम संख्या का अधिकतम कल्याण हो। इस आयोजन में मुझे 'अहो अयोध्या' नाम की पुस्तक

के हवाले से बात करने के लिए बुलाया गया था। यह किताब पिछले साल प्रकाशित हुई थी और इसमें अयोध्या की संस्कृति और रामकथा से जुड़े स्थानों का उल्लेख किया गया है। इस किताब में अयोध्या के आसपास के जिन स्थानों का ज़िक्र है, उनको अगर ठीक से विकसित कर दिया जाये तो वहाँ रोज़गार के अवसर मिलेंगे और सम्पन्नता आयेगी। वास्तव में ग़रीबी, बीमारी, अशिक्षा आदि का मूल कारण धनहीनता ही है। रोज़गार के अवसर मिलने से लोगों की आर्थिक स्थिति में सुधार हो सकेगा और बीमारी, ग़रीबी जैसे अभिशापों से मुक्ति मिलेगी। अयोध्या पर्व के मुख्य संयोजक और अयोध्या के सांसद लल्लू सिंह ने इस बात को रेखांकित किया और वहाँ हो रहे विकास कार्यों को गिनाया। अयोध्या और आसपास बहुत सारी ऐसी विकास योजनायें इस समय चल रही हैं या शुरू होने वाली हैं, जिनसे बड़ी संख्या में रोज़गार के अवसर मिलेंगे और 'अहो अयोध्या' में वर्णित चौरासी कोस या उससे भी बड़े क्षेत्र में सम्पन्नता आयेगी। वास्तव में रोज़गार के अवसर पैदा करना ही रामराज्य का उद्देश्य है। चर्चा में शामिल राजेन्द्र सिंह पंकज ने कहा कि वहाँ एक ऐसे विश्वविद्यालय की स्थापना हो जो भारत भर में प्रचलित उपासना पद्धतियों पर शोध करे और उसका बाक़ी दुनिया में विस्तार किया जाये। अब जब रामजन्मभूमि से जुड़ा विवाद समाप्त हो गया है और राम मन्दिर का निर्माण हो रहा है तो वहाँ पर्यटन का विकास तीर्थाटन को ध्यान में रखकर किया जाये। उसी हिसाब से सुविधाएँ विकसित की जायें। सच्चाई यह है कि भारत में आदिकाल से पर्यटन का केन्द्रीय भाव तीर्थयात्रा ही रहा है इसलिए पूरे देश में तीर्थाटन को विकसित करने के लिए अलग से बजट की व्यवस्था भी की जानी चाहिए और अलग मन्त्रालय बनाया जाना चाहिए। यह काम संविधान-सम्मत तरीक़े से आसानी से किया जा सकता है।

इस सेमिनार में जब मुझे अपनी बात कहने का अवसर मिला तो मैंने कहा कि दैहिक, दैविक और भौतिक कष्ट ग़रीब आदमी को ज़्यादा होता है क्योंकि उसके पास उनकी काट के लिए ज़रूरी आर्थिक इन्तज़ाम नहीं होता। एक सम्पन्न आदमी को बीमारी उतना कष्ट नहीं देती, जितना ग़रीब आदमी को। इसलिए रामराज्य को एक आदर्श वेलफ़ेयर स्टेट मानने से ही बात बनेगी।

हिन्दू धर्म की प्रभुता वाला राज्य बनाना रामराज्य का उद्देश्य नहीं है। ऐसी कोशिश भी नहीं की जानी चाहिए। तुलसीदास के बाद रामराज्य की विशद विवेचना करने वालों में महात्मा गाँधी का नाम सबसे ऊपर है। उन्होंने अपने कई लेखों, भाषणों और साक्षात्कारों में रामराज्य के बारे में स्पष्ट राय दी है और बहुत सारी भ्रान्तियों का निवारण भी किया है। आज़ादी की लड़ाई के दौरान तरह-तरह की बातें की जा रही थीं। स्वराज्य और रामराज्य की अलग तरह से विवेचना हो रही थी। लेकिन उन्होंने मार्च 1930 में अपनी बात को स्पष्ट किया। हिन्दी नवजीवन के एक लेख में उन्होंने लिखा था, "स्वराज्य के चाहे जितने अर्थ किये जायें लेकिन मेरे लिए वह रामराज्य ही है। अगर कोई रामराज्य शब्द का बुरा मानेगा तो मैं धर्मराज्य कहने को तैयार हूँ। रामराज्य शब्द का अर्थ है कि उसमें ग़रीबों की रक्षा होगी, सब कार्य धर्मानुसार (नियमानुसार) किये जायेंगे और जनता के मत का हमेशा सम्मान किया जायेगा। रामराज्य स्थापित करने के लिए हमें विद्वत्ता की आवश्यकता नहीं है। जो आवश्यकता है वह सब धर्मों के लोगों में आज भी मौजूद है।"

रामराज्य और स्वराज्य की अपनी मूल अवधारणा से गाँधी जी कभी डिगे नहीं। असहयोग आन्दोलन के समय मई, 1921 में भी उन्होंने गुजराती नवजीवन में लिखा था कि "कुछ मित्र रामराज्य का शब्दार्थ पूछते हैं और कहते हैं कि जब तक राम और दशरथ फिर से जन्म नहीं लेते तब तक क्या रामराज्य मिल सकता है? हम तो रामराज्य का अर्थ स्वराज्य, धर्मराज्य, लोकराज्य करते हैं। वैसा राज्य तभी सम्भव है जब जनता धर्मनिष्ठ और वीर्यवान बने। ...अभी तो कोई सद्गुणी राजा यदि स्वयं प्रजा के बन्धन काट भी दे, तो भी प्रजा उसकी गुलाम बनी रहेगी। हम तो राज्यतन्त्र और राज्यनीति को बदलने के लिए प्रयत्न कर रहे हैं; बाद में हमारे सेवक के रूप में अंग्रेज़ रहेंगे या भारतीय हमें इसकी चिन्ता नहीं करनी पड़ेगी। हम अंग्रेज़ जनता को बदलने का प्रयास भी नहीं करते। हम तो स्वयं अपने-आप को बदलने का प्रयास कर रहे हैं।"

महात्मा गाँधी ने रामराज्य के निर्माण में महिलाओं की भागीदारी को बहुत ज़रूरी बताया था। जनवरी, 1925 में उन्होंने कहा था—"मैं सदा से कहता आया हूँ कि जब तक सार्वजनिक जीवन में भारत की स्त्रियाँ भाग

नहीं लेतीं, तब तक हिन्दुस्तान का उद्धार नहीं हो सकता। लेकिन सार्वजनिक जीवन में वही भाग ले सकेंगी जो तन और मन से पवित्र हैं। जिनके तन और मन एक ही दिशा में–पवित्र दिशा में चलते जा रहे हों, जब तक ऐसी स्त्रियाँ हिन्दुस्तान के सार्वजनिक जीवन को पवित्र न कर दें, तब तक रामराज्य अथवा स्वराज्य असम्भव है। यदि ऐसा स्वराज्य सम्भव भी हो गया, तो वह ऐसा स्वराज्य होगा जिसमें स्त्रियों का पूरा-पूरा भाग नहीं होगा, और वह मेरे लिए निकम्मा स्वराज्य होगा।'' महात्मा गाँधी ने कभी रामराज्य की पोंगापन्थी कल्पना करने वालों को महत्त्व नहीं दिया और उनको भटका हुआ ही माना। उन लोगों को महात्मा गाँधी की यह बात आज भी नागवार गुज़रेगी लेकिन सच्चाई वही है जो महात्मा गाँधी ने कहा है।

महात्मा गाँधी के रामराज्य में जाति-व्यवस्था का कोई स्थान नहीं था। उन्होंने जाति-व्यवस्था को रामराज्य अथवा स्वराज्य के लिए घातक बताया था। उन्होंने एक इंटरव्यू में कहा था कि, "जाति के इन छोटे-छोटे बाड़ों का नाश होना चाहिए। मुझे इस बारे में कोई शक़ नहीं कि हिन्दू धर्म के भीतर जातियों के लिए कोई जगह नहीं है। आज जो जातियाँ हैं उनको यज्ञ की आहुति के रूप में उपयोग कर स्वाहा कीजिए और नयी जाति मत बनने दीजिए। यदि हम खुले मन से देखें तो पता लगेगा कि हमारी जातियाँ हमारी तरक़्क़ी को, मानव धर्म को, स्वराज्य को और रामराज्य को रोकने का काम करती हैं।"

रामराज्य को हिन्दू धर्म से जोड़ने की कोशिशों को महात्मा गाँधी सही नहीं मानते थे। आज़ादी मिलने से पहले ही उन्होंने फ़रवरी, 1947 में अपनी एक प्रार्थना सभा में इस बात को विधिवत समझाया था। उन्होंने कहा कि, ''मैंने अपने आदर्श समाज को रामराज्य का नाम दिया है। कोई यह समझने की भूल न करे कि राम-राज्य का अर्थ है हिन्दुओं का शासन। मेरा राम ख़ुदा या गॉड का ही दूसरा नाम है। मैं ख़ुदाई राज चाहता हूँ जिसका अर्थ है धरती पर परमात्मा का राज्य। ऐसे राज्य की स्थापना से न केवल भारत की सम्पूर्ण जनता का, बल्कि समग्र संसार का कल्याण होगा।'' उन्होंने अमीर और ग़रीब के बीच मौजूद खाई को रामराज्य के लिए ख़तरा बताया था। उन्होंने कहा कि, ''आज आर्थिक असमानता है। थोड़ों को करोड़ और

बाक़ी लोगों को सूखी रोटी भी नहीं, ऐसी भयानक असमानता में रामराज्य का दर्शन करने की आशा भी न रखी जाये।”

आज देश और समाज में बहुत बड़े बदलाव हो रहे हैं। चारों तरफ़ रामराज्य की बातें हो रही हैं। उसकी अवधारणा के बारे में भ्रान्तियाँ भी फैलायी जा रही हैं। ऐसी स्थिति में हमको चौकन्ना रहना होगा और उसी रामराज्य को सही मानना होगा जिसका वर्णन गोस्वामी तुलसीदास ने किया और जिसको महात्मा गाँधी ने आधुनिक सन्दर्भ दिया।

7 अप्रैल, 2021

गीता का केन्द्रीय भाव है कर्मयोग–योगः कर्मसु कौशलम्

योगेश्वर कृष्ण का जन्मदिन सदियों से इस देश में जन्माष्टमी के रूप में मनाया जाता है। कृष्ण के बहुत सारे रूप साहित्य और पुराणों में वर्णित हैं। सूरदास के यहाँ वे वृन्दावन और गोकुल की गलियों में माखन चुराते, गोपियों को छेड़ते, बहाने बनाते दिखते हैं तो वहीं कालियदह में भयानक नाग को नाथते भी दिखते हैं। कहीं द्वारकाधीश हैं तो कहीं महाभारत के युद्ध में बिना हथियार उठाये युद्ध का संचालन करते नज़र आते हैं। कहीं ऐसे मित्र के रूप में दिखते हैं जिसकी मिसाल दुनिया में कहीं नहीं है। कवि नरोत्तम दास के यहाँ वे दोस्त सुदामा की ग़रीबी देखकर रोते हैं और अपने आँसुओं से ही उनके पैर धोते हैं।

देखि सुदामा की दीन दसा, करुना करिके करुनानिधि रोये
पानी परात को हाथ छुयो नहिं, नैनन के जल से पग धोये।

कभी दुर्योधन की ग्यारह अक्षौहिणी सेना के मुक़ाबले पाण्डवों की सात अक्षौहिणी सेना को विजयी बनाने के संकल्प के साथ कुरुक्षेत्र के मैदान में बेझिझक खड़े हैं, तो कभी उद्धव को गोपियों के पास ज्ञान की बात बताने भेजते हैं जबकि जानते हैं कि वहाँ बेचारे उद्धव की क्या दुर्दशा होने वाली है। कहीं द्रौपदी की लाज बचाने के लिए वस्त्रों का अम्बार लगा देते हैं तो कहीं रुक्मिणी के पति के रूप में दाम्पत्य जीवन की नयी परिभाषा रचते हैं। कहीं राधा के सखा के रूप में स्त्री-पुरुष सम्बन्धों के सर्वोच्च मानदण्ड बना रहे हैं तो कहीं मीरा के सर्वस्व न्योछावर करने के हौसले के वाहक हैं।

नज़ीर अकबराबादी के यहाँ उनका बालपन उस मुक़ाम पर जाकर खड़ा हो जाता है, जहाँ महान कवि सूरदास विराज रहे हैं। कहीं गोपाल हैं,

कहीं कन्हैया हैं तो कहीं श्याम हैं। रसखान के यहाँ तो वे समग्र कायनात में छाये हुए नज़र आते हैं।

सेस, महेस, गनेस, दिनेस, सुरेसहु जाहि निरन्तर गावैं।
जाहि अनादि अनन्त अखण्ड अछेद अभेद सुबेद बतावैं।
नारद से सुक ब्यास रहैं पचि हारे तऊ पुनि पार न पावैं।
ताहि अहीर की छोहरियाँ छछिया भरि छाछ पै नाच नचावैं।।

उन कृष्ण से कोई पार नहीं पा सकता। शेष, महेश, गणेश, दिनेश, सुरेश उनका गुणगान करते हैं। उनको अनादि, अनन्त, अखण्ड, अछेद, अभेद बताते हैं। नारद, शुकदेव, व्यास उनकी कथा बताते रहते हैं लेकिन पार नहीं पा सकते और उन्हीं भगवान कृष्ण को अहीर की छोहरियाँ छछिया भरि छाछ पै नाच नचाती हैं।

राम और कृष्ण को विष्णु का अवतार माना जाता है। राम ने पारम्परिक मर्यादा का पालन किया, वर्णाश्रम धर्म का पालन किया और गोस्वामी तुलसीदास के रामचरितमानस के राम मर्यादा पुरुषोत्तम कहलाये लेकिन कृष्ण ने हर तरह की मर्यादा स्वयं स्थापित की। जिसको भी साथ लिया उसको कभी नहीं छोड़ा। न्याय की स्थापना के लिए उन्होंने कभी घटोत्कच को कर्ण के ब्रह्मास्त्र का सामना करने के लिए भेज दिया तो कभी कर्ण की दानवीरता का लाभ लेकर उसका कवच और कुण्डल ही उतरवा दिया। अपने मित्र अर्जुन की विजय सुनिश्चित करने के लिए स्वयं के बनाये हुए नियमों को भी कई बार दरकिनार किया। किसी की मर्यादा में अपने को कभी नहीं बाँधा लेकिन न्याय के लिए हमेशा नयी मर्यादा का सृजन किया। मुझे व्यक्तिगत रूप से कृष्ण की सभी मर्यादाएँ बेहतर लगती हैं।

लेकिन गीताकार कृष्ण का जो रूप है, वह मुझे मन्त्रमुग्ध कर देता है। यों तो पूरे महाभारत में कृष्ण की महिमा के दर्शन होते हैं लेकिन महाभारत के रचनाकार महर्षि वेदव्यास स्वयं कहते हैं कि–

गीता सुगीता कर्तव्या किमन्यैः शास्त्रविस्तरैः
या स्वयं पद्मनाभस्य मुखपद्माद्विनिःसृता।

यानी अगर गीता का ठीक से पारायण कर लिया तो अन्य शास्त्रों के अध्ययन की कोई ज़रूरत नहीं रह जायेगी।

गीता में हम अपने समय के महान धनुर्धर अर्जुन का कायाकल्प होते देखते हैं। जिन अर्जुन के बारे में कहा जाता था कि अर्जुनस्य प्रतिज्ञे द्वे न दैन्यं न पलायनम्।

यानी अर्जुन में दो ख़ास बातें हैं। एक तो वे कभी बेचारगी नहीं दिखाते और दूसरे कभी किसी परिस्थिति से भागते नहीं हैं। लेकिन गीता के पहले अध्याय में ही कुरुक्षेत्र के धर्मक्षेत्र में पहुँचते और दोनों ओर की सेनाओं को देखते ही अर्जुन का शरीर काँपने लगता है, मुँह सूख जाता है (सीदन्ति मम गात्राणि मुखं च परिशुष्यति), उनका धनुष हाथ से गिरने लगता है (गाण्डीवं संस्रते), खड़े होने की शक्ति नहीं रह जाती और मन भ्रमित हो जाता है (न च शक्नोम्यवस्थातुं भ्रमतीव च मे मनः)। इस तरह के दैन्य और पलायन से घिरे अर्जुन को श्रीकृष्ण ने न केवल युद्ध करने की प्रेरणा दी बल्कि पाण्डवों की विजय का मुख्य कर्ता बनाया, यह श्रीमद्‌भगवतगीता का मुख्य विषय है। युद्ध क्षेत्र में दिये गये इस उपदेश में गीता के अट्ठारहों अध्याय समाहित हैं। इन अध्यायों में बहुत सारे आचरण के मन्त्र हैं, सांख्य योग है, भक्तियोग है और कर्मयोग है। इसमें से कर्मयोग का उपदेश सभी के लिए बहुत उपयोगी है। मुझे लगता है कि कर्मयोग ही श्रीमद्‌भगवतगीता का केन्द्रीय तत्त्व है क्योंकि गीता के उपदेश के बाद अर्जुन भक्तियोग की साधना में नहीं लगते, भक्ति की दुनिया में नहीं पहुँच जाते बल्कि कर्म करने को तत्पर होते हैं, स्वधर्म का पालन करते हैं और युद्ध करते हैं। कर्म के लिए तैयार करने से पहले गीताकार कृष्ण उनको योग के स्वरूप के बारे में विस्तृत जानकारी देते हैं। उन्हें बताते हैं कि बिना फल की चिन्ता किये कर्म कैसे किया जाता है। दूसरे अध्याय में जब वे कर्म की महत्ता बताते हैं तब भी अर्जुन के मन में शंका बनी रहती है। पूछते हैं कि जब आपके मत से कर्म की अपेक्षा ज्ञान श्रेष्ठ है, केशव! तो मुझे ऐसे घोर कर्म में क्यों लगा रहे हो?

ज्यायसी चेत्कर्मणस्ते मता बुद्धिर्जनार्दन,
तत्किं कर्मणि घोरे माँ नियोजयसि केशव।

तब कृष्ण ने अर्जुन को योग के बारे में पूरी जानकारी दी। उनको बताया कि समत्व बुद्धि रखने वाला व्यक्ति पुण्य और पाप, दोनों को इसी लोक में त्याग देता है, इसलिए योग से जुड़ो। अपने काम को कुशलता से करना ही योग है।

बुद्धियुक्तो जहातीह उभे सुकृतदुष्कृते,
तस्माद्योगाय युज्यस्व, योगः कर्मसु कौशलम्।

समत्व को ही योग बताने वाले योगिराज श्रीकृष्ण से जब अर्जुन ने स्थितप्रज्ञ का लक्षण पूछा तो उन्होंने जवाब दिया कि मन में स्थित सम्पूर्ण कामनाओं को त्याग देने वाला और आत्मा से ही आत्मा में सन्तुष्ट हुआ व्यक्ति स्थितप्रज्ञ होता है। वह वीतराग होता है। वह राग, द्वेष, भय और क्रोध से परे होता है। किन्तु यह स्थिति कर्म से ही प्राप्त हो सकती है। गीता में मानवीय आचरण के बहुत सारे विकल्प अर्जुन को विस्तार से बताये गये हैं। उनको बताया गया है कि प्रकृति में एक पूर्व नियोजित सामंजस्य है। सब कुछ पहले से ही तय है लेकिन सब को अपने कर्म करते रहना है। योगेश्वर कृष्ण यह भी कहते हैं कि जो कुछ भी होगा वह ईश्वर ही करेगा तुम तो उसके निमित्त भर बनोगे "निमित्त मात्रं भव सव्यसाचिन्"। वे आश्वासन देते हैं कि जब-जब धर्म की हानि होती है तब-तब पाप का विनाश करने और धर्म को पुनः स्थापित करने ईश्वर स्वयं अवतरित होते हैं।

यदा यदा हि धर्मस्य ग्लानिर्भवति भारत।
अभ्युत्थानमधर्मस्य तदाऽऽत्मानं सृजाम्यहम्।
परित्राणाय साधूनां विनाशाय च दुष्कृताम्।
धर्मसंस्थापनार्थाय सम्भवामि युगे युगे।।

इसलिए सव्यसाची अर्जुन को अपना विराट रूप दिखाया और स्वधर्म निभाते हुए युद्ध करने को कहा क्योंकि कुरुक्षेत्र में होने वाला युद्ध स्वधर्म का ही युद्ध था। लेकिन साथ ही भगवान कृष्ण ने युद्ध का नियम भी तय कर दिया। युद्ध तो करना था लेकिन युद्ध की सीमा यह थी कि लाभ-अलाभ की परवाह किये बिना, द्वेष और प्रतिशोध की भावना से मुक्त होकर ही युद्ध करना है। तीसरे अध्याय में गीताकार ने अर्जुन को स्पष्ट आदेश दिया है–

मयि सर्वाणि कर्माणि संन्यस्याध्यात्मचेतसा।
निराशीर्निर्ममो भूत्वा युद्धस्व विगतज्वरः।।

अपने चित्त को आत्मा में स्थिर करके, सम्पूर्ण कर्मों को मुझमें समर्पित करके, इच्छा रहित, ममता रहित और ज्वर रहित होकर युद्ध करो। कृष्ण ने ज्वर से विरत होने की बात की है। किसी भी कार्य की प्रेरणा के लिए उन्होंने इस बात को ज़रूरी बताया है। गीता के बाद जो हुआ उस पर भी ध्यान देने की बहुत ज़रूरत है। जो अर्जुन मोह-माया के वश में होकर रणभूमि से भागने को तैयार थे, हाथ से गांडीव छूटा जा रहा था, मुँह सूख रहा था और अंग शिथिल हो रहे थे, वही अर्जुन युग के सर्वश्रेष्ठ धनुर्धर की अपनी ख्याति के अनुकूल काम करते हैं, युद्ध में विजय प्राप्त करते हैं और नैतिकता की नयी परिभाषा रचने में योगदान करते हैं। कर्तव्यबोध से कार्य करने के अलावा गीता में और कोई उपदेश नहीं है। इच्छा या कामना की बात को कर्तव्य के मार्ग में बाधा माना गया है। फल की इच्छा किये बिना कर्म करने की बात बार-बार दोहरायी गयी है।

कर्मण्येवाधिकारस्ते मा फलेषु कदाचन।
मा कर्मफलहेतुर्भूर्मा ते संगोऽस्त्वकर्मणि।।

अर्थात कर्म करना आपके वश में है, उसके फल की चिन्ता करने की आवश्यकता नहीं क्योंकि वह आपके वश में ही नहीं है।

गीता के उपदेश के बाद अर्जुन को सारी स्थिति समझ में आ गयी थी, लेकिन शंका की स्थिति में गीताकार ने सीधा प्रस्ताव दे दिया है कि

सर्वधर्मान्परित्यज्य मामेकं शरणं व्रज।
अहं त्वा सर्वपापेभ्यो मोक्षयिष्यामि मा शुचः।।

सब बातों को छोड़ कर मेरी यानी परमात्मा की शरण में आ जाओ और मेरी बात मानकर निष्काम कर्म करो। यदि उस कर्म को करने से तुम दोष के भागी बनते हो, तो मैं तुम्हें उन दोषों, उन पापों से मुक्ति दिलाऊँगा, निश्चिन्त रहो। कृष्ण जन्माष्टमी पर मैं योगेश्वर कृष्ण को इसी रूप में याद करता हूँ।

11 अगस्त, 2020

हिन्दू धर्म और हिन्दुत्व में फ़र्क़ है

हिन्दू धर्म भारत का प्राचीन धर्म है। इसमें बहुत सारे सम्प्रदाय हैं। सम्प्रदायों को मानने वाला व्यक्ति अपने आपको हिन्दू कहता है लेकिन हिन्दुत्व एक राजनीतिक विचारधारा है जिसका प्रतिपादन 1924 में वी. डी. सावरकर ने अपनी किताब 'हिन्दुत्व' में किया था। सावरकर इटली के उदार राष्ट्रवादी चिन्तक माज़िनी से बहुत प्रभावित थे। उनके विचारों से प्रेरित होकर ही उन्होंने हिन्दुत्व को राजनीतिक अभियान का मंच बनाने की कोशिश की थी।

सावरकर ने हिन्दुत्व की परिभाषा भी दी है। उनके अनुसार, "शहिन्दू वह है जो सिन्धु नदी से समुद्र तक के भारतवर्ष को अपनी पितृभूमि और पुण्यभूमि माने। इस विचारधारा को ही हिन्दुत्व नाम दिया गया है।" ज़ाहिर है हिन्दुत्व का हिन्दू धर्म से कोई लेना-देना नहीं है। हिन्दू धर्म और हिन्दुत्व में शाब्दिक समानता के कारण उनके पर्यायवाची होने का बोध होता है और इसी भ्रम से कई बार साम्प्रदायिकता का ख़तरा भी पैदा हो जाता है। धर्म और साम्प्रदायिकता के सवाल पर कोई भी सार्थक बहस शुरू करने के पहले यह ज़रूरी है कि धर्म के स्वरूप और उसके दर्शन को समझने की कोशिश की जाये।

दर्शन शास्त्र के लगभग सभी विद्वानों ने धर्म को परिभाषित करने का प्रयास किया है। धर्म दर्शन के बड़े ज्ञाता गैलोबे की परिभाषा लगभग सभी ईश्वरवादी धर्मों पर लागू होती है। उनका कहना है कि—"धर्म अपने से परे किसी शक्ति में श्रद्धा है जिसके द्वारा वह अपनी भावात्मक आवश्यकताओं की पूर्ति करता है और जीवन में स्थिरता प्राप्त करता है और जिसे वह उपासना और सेवा में व्यक्त करता है"। इसी से मिलती-जुलती परिभाषा ऑक्सफोर्ड डिक्शनरी में भी दी गयी है जिसके अनुसार, "धर्म व्यक्ति का ऐसा उच्चतर

अदृश्य शक्ति पर विश्वास है जो उसके भविष्य का नियन्त्रण करती है और जो उसकी आज्ञाकारिता, शील, सम्मान और आराधना का विषय है।"

यह परिभाषाएँ लगभग सभी ईश्वरवादी धर्मों पर लागू होती हैं। यह जानना दिलचस्प होगा कि भारत में कुछ ऐसे भी धर्म हैं जो सैद्धान्तिक रूप से ईश्वर की सत्ता को स्वीकार नहीं करते। जैन धर्म में तो ईश्वर की सत्ता के विरुद्ध तर्क भी दिये गये हैं। बौद्ध धर्म में प्रतीत्यसमुत्पाद के सिद्धान्त को माना गया है जिसके अनुसार प्रत्येक कार्य का कोई कारण होता है और यह संसार कार्य-कारण की अनन्त शृंखला है।

धर्म वह अभिवृत्ति है जो जीवन के प्रत्येक क्षेत्र को, प्रत्येक क्रिया को प्रभावित करती है। इस अभिवृत्ति का आधार एक सर्वव्यापक, आदर्श विषय के प्रति आस्था है। यह विषय जैन धर्म का कर्म-नियम, बौद्धों का प्रतीत्यसमुत्पाद, या वैष्णवों, ईसाइयों और मुसलमानों का ईश्वर हो सकता है। आस्था और विश्वास में अन्तर है। विश्वास तर्क और सामान्य प्रेक्षण पर आधारित होता है लेकिन आस्था तर्क से परे की स्थिति है। विश्वविख्यात दार्शनिक इमैनुअल कांट ने आस्था की परिभाषा की है। उनके अनुसार, "आस्था वह है जिसमें आत्मनिष्ठ रूप से पर्याप्त लेकिन वस्तुनिष्ठ रूप से अपर्याप्त ज्ञान हो।"

आस्था का विषय बुद्धि या तर्क के बिल्कुल विपरीत नहीं होता लेकिन उसे तर्क की कसौटी पर कसने की कोशिश भी नहीं की जानी चाहिए। स्वामी विवेकानन्द ने कहा है कि जो धार्मिक मान्यताएँ बुद्धि के विपरीत हों, वे स्वीकार्य नहीं। धार्मिक आस्था तर्कातीत है, तर्क-विपरीत नहीं। सच्चाई यह है कि धार्मिक आस्था का आधार अनुभूति है। यह अनुभूति सामान्य अनुभूतियों से भिन्न है। इसी अनुभूति को रहस्यात्मक अनुभूति या समाधिजन्य अनुभूति कहा जाता है। यह अनुभूति सबको नहीं होती केवल उनको ही होती है जो अपने आपको इसके लिए तैयार करते हैं।

इस अनुभूति को प्राप्त करने के लिए धर्म में साधना का मार्ग बताया गया है। इस साधना की पहली शर्त है अहंकार का त्याग करना। जब तक व्यक्ति तेरे-मेरे के भाव से मुक्त नहीं होगा, तब तक चित्त निर्मल नहीं होगा और दिव्य अनुभूति प्राप्त नहीं होगी। इस अनुभूति का वर्णन नहीं किया जा सकता क्योंकि इस अनुभूति के समय ज्ञाता, ज्ञेय और ज्ञान पृथक् नहीं रहते,

उनका तादात्म्य हो जाता है। कोई भी साधक जब इस अनुभूति का वर्णन करता है तो वह वर्णन अपूर्ण रहता है। इसीलिए सन्तों और साधकों ने इसके वर्णन के लिए प्रतीकों का सहारा लिया है। प्रतीक उसी परिवेश से लिए जाते हैं, जिसमें साधक रहता है इसीलिए अलग-अलग साधकों के वर्णन अलग-अलग होते हैं, अनुभूति की एकरूपता नहीं रहती।

लेकिन यह बात निर्विवाद है कि इस दिव्य अनुभूति का प्रभाव सभी देशों और कालों में रहने वाले साधकों पर एक-सा पड़ता है। आध्यात्मिक अनुभूति की सर्वश्रेष्ठ उपलब्धि सन्त चरित्र है। सभी धर्मों के सन्तों का चरित्र एक सा होता है। जीवन के प्रति उनका दृष्टिकोण बदल जाता है। ऐसे सन्तों की भाषा सदैव प्रतीकात्मक होती है। इसका उद्देश्य किसी वस्तुसत्ता का वर्णन करना नहीं, जिज्ञासुओं तथा साधकों में उच्च भावनाएँ जाग्रत करना होता है। सन्तों में भौतिक सुखों के प्रति उदासीनता का भाव पाया जाता है, लेकिन यह उदासीनता नकारात्मक नहीं होती। पतंजलि ने स्पष्ट कहा है कि योग साधक के मन में मैत्री, करुणा एवं मुदिता अर्थात दूसरों के सुख में सन्तोष के गुण होने चाहिए।

सांसारिक सुखों के प्रति जो उदासीनता सन्तों में पायी जाती है, उसे एक उदाहरण में समझा जा सकता है। छोटी बच्ची गुड़िया के खोने पर दुखी होती है और मिल जाने पर ख़ुश होती है। उसके माता-पिता मुस्कुराते हैं और बच्ची के व्यवहार को नासमझी समझते हैं। उसी प्रकार सन्त भी आम आदमी के ईर्ष्या, द्वेष, मान-अपमान के भावों पर मुस्कुराते हैं और मानते हैं कि जीवन के उच्चतर मूल्यों को न समझ पाने के कारण व्यक्ति इस तरह का आचरण करता है। भौतिक उपलब्धियों के प्रति उदासीनता का यह भाव श्रेष्ठ वैज्ञानिकों, चिन्तकों, आदि में भी पाया जाता है।

लेकिन सन्त मानवीय तकलीफ़ों के प्रति उदासीन नहीं होते। अरण्यकाण्ड के अन्त में गोस्वामी तुलसीदास ने सन्त स्वभाव की विवेचना की है। कहते हैं—सन्त सबके सहज मित्र होते हैं—क्षमा, मैत्री और करुणा उनके स्वाभाविक गुण होते हैं। बौद्ध ग्रन्थों में ब्रह्म विहार को भिक्षुओं का स्वाभाविक गुण बताया गया है। मैत्री, करुणा, मुदिता और सांसारिक भोगों के प्रति उपेक्षा ही ब्रह्म विहार हैं। किसी भी धर्म की सर्वोच्च उपलब्धि सन्त-चरित्र ही है। इसीलिए हर धर्म के महान सन्तों ने मैत्री, करुणा और मुदिता का उपदेश दिया है।

भारतीय सन्दर्भ में धर्म का विशेष अर्थ है, जो व्यक्ति को जीने का ढंग सिखाता है। यहाँ धर्म आस्था अथवा विश्वास के लिए नहीं बल्कि नैतिक आचरण के लिए प्रयुक्त हुआ है। यह चार पुरुषार्थों में से एक है। यह पुरुषार्थ हैं—धर्म, अर्थ, काम और मोक्ष। धर्म मोक्ष या पारलौकिक आनन्द प्राप्त करने का मार्ग है। इसी तरह धर्म-सम्मत अर्थ और काम भी पुरुषार्थ हैं। धर्म शब्द की व्युत्पत्ति 'धृ' धातु से हुई है, जिसका अर्थ है धारण करना। महाभारत में कहा गया है कि जो समाज को धारण करे, वही धर्म है। यहाँ धर्म नैतिक चेतना या विवेक के अर्थ में प्रयोग किया गया है। धर्म कर्तव्य का बोध कराता है इसीलिए उसके दो प्रकार बताये गये हैं—सामान्य धर्म और विशेष धर्म। सामान्य धर्म मानव का स्वाभाविक धर्म है जबकि विशेष धर्म विभिन्न सामाजिक सन्दर्भों के बीच उसका विशिष्ट कर्तव्य है। धर्म के दस लक्षण बताये गये हैं—धृति, क्षमा, दम, अस्तेय, शौच, इन्द्रियनिग्रह, धी, विद्या, सत्य, अक्रोध।

धृतिः क्षमा दमोऽस्तेयं शौचमिन्द्रियनिग्रहः।
धीर्विद्या सत्यमक्रोधो दशकं धर्मलक्षणम्।।

मतलब यह है कि धर्म इन्सान के लिए बहुत ज़रूरी चीज़ है। सच्चा धर्म मनुष्य के चरित्र को उदात्त बनाता है और वसुधैव कुटुम्बकम् की धारणा को विकसित करता है। धर्म मनुष्यों को जोड़ता है, तोड़ता नहीं।

धर्म जीवन के हर पक्ष को प्रभावित करता है जबकि सम्प्रदाय का एक सीमित क्षेत्र है। संस्कृत कोश के अनुसार सम्प्रदाय का अर्थ है—धर्म (मोक्ष) शिक्षा की विशेष पद्धति। सवाल यह है कि विभिन्न पद्धतियाँ या सम्प्रदाय पैदा क्यों और कैसे होते हैं। ऐसा लगता है कि लोग धर्म के उदात्त एवं व्यापक स्वरूप को समझ नहीं पाते और अपनी एकांगी तथा संकुचित दृष्टि के अनुसार उसकी व्याख्या करने लगते हैं। दूसरे की दृष्टि उससे कुछ अलग होती है। झगड़ा तब पैदा होता है जब दोनों केवल अपनी ही दृष्टि को सही साबित करने की होड़ में लग जाते हैं और धर्म साधना की पहली सीढ़ी—अहंकार से मुक्ति—को दरकिनार कर देते हैं।

उदाहरण के लिए, उपनिषदों में ब्रह्म का वर्णन मिलता है। परवर्ती काल में इसी ब्रह्म की व्याख्या द्वैत, अद्वैत, शुद्धाद्वैत एवं विशिष्टाद्वैत, जैसी अलग-अलग दार्शनिक दृष्टियों से की गयी। ब्रह्म की अनुभूति के लिए इन

सम्प्रदायों में अलग-अलग मार्ग भी बताये गये। लेकिन इन सम्प्रदायों में साधना की पद्धति भिन्न-भिन्न होने पर भी नैतिक आचरण के मामले में पूरी एकरूपता है। परेशानी तब होती है जब विभिन्न सम्प्रदायों के अनुयायी इस एकरूपता को कम महत्त्व देकर, भिन्नता पर ही फोकस कर लेते हैं और अपनी साम्प्रदायिक मान्यता को सबसे ऊपर मानने लगते हैं।

समझने की बात यह है कि अपने सम्प्रदाय को सबसे बड़ा मानने में वे अहंकार की शरण जाते हैं और हमने शुरुआत में ही बता दिया है कि धार्मिक साधना की पहली शर्त ही अहंकार का ख़ात्मा है। जब व्यक्ति या सम्प्रदाय अहंकारी हो जाता है तो संघर्ष की स्थिति पैदा हो जाती है। ज़ाहिर है कि अहंकारी व्यक्ति साम्प्रदायिक तो हो सकता है, धार्मिक कतई नहीं हो सकता। संकुचित दृष्टि के कारण सामाजिक विद्वेष उत्पन्न होता है। लोग लक्ष्य को भूलकर रास्ते को ही महत्त्व देने लगते हैं और यही साम्प्रदायिक आचरण है।

कभी-कभी स्वार्थी और चालाक लोग साम्प्रदायिक श्रेष्ठता के नाम पर साधारण लोगों को ठगते हैं। एक ख़ास क़िस्म की पूजा पद्धति, कर्मकाण्ड आदि के चक्कर में सादा दिल इन्सान फँसता जाता है। इसी संकीर्ण स्वार्थ के कारण समाज में दंगे-फ़साद होते हैं। जो सत्ता सारी सृष्टि में व्याप्त है, उसे हम मन्दिरों और गिरजाघरों में सीमित कर देते हैं और इन्सान को बाँट देते हैं। धर्म का लक्ष्य सन्त चरित्र विकसित करना है, दम्भी, लोभी और भोगी गुरुओं की फ़ौज तैयार करना नहीं। सत्य तो एक ही है। उसकी प्राप्ति के मार्ग अनेक हो सकते हैं। लक्ष्य को भूलकर उस तक पहुँचने के साधन पर लड़ाई-भिड़ाई हो जाये तो हम दिग्भ्रमित तथा लक्ष्यहीन हो जायेंगे। हालात का फ़ायदा उठाकर हर धर्म का कठमुल्ला और धार्मिक विद्वेष की राजनीति की रोटी खाने वाला नेता साम्प्रदायिक दंगे करायेगा, समाज को बाँटेगा और अन्ततः धर्म को लज्जित करायेगा।

ज़ाहिर है धर्म को सम्प्रदाय मानने की ग़लती से ही संघर्ष और दंगे-फ़साद के हालात पैदा होते हैं। अगर हमारी आज़ादी की लड़ाई के असली मक़सद को हासिल करना है तो उदारवादी राजनीति के नेताओं को चाहिए कि वे आम आदमी को धर्म के असली अर्थ के बारे में जानकारी देने का अभियान चलायें और लोगों को जागरूक करें। ऐसा करने से आज़ादी की लड़ाई का एक अहम लक्ष्य हासिल किया जा सकेगा।

जलियाँवाला बाग़

जलियाँवाला बाग़ का नाम हर उस चर्चा में लिया जायेगा जहाँ सरकारी मनमानी के ख़िलाफ़ जनता के प्रतिरोध का ज़िक्र होगा। आज से ठीक सौ साल पहले बैसाखी के दिन अमृतसर के स्वर्ण मन्दिर के पास स्थित इस बाग में पंजाब के हिन्दू, मुसलमान, सिख और ईसाई इकट्ठा हुए थे और ब्रिटिश सरकार के तथाकथित 'अराजकता और क्रान्तिकारी अपराध अधिनियम 1919' का विरोध कर रहे थे। इस अधिनियम को आम बोलचाल की भाषा में रौलेट एक्ट या काला क़ानून कहा जाता था। इस क़ानून के लेखक एक अंग्रेज़ जज, सिडनी आर्थर रौलेट थे। उन्हीं के नाम पर इसको रौलेट एक्ट नाम दिया गया। यह क़ानून फ़रवरी में दिल्ली की काउंसिल में पेश हुआ और भारी विरोध के बावजूद पास करवा लिया गया। भारतीय राजनीति में महात्मा गाँधी की आमद हो चुकी थी और उन्होंने अहिंसक विरोध का आह्वान किया था। इसके विरोध में दिल्ली में 6 अप्रैल की हड़ताल सफल रही, कहीं कोई काम पर नहीं निकला। बम्बई में महात्मा जी खुद भी विरोध में शामिल हुए। पूरे देश में इस काले क़ानून का विरोध हुआ। लेकिन विरोध अहिंसक नहीं रह सका। पंजाब में हिंसा शुरू हो गयी तो महात्मा गाँधी ने आन्दोलन वापस लेने की घोषणा की। पंजाब में सरकार ने फ़ौज को बुला लिया। नेताओं की धर-पकड़ शुरू हो गयी। इसी काले क़ानून के तहत 10 अप्रैल को पंजाब के स्वतन्त्रता संग्राम के सेनानी और कांग्रेस के बड़े नेता, डॉ. सत्यपाल और डॉ. सैफ़ुद्दीन किचलू को गिरफ़्तार कर लिया गया। इन लोकप्रिय नेताओं की गिरफ़्तारी से पूरे पंजाब में ग़मो-ग़ुस्से का माहौल था। 13 अप्रैल को बैसाखी के अवसर पर अमृतसर के जलियाँवाला बाग़ में

आम लोग इकट्ठा हुए। यह बड़ा-सा बाग़ था लेकिन आम तौर पर खाली पड़ा रहता था। तत्कालीन पंजाब सरकार ने हालात क़ाबू में रखने के लिए ब्रिटिश इंडियन आर्मी के कर्नल रेजिनाल्ड डायर की ड्यूटी लगायी लेकिन उस अपराधी ने वहाँ मौजूद लोगों पर गोलियाँ चलवा दीं। हज़ारों की संख्या में लोगों की मृत्यु हो गयी। उस संगत में बच्चे भी थे, औरतें भी थीं और बुज़ुर्ग भी थे। बाग़ से निकलने का एक ही दरवाज़ा था। उसी दरवाज़े पर फ़ौज खड़ी थी और लगातार बन्दूक़ें चला रही थी। गोलियों से बचने के लिए बहुत सारे लोग बाग़ में बने हुए कुएँ में कूद गये थे।

रौलेट एक्ट इसलिए लाया गया था कि प्रेस को कंट्रोल किया जा सके, किसी को भी बिना वारंट गिरफ़्तार किया जा सके, अनन्त काल तक जेलों में बन्द रखा जा सके और बिना किसी वकील-दलील, मनमाने तरीक़े से मुक़दमा चलाया जा सके। जलियाँवाला बाग़ के नरसंहार के बाद इस एक्ट का पूरे देश में ज़बरदस्त विरोध हुआ। कांग्रेस कमेटी ने जलियाँवाला बाग़ के नरसंहार के बारे में जानकारी इकट्ठा करने के लिए एक समिति बनायी। मोतीलाल नेहरू उसके अध्यक्ष थे और मोहनदास करमचन्द गाँधी सचिव थे। समिति के सचिव के रूप में महात्मा गाँधी ने जो रिपोर्ट लिखी, उसने पूरी दुनिया में तहलका मचा दिया। पहले के ज़माने के शिक्षक अपने छात्रों को बताते थे कि अच्छी अंग्रेज़ी लिखना सीखना है तो जलियाँवाला बाग की रिपोर्ट पढ़ो। अंग्रेज़ी गद्य के लेखकों में महात्मा गाँधी का नाम बड़े सम्मान से लिया जाता है और यह रिपोर्ट गाँधी जी के गद्य लेखन का प्रतिनिधि नमूना है। उनकी रिपोर्ट आने के बाद अंग्रेज़ों ने एक कमेटी बनायी जिसका नाम 'रिप्रेसिव लॉज़ कमेटी' था। मार्च 1922 में इस कमेटी की रिपोर्ट भारत सरकार ने स्वीकार कर ली और रौलेट एक्ट वापस ले लिया गया।

लेकिन रौलेट एक्ट की आत्मा ज़िन्दा रही। कोई 53 साल बाद, जून 1975 में जब इन्दिरा गाँधी ने एमरजेंसी लगायी तो उसमें भी वही प्रावधान थे जो रौलट एक्ट में थे। पहला रौलेट एक्ट तीन साल ज़िन्दा रहा था और रौलेट एक्ट की स्थायी भावना को ध्यान में रखकर लगायी गयी एमरजेंसी दो बरस के अन्दर दफ़न कर दी गयी। एक बार फिर साबित हो गया कि आततायी चाहे कितना ही ताक़तवर क्यों न हो, जनता के निहत्थे विरोध के आगे उसे झुकना ही पड़ता है।

रौलेट एक्ट का विरोध और जलियाँवाला बाग़ के नरसंहार की कोई बात तब तक पूरी नहीं हो सकती जब तक उस नरसंहार का आदेश देने वाले नरपिशाच, कर्नल रेजिनाल्ड डायर की बात न की जाये। उसी राक्षस ने निहत्थे नागरिकों पर गोलियाँ चलवायी थीं। अप्रैल 1919 में उसके पास अस्थायी तौर पर ब्रिगेडियर का चार्ज था लेकिन रिटायर वह कर्नल ही हुआ। वह गोरखा राइफ़ल्स, सिख रेजिमेंट, और सिन्ध रेजिमेंट से चुनकर पचास सिपाही लेकर आया था। इन लोगों के पास 'ली एनफ़ील्ड थ्री नॉट थ्री' राइफ़लें थीं जिससे निहत्थे लोगों पर निशाना लगाकर मारा गया था। सरकारी तौर पर तो बताया गया था कि चार सौ से कम लोग मरे थे लेकिन महात्मा गाँधी की रिपोर्ट और अमृतसर के सिविल सर्जन के अनुसार क़रीब 15 सौ लोगों को गोलियाँ मारी गयी थीं। कुएँ में कूदकर मरने वालों की कोई गिनती नहीं की गयी।

रेजिनाल्ड डायर अविभाजित पंजाब के हिल स्टेशन मरी में पैदा हुआ था और लारेंस स्कूल और शिमला के बिशप कॉटन स्कूल का छात्र रहा था। उसके पिताजी की ब्रुअरी थी। डायर-मीकिन ब्रुअरी शिमला के पास सोलन में अब भी है लेकिन अब उसका नाम मोहन मीकिन ब्रुअरी हो गया है। शिक्षित पृष्ठभूमि से आने वाला यह फ़ौजी बड़ा अत्याचारी था। जलियाँवाला बाग के नरसंहार के बाद जब सारे शहर की दूकानें बन्द हो गयीं, तब कर्नल डायर ने धमकी भरा पर्चा बँटवाया जिसमें लिखा था कि "मेरा हुकुम मानना ज़रूरी है। सब लोग मेरा हुकुम मानें और अपनी दूकाने खोलें वरना राइफ़लों के ज़ोर से दूकानें खुलवायी जायेंगी। अगर कोई दूकान बन्द करने को कहे तो उस बदमाश के बारे में मुझे बताओ, मैं उसको शूट कर दूँगा।"

डायर के काम की भारत में तो निन्दा हुई ही ब्रिटेन में भी उसका विरोध हुआ। वह 1920 में रिटायर हो गया लेकिन उसके आतंक के बाद सारे भारतवासी एक हो गये और महात्मा गाँधी के नेतृत्व में असहयोग आन्दोलन में जुट गये। इस तरह से जलियाँवाला बाग़ के शहीदों ने भारत की आज़ादी की लड़ाई को प्रेरणा दी और भावी आततायी शासकों को सन्देश भी दिया।

13 अप्रैल, 2019

‘भारत छोड़ो’ आन्दोलन का प्रस्ताव नेहरू ने प्रस्तुत किया था

महात्मा गाँधी की अगुवाई में देश ने 1942 में ‘अंग्रेज़ो भारत छोड़ो’ का नारा दिया था। उससे पहले क्रिप्स मिशन भारत आया था जो भारत को ब्रितानी साम्राज्य के अधीन डॉमिनियन स्टेटस देने की पैरवी कर रहा था लेकिन कांग्रेस ने उससे साफ़ इनकार कर दिया था। 1929 की लाहौर कांग्रेस में ही फ़ैसला कर लिया गया था कि देश को पूर्ण स्वराज चाहिए। लाहौर में रावी नदी के किनारे हुए कांग्रेस के अधिवेशन में तय किया गया था कि पार्टी का लक्ष्य अब ‘पूर्ण स्वराज’ हासिल करना है। 26 जनवरी का दिन स्वराज दिवस के रूप में मनाया जाने लगा था। इससे पहले कांग्रेस का उद्देश्य होम रूल था लेकिन 1930 से पूर्ण स्वराज की माँग की जा रही थी। कांग्रेस के इस अधिवेशन की परिणति थी कि देश में सविनय अवज्ञा आन्दोलन शुरू हुआ। कांग्रेस के इस फ़ैसले को लागू करने के लिए नमक सत्याग्रह या गाँधी जी का दांडी मार्च किया गया था। वास्तव में 1942 का भारत छोड़ो आन्दोलन उसी की अगली कड़ी थी, एक सतत प्रक्रिया थी। 1930 के बाद जब अंग्रेज़ सरकार ने भारतीयों को गम्भीरता से लेना शुरू किया तब भी वादा-ख़िलाफ़ी से बाज नहीं आये और आन्दोलन लगातार चलता रहा। इतिहास के विद्यार्थी के लिए यह जानना ज़रूरी है कि जिस कांग्रेस के अध्यक्ष जवाहरलाल नेहरू थे उसी अधिवेशन में देश ने पूर्ण स्वराज की तरफ़ पहला क़दम उठाया था।

नौ अगस्त को भारत छोड़ो आन्दोलन की शुरुआत के 75 साल पूरे हुए। इस अवसर पर लोकसभा में भारत छोड़ो आन्दोलन को याद किया गया

लेकिन अजीब बात यह देखने को मिली कि लोकसभा में न तो प्रधानमन्त्री और न ही लोकसभा अध्यक्ष ने अपने भाषण में जवाहरललाल नेहरू का नाम लिया। प्रधानमन्त्री नरेन्द्र मोदी ने सन् बयालीस के महात्मा गाँधी के नारे 'करेंगे या मरेंगे' की तर्ज पर 'करेंगे और करके रहेंगे' का नया नारा दिया। उन्होंने ग़रीबी, कुपोषण और निरक्षरता को देश के सामने मौजूद चुनौती बताया और सभी राजनीतिक दलों से अपील की कि इस चुनौती से मुक़ाबला करने के लिए एकजुट हों। उन्होंने इस बात पर दुख जताया कि महात्मा गाँधी का ग्राम स्वराज का सपना अभी तक अधूरा है। प्रधानमन्त्री ने सभी बहादुर नेताओं के बलिदान को याद किया। उन्होंने आज़ादी की लड़ाई में महात्मा गाँधी के नेतृत्व में देश के सभी लोगों के एकजुट होने की बात की और कहा कि जब आज़ादी के सभी बड़े नेता जेल भेज दिये गये थे तो कुछ नौजवानों ने आन्दोलन की कमान सँभाली थी। इस सन्दर्भ में प्रधानमन्त्री मोदी ने लाल बहादुर शास्त्री, राम मनोहर लोहिया और जयप्रकाश नारायण का नाम लिया। यह तीनों नेता सन् बयालीस में नौजवान थे और सक्रिय थे। उन्होंने लोकमान्य तिलक, नेताजी सुभाष चन्द्र बोस, भगत सिंह, सुखदेव और चन्द्रशेखर आज़ाद को भी याद किया जब कि इनमें से कोई भी 'भारत छोड़ो' आन्दोलन में शामिल नहीं था। उन्होंने यह ज़िक्र नहीं किया कि नौ अगस्त 1942 को कांग्रेस वर्किंग कमेटी के सभी सदस्यों को गिरफ़्तार कर लिया गया था। महात्मा गाँधी और महादेव देसाई को पुणे के आग़ा ख़ान पैलेस में रखा गया था जबकि कांग्रेस वर्किंग कमेटी के बाक़ी सदस्यों को अहमदनगर जेल भेज दिया गया था। प्रधानमन्त्री ने इन नेताओं में से किसी का नाम नहीं लिया। अहमदनगर क़िले की जेल में जो नेता बन्द थे उनमें जवाहरलाल नेहरू, सरदार पटेल, मौलाना अबुल कलाम आज़ाद, आचार्य कृपलानी, नरेन्द्र देव, आसफ़ अली, गोविन्द वल्लभ पन्त आदि थे। प्रधानमन्त्री ने इनमें से किसी का नाम नहीं लिया। इस आन्दोलन को प्रधानमन्त्री ने आज़ादी के आन्दोलन में अन्तिम जन-संघर्ष बताया और कहा कि उसके पाँच साल बाद ही अंग्रेज़ भारत छोड़ कर चले गये।

लोकसभा में आयोजित कार्यक्रम की शुरुआत करते हुए स्पीकर सुमित्रा महाजन ने महात्मा गाँधी की अगुवाई में शुरू हुए 'भारत छोड़ो' आन्दोलन

पर वक्तव्य दिया। उन्होंने लोकमान्य तिलक, वी. डी. सावरकर और दीन दयाल उपाध्याय का नाम लिया हालाँकि लोकमान्य तिलक की तब तक मृत्यु हो चुकी थी और दीन दयाल उपाध्याय भारत छोड़ो आन्दोलन में शामिल नहीं हुए थे।

देखने में आया है कि जब से केन्द्र में नरेन्द्र मोदी की सरकार बनी है तब से देश के निर्माण और आज़ादी की लड़ाई में जवाहरलाल नेहरू के योगदान को नज़रअन्दाज़ करने का फ़ैशन हो गया है। विदेशमन्त्री सुषमा स्वराज जब बांडुंग काफ्रेंस की याद में आयोजित सम्मेलन में गयीं तो वहाँ भी उन्होंने नेहरू का नाम नहीं लिया जबकि चेकोस्लोवाकिया के टीटो और मिस्र के नासिर ने जवाहरलाल नेहरू के साथ मिलकर बांडुंग सम्मेलन के बाद गुट निरपेक्ष आन्दोलन को मज़बूती दी थी। बाद में तो अमरीका और रूस के सहयोगी देशों के अलावा लगभग पूरी दुनिया उसमें शामिल हो गयी थी।

सवाल यह उठता है कि जवाहरलाल नेहरू के योगदान का उल्लेख किये बिना भारत के 1930 से 1964 तक के इतिहास की बात कैसे की जा सकती है। जिस व्यक्ति को महात्मा गाँधी ने अपना उत्तराधिकारी नियुक्त किया था, जिस व्यक्ति की अगुवाई में देश की पहली सरकार बनी थी, जिस व्यक्ति ने मौजूदा संसदीय लोकतन्त्र की बुनियाद रखी, जिस व्यक्ति ने संसाधनों के अभाव में भी देश की अर्थव्यवस्था को आत्मनिर्भरता की डगर पर डाला और दुनिया में गौरव का मुक़ाम हासिल किया उसको अगर आज़ाद भारत के राजनेता भुलाने का अभियान चलाते हैं तो यह उनके ही व्यक्तित्व पर प्रकाश डालता है। आजकल कुछ तथाकथित इतिहासकारों के सहारे भारत के इतिहास के पुनर्लेखन का कार्य चल रहा है ताकि बच्चों के दिमाग़ से नेहरू सहित बहुत सारे नाम ग़ायब कर दिये जायें और वे बड़े होकर नेहरू के बारे में कुछ जानें ही नहीं। लेकिन ऐसा सम्भव नहीं है क्योंकि गाँधी और नेहरू विश्व इतिहास के विषय हैं और अगर हमने अपनी आने वाली पीढ़ियों को उनके बारे में अज्ञानी रखा तो हमारा भी हाल उत्तर कोरिया जैसा होगा जहाँ के स्कूलों में मौजूदा शासक के दादा किम इल सुंग को आदि पुरुष बताया जाता है। अब कोई उनसे पूछे कि क्या किम इल सुंग के पहले उत्तरी कोरिया में शून्य था?

महात्मा गाँधी की अगुवाई में आज़ादी की जो लड़ाई लड़ी गयी उसमें नेहरू रिपोर्ट का अतुलनीय योगदान है। यह रिपोर्ट 28-30 अगस्त, 1928 में हुई ऑल पार्टी कॉन्फ्रेंस में तैयार की गयी थी। यही रिपोर्ट महात्मा गाँधी की होम रूल की माँग को ताक़त देती थी। इसी के आधार पर डॉमिनियन स्टेटस की माँग की जानी थी। इस रिपोर्ट को जिस कमेटी ने बनाया था उसके अध्यक्ष मोतीलाल नेहरू और सेक्रेटरी जवाहरलाल नेहरू थे। अन्य सदस्यों में अली इमाम, तेज़ बहादुर सप्रू, माधव श्रीहरिअणे, मंगल सिंह, सुहैब क़ुरेशी, सुभाष चन्द्र बोस और जी. आर. प्रधान थे। सुहैब क़ुरेशी ने रिपोर्ट की सिफ़ारिशों से असहमति जतायी थी। इसके बारे में लिखने का मतलब केवल इतना है कि राहुल गाँधी, राजीव गाँधी और संजय गाँधी जैसे नाकाबिल लोगों को देश की राजनीति पर थोपने का अपराध तो जवाहरलाल की बेटी ने ज़रूर किया, लेकिन इन्दिरा गाँधी की ग़लतियों के लिए क्या हम अपनी आज़ादी की लड़ाई के शिल्पी महात्मा गाँधी और उनके सबसे भरोसेमन्द साथी जवाहरलाल नेहरू को नज़रअन्दाज़ कर सकते हैं? एक बात और हमेशा ध्यान में रखनी होगी कि सन् बयालीस के आन्दोलन के लिए कांग्रेस कमेटी ने जो प्रस्ताव पास किया था, उसका ड्राफ्ट जवाहलाल नेहरू ने बनाया था और विचार के लिए प्रस्तुत भी नेहरू ने ही किया था।

जवाहरलाल नेहरू को नकारने की कोशिश करने वालों को यह भी जान लेना चाहिए कि उनकी पार्टी के पूर्व-पुरुषों ने जिन जेलों में ज।ने के डर से जंगे-आज़ादी में हिस्सा नहीं लिया था, उन्हीं जेलों में जवाहरलाल नेहरू अक्सर आते-जाते रहते थे। जिस भारत छोड़ो आन्दोलन के 75 साल पूरे होने का जश्न लोकसभा में मनाया जा रहा था, उसके दौरान जवाहरलाल 1040 दिन जेल में रहे थे। भारत छोड़ो आन्दोलन के दिन, 9 अगस्त, 1942 को उन्हें मुम्बई में गिरफ़्तार किया गया और 15 जून, 1945 को रिहा किया गया। यानी इस बार वे 34 महीने से ज़्यादा जेल में रहे। इससे पहले भी कभी-कभार जाते रहते थे। जो लोग उनको खलनायक बनाने की कोशिश कर रहे हैं, ज़रा कोई उनसे पूछे कि उनके राजनीतिक पूर्वज सावरकर और क़ायदे-आज़म जिन्ना उन दिनों ब्रिटिश हुकूमत की वफ़ादारी के इनाम के रूप में कितने अच्छे दिन बिता रहे थे। सावरकर तो माफ़ी माँग कर जेल से रिहा हुए थे। अंडमान की जेल में वी. डी. सावरकर सज़ायाफ़्ता कैदी नम्बर 32778

के रूप में जाने जाते थे। उन्होंने अपने माफ़ीनामे में साफ़ लिखा था कि अगर उन्हें रिहा कर दिया गया तो वे आगे से अंग्रेज़ों का हुक्म मानेंगे और एम्पायर के हित में काम करेंगे। इतिहास का कोई भी विद्यार्थी बता देगा कि वी. डी. सावरकर ने जेल से छूटने के बाद ऐसा कोई काम नहीं किया जिससे महात्मा गाँधी के आन्दोलन को ताक़त मिली हो।

भारत छोड़ो आन्दोलन की एक और उपलब्धि है। जब जवाहरलाल अहमदनगर फ़ोर्ट जेल में बन्द थे, उसी दौर में उनकी किताब 'डिस्कवरी ऑफ़ इंडिया' लिखी गयी थी। जब अंग्रेज़ों को पता लगा कि कांग्रेस वर्किंग कमेटी के बारह सदस्य एक ही जगह रहते हैं और वहाँ राजनीतिक मीटिंग करते हैं तो सभी नेताओं को अलग-अलग राज्यों की जेलों में भेजा जाने लगा। मार्च 1945 में गोविन्द वल्लभ पन्त, आचार्य नरेन्द्र देव और जवाहरलाल नेहरू को अहमदनगर से हटा दिया गया। बाक़ी क़ैद का समय इन लोगों ने यू. पी. की जेलों, बरेली, नैनी और अल्मोड़ा में काटा। जब इन लोगों को गिरफ़्तार किया गया था तो किसी तरह की चिट्ठी-पत्री लिखने की अनुमति नहीं थी और न ही कोई चिट्ठी आ सकती थी। बाद में नियम थोड़ा बदला और इन क़ैदियों को हर हफ़्ते अपने परिवार के लोगों को दो पत्र लिखने की अनुमति मिल गयी। परिवार के सदस्यों के चार पत्र आ सकते थे। लेकिन जवाहरलाल नेहरू को यह सुविधा नहीं मिल सकी क्योंकि उनके परिवार में उनकी बहन विजयलक्ष्मी पण्डित और बेटी इन्दिरा गाँधी ही थीं। वे भी यू. पी. की जेलों में बन्द थीं और वहाँ के बन्दियों को कोई चिट्ठी नहीं मिल सकती थी।

इसलिए भारत छोड़ो आन्दोलन का ज़िक्र होगा तो महात्मा गाँधी के साथ इन बारह कांग्रेसियों का जिक्र भी ज़रूर होगा। यह अलग बात है कि अगर किसी दिन भारत में इतिहास को पूरी तरह दफ़ना दिया गया और शुतुरमुर्गी सोच हावी हो गयी तो जवाहरलाल नेहरू को भी भुलाया जा सकेगा और अहमदनगर के शेष क़ैदियों को भी भुला दिया जायेगा लेकिन अभी तो यह सम्भव नहीं नज़र आता।

12 अगस्त, 201

कश्मीर : नेहरू, शेख़ अब्दुल्ला और श्यामा प्रसाद मुखर्जी

आज जम्मू-कश्मीर की सियासत में बहुत बड़ी उथल-पुथल चल रही है। संविधान के अनुच्छेद 370 का असर ख़त्म कर दिया गया है और राज्य को देश के किसी भी अन्य राज्य की तरह बनाने की प्रक्रिया शुरू हो गयी है। फ़िलहाल लद्दाख को जम्मू-कश्मीर से अलग कर दिया गया है और एक राज्य की जगह दो केन्द्रशासित राज्य बना दिये गये हैं।

जम्मू-कश्मीर ऐतिहासिक रूप से हमेशा से भारत का हिस्सा रहा है। यह सच है कि समय-समय पर राजनीतिक एकता नहीं रही है लेकिन सांस्कृतिक एकता बराबर रही है। कल्हण की राजतरंगिणी के समय से तो कश्मीर का भारत से बहुत ही निकट सम्बन्ध रहा है। आज़ादी के तुरन्त बाद जो समस्याएँ पैदा हुईं उनकी जड़ में तत्कालीन महाराजा हरिसिंह की ग़ैर-ज़िम्मेदार भूमिका थी।

जम्मू-कश्मीर की राजनीति में आज़ादी का सन्दर्भ बिल्कुल अलग है। राजा हरिसिंह के राज में भी जनता अपने को गुलाम मानती थी और रणजीत सिंह के राज में भी। जब सरदार पटेल ने राजा से जम्मू-कश्मीर के विलय के दस्तावेज़ पर दस्तख़त करवा लिए तभी वहाँ के हिन्दू, मुसलमान और बौद्धों ने अपने को आज़ाद माना। जम्मू-कश्मीर सीधे अंग्रेज़ों के अधीन तो कभी नहीं रहा इसलिए उनकी आज़ादी 15 अगस्त, 1947 के दिन नहीं हुई। उनकी आज़ादी तब हुई जब अक्टूबर, 1947 में राजा हरिसिंह ने उनका पिंड छोड़ दिया और जम्मू-कश्मीर आज़ाद भारत का हिस्सा हो गया। लेकिन आज हालात बिल्कुल अलग हैं। जिस कश्मीरी अवाम ने कभी पाकिस्तान और उसके नेता मुहम्मद अली जिन्ना को धता बताया था और तत्कालीन

राजा की पाकिस्तान के साथ विलय की कोशिश को नकार कर, भारत के साथ विलय की शेख़ अब्दुल्ला की कोशिश को अहमियत दी थी, वही आज भारतीय नेताओं से बेहद नाराज़ है। कश्मीर में पिछले 30 साल से चल रहे आतंक के खेल में लोग भूलने लगे हैं कि जम्मू-कश्मीर की मुस्लिम-बहुल जनता ने पाकिस्तान के ख़िलाफ़ भारतीय नेताओं—महात्मा गाँधी, जवाहरलाल नेहरू और सरदार पटेल को अपना माना था। पिछले 70 साल के इतिहास पर नज़र डालने से तस्वीर पूरी तरह साफ़ हो जायेगी।

देश के बँटवारे के वक़्त अंग्रेज़ों ने देशी रियासतों को भारत या पाकिस्तान के साथ मिलने की आज़ादी दी थी। बहुत ही पेचीदा मामला था। ज़्यादातर देशी राजा-नवाब तो भारत के साथ मिल गये लेकिन जूनागढ़, हैदराबाद और जम्मू-कश्मीर का मामला विवादों के घेरे में रहा। कश्मीर में ज़्यादातर लोग आज़ादी के पक्ष में थे। कुछ लोग चाहते थे कि पाकिस्तान के साथ मिल जायें लेकिन अपनी स्वायत्तता सुरक्षित रखें। इस बीच, महाराजा हरिसिंह के प्रधान मन्त्री ने पाकिस्तान की सरकार के सामने स्टैंड-स्टिल एग्रीमेंट का प्रस्ताव रखा जिसके तहत लाहौर सर्किल के केन्द्रीय विभाग, पाकिस्तान सरकार के अधीन काम करते। 15 अगस्त को पाकिस्तान सरकार ने स्टैंड-स्टिल एग्रीमेंट का प्रस्ताव स्वीकार कर लिया और पूरे राज्य के डाकखानों पर पाकिस्तानी झंडे फहराने लगे। भारत सरकार को इससे चिन्ता हुई। जवाहरलाल नेहरू ने इन शब्दों में चिन्ता व्यक्त की, ''पाकिस्तान की रणनीति यह है कि अभी ज़्यादा-से-ज़्यादा घुसपैठ कर ली जाये और जब जाड़ों में कश्मीर अलग-थलग पड़ जाये तो कोई बड़ी कार्रवाई की जाये।''

नेहरू ने सरदार पटेल को पत्र भी लिखा कि ऐसे हालात बन रहे हैं कि महाराजा के सामने और कोई विकल्प नहीं बचेगा और वे नेशनल कॉन्फ्रेंस और शेख़ अब्दुल्ला से मदद माँगेंगे और भारत के साथ विलय कर लेंगे। अगर ऐसा हो गया तो पाकिस्तान के लिए कश्मीर पर हमला करना इसलिए मुश्किल हो जायेगा कि उसे सीधे भारत से मुक़ाबला करना पड़ेगा। अगर राजा ने यह सलाह मान ली होती तो कश्मीर समस्या का जन्म ही न होता। इस बीच, जम्मू में साम्प्रदायिक दंगे भड़क उठे। अक्टूबर तक बात बहुत बिगड़ गयी और महात्मा गाँधी ने इस हालत के लिए महाराजा को व्यक्तिगत

तौर पर ज़िम्मेदार ठहराया। पाकिस्तान ने महाराजा पर दबाव बढ़ाने के लिए लाहौर से कपड़ों, पेट्रोल और राशन की सप्लाई रोक दी। संचार व्यवस्था पाकिस्तान के पास स्टैंड-स्टिल एग्रीमेंट के बाद आ ही गयी थी। उसमें भी भारी अड़चन डाली गयी। हालात तेज़ी से बिगड़ रहे थे और लगने लगा था कि अक्टूबर 1946 की महात्मा गाँधी की भविष्यवाणी सच हो जायेगी, जब उन्होंने कहा था कि अगर राजा अपनी ढुलमुल नीति से बाज नहीं आते तो कश्मीर का एक यूनिट के रूप में बचे रहना सन्दिग्ध हो जायेगा।

ऐसी हालत में राजा ने पाकिस्तान से रिश्ते सुधारने की कोशिश शुरू कर दी। नतीजा यह हुआ कि उनके प्रधान मन्त्री मेहर चन्द महाजन को कराची बुलाया गया। उन्होंने वहाँ जाकर अपने ही ख़याली पुलाव पकाये। महाजन ने कहा कि उनकी इच्छा है कि कश्मीर पूरब का स्विटज़रलैंड बन जाये, स्वतन्त्र देश हो और भारत और पाकिस्तान, दोनों से उसके दोस्ताना सम्बन्ध रहें। लेकिन पाकिस्तान को कल्पना की इस उड़ान में कोई दिलचस्पी नहीं थी। उसने कहा कि पाकिस्तान में विलय के काग़ज़ात पर दस्तख़त करो फिर देखा जायेगा। इधर 21 अक्टूबर, 1947 को राजा ने अगली चाल चल दी। उन्होंने रिटायर्ड जज बख़्शी टेक चन्द को कश्मीर का नया संविधान बनाने के लिए नियुक्त कर दिया। कश्मीर को स्वतन्त्र देश बनाने का महाराजा का विचार जिन्ना को पसन्द नहीं आया और पाकिस्तान सरकार ने क़बायली हमले शुरू कर दिये। राजा को अँधेरे में रख कर क़बायलियों को आगे करके पाकिस्तानी फ़ौज श्रीनगर की तरफ़ बढ़ने लगी। बातचीत का सिलसिला भी जारी था। पाकिस्तानी विदेश मन्त्रालय के संयुक्त सचिव मेज़र ए. एस. बी. शाह श्रीनगर में थे और राजा के अधिकारियों से मिल-जुल रहे थे। जब हमले का पता चला तब राजा हरिसिंह को जिन्ना की तिकड़मबाज़ी समझ में आयी। प्रधान मन्त्री मेहर चन्द महाजन 26 अक्टूबर को दिल्ली भागे और नेहरू से कहा कि महाराजा भारत के साथ विलय करना चाहते हैं। लेकिन शर्त यह है कि भारतीय सेना आज ही कश्मीर पहुँच जाये और पाकिस्तानी हमले से उनकी रक्षा करे वरना वे पाकिस्तान से बातचीत शुरू कर देंगे। नेहरू ने ग़ुस्से में उन्हें भगा दिया। शेख़ अब्दुल्ला दिल्ली में थे। उन्होंने नेहरू का ग़ुस्सा शान्त कराया। मेहरचन्द महाजन को औक़ात समझ

में आयी और सरदार पटेल ने वी. पी. मेनन को भेजकर राजा से विलय के काग़ज़ात पर दस्तख़त करवाये, जिसे भारत सरकार ने 27 अक्टूबर को मंज़ूर कर लिया। सरदार पटेल ने तत्काल हवाई जहाज़ से भारत की फ़ौज को रवाना कर दिया और पाकिस्तानी शह पर आये क़बायलियों को कश्मीर से खदेड़ दिया गया। कश्मीरी अवाम ने कहा कि भारत हमारी आज़ादी की रक्षा के लिए आया है जबकि पाकिस्तान ने हमारी आज़ादी को रौंदने के लिए हम पर फ़ौजी हमला किया था।

यहाँ तक तो सब कुछ ठीक था लेकिन उसके बाद बातें बिगड़ना शुरू हो गयीं। लड़ाई चल ही रही थी कि भारत के तत्कालीन गवर्नर जनरल लॉर्ड माउंटबेटन की सलाह पर जवाहरलाल नेहरू 1 जनवरी, 1948 को पाकिस्तानी हमले का मामला संयुक्त राष्ट्र सुरक्षा परिषद् में ले गये। अपने इस फ़ैसले पर बाद में वे ख़ुद बहुत पछताये और एक देश के रूप में तो भारत आज तक अफ़सोस कर रहा है। पाकिस्तान इसी मौक़े का इन्तज़ार कर रहा था। उसने भारत पर तरह-तरह के आरोप लगाने शुरू कर दिये। ब्रिटेन की सरकार ने मामले को तूल दे दिया। बात पाकिस्तानी हमले की हो रही थी लेकिन ब्रिटिश सरकार ने संयुक्त राष्ट्र में अपने प्रभाव और अमरीका की मदद से इसे भारत-पाकिस्तान विवाद का रूप दे दिया। सरदार पटेल इसके पक्ष में नहीं थे लेकिन जवाहरलाल नेहरू को अंग्रेज़ों की न्यायप्रियता पर बहुत भरोसा था। 21 अप्रैल, 1948 को सुरक्षा परिषद् ने एक प्रस्ताव पास कर दिया, लेकिन उसमें पाकिस्तान से अपने क़बायली लड़ाके वापस लेने को नहीं कहा गया। भारत को अपमानित करने के लिए भारत और पाकिस्तान को बराबर माना गया। भारत में चारों तरफ़ तल्ख़ी का माहौल बन गया। उन दिनों संयुक्त राष्ट्र सुरक्षा परिषद् में भारत के स्थायी प्रतिनिधि एन. गोपालस्वामी आयंगर हुआ करते थे। उन्होंने सरकार के पास जो नोट भेजा उसमें लिखा है कि, "मैं अपनी सरकार को यह सलाह कभी नहीं दूँगा कि वह कोई मामला सुरक्षा परिषद् में लाये।" जवाहरलाल नेहरू को इस बात की गम्भीरता का अनुमान पूरी तरह से हो गया था। बहुत बाद में, जब अमरीका की सरकार भारत से दोस्ती के संकेत देने की कोशिश कर रही थी और अमरीका में भारत की राजदूत विजयलक्ष्मी

पण्डित के ज़रिये कुछ सन्देश भेजने की कोशिश कर रही थी तो 10 नवम्बर, 1952 को नेहरू ने एक सख़्त टेलीग्राम विजयलक्ष्मी पण्डित के पास भेजा। उसमें लिखा था, "ग़लत बुनियाद पर कभी सही फ़ैसला नहीं हो सकता। अमरीका ने हमारे साथ अन्याय किया है। पहले उस अन्याय को ठीक करें तब आगे बात की जायेगी।" नेहरू ने अमरीकी विदेश विभाग को भी बहुत साफ़ शब्दों में समझा दिया कि भारत के प्रति अमरीका का रवैया द्वेषपूर्ण रहा है। हम सबकी इच्छा है कि दोनों देशों के बीच दोस्ती कायम हो लेकिन इस अमरीकी रुख के साथ यह सम्भव नहीं है। (नेहरू का पत्र, जी. एल. मेहता के नाम)

कश्मीर के मामले में शेख़ अब्दुल्ला हमेशा से एक स्थायी तत्त्व रहे हैं। शुरू में वे पूरी तरह से महात्मा गाँधी, जवाहरलाल नेहरू और सरदार पटेल के साथ थे। लेकिन बाद में उनके नज़रिये में भारी बदलाव आ गया। सबको मामूल है कि शेख़ अब्दुल्ला पर जवाहरलाल को बहुत भरोसा था। शेख़ अब्दुल्ला कश्मीर के हिन्दू-मुसलमान, सबके हीरो थे और जिधर वे चाहते, कश्मीर उधर ही हो जाता था। लेकिन बाद में वे ख़ुद को बहुत बड़ा समझने लगे। एक समय था जब नेहरू मानते थे कि शेख़ अब्दुल्ला ही कश्मीर को सँभाल सकते हैं। उन्होंने 13 नवम्बर 1947 को राजा हरि सिंह को लिखा था कि, 'अगर कोई आदमी कश्मीर में सब कुछ ठीक कर सकता है, तो वह है शेख़ अब्दुल्ला। उनकी विश्वसनीयता और दिमागी सन्तुलन पर मुझे पूरा भरोसा है। मामूली बातों में तो वे छोटी-मोटी ग़लती कर सकते हैं लेकिन बड़े फैसलों में चूकेंगे नहीं, ऐसा मुझे विश्वास है। कश्मीर की किसी परेशानी का हल शेख़ के बिना हासिल नहीं किया जा सकता।'

शुरू में ऐसा लगता था कि शेख़ अब्दुल्ला भारत और उसके प्रधानमन्त्री के प्रति पूरी तरह समर्पित थे। नेहरू भी यही सोचते थे लेकिन उन्हें अनुमान ही नहीं था कि शेख़ साहब एक ऐसे कश्मीर की कल्पना कर रहे थे जो भारत से पूरी तरह आज़ाद होगा। इस बात की सम्भावना इसलिए भी ज़ोर पकड़ रही थी कि दिल्ली में कुछ अमरीकी अधिकारियों से बातचीत में उन्होंने कहा था कि आज़ादी अच्छी चीज़ है। इसी बातचीत में उन्होंने ब्रिटेन और अमरीका को कश्मीर के विकास में सहभागी के रूप में आमन्त्रित करने

के भी संकेत दिये थे। हद तो तब हो गयी जब नेहरू को पता लगा कि शेख़ अब्दुल्ला उनके और सरदार पटेल के बीच मतभेद पैदा करने की कोशिश कर रहे थे। हुआ यों कि शेख़ ने कहीं बयान दे दिया कि कुछ लोग कश्मीर को पाकिस्तान के हवाले कर देना चाहते थे। सरदार पटेल ने इस बात का बहुत बुरा माना और अपनी नाराज़गी ज़ाहिर की। लेकिन नेहरू ने बात को टालना चाहा। उन्होंने 4 अक्टूबर, 1948 को सरदार पटेल को चिट्ठी लिखकर बात सँभालने की कोशिश की। चिट्ठी में लिखा कि, "मुझे विश्वास है कि शेख़ अब्दुल्ला बहुत साफ़गो हैं। उनकी सोच में स्पष्टता की कमी है और बहुत सारे नेताओं की तरह बोलते-बोलते कुछ भी बोल जाते हैं। वे इस बात से बहुत चिन्तित रहते हैं कि कहीं उनके लोग पाकिस्तानी प्रोपेगैंडा के प्रभाव में न आ जायें। मैंने उनसे साफ़ कह दिया है कि उनकी समझ अपनी जगह ठीक है लेकिन उनको सँभाल कर बात कहनी चाहिए।"

शेख़ अब्दुल्ला नेहरू की बात समझने के लिए तैयार ही नहीं थे। उनके और जवाहरलाल के बीच मतभेद इस क़दर बढ़ गये कि जनवरी, 1949 में जवाहरलाल को उनसे अपील करनी पड़ी कि हर बात को प्रेस में बोलने से बाज़ आयें और विवाद को बातचीत से हल करने की आदत डालें। लेकिन इसके बाद भी हालात सुधरे नहीं। नेहरू ने फ़रवरी, 1949 में कृष्ण मेनन को लिखा कि शेख़ अब्दुल्ला और केन्द्र सरकार के बीच कोई समझदारी ही नहीं है। इसी समय के आसपास भारत में अमरीकी राजदूत ने श्रीनगर की यात्रा की और उनसे बातचीत करके शेख़ अब्दुल्ला को लगने लगा कि ब्रिटेन और अमरीका कश्मीर को स्वत्रन्त्र देखना चाहते हैं। अमरीकी राजदूत की पत्नी श्रीमती लॉय हेंडरसन और भारत में तैनात कुछ सी. आई. ए. अफ़सरों ने शेख़ अब्दुल्ला की महत्त्वाकांक्षा को ख़ूब हवा दी। शेख़ अब्दुल्ला ने 1950 में संयुक्त राष्ट्र के प्रतिनधि सर ओवन डिक्सन को सुझाव दिया कि उनकी इच्छा है कि वे पाकिस्तान अधिकृत कश्मीर के नेताओं से बातचीत करके स्वतन्त्र कश्मीर की बात को आगे बढ़ायें। यह सब बातें सार्वजनिक हो चुकी थीं और चर्चा में थीं। शेख़ अब्दुल्ला प्रेस से बात करने से बाज़ नहीं आ रहे थे और कृष्ण मेनन भी तुरन्त जवाब दे रहे थे। नेहरू खिसिया गये थे। उन्होंने कहा कि जब इस तरह के दोस्त हों तो बात कैसे सँभल सकती है।

लेकिन शेख़ अब्दुल्ला बात बढ़ाये जा रहे थे। उनको भारत सरकार से सलाह लेना भी मंजूर नहीं था। खीझकर जवाहरलाल ने उनको 4 जुलाई, 1950 को एक पत्र लिखा। यह पत्र उपलब्ध है। लिखते हैं, "मैं समझता हूँ कि मैंने आपको पहले भी बताया था कि अगर आपके और हमारे बीच किसी मुद्दे पर कोई महत्त्वपूर्ण मतभेद हो तो मैं विवाद से अलग हो जाऊँगा। मुझे अफ़सोस है कि आपने ऐसी पोज़ीशन ले ली है कि हमारी किसी दोस्ताना सलाह को आप कोई महत्त्व नहीं देते और उसको दखल न्दाजी मानते हैं। अगर ऐसी बात है तो व्यक्तिगत रूप से मुझे कुछ नहीं कहना है।" शेख़ अब्दुल्ला जवाहरलाल से सरदार पटेल के मातहत अफ़सरों की शिकायत करते रहते थे और सरदार की शिकायत जवाहरलाल नेहरू को बर्दाश्त नहीं थी।

शेख़ अब्दुल्ला की ज़िद के कारण बात बिगड़ती जा रही थी। गवर्नर जनरल सी राजगोपालाचारी ने नेहरू को बताया कि वल्लभ भाई (सरदार पटेल) सोचते हैं कि शेख़ अब्दुल्ला से डील करने का काम सिर्फ़ वही कर सकते हैं। सच्ची बात यह है कि दिल्ली का हर अधिकारी और नेता यही समझता था। शेख़ दिन पर दिन मुश्किलें पैदा करते जा रहे थे। उन्होंने 11 अप्रैल, नज़रअन्दाज़ 1952 को रणबीरसिंह पुरा में ऐसा भाषण दे डाला जिसमें जवाहरलाल और उनके मतभेद बहुत खुलकर सामने आ गये। भाषण में उन्होंने भारत और पाकिस्तान को एक-दूसरे के बराबर साबित करने की कोशिश की और भारतीय अख़बारों को ख़ूब कोसा। जवाहरलाल नेहरू ने उनके इस ग़ैर-ज़िम्मेदार बयान पर कोई प्रतिक्रिया नहीं दी, एक तरह से उसे नज़रअन्दाज़ कर दिया। जब नेहरू की कोई प्रतिक्रिया नहीं आयी तो शेख़ की समझ में आ गया कि प्रधानमन्त्री नेहरू नाराज हैं। उसके बाद उन्होंने अपनी तरफ़ से ही सफ़ाई देना शुरू कर दिया। एक बयान जारी करके कहा कि प्रेस ट्रस्ट ऑफ़ इंडिया ने उनके बयान को तोड़-मरोड़ कर पेश किया है। उन्होंने यह भी आरोप लगाया कि प्रेस ट्रस्ट वालों ने उनकी सरकार से कुछ आर्थिक सहयोग माँगा था। जब मना कर दिया गया तो उनके पीछे पड़ गये हैं। शेख़ अब्दुल्ला ने बाद में भी इस तरह के बयान दिये। इनके कारण जवाहरलाल को बहुत दिक़्क़तें पेश आयीं। इतने परेशान हो गये

कि उन्होंने शेख़ को 25 अप्रैल को चिट्ठी में लिखा कि वे इस बारे में उनसे कोई बात नहीं करना चाहते। यहाँ तक कि उनसे किसी भी मसले पर बात नहीं करना चाहते। लिखा कि मेरी नज़र में आप ही कश्मीरी अवाम के प्रतिनिधि थे लेकिन आपने इस तरह के बयानात देकर मुझे बहुत तकलीफ़ पहुँचायी है। व्यक्तिगत रूप से शेख़ अब्दुल्ला इसके बाद भी दोस्ती की बात करते थे लेकिन अपनी ग़ैर-ज़िम्मेदार राजनीति के लिए बिल्कुल अफ़सोस नहीं जताते थे। नेहरू की परेशानी यह थी कि सरदार पटेल का स्वर्गवास हो चुका था। जब तक सरदार जीवित थे कश्मीर के राजा या शेख़ अब्दुल्ला की ऊल-जलूल बातों को सँभाल लेते थे लेकिन अब नेहरू अकेले पड़ गये थे। अगस्त, 1952 तक कश्मीर की यह हालत हो गयी थी कि वह न तो स्वतन्त्र था, न वहाँ शान्ति थी और न ही वहाँ के हालात सामान्य थे।

शेख़ अब्दुल्ला के अजीबोग़रीब रुख़ का नतीजा था कि जम्मू के इलाक़े में हिन्दू साम्प्रदायिक शक्तियों को शेख़ के बहाने जवाहरलाल पर हमला करने का मौक़ा मिल रहा था। 1952 के दिसम्बर तक यह बात साफ़ नज़र आ रही थी कि देश भर में शेख़ अब्दुल्ला मुद्दा बनते जा रहे थे। जम्मू में प्रजा परिषद् का शेख़ अब्दुल्ला और उनकी सरकार के ख़िलाफ़ जो आन्दोलन चल रहा था, वह पूरी तरह साम्प्रदायिक था। प्रजा परिषद् को हिन्दू महासभा के पुराने नेता श्यामा प्रसाद मुखर्जी की नयी पार्टी जनसंघ, अकाली दल, हिन्दू महासभा और आर.एस.एस. का समर्थन मिल रहा था। हालत बहुत ही नाज़ुक हो गयी थी और अब नेहरू इस आन्दोलन के निशाने पर आ गये थे। शेख़ के हवाले से बढ़ रहे आन्दोलन में गौहत्या और पूर्वी बंगाल (अब बांग्लादेश) से आये शरणार्थियों के मुद्दे भी जुड़ गये थे। सिख नेता सरदार तारा सिंह ने एक ऐसा बयान दे दिया था जिससे लगता था कि वे नेहरू की हत्या का आह्वान कर रहे थे। ऐसा लगने लगा था कि अगर फ़ौरन कार्रवाई न की गयी तो एक बार फिर वही हालात पैदा हो जायेंगे जो बँटवारे के वक़्त थे और क़त्लो-ग़ारत का माहौल बन जायेगा। हालात बिगड़ने का ख़तरा रोज़ बढ़ रहा था। जवाहरलाल ने खुद संकेत दिया कि वे हर मोर्चे पर असफल नज़र आ रहे हैं। उनके आदेशों का पालन नहीं हो रहा था। उन्होंने आदेश दिया कि जहाँ भी उपद्रव हो रहा हो उसको फ़ौरन रोका जाये

लेकिन कोई असर नहीं हो रहा था। नये गृहमन्त्री कैलाशनाथ काटजू में वह बात नहीं थी जो सरदार पटेल में थी। बहुत सारे अफ़सर काटजू की बात ही नहीं सुनते थे। सोशलिस्ट पार्टी के लोग भी जवाहरलाल के ख़िलाफ़ हो गये थे। उन्होंने सोशलिस्ट पार्टी के नेताओं आचार्य जे. बी. कृपलानी और जयप्रकाश नारायण से अपील की कि इस आन्दोलन का समर्थन मत करो क्योंकि यह धर्मनिरपेक्ष राजनीति के ख़िलाफ़ है। जयप्रकाश नारायण ने टका-सा जवाब दिया कि साम्प्रदायिकता के विरोध का मतलब यह नहीं है कि समस्या के निदान के लिए नेहरू की तरकीब का समर्थन किया जाये। जयप्रकाश नारायण अपने को नेहरू से ज़्यादा क़ाबिल समझते थे। उधर नेहरू की बुनियादी ग़लती यह थी कि वे साम्प्रदायिक आन्दोलन को रोकने के लिए शेख़ अब्दुल्ला की सरकार को सेकुलर और राष्ट्रहित में बता रहे थे, जबकि उनके अलावा कोई इस बात को मानने के लिए तैयार नहीं था। जम्मू के आन्दोलन को श्यामा प्रसाद मुखर्जी बहुत ही सलीक़े से जवाहरलाल की धुलाई करने के लिए इस्तेमाल कर रहे थे। उन्होंने संसद के उस अधिकार को चुनौती देना शुरू कर दिया था जिसके कारण जम्मू-कश्मीर को विशेष दर्जा और अधिकार दिये गये थे। श्यामा प्रसाद मुखर्जी ने जवाहरलाल को 3 फ़रवरी, 1953 को एक बहुत ही सख़्त चिट्ठी लिखी जिसमें लिखा था कि, "आपकी ग़लत नीतियों और अपने विरोधियों की राय को नज़रअन्दाज़ करने की आदत के कारण ही आज देश बर्बादी के मुहाने पर खड़ा है।" इस मौक़े पर जवाहरलाल ख़ुद जम्मू का दौरा करना चाहते थे लेकिन शेख़ साहब ने इस बात को पसन्द नहीं किया। नेहरू ने शेख़ अब्दुल्ला से कहा कि समस्या विकराल है और उसका समाधान लोगों के दिल और दिमाग़ को जीत कर हासिल किया जाना चाहिए। दमन का रास्ता ठीक नहीं है। लेकिन शेख़ उनकी बात मानने को तैयार नहीं थे। एक मुकाम ऐसा भी आया जब साफ़ लगने लगा कि शेख़ अब्दुल्ला बुरी तरह से कनफ़्यूज़ हो गये हैं। नेहरू ने मौलाना अबुल कलाम आज़ाद को 1 मार्च, 1953 को लिखे पत्र में बताया कि शेख़ साहब के ऊपर तरह-तरह के दबाव पड़ रहे हैं और वे उनमें बुरी तरह से फँसते जा रहे हैं। वे किसी पर विश्वास नहीं कर रहे बल्कि ऐसे लोगों के बीच घिर गये हैं जो उनको उलटा-सीधा

पाठ पढ़ा रहे हैं। उनकी बात मानकर कोई न कोई ग़लत क़दम उठा लेते हैं। मुझे डर है कि इस दिमाग़ी हालत में कोई ऐसा काम कर बैठेंगे जो बात को और बिगाड़ देगा। जवाहरलाल ने उसी दिन शेख़ अब्दुल्ला को भी एक बहुत ज़रूरी पत्र लिखा। उन्होंने लिखा कि,"केवल इतना ही काफ़ी नहीं कि हम इच्छा करें कि सब ठीक हो जाये। उसके लिए कुछ करना भी चाहिए। नतीजा अपने हाथ में नहीं है लेकिन समस्या के हल की कोशिश करना तो हमारे हाथ में है।'' शेख़ अब्दुल्ला ने इस पत्र का कोई जवाब नहीं दिया।

नेहरू की सबसे बड़ी कमज़ोरी उस वक़्त का लचर गृह मन्त्रालय था। गृहमन्त्री कैलाशनाथ काटजू अपने प्रधानमन्त्री की सलाह मानने को तैयार नहीं थे। इस आशय का पत्र भी उन्होंने 19 अप्रैल, 1953 को नेहरू के पास भेज दिया था। उधर श्यामा प्रसाद मुखर्जी का आन्दोलन बहुत तेज़ हो गया था। गृहमन्त्री काटजू कुछ करने को तैयार नहीं थे। यहाँ तक कि उनके भरोसे के मित्र और केन्द्रीय मन्त्री रफ़ी अहमद क़िदवई ने नेहरू को लिखा कि आपने अपने इर्द-गिर्द ऐसे लोगों को जमा कर रखा है जिनको सभी रिजेक्ट कर चुके हैं। उनका संकेत कैलाशनाथ काटजू की तरफ़ था। इसी बीच श्यामा प्रसाद मुखर्जी बिना किसी परमिट के जम्मू-कश्मीर चले गये और शेख़ अब्दुल्ला ने उनको गिरफ़्तार कर लिया। उन्होंने नेहरू को श्रीनगर आने की दावत दी। जवाहरलाल वहाँ गये तो शेख़ अब्दुल्ला ने उनको समझाया कि पूरी स्वायत्तता और पूर्ण विलय के बीच का कोई रास्ता नहीं है। जम्मू-कश्मीर का भारत में पूर्ण विलय राज्य के लोग नहीं मानेंगे इसलिए केवल एक रास्ता बचता है कि राज्य को पूर्ण स्वायत्तता दे दी जाये। पूर्ण स्वायत्तता से शेख़ अब्दुल्ला का मतलब आज़ादी से था। नेहरू ने समझाया कि और भी बहुत से रास्ते हैं लेकिन शेख़ अब्दुल्ला और कुछ सुनने को तैयार ही नहीं थे जबकि उनकी वह हैसियत नहीं थी जो पहले हुआ करती थी। वे अपनी ही पार्टी में अलग-थलग पड़ते जा रहे थे। नेहरू ने उनको और अन्य कश्मीरी नेताओं को समझाया कि वे कॉमनवेल्थ सम्मलेन में जा रहे हैं, उनके लौटने तक यथास्थिति बनाये रखी जाये। लेकिन भविष्य में कुछ और लिखा था। काहिरा में नेहरू को पता लगा कि 23 जून, 1953 को श्यामा प्रसाद मुखर्जी की जेल में ही मृत्यु हो गयी। उसके बाद तो सब

कुछ बदल गया। शेख़ अब्दुल्ला की सरकार बर्ख़ास्त हुई और वे गिरफ़्तार भी हुए। फिर भी जवाहरलाल के मन में किसी के लिए तल्ख़ी नहीं थी। बाद में जब उन्हें लगा कि कश्मीर की समस्या का समाधान शेख़ अब्दुल्ला के बिना नहीं हो सकता तो उन्होंने शेख़ को रिहा किया और पाकिस्तान अधिकृत कश्मीर जाकर वहाँ के नेताओं से बात करने की प्रेरणा दी। शेख़ अब्दुल्ला पाकिस्तान गये। 27 मई, 1964 के दिन पाक अधिकृत कश्मीर के मुज़फ़्फ़राबाद में उनके लिए दोपहर के भोजन की व्यवस्था की गयी। वहाँ उनके पुराने दोस्त भी मौजूद थे, तभी जवाहरलाल नेहरू की मौत की ख़बर आयी। बताते हैं कि ख़बर सुन कर शेख़ अब्दुल्ला फूट-फूट कर रोये। लेकिन नेहरू के देहावसान के साथ ही नेहरू युग का भी अवसान हो चुका था।

19 अक्टूबर, 2019

कुछ तमाशा ये नहीं, क़ौम ने करवट ली है

महिलाओं के लिए संसद और विधानमण्डलों में 33 प्रतिशत आरक्षण के लिए औरतों ने मैदान ले लिया है। अब वे अपने हक़ को हर हाल में हासिल करने, संघर्ष के रास्ते पर चल पड़ी हैं। क़रीब 20 हज़ार किलोमीटर की यात्रा करके महिलाओं के तीन जत्थे दिल्ली पहुँचे और जब यह उत्साही महिलाएँ कांग्रेस अध्यक्ष सोनिया गाँधी से मिलीं तो वे बहुत प्रभावित हुईं और उन्होंने अपने आप को इस मिशन से जोड़ लिया। लेकिन उन्होंने चेतावनी भी दी कि अभी लम्बी लड़ाई है। उनको मालूम है कि महिला आरक्षण का विरोध कर रही जमातें कमज़ोर नहीं हैं और वे पिछले 12 वर्षों से सरकारों को अपनी बातें मानने पर मजबूर करती रही हैं। पिछड़ी जातियों के राजनीतिक हित की निगहबानी का दावा करने वाली राजनीतिक पार्टियाँ, महिलाओं के आरक्षण में पिछड़ी जातियों के लिए अलग आरक्षण की बात कर रही हैं। उधर, महिला आरक्षण की पक्षधर महिलाओं का कहना है कि एक बार आरक्षण का क़ानून बन जाये तब शोषित वर्गों की महिलाओं के लिए फिर आन्दोलन किया जा सकता है। लेकिन राजनीतिक पार्टियों के दादा लोग किसी भी वायदे पर ऐतबार नहीं करना चाहते। ऐतबार तो महिलाओं को इन नेताओं का भी नहीं है। सच्ची बात यह है कि जागरूकता यात्रा पर निकली इन औरतों को जिसने देखा है, उसे मालूम है कि महिला आरक्षण का मामला अब राजनीतिक प्रबन्धन की सीमा से बाहर जा चुका है। लगता है कि इतिहास एक नयी दिशा में चल पड़ा है और आने वाली नस्लें इन औरतों पर फ़ख्र करेंगी।

इससे पहले, महिला आरक्षण कारवाँ 6 जून को दिल्ली पहुँचा था। पूरे भारत में क़रीब 20 हज़ार किलोमीटर की यात्रा करके तीन काफ़िले जब दिल्ली के मावलंकर हॉल पहुँचे तो उनका बाजे-गाजे के साथ स्वागत किया गया। यह तीनों काफ़िले 1857 की हीरो झलकारी बाई और लक्ष्मीबाई की बलिदान स्थली, झाँसी से 20 मई को चले थे। 1857 के मई महीने में भारतीय इतिहास की इन वीरांगनाओं ने ब्रितानी साम्राज्यवाद को चुनौती दी थी। इन्होंने साम्राज्यवादी और सामन्ती सोच के सामने वीरता का वरण किया था और शहीद हुई थीं। भारत की आज़ादी की नींव में जिन लोगों का ख़ून लगा है, यह दोनों उसमें सर-ए-फ़ेहरिस्त हैं। 1857 में ही मुल्क की ख़ुदमुख़्तारी की लड़ाई शुरू हुई थी लेकिन अंग्रेज़ भारत छोड़ने को तैयार नहीं थे। उन्होंने इन्तज़ाम बदल दिया। मलिका विक्टोरिया ने ईस्ट इंडिया कम्पनी से छीनकर हुकूमत अपने हाथ में ले ली। लेकिन शोषण का सिलसिला बदस्तूर जारी रहा। दूसरी बार अंग्रेज़ों को बड़ी चुनौती महात्मा गाँधी ने दी। उन्होंने जब 1920 में आज़ादी की लड़ाई की बागडोर सँभाली तो शुरू में ही साफ़ कर दिया कि उनके अभियान का मक़सद केवल राजनीतिक आज़ादी नहीं है, वे सामाजिक परिवर्तन की भी लड़ाई लड़ रहे हैं। पूरा मुल्क उनके साथ खड़ा हो गया—हिन्दू, मुसलमान, सिख, ईसाई, बूढ़े-बच्चे, औरतें और मर्द, सभी गाँधी के साथ थे। उनके आह्वान ने भरोसा जगा दिया था कि अब असली आज़ादी मिल जायेगी। लेकिन अंग्रेज़ों ने उनकी मुहिम में हर तरह के अड़ंगे डाले। हिन्दू-मुस्लिम एकता को खण्डित करने की कोशिश की। अपने वफ़ादार हिन्दुओं और मुसलमानों को पैसे देकर उनके साम्प्रदायिक संगठन बनवाये। लेकिन उन्हें आज़ादी देनी ही पड़ी।

आज़ादी की लड़ाई का स्थायी भाव, सामाजिक न्याय और बराबरी पर आधारित समाज की स्थापना का था लेकिन गाँधी जी के बाद पचास के दशक में कांग्रेस के अन्दर सक्रिय हिन्दू और मुस्लिम पोंगापन्थियों ने इस सपने को चकनाचूर कर दिया। इनकी पुरातन-पन्थी सोच का सबसे बड़ा शिकार महिलाएँ हुईं। इसका अन्दाज़ा इसी बात से लगाया जा सकता है कि जब महात्मा गाँधी की इच्छा का आदर करने के उद्देश्य से जवाहर लाल नेहरू ने हिन्दू विवाह अधिनियम पास करवाने की कोशिश की तो

कांग्रेस के बड़े-बड़े नेताओं ने हर तरह से उनका विरोध किया। यहाँ तक कि तत्कालीन राष्ट्रपति ने भी अड़ंगा लगाने की कोशिश की। हिन्दू विवाह अधिनियम कोई क्रान्तिकारी दस्तावेज़ नहीं था। इसके ज़रिये हिन्दू औरतों को कुछ अधिकार देने की कोशिश की गयी थी, लेकिन मर्दवादी सोच के नेताओं ने उसका विरोध किया। बहरहाल नेहरू बहुत बड़े नेता थे, उनका विरोध कर पाना पुरातन-पन्थियों के लिए सम्भव नहीं था और बिल पास हो गया।

महिलाओं को अधिकार देने का विरोध करने वाली पुरुष मानसिकता के कारण आज़ादी के बाद भी औरतों को सत्ता में उचित हिस्सेदारी नहीं मिल सकी। राजीव गाँधी ने पंचायतों में उनके लिए सीटें रिज़र्व कर दीं लेकिन पुरुषों ने वहाँ भी बहुत दिन तक उनको अपने अधिकारों से वंचित रखा। जब संसद और विधानमण्डलों में महिलाओं को आरक्षण देने की बात आयी तो अड़ंगेबाज़ी का सिलसिला फिर शुरू हो गया। पिछले 12 वर्षों से महिला आरक्षण बिल किसी-न-किसी बहाने से राजनीतिक अड़ंगे का शिकार हुआ पड़ा है। देश का दुर्भाग्य है कि महिला आरक्षण बिल का सबसे ज़्यादा विरोध वही नेता कर रहे हैं जो डॉ. लोहिया की सोच को बुनियाद बना कर राजनीतिक आचरण करने का दावा करते हैं। डॉ. लोहिया ने महिलाओं की राजनीतिक भागीदारी का सबसे ज़्यादा समर्थन किया था और पूरा जीवन करते रहे। देश का दूसरा दुर्भाग्य यह है कि पिछले 20 वर्ष से देश में ऐसी सरकारें हैं, जो गठबन्धन की राजनीति की शिकार हैं। लिहाज़ा कांग्रेस, बीजेपी या लेफ्ट फ्रंट की राजनीतिक मंशा होने के बावजूद कुछ नहीं हो पा रहा है। मर्दवादी सोच चौतरफ़ा हावी है।

राज्यसभा में बिल को पास करा लिया गया है, लेकिन असली काम तो लोकसभा में होना है और वहाँ मामला हर बार की तरह इस बार भी लटक गया है। अब तो कांग्रेस और बीजेपी जैसी पार्टियाँ भी इस बिल से बच कर निकल जाना चाहती हैं। मानवाधिकारों के संघर्ष के लिए बनायी गयी संस्था 'अनहद' की अगुवाई में क़रीब दो सौ महिला संगठनों के कार्यकर्ता सामने आये और चल पड़ा जागरूकता का कारवाँ। झाँसी से चलकर दिल्ली पहुँची महिलाओं का उत्साह देखते ही बनता था।

इन महिलाओं में राजस्थान में महिला अधिकारों की अलख जगाने वाली भँवरी देवी थीं, तो गुजरात पुलिस के हाथों मारी गयी इ़शरत जहाँ की माँ शमीमा और बहन मुसर्रत भी थीं। अनहद की शबनम हाशमी का कहना है कि जब पूरे देश में जागरूक महिलाओं की ओर से आवाज़ उठेगी तो दिल्ली में बैठे नेताओं के लिए महिलाओं के अधिकारों को हड़प पाना बहुत मुश्किल होगा।

7 जून, 2010

मुम्बई के फुटपाथों पर आशा की किरण

मुम्बई के फ़ुटपाथों पर भीख माँगने वाले बच्चों के लिए शुरू किये गये कोचिंग सेंटर अब वंचित तबक़ों के लोगों के सपनों को सँजोने के महत्त्वपूर्ण केन्द्र के रूप में विकसित हो रहे हैं। आशा किरण चैरिटेबल ट्रस्ट नाम के संगठन के प्रयास से मुम्बई के उपनगर अँधेरी और वर्सोवा इलाक़े में सड़कों के फ़ुटपाथों पर स्कूल चल रहे हैं, जो हज़ारों रुपये लेकर ट्यूशन देने वालों से बेहतर शिक्षा दे रहे हैं। और वह भी ऐसे बच्चों को, जिनके लिए ट्यूशन क्या, स्कूल जाना भी किसी सपने से कम नहीं होता। आशा किरण ट्रस्ट के इस अभियान को प्रो.शर्मा नाम के एक बुज़ुर्ग लीड कर रहे हैं।

एयर फ़ोर्स से रिटायर होकर शर्माजी ने मुम्बई के चार-बंगला इलाक़े को अपना ठिकाना बनाया। क़रीब 16 साल पहले की बात है, उन्होंने देखा कि कुछ लोग चार-बंगला क्रॉसिंग के पास भीख माँगने वाले बच्चों को खाना खिला रहे हैं। खिचड़ी-घर नाम की यह संस्था रोज़ यह काम करती थी। खाना बाँटते समय वहाँ भीख माँगने वालों की संख्या बहुत बढ़ जाती थी। चार विषयों में एम.ए. कर चुके शर्माजी एयर फोर्स से अवकाश ग्रहण करने के बाद ट्यूशन किया करते थे। स्वयं अविवाहित हैं इसलिए परिवार की कोई ज़िम्मेदारी भी नहीं थी। उन्होंने ट्रस्ट वालों से कहा कि भिखारी को खाना देने से भीख माँगने को प्रोत्साहन मिलता है और समाज में इसका कोई रचनात्मक योगदान नहीं है। शर्माजी ने उन लोगों से कहा कि मैं इन बच्चों को पढ़ाऊँगा। उन्होंने स्वामी विवेकानन्द की उस बात का हवाला दिया कि अगर प्यासा कुएँ के पास नहीं जा सकता तो ऐसे उपाय करने चाहिए कि कुआँ ही प्यासे के पास चला आये। बात आशा किरण के ट्रस्टियों की

समझ में आ गयी। उन्होंने शर्माजी से पूछा कि आप कब से पढ़ाना चाहेंगे? उन्होंने कहा कि मैं अभी, इसी वक़्त काम शुरू करना चाहता हूँ।

शुरू में उन्होंने दो बच्चों को लेकर पढ़ाना शुरू किया। अन्य के माता-पिता शिक्षा जैसी ग़ैर-ज़रूरी चीज़ के लिए समय बर्बाद करने को तैयार नहीं थे। ट्रस्ट के अध्यक्ष अग्रवाल साहेब और अन्य साथियों ने मिलकर आस-पास के झुग्गी-झोंपड़ी इलाक़ों में अभियान चलाया, लेकिन बच्चों की कमी रही। एक अन्य ट्रस्टी नन्दा कोटावाला ने कहा कि जो बच्चे स्कूल आयेंगे उन्हें पाँच रुपये दिये जायेंगे। इससे बच्चों की संख्या तो बढ़ी लेकिन रुपयों का दुरुपयोग होने लगा। बच्चे तम्बाकू-गुटखा खाने लगे। तब शर्माजी ने सुझाव दिया कि नक़द नहीं, सब बच्चों को 200 ग्राम दूध दिया जाये जिसे वे चाहे तो ख़ुद पियें या घर ले जायें। दोनों तरह दूध का सही इस्तेमाल होगा। जब स्कूल ने कुछ गति पकड़ी तो एक सरदार जी आये और उन्होंने कहा कि बच्चों के लिए केले ख़रीदे जायें, भुगतान वे करेंगे।

शुरुआती मुश्किलों के बाद अब यह प्रयास चल निकला है। इन सेंटरों को स्कूल के रूप में मान्यता नहीं मिली है इसलिए सभी बच्चों को पास के महानगरपालिका के स्कूलों में दाख़िल करा दिया जाता है, जहाँ वे स्कूली पढ़ाई करते हैं और महाराष्ट्र बोर्ड की परीक्षा देते हैं।

अँधेरी की व्यस्त सड़कों के किनारे चटाई बिछाकर बैठे यह बच्चे उन लोगों के हैं जो आमतौर पर हिम्मत हार चुके होते हैं। सड़क पर लगातार ट्रैफ़िक का शोर चलता रहता है और साथ में इन बच्चों की पढ़ाई भी चलती रहती है। वॉकर के सहारे चलने वाले शर्माजी ख़ुद भी कुछ सेंटरों पर मौजूद रहते हैं। मुम्बई के महँगे पोद्दार स्कूल में 35 वर्ष पढ़ाने के बाद सुषमा मेहता अब इन बच्चों को मुफ़्त पढ़ाती हैं। ब्रिगेडियर की पत्नी रेखा शर्मा भी अपना समय और ज्ञान इन बच्चों को मुफ़्त में दे रही हैं। मिसेज मेहता और मिसेज़ शर्मा की तरह के क़रीब चालीस और लोग हैं, जो सम्पन्न वर्ग से आते हैं लेकिन इन वंचित बच्चों को समय दे रहे हैं। फिर भी इन सेंटर्स का सारा काम वॉलंटियर्स के सहारे नहीं चल सकता इसलिए कुछ लड़कियों को काम पर रखा गया है जो तीन घण्टे चलने वाले इन सेंटर्स को सँभालती हैं। इसके लिए उन्हें उपयुक्त वेतन दिया जाता है।

शून्य से शुरू हुआ यह प्रयास आज मुम्बई की शहरी ज़िन्दगी में एक सार्थक हस्तक्षेप है। ट्रस्ट ने कभी किसी सरकारी संस्था या नेता से कोई मदद नहीं ली है। सहयोगियों के प्रयास से लगभग 15 साल पहले, 13 लाख रुपये में म्हाडा का एक फ़्लैट ख़रीदा गया था जिसकी क़ीमत आज डेढ़ करोड़ रुपये है। सेंटर को एक बस की ज़रूरत थी तो हिन्दुस्तान टाइम्स में काम करने वाले एक पत्रकार ने बिड़ला औद्योगिक घराने से साढ़े छह लाख रुपये दिलवा दिये। कुछ अन्य लोगों के सहयोग से बस ख़रीद ली गयी। आज ट्रस्ट का एक और फ़्लैट है, जहाँ सारा सामान रखा जाता है।

इन केन्द्रों से पढ़कर जाने वाले बच्चे बेहतर ज़िन्दगी जीने और आस-पास का माहौल बदलने की कोशिश करते हैं। यहाँ से निकलने वाली लड़कियाँ ग़रीब तो होती हैं लेकिन अपनी अगली पीढ़ियों को बेहतर ज़िन्दगी देने की कोशिश करती हैं। शर्माजी ने बताया कि उनके केन्द्रों से पढ़ाई करने वाले कुछ पूर्व छात्र-छात्राएँ कभी-कभी आते हैं और अपने स्कूल से सम्बन्ध बनाये रखने में गर्व का अनुभव करते हैं।

12 अक्टूबर, 2011

जनेश्वर मिश्र का जाना समाजवादी परम्परा के एक युग का अन्त है

जनेश्वर मिश्र के जाने से बहुत लोगों को बुरा लगा लेकिन मुझे लगा कि एक सही हमदर्द छिन गया। 76 साल की उम्र में जनेश्वर मिश्र ने इस दुनिया को अलविदा कहा। आज सुबह इलाहाबाद में उन्होंने अन्तिम साँस ली। सुबह अचानक तबीयत बिगड़ने पर उन्हें लखनऊ के पी.जी.आई. ले जाने की सलाह दी गयी क्योंकि उन्हें ब्रेन हैमरेज हो गया था। शहर से बाहर भी नहीं निकल पाये थे कि आख़िरी वक़्त आ गया और समाजवादी राजनीति के शलाका पुरुष ने हमेशा के लिए कूच कर दिया। इस तरह उन्होंने उसी इलाहाबाद में अपने आपको समाहित कर दिया जहाँ के क्षिति, जल, पावक, गगन, समीर उनके रोम-रोम में समाये हुए थे।

जनेश्वर मिश्र की मृत्यु समाजवादी आन्दोलन की उस परम्परा का पटाक्षेप है जिसमें गप के ज़रिये सभी विषयों पर चर्चा होती थी। डॉ. लोहिया भारतीय राजनीति की इस परम्परा के आदि-पुरुष थे। दिल्ली में मधु लिमये ने इस परम्परा को जारी रखा। मधु जी के बाद जनेश्वर मिश्र का निवास पूरे देश से आये समाजवादियों का मिलन-स्थल बना रहा। अब वह अड्डा उजड़ गया। जनेश्वर मिश्र समाजवादियों की उस परम्परा के प्रतिनिधि थे, फ़क़ीरी जिसका स्थायी भाव है। इलाहाबाद में बी.ए. की पढ़ाई के लिए दाख़िला लिया लेकिन ऐसी पढ़ाई शुरू की कि कभी छुट्टी ही नहीं मिली और आज पाँच दशक बाद अपना नाम कटवा कर चल पड़े।

इंटरमीडिएट के छात्र के रूप में ही जनेश्वर मिश्र ने सबूत दे दिया था कि वे संघर्ष के लिए पैदा हुए हैं। बलिया में जब उन्हें पता लगा कि

उपस्थिति कम होने की वजह से परीक्षा नहीं दे सकते तो इलाहाबाद आकर बोर्ड के अधिकारियों से मिले। वहाँ उनको बताया गया कि इलाहाबाद में तो इंटरमीडिएट परीक्षा बोर्ड का मुख्यालय है, शिक्षा निदेशालय है, लेकिन नीतिगत फ़ैसले उत्तर प्रदेश के शिक्षामन्त्री लेते हैं जिनका दफ़्तर लखनऊ में है। मुराद यह कि जब इलाहाबाद में काम नहीं बना तो आप हिम्मत हार कर बलिया नहीं लौटे। सीधे लखनऊ जाने की योजना बनायी। जेब में पैसा एक नहीं था। शादी हो चुकी थी, उपहार में मिली अँगूठी पहने हुए थे। उसको बेचा तो 36 रुपये नक़द हाथ आये। वही जेब में लेकर लखनऊ पहुँच गये। वहाँ तत्कालीन शिक्षामन्त्री सम्पूर्णानन्द से मिले। उनसे केवल अपने लिये बात नहीं की। उनकी मुलाक़ात का ही नतीजा था कि उत्तर प्रदेश के उन सभी छात्रों को इंटर परीक्षा में शामिल होने की अनुमति मिल गयी जिनकी उपस्थिति कम थी। अधिकतम लोगों के हित की बात सोचना बचपन से ही उनके व्यक्तित्व में शामिल था।

पचास के दशक से ही इलाहाबाद और शेष उत्तर प्रदेश के सभी समाजवादी आन्दोलनों में जनेश्वर मिश्र के हस्ताक्षर साफ़ नज़र आते थे। जनेश्वर मिश्र के कामरेड रह चुके समाजवादी नेताओं की बड़ी लम्बी फ़ेहरिस्त है। मुलायम सिंह यादव, बृजभूषण तिवारी, मोहन सिंह, जनार्दन द्विवेदी, सत्यदेव द्विवेदी, आदि सभी उनके साथी थे। उनके छात्र जीवन में ही ग़ैर-कांग्रेसवादी डॉ. लोहिया की राजनीतिक सोच आकार ले रही थी। उन्होंने संयुक्त सोशलिस्ट पार्टी, प्रजा सोशलिस्ट पार्टी, स्वतन्त्र पार्टी और भारतीय जनसंघ को मिलाकर, साथ चुनाव लड़ने के लिये संयुक्त फ्रंट बनाने की कोशिश की। जवाहरलाल नेहरू के जीवनकाल में ही, 1963 में, चार लोकसभा क्षेत्रों–जौनपुर, फ़र्रुखाबाद, मुरादाबाद और बम्बई में उपचुनाव होने वाले थे। उन चुनावों में डॉ. लोहिया ने अपनी ग़ैर-कांग्रेसवादी विचारधारा को ज़मीन पर उतारने का फ़ैसला किया। फ़र्रुख़ाबाद से डॉ. लोहिया खुद उम्मीदवार बने। पूरे देश के समाजवादी वहाँ जमा हुए। इलाहाबाद विश्वविद्यालय के छात्रों और यू. पी. के अन्य ज़िलों से आये नौजवानों की अगुवाई जनेश्वर मिश्र ने की। उसी चुनाव में पहली बार मुलायम सिंह यादव को समाजवादी नेताओं के बीच देखा गया। जनेश्वर मिश्र ने उनसे उसी चुनाव में दोस्ती की, जो जीवन भर चली।

जनेश्वर मिश्र ने जब 1969 में फूलपुर संसदीय उपचुनाव में जवाहरलाल नेहरू की बहन विजयलक्ष्मी पण्डित को चुनौती दी तो सभी की नज़र उस चुनाव पर थी। संयुक्त राष्ट्र में भारत की राजदूत बनने के चक्कर में विजयलक्ष्मी पण्डित ने इस्तीफ़ा दे दिया तो कांग्रेस ने केशवदेव मालवीय को उम्मीदवार बनाया। जनेश्वर मिश्र के हाथों उनकी हार पर पूरी दुनिया के प्रगतिशीलों ने जश्न मनाया। यह समय लोकसभा में बहसों का स्वर्णयुग है। विपक्षी बेंचों पर बैठते थे हरि विष्णु कामथ, मधु लिमये, ज्योतिर्मय बसु, अटल बिहारी वाजपेयी, जनेश्वर मिश्र सरीखे लोग, और इन्दिरा गाँधी की सरकार के आगे सही मायनों में विपक्ष की भूमिका निभाते थे।

एमरजेंसी में जेल काटने के बाद जब वे 1977 में फूलपुर से चुनकर आये तो जनता पार्टी की सरकार में मन्त्री बने। वैसे मन्त्री तो वे 1989, 1990 और 1996 में भी बनाये गये लेकिन मन्त्री पद का उन पर कोई असर नहीं पड़ता था। गम्भीर से गम्भीर राजनीतिक विषयों पर बातचीत के ज़रिये विमर्श करना उनकी फ़ितरत थी। समाजवाद में भी उन्होंने पाखण्ड का हमेशा विरोध किया और पूँजीवादी समाजवाद को कभी बर्दाश्त नहीं किया। आख़िरी कुछ वर्षों में उनको मिठाई खाना मना था लेकिन साथ बैठे लोगों को ज़ोर देकर खिलवाते थे और थोड़ा-सा खुद भी चख लेते थे। उनकी महानता में बाल-सुलभ सादगी थी, जिसकी वजह से बड़ा से बड़ा और मामूली से मामूली आदमी उन्हें अपना मानता था।

जनेश्वर जी मुझे भी अपना मानते थे। कई बार मैंने अख़बार में उनके ख़िलाफ़ लिखा। बुरा नहीं माना लेकिन बहस करके मुझे समझाने की कोशिश की। जब मैंने कहा कि बेकार मेहनत मत कीजिए क्योंकि आप भी जानते हैं कि मैंने जो लिखा है, वह सच है तो मेरी पत्रकारिता की तारीफ़ की। जब भी मुझे नयी नौकरी मिलती थी, तो यह ज़रूर पूछते थे कि तनख़्वाह कितनी मिलेगी। आम तौर पर मैं कम तनख़्वाह की नौकरियाँ ही करता रहा लेकिन जब एन. डी. टी. वी. की मेरी तनख़्वाह के बारे में बताया तो ग़ुस्सा हो गये। बोले, इतने पैसे का करोगे क्या? मैंने बच्चों की फ़ीस, मकान का किराया, टेलीफ़ोन, बिजली, दूध और राशन का हिसाब जोड़कर बताया तो कहने लगे, तब ठीक है।

2009 के लोकसभा चुनाव से पहले, 3 मई को मैंने जनेश्वर मिश्र का इंटरव्यू लिया था। उस इंटरव्यू के नोट्स तो मेरे पास नहीं हैं लेकिन उस वक़्त के मेरे उर्दू अख़बार के अलावा, एक बड़े हिन्दी अख़बार ने भी उसे छापा था। एक पत्रकार के रूप में यह इंटरव्यू मुझे जीवन भर याद रहेगा। उनकी पार्टी के घोषणा-पत्र में अंग्रेज़ी के ख़िलाफ़ बहुत कुछ लिखा हुआ था। मैंने जब पूछा कि आप अंग्रेज़ी के ख़िलाफ़ क्यों हैं? तो उन्होंने गम्भीर बातें शुरू कर दीं। बोले, " हमारी पार्टी ने इस चुनाव के दौरान एक बहुत ही महत्त्वपूर्ण बहस छेड़ी है। हमने घोषणा-पत्र में कहा है कि अगर समाजवादी पार्टी की सरकार बनती है, तो सरकारी कामकाज की भाषा अंग्रेज़ी नहीं रहेगी। भाषा के बारे में यही हमारी नीति है। लेकिन इस पर समाज के निहित स्वार्थ के लोग विरोध कर रहे हैं। नोबेल पुरस्कार विजेता अमर्त्य सेन ने भी इसका विरोध कर दिया। उनका आरोप है कि इसे लागू करने से भारत दसवीं शताब्दी में पहुँच जायेगा। अमर्त्य सेन अर्थशास्त्र के विद्वान हैं और हमारे सम्मान के पात्र हैं लेकिन भाषा के सवाल पर बंगाली बाबू फिसल गये। ऐसे ही महात्मा गाँधी के समय भी हुआ था। जब गाँधी जी ने सविनय अवज्ञा आन्दोलन का नारा दिया तो रवीन्द्रनाथ टैगोर ने उनका विरोध किया और आन्दोलन के ख़िलाफ़ बयान दे दिया। गाँधी जी ने उन्हें समझाने की कोशिश की, क़रीब दो हफ़्ते शान्ति निकेतन में ठहरे लेकिन टैगोर को समझा नहीं पाये। टैगोर बहुत ही योग्य व्यक्ति थे लेकिन उस वक़्त महात्मा गाँधी की बात उनकी समझ में नहीं आयी। भारतीय लोग जो नोबेल पुरस्कार जीतते हैं, उन्हें यह सम्मान अंग्रेज़ी की मार्फ़त मिलता है। उनको यह बोध कराना ज़रूरी है कि उनको सम्मान उनकी प्रतिभा की वजह से मिला है, तपस्या की वजह से मिला है, अंग्रेज़ी की वजह से नहीं। अमर्त्य सेन के तर्क को अगर विकसित किया जाय तो जापान, चीन, रूस आदि पिछड़े देश हो जायेंगे, क्योंकि वहाँ तो सरकारी कामकाज की भाषा अंग्रेज़ी नहीं है। दरअसल अंग्रेज़ी की वजह से भारत में स्वतन्त्र रूप से सोचने की क्षमता का विकास ही नहीं हुआ। भारतीयों के अन्दर जो महान बनने की क्षमता है उस पर इसका उल्टा असर पड़ता है। अंग्रेज़ी भाषा देश को नक़लची बना रही है। नक़लची आदमी स्वाभिमान से नहीं रह सकता, जबकि प्रतिभाशाली आदमी स्वाभिमानी होता है। प्रतिभा का विकास जितना अपनी भाषा में होता है,

उतना किसी और भाषा में नहीं होता। जब तक आदमी उस बोली में नहीं जियेगा, जो उसने गोद में सीखी थी तो उसकी तरक़्क़ी की सम्भावना कम ही रहती है। नयी भाषा का व्याकरण समझने में ही बहुत समय लग जायेगा, उसमें ज्ञान हासिल करने में तो बहुत टाइम लगेगा।''

उन्होंने बेबाक़ी से कहा कि, 'हमारी पार्टी को कुछ हलक़ों में सनीमा वालों की जमात के रूप में भी पहचाना जाने लगा है। अंग्रेज़ी ख़त्म करने की बात करके देश भर के समाजवादियों को एक करने की कोशिश की जा रही है।'

मैंने उन्हें छेड़ने के इरादे से पूछ लिया कि, ''आपके एक बड़े नेता ने कहा है कि सिनेमा वालों के आने से आपकी पार्टी का सम्मान बहुत बढ़ा है। क्या आप इस बात को स्वीकार करते हैं? हालाँकि मैंने नाम नहीं लिया था, लेकिन मेरा इशारा अमर सिंह की तरफ़ था। जवाब में वही जनेश्वर मिश्र प्रकट हो गये, जो काले को काला और सफ़ेद को सफ़ेद कहने के लिए मशहूर हैं। लगभग ग़ुस्सा होते हुए बोले, "आप कृपया इस इंटरव्यू की गम्भीरता को कम मत कीजिए। वे जनाब मेरे नेता कभी नहीं रहे। किसी भी समाजवादी कार्यकर्ता का नेता बनने की उनकी औक़ात नहीं है। उन्हें मुलायम सिंह यादव ने अपने साथ लगा रखा है। मेरी नज़र में तो वे मुलायम सिंह के निजी स्टाफ के सदस्य से ज़्यादा कुछ नहीं हैं।

एक बार देश का एक बहुत बड़ा उद्योगपति उनसे मिलना चाहता था। वे पेट्रोलियम मन्त्री थे और वह उद्योगपति पेट्रोलियम के क्षेत्र में प्रवेश करना चाहता था। उसने जुगाड़ करके प्रधानमन्त्री कार्यालय से जनेश्वर जी को कहलवा दिया कि उससे मिल लें। प्रधानमन्त्री को मना तो कर नहीं सकते थे। उन्होंने छात्र जीवन के अपने साथी, शंकर सुहैल से कहा कि किसी ऐसे होटल में चलकर कॉफी पिलाओ जहाँ जाने में कम-से-कम दो घण्टे लगते हों। शंकर सुहैल उन्हें हरियाणा के किसी होटल में ले गये और उद्योगपति बेचारा घण्टों उनके घर पर इन्तज़ार करके वापस चला गया। ऐसी सैकड़ों यादें हैं। लेकिन सबसे ज़रूरी याद है कि उनके जन्मदिन पर राजेन्द्र प्रसाद रोड के उनके आवास पर जो कार्यक्रम होता था, उसमें सभी एक साथ खाना खाते थे और हँसी-मज़ाक़ करते थे।

जनेश्वर मिश्र एक सुपीरियर इन्सान थे।

22 जनवरी, 2010

कैप्टन अब्बास अली–राजनीति में नैतिकता के मानदण्ड थे

कैप्टन अब्बास अली 94 साल की उम्र में इस फ़ानी दुनिया को अलविदा कह गये। कप्तान साहेब एक बेहतरीन इन्सान थे। आज़ाद हिन्द फ़ौज का यह कप्तान जब अपनी बुलन्दी पर था तो उसने किसी तरह का समझौता नहीं किया। और यह बुलन्दी उनकी ज़िन्दगी में हमेशा बनी रही। उनकी एक ही तमन्ना थी कि ज़िन्दगी भर किसी के आश्रित न हों। उम्र के नब्बे साल पूरे होने पर उनकी आत्मकथा दिल्ली से प्रकाशित हुई थी। किताब का शीर्षक शायद यही सोच कर रखा गया होगा–'न रहूँ किसी का दस्तनिगर'। 11 अक्टूबर को आख़िरी साँस लेने से एक दिन पहले तक अपने हाथ-पाँव से चलते रहे और शान से गये। 94 साल की उम्र में कप्तान साहेब जब गये तो किसी के सहारे नहीं रहे। उनके बेटे क़ुर्बान अली हमेशा उनको अपने साथ दिल्ली में रखना चाहते थे लेकिन कप्तान साहेब अपनी कर्मभूमि अलीगढ़ और बुलन्दशहर को कभी नहीं भूलते थे। मौक़ा लगते ही अलीगढ़ चले जाते थे। उनकी ज़िन्दगी के बारे में शायद बहुत कुछ नहीं लिखा जायेगा क्योंकि वे डॉ. राम मनोहर लोहिया की उस राजनीतिक परम्परा के अलमबरदार थे जिसमें राजनेताओं को सरकारी ओहदे के लिए कोशिश न करने की हिदायत थी। लेकिन इस बहादुर इन्सान की ज़िन्दगी क़लमबन्द होनी चाहिए ताकि आने वाली नस्लों को मालूम हो कि खुर्जा क़स्बे के पास कलन्दर गढ़ी में एक ऐसा इन्सान रहता था, जिसने मानवीय आचरण की हर बुलन्दी को नापा था।

समाजवादी विचारक स्वर्गीय मधु लिमये उनकी बहुत इज़्ज़त करते थे। 1988 में पहली बार मधु लिमये के पंडारा रोड वाले फ़्लैट में मेरी कप्तान साहेब से मुलाक़ात हुई थी। राजीव गाँधी का राज था और विश्वनाथ प्रताप सिंह उनको चुनौती दे रहे थे। उत्तर प्रदेश में सब कुछ कांग्रेसमय था, कांग्रेस के विरोध के नाम पर कुछ नहीं था। लेकिन कप्तान साहेब को भरोसा था कि सब कुछ बदल जायेगा। कांग्रेस की हार की इबारत उनको साफ़ नज़र आ रही थी। कैप्टन अब्बास अली को एक ऐसे इन्सान के रूप में याद किया जाना चाहिए जिसने कभी भी उम्मीद नहीं छोड़ी और उसी रास्ते पर चले जिसको सही समझते रहे। शायद इसीलिए उन्होंने नौजवानों से अपील की थी। अब्बास अली को नौजवान पीढ़ी से बहुत उम्मीदें थीं। आपने फ़रमाया था, 'बचपन से ही अपने इस अज़ीम मुल्क को आज़ाद व ख़ुशहाल देखने की तमन्ना थी, जिसमें ज़ात-बिरादरी, मज़हब, ज़बान या रंग के नाम पर किसी तरह का शोषण न हो, जहाँ हर हिन्दुस्तानी सिर ऊँचा करके चल सके। जहाँ अमीर-ग़रीब के नाम पर कोई भेदभाव न हो। हमारा पाँच हज़ार साल का इतिहास जाति-मज़हब के नाम पर शोषण का इतिहास रहा है। अपनी ज़िन्दगी में अपनी आँखों के सामने अपने इस अज़ीम मुल्क को आज़ाद देखने की ख़्वाहिश तो पूरी हो गयी, लेकिन अब भी समाज में ग़ैर-बराबरी, भ्रष्टाचार, ज़ुल्म-ज़्यादती व फ़िरक़ापरस्ती का जो नासूर फैला हुआ है, उसे देखकर बेहद तकलीफ़ होती है। दोस्तो! उम्र के इस पड़ाव पर हम तो चिराग़-ए-सहरी (सुबह का चिराग़) हैं, न जाने कब बुझ जायें पर आपसे और आने वाली नस्लों से यही गुज़ारिश और उम्मीद है कि सच्चाई व ईमानदारी का जो रास्ता हमने अपने बुज़ुर्गों से सीखा, उसकी मशाल मज़बूती से थामे रहना, बुझने मत देना।'

डॉ. राम मनोहर लोहिया ने एक बार कप्तान साहेब से कहा था कि 'कैप्टन, आने वाली नस्लों के लिए खाद बनो' उन्होंने पूरी ज़िन्दगी इस बात को पकड़े रखा। शायद इसीलिए जब एमरजेंसी के बाद वे जेल से बाहर आये और चौधरी चरण सिंह ने कहा कि बुलन्दशहर से लोकसभा चुनाव लड़ो तो उन्होंने मना कर दिया क्योंकि उनको तो औरों को लड़ाना था और जिताना था। 1977 में कप्तान साहेब उत्तर प्रदेश जनता पार्टी के अध्यक्ष थे।

उम्र के आख़िरी पड़ाव पर भी जब उनसे मुलाक़ात हुई एक बात बिल्कुल साफ़ समझ में आती थी कि उनको नौजवानों से बहुत उम्मीद थी। जब वे खुद नौजवान थे और गुलाम देश के नागरिक थे तब भी उन्होंने इन्हीं सपनों के साथ ज़िन्दगी जीने का फ़ैसला किया था। मार्च 1931 में जब सरदार भगत सिंह को लाहौर में फाँसी दी गयी तो पूरे देश में उसकी राजनीतिक धमक महसूस की गयी थी। बालक अब्बास अली उन दिनों खुर्जा में पढ़ते थे। वहाँ भी भगत सिंह की फाँसी पर ग़म-ओ-गुस्से का इज़हार किया गया। जुलूस निकाला तो नौ साल के अब्बास अली उसमें शामिल हो गये और मन में मुल्क को आज़ाद कराने का सपना पाल लिया। बाद में वे अलीगढ़ मुस्लिम यूनिवर्सिटी में पढ़ने गये जहाँ उनकी मुलाक़ात कम्युनिस्ट नेताओं से हुई। उस दौर के मशहूर कम्युनिस्ट नेता कुँवर मोहम्मद अशरफ़ से मुलाक़ात हुई। वहीं साम्राज्यवाद के विरोध की ट्रेनिंग ली और कुँवर साहेब की प्रेरणा से 1939 में फ़ौज में भर्ती हो गये। दूसरा विश्वयुद्ध शुरू हो चुका था। ब्रिटिश इंडियन आर्मी के अधिकारी के रूप में उनकी तैनाती मलाया में हुई। मलाया में जापानियों द्वारा युबन्दी बनाये गये। बाद में जब जनरल मोहन सिंह ने आज़ाद हिन्द फ़ौज का गठन किया तो उसमें शामिल हो गये और अंग्रेज़ी हुकूमत को चुनौती देने के अभियान में लग गये। ऐसा करने के लिए उन्होंने ब्रिटिश सेना से बग़ावत की। जब दूसरा विश्व युद्ध ख़त्म हुआ तो अंग्रेज़ों ने इन लोगों को युद्ध बन्दी बना लिया और देशद्रोह का मुक़दमा चलाया। जबकि सच्चाई यह है कि आज़ाद हिन्द फ़ौज के लोग देशद्रोही क़तई नहीं थे। हाँ, उन्हें ब्रिटिश साम्राज्यवाद का द्रोही ज़रूर कहा जा सकता है। बहरहाल ब्रितानी फ़ौज ने उनको 1946 में युद्धबन्दी बनाया और पंजाब के मुल्तान (अब पाकिस्तान) के क़िले में बन्दी बनाकर रखा। ब्रिटिश सेना द्वारा कोर्टमार्शल किया गया और सज़ा-ए-मौत सुनाई गयी। लेकिन, इस बीच देश आज़ाद हो गया। 1947 में विभाजन के बाद जेल से रिहा किये गये। लेकिन इस बहादुर इन्सान की ज़िन्दगी में मुसीबतों ने डेरा डाल दिया था। भारत के बँटवारे के साथ-साथ उनका परिवार भी बँट गया। उनके पिता, माँ, भाई और बहन पाकिस्तान चले गये। उन पर भी दबाव था कि पाकिस्तान जायें लेकिन उन्होंने कहा कि अपना देश नहीं छोड़ूँगा क्योंकि

इसकी आज़ादी के लिए हमारी पीढ़ी ने क़ुर्बानी दी है। अपना गाँव नहीं छोड़ूँगा क्योंकि यहाँ हमारे बुज़ुर्गों की हड्डियाँ दफ़्न हैं। मैं उनकी हिफ़ाज़त के लिए ज़िम्मेदार हूँ इसलिए यह कर्तव्य भी पूरा करूँगा। परिवार बिखर चुका था लेकिन कैप्टन अब्बास अली टूटे नहीं। ज़िन्दगी को नये सिरे से जीने का फ़ैसला किया। आधे परिवार के पाकिस्तान चले जाने के बावजूद अपनी जन्मभूमि भारत में ही रहना पसन्द किया।

1948 में जब आचार्य नरेन्द्र देव, जयप्रकाश नारायण और डॉ. राम मनोहर लोहिया ने कांग्रेस पार्टी छोड़कर सोशलिस्ट पार्टी का गठन किया तो अब्बास अली उसके संस्थापक सदस्य के रूप में शामिल हुए। डॉ. लोहिया के बहुत क़रीबी दोस्त के रूप में काम करते रहे। अंगेज़ तो चले गये थे लेकिन 1948 से लेकर 1 मई, 1977 तक सोशलिस्ट पार्टी में रहते हुए पचास से ज़्यादा बार सिविल नाफ़रमानी आन्दोलनों के तहत जेलों की हवा खायी। जून 1975 में आपात्काल लगने के बाद मीसा के तहत बन्दी बनाये गये और बुलन्दशहर, बरेली तथा नैनी सेंट्रल जेल में 19 माह तक रहे। 1966 और 1974 में दो बार उत्तर प्रदेश संयुक्त सोशलिस्ट पार्टी और सोशलिस्ट पार्टी के राज्य सचिव चुने गये। 1967 में संयुक्त विधायक दल का गठन किया। चौधरी चरण सिंह उन दिनों कांग्रेस पार्टी के विधायक हुआ करते थे। चौधरी चरण सिंह को तोड़कर उन्हें उत्तर प्रदेश का पहला ग़ैर-कांग्रेसी मुख्यमन्त्री बनवाया। इस प्रोजेक्ट में कैप्टन अब्बास अली की ख़ासी बड़ी भूमिका थी।

1977 में लोकसभा चुनावों के दौरान जनता पार्टी ने उन्हें बुलन्दशहर से अपना उम्मीदवार बनाना चाहा, लेकिन मना कर दिया। इसी वर्ष वे उत्तर प्रदेश जनता पार्टी के पहले अध्यक्ष बनाये गये। 1978 में उत्तर प्रदेश विधान परिषद् के लिए निर्वाचित हुए। 1984 में विधान परिषद् से रिटायर हुए। आज़ाद भारत में कैप्टन अब्बास अली ने अगर कांग्रेस का साथ पकड़ लिया होता तो सरकारी पदों—ओहदों की भरमार हो जाती लेकिन उन्होंने डॉ. राम मनोहर लोहिया का साथ दिया और उसको ज़िन्दगी भर निभाया। डॉ. राम मनोहर लोहिया के वे निजी मित्र भी थे और राजनीतिक मित्र भी। डॉ. लोहिया की तरह कैप्टन अब्बास अली भी अपनी राजनीति कभी नहीं छोड़ते थे। एक बार इलाहाबाद के हिन्दू महासभा के

नेता प्रभुदत्त ब्रह्मचारी मथुरा जेल में बन्द थे। जेल में उन्होंने आमरण अनशन का फ़ैसला किया। वे जवाहरलाल नेहरू के घोर विरोधी थे। 1957 में फूलपुर से नेहरू के ख़िलाफ़ चुनाव भी लड़ चुके थे। उनके अनशन को सरकार ने कोई तवज्जो नहीं दी। प्रभुदत्त ब्रह्मचारी ने कहा वे अनशन तभी तोड़ेंगे जब डॉ. राम मनोहर लोहिया उन्हें मौसमी का जूस पिलायेंगे। डॉ. लोहिया पहुँच गये लेकिन उन्होंने शर्त लगा दी कि किसी मुसलमान के हाथ से जूस पिलवायेंगे। कैप्टन अब्बास अली उनके साथ थे उन्हीं के हाथ से ब्रह्मचारी जी ने जूस पिया और अनशन तोड़ा। इन दोनों नेताओं में राजनीतिक सिद्धान्तों को ज़मीन पर लागू करने की अजीब बेचैनी थी।

अब्बास अली जीवन भर इन्सानी बुलन्दी और सामाजिक बराबरी की लड़ाई लड़ते रहे। उनका अपना परिवार राजपूतों की उस परम्परा से ताल्लुक़ रखता था जिसकी जड़ें अयोध्या के राजा रामचन्द्र तक जाती थीं। उनका पालन-पोषण सामन्ती माहौल में हुआ था लेकिन उनकी राजनीतिक ज़िन्दगी में सामन्ती संस्कारों के लिए कोई जगह नहीं थी। अपने गाँव कलन्दर गढ़ी में उनकी बहुत बड़ी खेती थी लेकिन उन्होंने समाजवाद की लड़ाई का मन बनाया और आख़िर तक उसी मुहिम में शामिल रहे। कप्तान साहेब में राजनीतिक टैलेंट की पहचान की लाजवाब क्षमता थी। एक ही उदाहरण काफ़ी होगा। 1967 में कप्तान साहेब अपनी पार्टी की उत्तर प्रदेश इकाई के सेक्रेटरी थे। उन दिनों सेक्रेटरी के पास ही पार्टी के महत्त्वपूर्ण फ़ैसले लेने की शक्ति होती थी। आजकल की तरह सैकड़ों की तादाद में सेक्रेटरी नहीं होते थे। टिकट देने का काम भी सेक्रेटरी को ही करना होता था। इटावा में उन्होंने मुलायम सिंह यादव नाम के एक मामूली कार्यकर्ता को बरगद निशान वाली संयुक्त सोशलिस्ट पार्टी (संसोपा) का टिकट दे दिया। अपने साथी नेताओं से कहा कि इस लड़के में वह चिनगारी है जो समाजवाद को आगे ले जायेगी। सभी जानते हैं कि कांग्रेस और बीजेपी के सभी हमलों में मुलायम सिंह यादव लड़ते रहे—कहीं हारे तो कहीं जीते लेकिन समाजवादी झण्डे को हमेशा ऊँचा रखा।

इतने बुलन्द इन्सान के जाने के बाद आम आदमी की बराबरी की लड़ाई में एक ज़बरदस्त खालीपन आया है। अब देखना है कि वक़्त उसे कब पूरा करता है।

चन्द्रशेखर ने कहा था–जिसमें मानव संवेदना नहीं, उसमें धर्मनिरपेक्षता नहीं हो सकती

8 जुलाई को चन्द्रशेखर जी को गये पाँच साल हो गये। अगर होते तो 85 साल के हो गये होते। उनको लोग बहुत अच्छा संसदविद् कहते हैं। वे संसद में थे इसलिए संसदविद् भी थे लेकिन लेकिन सच्चाई यह है कि वे जहाँ भी रहे धमक के साथ रहे और नक़ली ज़िन्दगी कभी नहीं जी। मैं चन्द्रशेखर जी को एक ऐसे इन्सान के रूप में याद करता हूँ जो सच्चे अर्थों में स्टेट्समैन थे, दूरदर्शी थे और राष्ट्र और समाज के हित को सर्वोपरि मानते थे। आज चन्द्रशेखर की विरासत को सँभालने वाला कोई नहीं है क्योंकि उनकी राजनीति को आगे ले जाने वाली कोई पार्टी ही कहीं नहीं है। जिस पार्टी को उन्होंने अपनाया था, उसके वे ही आख़िरी कार्यकर्ता साबित हुए। पचास के दशक में आचार्य नरेन्द्र देव के सान्निध्य में उन्होंने प्रजा सोशलिस्ट पार्टी की राजनीति में हिस्सा लेना शुरू किया लेकिन 1964 आते-आते उनको लग गया कि उनकी और आचार्य जी की राजनीति की सबसे बड़ी वाहक जवाहरलाल नेहरू की कांग्रेस पार्टी ही रह गयी है। शायद इसलिए उन्होंने अपनी पार्टी के एक अन्य बड़े नेता, अशोक मेहता के साथ कांग्रेस की सदस्यता ले ली। यह उनका और देश का दुर्भाग्य था कि उसके बाद से ही कांग्रेस में पूँजीवादी राजनीति का समर्थन करने वाली शक्तियाँ उभरने लगीं। इस सिंडिकेट ने कांग्रेस की राजनीति को पूरी तरह क़ाबू में कर लिया। इन्दिरा गाँधी ने सिंडिकेट से बग़ावत तो की लेकिन वह पुत्रमोह में फँस गयीं और तानाशाही का रास्ता अपना लिया। नतीजा यह हुआ कि चन्द्रशेखर जी को जयप्रकाश नारायण के नेतृत्व में चल रहे तानाशाही

विरोधी आन्दोलन का साथ देना पड़ा। यह भी अजीब इत्तिफ़ाक़ है कि जिस साम्प्रदायिक राजनीति का चन्द्रशेखर जी ने हमेशा विरोध किया था, उसी के पोषक जेपी आन्दोलन के चौधरी बने बैठे थे। समाजवादी लोग हालाँकि आगे-आगे नज़र आते थे लेकिन सबको मालूम था कि आर.एस.एस. वाले ही गुजरात से लेकर बिहार तक हालात को कंट्रोल कर रहे थे। बाद में जो सरकार बनी उसमें भी आर.एस.एस. की सहायक पार्टी जनसंघ के लोग ही हावी थे। चन्द्रशेखर और मधु लिमये ने आर.एस.एस. को राजनीतिक पार्टी बताया और कोशिश की कि जनता पार्टी के सदस्य किसी अन्य पार्टी के सदस्य न रहें लेकिन आर.एस.एस. ने जनता पार्टी ही तोड़ दी और अलग भारतीय जनता पार्टी बना ली। बावजूद इसके चन्द्रशेखर ने अपने उसूलों के साथ कभी समझौता नहीं किया।

उनके जाने के पाँच साल बाद यह साफ़ समझ में आता है कि उनकी विरासत को ज़िन्दा रखने के लिए किसी संस्था की ज़रूरत नहीं है। उनकी ज़िन्दगी ही ऐसी संस्था थी, जिसमें बहुत सारी सकारात्मक शक्तियाँ एकजुट हो गयी थीं। उन्होंने देश की राजनीति को हर मुक़ाम पर प्रभावित किया। जब सिंडिकेट के चंगुल से निकल कर इन्दिरा गाँधी ने राष्ट्र की सम्पत्ति को जनता की हिफ़ाज़त में रखने के लिए बैंकों का राष्ट्रीयकरण किया तो चन्द्रशेखर ने उनको पूरा समर्थन दिया और सिंडिकेट वालों के लिए राजनीतिक मुश्किल पैदा की। लेकिन वही इन्दिरा गाँधी जब पुत्रमोह में तानाशाही और ग़ैर-ज़िम्मेदार रवैया अपनाने लगीं तो चन्द्रशेखर ने उनको चेतावनी दी और बाद में तानाशाही प्रवृत्तियों को ख़त्म करने के आन्दोलन में अग्रणी भूमिका निभायी।

आज चन्द्रशेखर जी के जीवन की बहुत सारी घटनाएँ याद आती हैं लेकिन जिस घटना ने मुझे हमेशा प्रभावित किया वह 7 नवम्बर, 1990 को लोकसभा में घटी थी। तत्कालीन प्रधानमन्त्री विश्वनाथ प्रताप सिंह की सरकार को हटाने के लिए लगभग सभी राजनीतिक पार्टियाँ एकजुट थीं। वी. पी. सिंह ने अपने ग्यारह महीने के शासनकाल में बहुत सारे ग़ैर-ज़िम्मेदाराना फ़ैसले किये थे और उनका प्रधानमन्त्री पद से हटना बहुत ज़रूरी माना जा रहा था। जब अध्यक्ष ने चन्द्रशेखर जी को भाषण देने के लिए बुलाया तो सदन में बिल्कुल सन्नाटा छा गया। जब चन्द्रशेखर जी ने कहा कि मुझे अत्यन्त

दुख के साथ इस बहस में हिस्सा लेना पड़ रहा है तो सदन में बैठे लोगों ने उनके दर्द का अनुभव किया था। गैलरी में बैठे लोगों ने भी साँस खींचकर उनके भाषण को सुना। उन्होंने कहा कि जब ग्यारह महीने पहले हमने देश को बचाने के लिए बीजेपी से समझौता किया था, तब सोचा था कि देश संकट में है, कठिनाई में है और उस कठिनाई से निकलने के लिए सबको साथ मिलकर चलना चाहिए। उन्होंने अफ़सोस ज़ाहिर किया कि ग्यारह महीने पहले देश की जो दुर्दशा थी, अब उससे बदतर हो गयी है। उन्होंने पूछा कि क्या यह सही नहीं है कि हमारे देश में आतंक बढ़ा है, क्या यह सही नहीं है कि हमारे देश में विषमता बढ़ी है, क्या यह सही नहीं है कि बेकारी, बेरोज़गारी और महँगाई बढ़ी है? क्या यह सही नहीं है कि हमारे देश में सामाजिक तनाव बढ़ा है? क्या यह सही नहीं है कि पंजाब पीड़ा से कराह रहा है? क्या यह सही नहीं है कि कश्मीर में आज वेदना है? क्या यह सही नहीं है कि असम में आतंक बढ़ रहा है? क्या यह सही नहीं है कि देश के गाँव-गाँव में धर्म और जाति के नाम पर आदमी ही आदमी के ख़ून का प्यासा हो रहा है? उन्होंने तत्कालीन प्रधानमन्त्री से कहा कि संसद और देश को चलाना कोई ड्रामा नहीं है इसलिए हर राजनीतिक काम की बुनियाद में गम्भीरता होनी चाहिए।

लोकसभा के उस सत्र के बाद विश्वनाथ प्रताप सिंह की सरकार को हटा दिया गया था। चन्द्रशेखर जी ने साफ़ कहा कि सिद्धान्तों की बात करने वाले विश्वनाथ प्रताप सिंह धर्मनिरपेक्षता का सवाल क्यों नहीं उठाते? धर्मनिरपेक्षता मानव संवेदना की पहली परख है। जिसमें मानव संवेदना नहीं, उसमें धर्मनिरपेक्षता नहीं हो सकती। इसी भाषण में चन्द्रशेखर जी ने बीजेपी की राजनीति को आड़े हाथों लिया था। उन्होंने कहा कि मैं आडवाणी जी से ग्यारह महीनों से एक सवाल पूछना चाहता हूँ कि बाबरी मस्जिद के बारे में सुझाव देने के लिए एक समिति बनायी गयी, उस समिति से भारत के गृहमन्त्री और उत्तर प्रदेश के मुख्यमन्त्री को हटा दिया जाता है। (बताते चलें कि उस वक़्त गृहमन्त्री मुफ़्ती मुहम्मद सईद थे और उत्तर प्रदेश के मुख्यमन्त्री मुलायम सिंह यादव थे।) चन्द्रशेखर जी ने आरोप लगाया कि इन लोगों को इसलिए हटाया गया क्योंकि विश्व हिन्दू परिषद् के कुछ नेता

उनकी सूरत नहीं देखना चाहते थे। क्या इस तरह देश को चलाना है? उन्होंने सरकार सहित बीजेपी–आर.एस.एस. की राजनीति को भी घेरे में लिया और बुलन्द आवाज़ में पूछा कि क्यों हटाये गये मुलायम सिंह, क्यों हटाये गये मुफ़्ती मुहम्मद सईद? उस दिन किसने समझौता किया था? चाहे वह समझौता विश्व हिन्दू परिषद् से हो, चाहे किसी इमाम से, ऐसे समझौते ही देश की हालत को रसातल में ले जाने के ज़िम्मेदार हैं। उन्होंने प्रधानमन्त्री को चेतावनी दी कि आपकी सरकार जा सकती है, उससे कुछ नहीं बिगड़ेगा, लेकिन याद रखिए कि जो संस्थाएँ बनी हुई हैं, उनका अपमान मत कीजिए। क्या यही परम्परा है कि बातचीत चलाने के लिए राष्ट्रपति पद का इस्तेमाल किया जाये। दुनिया के इतिहास में शायद ऐसा कहीं नहीं हुआ होगा। कभी ऐसा नहीं हुआ कि अध्यादेश लाये जायें और 24 घण्टे के अन्दर वापस ले लिये जायें। उन्होंने कहा कि यह तुग़लकी मिज़ाज इस देश को रसातल तक पहुँचायेगा। देश को बचाने के लिए मैं तुग़लकी मिज़ाज का विरोध करना अपना राष्ट्रीय कर्तव्य मानता हूँ।

इसी भाषण के दौरान क़िस्मत के मारे विश्वनाथ प्रताप सिंह ने बीच में टिप्पणी कर दी कि–सिद्धान्त के चर्चे सरकारी पदों के गलियारों से होकर नहीं गुज़रते हैं। चन्द्रशेखर जी ने कहा, 'मुझे मालूम है कि सिद्धान्त संघर्षों से पलते हैं और संघर्ष करना जिसका इतिहास नहीं है, वह सिद्धान्तों की बात करता है। मैं उन लोगों में से नहीं हूँ जो अपनी ग़लती को स्वीकार ही न करें। उन्होंने प्रधानमन्त्री से कहा कि जिस समय आप कुर्सियों से चिपके रहने के लिए हर प्रकार के घिनौने समझौते कर रहे थे, उस समय मैं संघर्ष के रास्ते चलकर हर मुसीबत का मुक़ाबला कर रहा था, इसलिए आप सिद्धान्तों की चर्चा हमसे मत करिए।

चन्द्रशेखर जी ने इस भाषण में और भी बहुत सारी बातें कहीं जो भारत के राजनीतिक भविष्य के दिशा-निर्देशों का प्रकाश स्तम्भ हो सकती हैं। आज उन्हीं चन्द्रशेखर की पुण्यतिथि है, जिन्होंने स्वार्थ के सामने कभी सर नहीं झुकाया। भारत के एक नागरिक के रूप में आज उन्हें सम्मान से याद करने में मुझे गर्व है।

7 जुलाई, 2012

अटल जी : राजनीतिक शिष्टाचार के शलाका पुरुष

अपने अलग तरह के राजनीतिक दर्शन के प्रणेता, अटल बिहारी वाजपेयी का जाना, देश की कई पीढ़ियों के लिए कुछ गँवा देने जैसा है। अटल जी मौत से कभी नहीं डरे। जब बीमार हुए तो मौत को चुनौती देती हुई कविता लिखी—'मौत की उम्र क्या है, दो पल भी नहीं'। आज वह पल आ गया लेकिन उससे पहले स्वयं उनके शब्दों में—'मैं जी भर जिया, मैं मन से मरूँ/लौट कर आऊँगा, कूच से क्यों डरूँ?' आज भारतीय राजनीति का वह अटल योद्धा कूच कर गया। जिस सत्ता परिवर्तन का सपना उन्होंने डॉ. श्यामा प्रसाद मुखर्जी और दीनदयाल उपाध्याय के साथ 1951 में देखा था, उस पर जीवन भर विश्वास किया।

एक बार उन्होंने दिल्ली के रायसीना रोड स्थित अपने आवास में भीष्म पितामह के चरित्र के बारे में बताया था। अटल जी ने कहा कि भीष्म पितामह को इच्छा-मृत्यु का वरदान प्राप्त था यानी वे अपनी इच्छा से अपने मरने का समय और स्थान तय कर सकते थे। पितामह ने हस्तिनापुर की रक्षा की प्रतिज्ञा की थी, इसलिए बाणों से बिद्ध होकर भी उन्होंने अपनी इच्छा से मृत्यु का वरण नहीं किया। शर-शय्या पर पड़े-पड़े महाभारत की राजनीतिक और सामरिक गतिविधियों को शान्त भाव से देखते-सुनते रहे, जब तक कि युद्ध समाप्त नहीं हो गया और उनकी दृष्टि में जो शासन के योग्य था, उसकी सत्ता स्थापित नहीं हो गयी। लगता है कि उनको यह अनुमान था कि उनकी विचारधारा की सत्ता को देश में उनका कोई अनुयायी ही स्थापित करेगा, वे स्वयं नहीं कर सकेंगे। इसलिए अब जब उनकी पार्टी की विचारधारा की सत्ता दिल्ली में स्थापित हो गयी है, तब उन्होंने मृत्यु का वरण कर लिया।

अटल जी का सार्वजनिक जीवन 1939 से शुरू माना जायेगा जब उन्होंने राष्ट्रीय स्वयंसेवक संघ की शाखाओं में जाना शुरू किया था। क़रीब अस्सी साल के सार्वजनिक जीवन में वे पत्रकार भी रहे और राजनेता भी। भारतीय जनसंघ के संस्थापक डॉ. श्यामा प्रसाद मुखर्जी मूल रूप से हिन्दू महासभा के नेता थे लेकिन महात्मा गाँधी की हत्या के बाद, हिन्दू महासभा वालों ने जो रुख़ अपनाया उसके बाद उन्होंने पार्टी से दूरी बनाने का फ़ैसला किया। वे धीरे-धीरे अपने आपको हिन्दू महासभा से दूर कर रहे थे। जवाहरलाल नेहरू के मन्त्रिमण्डल से इस्तीफ़ा देने के बाद डॉ. मुखर्जी ने हिन्दू हितों के संरक्षक के रूप में अपनी प्रतिष्ठा बनायी।

दिल्ली के प्रचारक वसन्तराव कृष्ण ओक और कश्मीर के नौजवान बलराज मधोक उनको एक नयी राष्ट्रवादी पार्टी बनाने के लिए लगातार उकसा रहे थे। हालाँकि इन लोगों को आर.एस.एस. के आला नेताओं का समर्थन नहीं था लेकिन यह लोग जमे हुए थे। बहरहाल आरएसएस के सहयोग से पार्टी का गठन हुआ और सरसंघचालक एम. एस. गोलवलकर ने डॉ. मुखर्जी को सहयोग देना शुरू किया। इसी प्रक्रिया में उन्होंने दीन दयाल उपाध्याय और अटल बिहारी वाजपेयी को डॉ. श्यामा प्रसाद मुखर्जी के साथ जनसंघ में काम करने के लिए तैनात किया। अटल बिहारी वाजपेयी का संसदीय जीवन आर.एस.एस. के इस फ़ैसले के बाद शुरू हुआ। भारतीय जनसंघ के सचिव के रूप में उन्होंने 1955 से काम करना शुरू कर दिया था। इसके पहले वे डॉ. श्यामा प्रसाद मुखर्जी की अन्तिम राजनीतिक यात्रा में भी उनके साथ थे जब वे जम्मू-कश्मीर में 'एक विधान, एक निशान' की माँग लेकर आमरण अनशन करने गये थे।

1957 का चुनाव भारतीय जनसंघ की राजनीति में बहुत महत्त्वपूर्ण है। उसी चुनाव में पार्टी ने अटल बिहारी वाजपेयी और भैरो सिंह शेखावत को संसदीय राजनीति में उतारा और बाद में पार्टी को ऊँचाई पर ले जाने में इन दोनों नेताओं ने बहुत बड़ी भूमिका निभायी। शेखावत जी तो राजस्थान में चुनाव हार गये लेकिन अटल जी ने उत्तरप्रदेश की बलरामपुर सीट से जीतकर लोकसभा में अपनी मज़बूत पहचान दर्ज करायी। प्रधानमन्त्री जवाहरलाल नेहरू उनकी भाषण कला से बहुत प्रभावित थे।

अटल जी ने कई बार इस बात का उल्लेख किया है कि सदन की कार्यवाही के दौरान वे प्रधानमन्त्री नेहरू पर हमला बोलते थे लेकिन नेहरू जी ने कभी बुरा नहीं माना, कभी कोई तल्ख़ी नहीं पाली। शायद यही कारण था कि 1962 में लोकसभा चुनाव में सफल न होने के बाद पार्टी ने जब उनको राज्यसभा भेजने का संकल्प लिया तो कांग्रेस ने ज़्यादा उम्मीदवार नहीं खड़े किये, जिससे अटल जी समेत सभी लोग निर्वाचित हो गये। 1967 में तो ख़ैर वे लोकसभा के लिए चुन ही लिये गये थे।

इस देश के राजनीतिक इतिहास में 1967 बहुत महत्त्वपूर्ण वर्ष माना जाता है। अटल जी के शब्दों में, 'आप ग्रैंड ट्रंक रोड से अमृतसर से कलकत्ता तक चले जाइए, आपको कांग्रेस के राज से गुज़रने की ज़रूरत नहीं पड़ेगी।' यानी 1967 के विधानसभा चुनावों के बाद पंजाब, हरियाणा, दिल्ली, उत्तर प्रदेश, मध्यप्रदेश, बिहार और बंगाल में ग़ैर-कांग्रेसी सरकारें बन गयी थीं। ज़्यादातर राज्यों की सरकारों में जनसंघ के मन्त्री शामिल थे। सरकारों में शामिल होने को लेकर जनसंघ के नेताओं में विवाद हो गया था। बलराज मधोक अपने को दीनदयाल उपाध्याय और अटल बिहारी वाजपेयी से बड़ा नेता मानते थे। वे उन सरकारों में शामिल होने का विरोध कर रहे थे जिनमें कम्युनिस्ट और सोशलिस्ट मन्त्री हों क्योंकि लेफ्ट के साथ उनकी राजनीतिक विचारधारा मेल नहीं खाती थी। अटल जी संविद सरकारों में शामिल होना चाहते थे क्योंकि सरकार का अनुभव पार्टी के नेताओं को होता है तो उसका फ़ायदा पार्टी को होता है।

आख़िर में आर.एस.एस. प्रमुख गोलवलकर ने अटल जी की बात को तरजीह दी और सरकारों में जनसंघ के मन्त्री बने रहे। मधोक से अटल जी का एक मुक़ाबला 1968 में दीनदयाल उपाध्याय की मृत्यु के बाद भी हुआ। बलराज मधोक खुद जनसंघ का अध्यक्ष बनना चाहते थे लेकिन अटल बिहारी वाजपेयी को अध्यक्ष और सुन्दर सिंह भंडारी को महामन्त्री बनाया गया। बलराज मधोक ने बार-बार कहा कि पार्टी में वामपन्थी रुझान के लोग भारी पड़ रहे हैं लेकिन तब तक जनसंघ की राजनीति में अटल बिहारी वाजपेयी युग आ चुका था।

उन्होंने 1971 के चुनाव में ग़ैर-कांग्रेसी विपक्ष के ग्रैंड अलायंस के साथ सहयोग किया। एमरजेंसी के बाद 1977 में जब जनता पार्टी की सरकार बनी तब अटल जी विदेशमन्त्री बने। पार्टी के सबसे बड़े नेता के रूप में उनको मान्यता मिल चुकी थी। नानाजी देशमुख ने सरकार में शामिल होने से इनकार कर दिया और संगठन के काम में लग गये। इस समय तक राष्ट्रीय राजनीति में लाल कृष्ण आडवाणी का आगमन हो चुका था। वे भी मन्त्री बने। अटल जी ने विदेशमन्त्री के रूप में पड़ोसियों से दोस्ती की नीति को मज़बूती से लागू किया। पाकिस्तान से व्यापार के रिश्ते शुरू करवाये। 1971 में भारत के सहयोग से बांग्लादेश की स्थापना का दर्द पाकिस्तानी जनमानस में छाया हुआ था लेकिन विदेशमन्त्री के रूप में अटल जी ने सीधे पाकिस्तानी जनता को साधने की डिप्लोमेसी शुरू की। पाकिस्तान में भारत के पान की बहुत माँग रहती थी। सरकार ने पान और बाँस जैसे साधारण सामान का निर्यात शुरू करके पाकिस्तान से सम्बन्ध सामान्य बनाने की प्रक्रिया शुरू की।

अटल जी में सब को साथ लेकर चलने की प्रवृत्ति थी। राजनीतिक मतभेद रखने वाले नेताओं से भी उनके बहुत अच्छे सम्बन्ध थे। चन्द्रशेखर जी उनको गुरु जी कहते थे। एक बार लोकसभा में प्रधानमन्त्री पी. वी. नरसिम्हाराव ने कहा कि अटल जी को चन्द्रशेखर गुरु कहते हैं, इसलिए मैं भी उनको गुरु ही कहता हूँ। जवाहरलाल नेहरू की मृत्यु के बाद अटल जी ने जिस तरह से उनको याद किया वह राजनीतिक शिष्टाचार का अन्यतम रूप है। उन्होंने कहा था–

'मृत्यु ध्रुव है। शरीर नश्वर है। कल कंचन की जिस काया को हम चन्दन की चिता पर चढ़ाकर आये, उसका नाश निश्चित था। लेकिन क्या यह उचित था कि मौत इतनी चोरी-छिपे आती? जब संगी-साथी सोये पड़े थे, जब पहरेदार बेख़बर थे, तब हमारे जीवन की एक अमूल्य निधि लुट गयी। भारत माता आज शोकमग्ना है–उसका सबसे लाड़ला राजकुमार खो गया। मानवता आज खिन्नमना है–उसका पुजारी सो गया। शान्ति आज अशान्त है–उसका रक्षक चला गया। दलितों का सहारा छूट गया। जन-जन की आँख का तारा टूट गया। यवनिका-पात हो गया।

विश्व के रंगमंच का प्रमुख अभिनेता अपना अन्तिम अभिनय दिखाकर अन्तर्धान हो गया।'

प्रधानमन्त्री के रूप में उनको बहुत लोग जानते हैं। कमज़ोर बहुमत के साथ सरकार चलाने, उसके बावजूद अपनी राजनीति लागू करने और राजनीतिक एडजस्टमेंट की कला के माहिर राजनेता के रूप में भी उनको देश याद करेगा लेकिन यह तय है कि उनकी मृत्यु के साथ आज एक ध्रुवतारा अस्त हो गया है।

23 अगस्त, 2018

मधु लिमये ने सरदार पटेल को धर्मनिरपेक्षता का महान प्रणेता बताया था

मधु लिमये होते तो 90 साल के हो गये होते। मुझे मधु जी के क़रीब आने का मौक़ा 1977 में मिला था, जब वे लोकसभा के सांसद होकर दिल्ली आये थे। उसके बाद दुआ-सलाम तो होता रहा लेकिन मैं अपनी रोज़ी-रोटी की लड़ाई में बहुत व्यस्त हो गया। जब बाबरी मस्जिद मामला गरमाया तो पता नहीं कब मधु जी से मिलना-जुलना लगभग रोज़ का सिलसिला बन गया। तब तक वे सक्रिय राजनीति से संन्यास ले चुके थे और लगभग पूरा समय लिखने में लगा रहे थे। बाबरी मस्जिद के बारे में आर.एस.एस. और बीजेपी वाले उन दिनों सरदार पटेल के हवाले से अपनी बात कहते पाये जाते थे। हम लोग भी दबे रहते थे क्योंकि कांग्रेसियों का एक वर्ग भी सरदार पटेल को साम्प्रदायिक बताने की कोशिश करता रहता था। उन्हीं दिनों मधु लिमये ने मुझे बताया था कि सरदार पटेल किसी भी तरह से हिन्दू साम्प्रदायिक नहीं थे। दिसम्बर 1949 में फ़ैज़ाबाद के तत्कालीन कलेक्टर के. के. नायर की साज़िश के बाद बाबरी मस्जिद में भगवान राम की मूर्तियाँ रख दी गयी थीं। केन्द्र सरकार बहुत चिन्तित थी। देश के गृहमन्त्री के रूप में सरदार पटेल ने 9 जनवरी, 1950 को उत्तर प्रदेश के मुख्यमन्त्री गोविन्द वल्लभ पन्त को लिखा जिसमें साफ़ लिखा है कि 'मैं समझता हूँ कि इस मामले को दोनों सम्प्रदायों के बीच आपसी समझदारी से हल किया जाना चाहिए। इस तरह के मामलों में शक्ति-प्रयोग का कोई सवाल नहीं पैदा होता... मुझे यकीन है कि इस मामले को इतना गम्भीर नहीं बनने देना चाहिए

और वर्तमान अनुचित विवादों को शान्तिपूर्ण तरीक़ों से सुलझाया जाना चाहिए।'

मधु जी ने बताया कि सरदार पटेल इतने व्यावहारिक थे कि उन्होंने मामले के भावनात्मक आयामों को समझा और मुसलमानों की सहमति प्राप्त करने की ज़रूरत पर ज़ोर दिया। मधु लिमये ने बताया कि बीजेपी चाहते हुए भी सरदार पटेल को जवाहरलाल नेहरू का विरोधी नहीं साबित कर सकती क्योंकि सरदार की महात्मा गाँधी से जो अन्तिम बात हुई थी, उसमें उन्होंने साफ़ कह दिया था कि जवाहरलाल से मिल-जुल कर काम करना है। सरदार पटेल ने महात्मा जी की उस अन्तिम इच्छा को हमेशा सम्मान दिया।

मधु लिमये कहा करते थे कि भारत की आज़ादी की लड़ाई जिन मूल्यों पर लड़ी गयी थी, उनमें धर्मनिरपेक्षता एक अहम मूल्य था। धर्मनिरपेक्षता भारत के संविधान का स्थायी भाव है, उसकी मुख्यधारा है। धर्मनिरपेक्ष राजनीति किसी के ख़िलाफ़ कोई नकारात्मक प्रक्रिया नहीं है, एक सकारात्मक गतिविधि है। मौजूदा राजनेताओं को इस पर विचार करना पड़ेगा और धर्मनिरपेक्षता को, सत्ता में बने रहने की रणनीति के तौर पर नहीं राष्ट्र निर्माण और संविधान की सर्वोच्चता के ज़रूरी हथियार के रूप में संचालित करना पड़ेगा। धर्मनिरपेक्षता का मूल तत्त्व आज भी वही है जो 1909 में महात्मा गाँधी ने हिन्द स्वराज में लिख दिया था।

धर्मनिरपेक्ष होना हमारे गणतन्त्र के लिए बहुत ज़रूरी है। इस देश में जो भी संविधान की शपथ लेकर सरकारी पदों पर बैठता है वह स्वीकार करता है कि भारत के संविधान की हर बात उसे मंज़ूर है यानी उसके पास धर्मनिरपेक्षता छोड़ देने का विकल्प नहीं रह जाता। जहाँ तक आज़ादी की लड़ाई का सवाल है, उसका तो उद्देश्य ही धर्मनिरपेक्षता और सामाजिक न्याय का राज क़ायम करना था। महात्मा गाँधी ने हिन्द स्वराज में पहली बार देश की आज़ादी के सवाल को हिन्दू-मुस्लिम एकता से जोड़ा। गाँधी जी ज़बरदस्त कम्युनिकेटर थे, जटिल-से-जटिल बात को बहुत आसान तरीक़े से कह देते थे। हिन्द स्वराज में उन्होंने लिखा है–'अगर हिन्दू माने कि सारा हिन्दुस्तान सिर्फ़ हिन्दुओं से भरा होना चाहिए, तो यह निरा सपना है। मुसलमान अगर ऐसा मानें कि उसमें सिर्फ़ मुसलमान ही रहें, तो उसे

भी सपना ही समझिए। फिर भी हिन्दू, मुसलमान, पारसी, ईसाई जो इस देश को अपना वतन मानकर बस चुके हैं, एक-देशी, एक-मुल्की हैं, वे देशी भाई हैं और उन्हें एक-दूसरे के स्वार्थ के लिए भी एक होकर रहना पड़ेगा।'

महात्मा जी ने अपनी बात कह दी और इसी सोच की बुनियाद पर उन्होंने 1920 के आन्दोलन में हिन्दू-मुस्लिम एकता की जो मिसाल प्रस्तुत की, उससे अंग्रेज़ी राज्य की चूलें हिल गयीं। आज़ादी की पूरी लड़ाई में महात्मा गाँधी ने धर्मनिरपेक्षता की इसी धारा को आगे बढ़ाया। शौकत अली, सरदार पटेल, मौलाना अबुल कलाम आज़ाद और जवाहरलाल नेहरू ने इस सोच को आज़ादी की लड़ाई का स्थायी भाव बनाया। उधर, अंग्रेज़ी सरकार हिन्दू-मुस्लिम एकता को किसी क़ीमत पर क़ायम नहीं होने देना चाहती थी। महात्मा गाँधी के दो बड़े अनुयायियों—जवाहरलाल नेहरू और सरदार वल्लभभाई पटेल ने धर्मनिरपेक्षता को इस देश के मिज़ाज के साथ बिल्कुल मिलाकर राष्ट्र की बुनियाद रखी।

मधु जी बताया करते थे कि कांग्रेसियों के ही एक वर्ग ने कई बार सरदार को हिन्दू सम्प्रदायवादी साबित करने की कोशिश की लेकिन सफल नहीं हुए। स्वतन्त्र भारत के गृहमन्त्री सरदार पटेल ने 16 दिसम्बर, 1948 को घोषित किया कि सरकार, भारत को 'सही अर्थों में धर्मनिरपेक्ष राष्ट्र बनाने के लिए कृतसंकल्प है।' (हिन्दुस्तान टाइम्स—17-12-1948)। इतिहास उन्हें मुसलमानों के रक्षक के रूप में भी याद रखेगा। सितम्बर 1947 में सरदार को पता लगा कि अमृतसर से गुज़रने वाले मुसलमानों के काफ़िलों पर वहाँ के सिख हमला करने वाले हैं। सरदार पटेल अमृतसर गये तो वहाँ क़रीब दो लाख लोगों की भीड़ जमा थी जिनके रिश्तेदारों को पश्चिमी पंजाब में मार डाला गया था। भीड़ कांग्रेस से नाराज़ थी और बदले के लिए तड़प रही थी। सरदार ने भीड़ को सम्बोधित किया और कहा, 'इसी शहर के जलियाँवाला बाग़ की माटी में आज़ादी हासिल करने के लिए हिन्दुओं, सिखों और मुसलमानों का ख़ून एक-दूसरे से मिला था।... मैं आपके पास एक ख़ास अपील लेकर आया हूँ। इस शहर से गुज़र रहे मुस्लिम शरणार्थियों की सुरक्षा का ज़िम्मा लीजिए...एक हफ़्ते तक अपने हाथ बाँधे रहिए और देखिए क्या होता है। मुस्लिम शरणार्थियों को

सुरक्षा दीजिए और अपने लोगों की ड्यूटी लगाइए कि उन्हें सीमा तक पहुँचाकर आयें।'

सरदार पटेल की इस अपील के बाद पंजाब में हिंसा नहीं हुई। कहीं किसी शरणार्थी पर हमला नहीं हुआ। कांग्रेस के एक अन्य नेता, जवाहरलाल नेहरू की धर्मनिरपेक्षता की कहानियाँ तो चारों तरफ़ सुनी-कही जाती हैं। उन्होंने लोकतन्त्र की जो संस्थाएँ विकसित कीं, उनमें सामाजिक बराबरी और सामाजिक सद्भाव की बातें हमेशा मौजूद रहती थीं। प्रेस से उनके रिश्ते हमेशा अच्छे रहे इसलिए उनके धर्मनिरपेक्ष चिन्तन को सभी जानते हैं और उस पर कभी कोई सवाल नहीं उठता।

बाद में इन चर्चाओं के दौरान हुई बहुत सारी बातों को मधु लिमये ने अपनी किताब 'सरदार पटेल : सुव्यवस्थित राज्य के प्रणेता' में विस्तार से लिखा भी है। मैंने जब 1994 में इस किताब की समीक्षा लिखी तो मधु जी बहुत ख़ुश हुए। उन्होंने संसद के पुस्तकालय से मेरे लेख की फ़ोटोकॉपी लाकर मुझे दी और कहा कि सरदार पटेल के बारे में जो लेख तुमने लिखा है, वह बहुत अच्छा है। मैं अपने लेखन के बारे में उनके उस बयान को अपनी यादों की सबसे बड़ी धरोहर मानता हूँ।

30 अप्रैल, 2012

बाबू जगजीवनराम : 1971 की विजय के असली हीरो

16 दिसम्बर, 1971 को दोपहर बाद भारत की तत्कालीन प्रधानमन्त्री इन्दिरा गाँधी ने लोकसभा में घोषणा की कि ढाका अब एक स्वतन्त्र देश की राजधानी है और बांग्लादेश एक स्वतन्त्र देश है। इस ऐलान के साथ ही एक नये राष्ट्र का जन्म हुआ। पाकिस्तान को ज़बरदस्त शिकस्त मिली और हमेशा के लिए सिद्ध हो गया कि भारत की सेना के सामने पाकिस्तानी फ़ौज की कोई औक़ात नहीं है। इन्दिरा गाँधी की उस घोषणा से ठीक पहले, ढाका में पाकिस्तानी सेना ने भारत के पूर्वी कमान के मुख्य कमांडर, लेफ्टिनेंट जनरल अरोड़ा के सामने समर्पण कर दिया था। उनके साथ क़रीब एक लाख पाकिस्तानी सैनिक भी युद्धबन्दी के रूप में भारत के क़ब्ज़े में आ गये थे।

पाकिस्तानी फ़ौज ने तत्कालीन पूर्वी पाकिस्तान में कुछ ऐसे संगठन बना रखे थे, जो आतंक का राज क़ायम करने में उसकी मदद करते थे और अत्याचार के मुख्य खलनायक थे। इन संगठनों में अल बदर, रज़ाकार और अल शम्स प्रमुख थे। चौदह दिन चली लड़ाई के बाद भारतीय सेना ने दुनिया के सामने साबित कर दिया कि भारत ने एक महान राष्ट्र के रूप में अपना पहला बड़ा क़दम उठा लिया है। उसने पूर्वी पाकिस्तान के इलाक़े में स्थापित बांग्लादेश को एक स्वतन्त्र देश के रूप में पहले ही मान्यता दे दी थी।

बांग्लादेश की आज़ादी की लड़ाई तभी से शुरू हो गयी थी जब याह्या खाँ और ज़ुल्फ़िकार अली भुट्टो की जोड़ी ने स्पष्ट बहुमत से आम चुनाव जीतने वाली शेख़ मुजीबुर्रहमान की अवामी लीग पार्टी को सत्ता सौंपने से इनकार कर दिया था। लेकिन भारत इस लड़ाई में तब शामिल हुआ जब 3 दिसम्बर को पाकिस्तानी वायु सेना ने भारत के क़रीब 12 सैनिक हवाई अड्डों

को तबाह करने के उद्देश्य से उन पर बमबारी की। पाकिस्तानी हमले का जवाब तुरन्त दिया गया। संसद का शीतकालीन सत्र चल रहा था। लोकसभा में अगले दिन तत्कालीन रक्षामन्त्री बाबू जगजीवन राम ने पाकिस्तानी हमले की जानकारी दी। उन दिनों राष्ट्र से सम्बन्धित किसी भी बड़ी घटना को संसद में सबसे पहले बताने की परम्परा थी। आजकल की तरह नहीं, कि संसद का सत्र चालू होने के बावजूद ज़्यादातर अहम फ़ैसले संसद के बाहर ही ले लिये जाते हैं।

बांग्लादेश के जन्म और भारत की पश्चिमी सीमा पर पाकिस्तानी फ़ौज के हमलों की चर्चा में, ज़्यादातर सेना के बारे में ही उल्लेख होता रहा है। इस बारे में दो राय नहीं है कि भारतीय सेना के इतिहास में 1971 की लड़ाई बहुत बड़ा मील का पत्थर है लेकिन उतना ही बड़ा सच यह भी है कि उस समय भारत के राजनीतिक नेतृत्व का सारी दुनिया ने लोहा माना था। दिसम्बर 1971 में भारत में कोई विपक्ष नहीं था। लोकसभा में जब तत्कालीन जनसंघ के नेता अटल बिहारी वाजपेयी ने कहा कि इस समय भारत में एक ही पार्टी है—भारत राष्ट्र, और एक ही नेता है—इन्दिरा गाँधी, तो वे कमोबेश देश के अधिकांश लोगों की भावनाओं को अभिव्यक्ति दे रहे थे।

दिसम्बर 1971 को भारत में राजनीतिक विकास की अहम कड़ी के रूप में भी देखा जाता है। महात्मा गाँधी और जवाहरलाल नेहरू के जाने के बाद पहली बार भारत के राजनीतिक नेताओं की परीक्षा हो रही थी। 1971 की विजय के बाद ही भारत सही मायनों में दुनिया के कूटनीतिक मंच पर अपनी हैसियत स्थापित करने में कामयाब हुआ था। इससे पहले, कभी 1962 होता था, कभी भारतीय प्रतिनिधिमण्डल रबात से भगाया जाता था, तो कभी भारतीय नेता खाद्य सहायता के लिए पूरी दुनिया में घूमते देखे जाते थे। लेकिन 1971 ने सब कुछ बदल दिया। आम तौर पर 1971 का पूरा श्रेय इन्दिरा गाँधी की नेतृत्व क्षमता को दिया जाता है लेकिन यह पूरा सच नहीं है। बांग्लादेश के मुक्ति संग्राम में सभी पार्टियाँ इन्दिरा गाँधी के साथ थीं इसलिए 1971 की राजनीतिक बुलन्दी में सबका हिस्सा है। कांग्रेस पार्टी में और सरकार में भी रक्षामन्त्री बाबू जगजीवन राम का उल्लेखनीय योगदान है लेकिन अजीब बात है कि बांग्लादेश की आज़ादी के

साथ बाबू जगजीवन राम का वैसा उल्लेख नहीं होता, जैसा होना चाहिए। आज कोशिश करेंगे कि लोकसभा में 4 दिसम्बर और 16 दिसम्बर 1971 के बीच हुई चर्चा के माध्यम से तत्कालीन रक्षामन्त्री के राजनीतिक कौशल को रेखांकित किया जाये क्योंकि मेरा मानना है कि 1971 की विजय के असली हीरो बाबू जगजीवन राम ही थे।

लोकसभा में बांग्लादेश की आज़ादी की लड़ाई, पाकिस्तान के अत्याचार और पाकिस्तानी सेना के ग़ैर-ज़िम्मेदार रवैये का पहला व्यवस्थित उल्लेख 15 नवम्बर 1971 को हुआ, जब भारतीय कम्युनिस्ट पार्टी के सांसद एस. एम. बनर्जी ने भारतीय इलाक़ों में पाकिस्तानी सेना की गोलीबारी और भारतीय आकाश में उसकी एयर फोर्स के अनधिकृत प्रवेश के बारे में नियम 197 के तहत ध्यानाकर्षण प्रस्ताव रखा। प्रस्ताव का जवाब देते हुए रक्षामन्त्री जगजीवन राम ने कहा कि पाकिस्तान के साथ हमारी सीमा पर तनाव की स्थिति वहाँ के सैनिक शासन और बांग्लादेश के लोगों के बीच संघर्ष के कारण है। इस जवाब में बाबू जगजीवन राम ने सदन को विस्तार से बताया कि उस समय दक्षिण एशिया के हालात क्या थे, उसके अन्तरराष्ट्रीय सन्दर्भ क्या थे, और पाकिस्तान के फ़ौजी हुक्मरान भारत के लिए कितनी मुसीबत बन चुके थे। पाकिस्तान के राष्ट्रपति याह्या खाँ भारत के ख़िलाफ़ युद्ध की धमकी बार-बार देते रहते थे। उन्होंने राजस्थान, गुजरात और पंजाब में हमारी सीमा के बहुत क़रीब अपने सैनिकों को जमा कर रखा था। रक्षामन्त्री ने साफ़ कहा कि सीमाओं पर हालात बहुत गम्भीर हैं लेकिन यह आश्वासन भी दिया कि हम किसी भी हमले का जवाब देने के लिए तैयार हैं और अगर लड़ाई की नौबत आयी तो लड़ाई का मैदान हमारी ज़मीन पर नहीं होगा। हमारे सैनिक शत्रु की ज़मीन को युद्धक्षेत्र बनाने का हौसला रखते हैं।

बहस के बीच जनसंघ के सांसद अटल बिहारी वाजपेयी ने कुछ शंका जतायी। जवाब में रक्षामन्त्री ने जो कुछ कहा उस पर हर भारतीय को गर्व होना चाहिए। उन्होंने कहा कि यह सच है कि पाकिस्तान हमारे इलाक़े में लगातार अतिक्रमण कर रहा है लेकिन मैंने स्पष्ट आदेश दे रखा है कि अगर कोई पाकिस्तानी विमान दुश्मनी के इरादे से हमारी सीमा में आये तो उसे

मार गिराया जाये। बाबू जगजीवन राम ने कहा कि बांग्लादेश की मुक्ति का संघर्ष चल रहा है। मुझे इस बात में कोई शक नहीं है कि जिन नौजवानों ने अपनी माताओं और बहनों को अपमानित होते देखा है, जिन्होंने अपने निकट सम्बन्धियों की हत्या होते देखी है वे बांग्लादेश की पूर्ण स्वाधीनता लेकर ही रहेंगे।

3 दिसम्बर, 1971 को पाकिस्तान ने हमला कर दिया। उसी दिन शाम को इन्दिरा गाँधी ने आकाशवाणी से देश को सम्बोधित करते हुए कहा, 'आक्रमण का जवाब देना होगा। भारत के लोग बहुत सहनशीलता से इसका जवाब देंगे।'

4 दिसम्बर को शाम 5 बजकर 40 मिनट पर बाबू जगजीवन राम ने लोकसभा में विस्तृत बयान दिया और बताया कि पाकिस्तान ने हम पर युद्ध थोपा है। हमारे 12 हवाई अड्डों पर हमला किया गया है। उन्होंने सभी हवाई अड्डों के नाम भी बताये, जिनमें श्रीनगर, अमृतसर, पठानकोट, अम्बाला और आगरा प्रमुख थे। रक्षामन्त्री ने कहा कि पाकिस्तान की कोशिश थी कि भारतीय वायुसेना को पंगु बना दिया जाये लेकिन हमारे सभी हवाई अड्डे बिल्कुल सही हैं। भारतीय वायु सेना ने जवाबी कार्रवाई में रात 11 बजकर 50 मिनट पर पाकिस्तान के चन्देरी, शेरकोट, सरगोधा, मुरीद, मियाँवाली, मसरूर (कराची), रिसालवाला (रावलपिंडी) और चंगा मंगा (लाहौर) हवाई अड्डों पर बम बरसाये हैं। इसका फ़ायदा ज़मीनी फ़ौज को ख़ूब मिल रहा है। इस बयान में बाबू जगजीवन राम ने पूरी जानकारी दी और संसद के ज़रिये राष्ट्र को आश्वस्त किया।

दिसम्बर 1971 में जगजीवन राम के हर बयान को देश साँस रोक कर सुनता था। उन्होंने 7 दिसम्बर को फिर लोकसभा में युद्ध की प्रगति के बारे में विस्तार से जानकारी दी। उन्होंने बताया कि, 'अब तक हमने पाकिस्तान के 52 युद्धक विमान नष्ट किये हैं, उनके 4 पायलट हमारे क़ब्ज़े में हैं। थलसेना, वायुसेना और नौसेना मिलकर संयुक्त योजना के साथ लड़ाई लड़ रही हैं।' 14 दिसम्बर को उन्होंने फिर संसद को भरोसे में लिया और बताया कि, 'आज हमारे ऊपर पाकिस्तान द्वारा थोपे गये युद्ध का ग्यारहवाँ दिन है। शत्रु अपने आक्रमण का उद्देश्य प्राप्त करने में पूरी तरह से नाकाम रहा है। पाकिस्तानी

सेना को गहरा नुकसान हुआ है।' इसी बयान में जगजीवन राम ने बताया कि हमारे सैनिक चारों दिशाओं से ढाका की तरफ़ बढ़ रहे हैं और वहाँ के कमांडर फरमान अली को समर्पण करने के लिए सन्देश भेज दिया गया है।

उसके बाद तो बस 16 दिसम्बर हुआ। इन्दिरा गाँधी ने लोकसभा में युद्ध समाप्त होने का ऐलान किया। बांग्लादेश नाम के स्वतन्त्र सम्प्रभु राष्ट्र की विधिवत स्थापना हुई। इस युद्ध में राजनीतिक और सैनिक नेतृत्व का श्रेय सबसे ज़्यादा बाबू जगजीवन राम को दिया जाना चाहिए। सही मायनों में 1971 की जीत के हीरो जगजीवन राम ही हैं।

16 दिसम्बर, 2011

बांग्लादेश के पचास साल और बंगबन्धु शेख़ मुजीब

50 साल पहले बांग्लादेश का जन्म हुआ था। 26 मार्च को उसकी पचासवीं जयन्ती मनाई जायेगी। 7 मार्च, 1971 को शेख़ मुजीब ने पाकिस्तान से बांग्लादेश की आज़ादी का नारा बुलन्द किया था और 26 मार्च को आज़ादी की जंग का ऐलान कर दिया था। उसी दिन से पूर्वी पाकिस्तान दुनिया के नक़्शे से मिट गया और बांग्लादेश अस्तित्व में आया। बांग्लादेश के जन्म के साथ एक अस्वाभाविक और असम्भव भौगोलिक बँटवारा ख़त्म हो गया। नये राष्ट्र के संस्थापक, शेख़ मुजीबुर्रहमान को तत्कालीन पाकिस्तानी शासकों ने जेल में बन्द कर रखा था लेकिन उनकी प्रेरणा से शुरू हुआ मुक्ति संघर्ष भारत की मदद से परवान चढ़ा और एक नये देश का जन्म हुआ। ...इस साल 26 मार्च के कार्यक्रम में भारत के प्रधानमन्त्री नरेन्द्र मोदी भी शामिल होंगे। कोरोना महामारी आने के बाद यह उनकी पहली विदेश यात्रा होगी।

बांग्लादेश का जन्म दादागिरी की राजनीति के ख़िलाफ़ इतिहास का एक तमाचा था जो वक़्त ने शेख़ मुजीब के माध्यम से पाकिस्तान के मुँह पर जड़ा। आज पाकिस्तान जिस अस्थिरता के दौर में पहुँच चुका है, उसकी बुनियाद तो 1947 में उसकी स्थापना के साथ ही रख दी गयी थी लेकिन 60 के दशक में उपमहाद्वीप की घटनाओं ने उसे बहुत तेज़ रफ़्तार दे दी। यह पाकिस्तान का दुर्भाग्य था कि उसकी स्थापना के तुरन्त बाद मुहम्मद अली जिन्ना की मौत हो गयी। प्रधानमन्त्री लियाकत अली को पंजाबी-बहुल पाकिस्तानी फ़ौज और व्यवस्था के लोग अपना बन्दा मानने को तैयार नहीं थे और उनको हिन्दुस्तान से आया हुआ मोहाज़िर मानते थे। आख़िरकार उन्हें मौत के घाट उतार दिया गया। जब जनरल अयूब खाँ ने पाकिस्तान

की सत्ता पर क़ब्ज़ा किया तो वहाँ ग़ैर-ज़िम्मेदार हुकूमतों के दौर का आगाज़ हो गया। याह्या खाँ की हुकूमत सबसे ज़्यादा ग़ैर-ज़िम्मेदार मानी जाती है। ऐशो-आराम की दुनिया में डूबते-उतराते, जनरल याह्या खाँ ने पाकिस्तान की सत्ता को अपने फ़ौजी अफ़सरों के क्लब का ही विस्तार समझ लिया था। मानसिक रूप से कुन्द, याह्या खां किसी-न-किसी की सलाह पर निर्भर रहते थे, अपने तईं राज करने की तमीज़ उन्हें नहीं थी। कभी प्रसिद्ध गायिका नूरजहाँ की राय मानते, तो कभी ज़ुल्फ़िकार अली भुट्टो की। सच्ची बात तो यह है कि भुट्टो ने ही ख़ुद सत्ता हथियाने के चक्कर में याह्या खाँ से थोक में मूर्खतापूर्ण फ़ैसले करवाये। ऐसा ही एक फ़ैसला वह था, जब पाकिस्तान की राष्ट्रीय असेम्बली (संसद) में शेख़ मुजीबुर्रहमान की अवामी लीग पार्टी को स्पष्ट बहुमत मिल जाने के बाद भी सरकार बनाने का न्योता नहीं दिया गया। पूर्वी पाकिस्तान में पहले से ही पश्चिमी पाकिस्तान की मनमानी के ख़िलाफ़ ग़ुस्सा था और जब उनके अधिकारों को साफ़ नकार दिया गया तो पूर्वी बंगाल के लोग सड़कों पर उतर आये। मुक्तिवाहिनी का गठन हुआ, मुक्ति संग्राम छिड़ गया और स्वतन्त्र बांग्लादेश की स्थापना हुई। इस तरह 16 दिसम्बर, 1971 का दिन बांग्लादेश के इतिहास में स्वर्णाक्षरों में दर्ज हो गया। पाकिस्तानी फ़ौज के क़रीब एक लाख सैनिकों ने भारतीय सेना के सामने समर्पण किया।

बाद में, बांग्लादेश ने बहुत परेशानियाँ भी देखीं। 15 अगस्त, 1975 को, शेख़ मुजीब को उनकी फ़ौज के कुछ अफ़सरों ने धानमण्डी स्थित उनके मकान में मार डाला। इस हमले में शेख़ मुजीब की पत्नी, उनके तीन बेटे और घर में रह रहे कुछ अन्य रिश्तेदार भी मारे गये। उनकी दो बेटियाँ जर्मनी में थीं, लिहाज़ा उनकी जान बच गयी। उनमें से एक थीं शेख़ हसीना, जो आजकल बांग्लादेश की प्रधानमन्त्री हैं। शेख़ मुजीब की हत्या कर बांग्लादेश में भी फ़ौज ने सत्ता हथिया ली। ये वही लोग थे जो कल तक पाकिस्तानी फ़ौज के अफ़सर थे, लेकिन सेना के बँटवारे के तहत बांग्लादेश आ गये थे। उसके बाद फ़ौज बार-बार बांग्लादेश की सत्ता पर क़ाबिज़ होती रही। कई बार तो ऐसे लोग भी आये जो पाकिस्तानी आततायी, जनरल टिक्का खाँ के सहयोगी रह चुके थे। जनरल टिक्का खाँ को

'बूचर ऑफ़ बलोचिस्तान' कहा जाता था। मुक्तिवाहिनी के संघर्ष के दौरान ले. जनरल टिक्का खाँ ढाका में पाकिस्तानी फ़ौज का कमांडर था। उसी की सरपरस्ती में नागरिकों का क़त्ले-आम हुआ था। उसी ने अपने फ़ौजियों को आदेश दिया था कि सब कुछ तबाह कर दो। उसी के हुक्म से बांग्लादेश में इतिहास का सबसे बड़ा बलात्कार भी हुआ था। बलात्कार करने वाले सभी पाकिस्तानी फ़ौज के लोग थे। उस दौर में, पूर्वी पाकिस्तान में जितनी बलात्कार की घटनाएँ हुईं उतनी ज्ञात इतिहास में शायद ही कभी, कहीं हुई हों। बाद में जब पाकिस्तानी फ़ौज को लगा कि अब भारतीय सेना के सामने आत्मसमर्पण करने के अलावा और कोई रास्ता नहीं है तो टिक्का खाँ अपने ख़ास लोगों को लेकर भाग गया। ढाका के आसपास तैनात सेना ने पाकिस्तानी जनरल नियाज़ी की अगुवाई में भारत के ले. जनरल जगजीत सिंह अरोड़ा के सामने आत्मसमर्पण किया।

शेख़ मुजीब की मृत्यु के बाद काफ़ी समय तक फ़ौज ने बांग्लादेश की सत्ता को अपने क़ब्ज़े में रखा। बाद में, शेख़ मुजीब की पार्टी ने फ़ौज को राजनीतिक तरीक़े से शिकस्त दी और लोकतन्त्र की स्थापना हुई। शेख़ मुजीब की बेटी शेख़ हसीना ने फ़ौजी हुकूमत का सपना देखने वालों को उनकी औक़ात पर रखा हुआ है और लगातार नागरिक प्रशासन को मज़बूती देने की कोशिश कर रही हैं। बांग्लादेश का गठन इन्सानी हौसलों की फ़तह का बेमिसाल उदाहरण है। जब से शेख़ मुजीब ने ऐलान किया था कि पाकिस्तानी फ़ौजी हुकूमत से सहयोग नहीं किया जायेगा, उसी वक़्त से पाकिस्तानी फ़ौज ने पूर्वी पाकिस्तान में दमनचक्र शुरू कर दिया था। सारा राजकाज सेना के हवाले कर दिया गया था और फ़ौज ने वे सारे अत्याचार किये, जिनकी कल्पना की जा सकती है। आतंक का राज क़ायम कर रखा था सेना ने। लोगों को पकड़-पकड़ कर मार रहे थे पाकिस्तानी फ़ौजी लेकिन बांग्लादेशी नौजवान भी किसी क़ीमत पर हार मानने को तैयार नहीं था। जिस समाज में बलात्कार पीड़ित महिलाओं को तिरस्कार की नज़र से देखा जाता था, उसी समाज में स्वतन्त्र बांग्लादेश की स्थापना के बाद पूरे देश के नौजवान उन लड़कियों से शादी करके उन्हें सामान्य जीवन देने के लिए आगे आये। पाकिस्तानी फ़ौज का सबसे खूँखार हथियार बलात्कार ही था

लेकिन नौजवानों ने उसी हथियार को भोथरा कर दिया। जिन लोगों ने उस दौर में बांग्लादेशी युवकों का जज़्बा देखा है, वे जानते हैं कि इन्सानी हौसले बड़ी-से-बड़ी ताक़त को भी धूल चटा सकते हैं।

बांग्लादेश की स्थापना में भारत, और उस वक़्त की प्रधानमन्त्री इन्दिरा गाँधी का बड़ा योगदान है। इन्दिरा गाँधी को पाकिस्तान के संरक्षक अमरीका से ज़बरदस्त पंगा लेना पड़ा था। पाकिस्तानी फ़ौज को सभी हथियार अमरीका ने दे रखे थे। जब बांग्लादेश की आज़ादी बिल्कुल साफ़ नज़र आ रही थी, उस वक़्त अमरीकी राष्ट्रपति रिचर्ड निक्सन और विदेशमन्त्री हेनरी किसिंजर ने अमरीकी सेना के सातवें बेड़े के विमानवाहक पोत 'एंटरप्राइज़' को बंगाल की खाड़ी में स्थापित कर दिया था। भारत की सेना को धमकाने की कोशिश की जा रही थी। लेकिन जब अमरीका को सी. आई. ए. की इंटेलिजेंस से पता लगा कि भारतीय रक्षामन्त्री जगजीवन राम ने सेना के एक ऐसे आत्मघाती दस्ते का गठन कर दिया है जो अमरीकी नौसेना के सबसे बड़े अभियान को बर्बाद करने को तैयार है, तो उनका विमानवाहक पोत 'एंटरप्राइज़' वापस अपने सातवें बेड़े में जा मिला। पाकिस्तानी फ़ौज की हार हुई और बांग्लादेश की स्थापना हुई। भारत का इसमें बड़ा योगदान है क्योंकि अगर भारत का समर्थन न मिला होता तो शायद बांग्लादेश का गठन अलग तरीक़े से हुआ होता।

लेकिन यह भी सच है कि अपनी स्थापना के इन 50 वर्षों में बांग्लादेश ने बहुत सारी मुसीबतें देखी हैं। आज भी वहाँ लोकशाही की जड़ें बहुत कमज़ोर हैं। शेख़ हसीना एक मज़बूत, दूरदर्शी और समझदार नेता हैं और 2004 से लगातार प्रधानमन्त्री पद पर हैं। उनकी अगुवाई में बांग्लादेश की अर्थव्यवस्था बहुत सही तरीक़े से चल रही है। प्रति व्यक्ति आय भारत से अधिक है। कोरोना के चलते जो अमरीकी और यूरोपीय कम्पनियाँ चीन से अपने कारख़ाने हटा रही हैं, उनमें से कई बांग्लादेश में अपने कारखाने लगा रही हैं। बावजूद इसके लोकशाही के ख़िलाफ़ काम करने वाली शक्तियाँ अब तक उन्हें उखाड़ फेंकने के लिए ज़ोर मार रही हैं। इन शक्तियों में जमाते-इस्लामी प्रमुख है। इन लोगों को बांग्लादेश में इस्लामी राज्य क़ायम करने की बहुत जल्दी है। शेख़ हसीना धार्मिक आधार पर सत्ता की स्थापना

की पक्षधर नहीं हैं। वे शेख़ मुजीबुर्रहमान के सपनों के अनुरूप 'सोनार बांग्ला' की कल्पना को साकार करने में लगी हुई हैं। शेख़ हसीना पड़ोसी देशों के साथ अच्छे सम्बन्धों की पक्षधर हैं और उनके नेतृत्व में बांग्लादेश सही कूटनीतिक अर्थों में भारत का मित्र देश है। आज शेख़ हसीना को भारत की वैसी मदद की ज़रूरत नहीं है जैसी 1971 में थी लेकिन आपसी सम्मान का रिश्ता बनाने की कोशिश की जानी चाहिए। भारत में या पश्चिम बंगाल में अगर हिन्दू राष्ट्र की बात की जायेगी तो बांग्लादेश जैसे एक बेहतरीन दोस्त की लोकतान्त्रिक नेता पर भी अवाम का दबाव बढ़ेगा और दोस्ती पर संकट की स्थिति आ जायेगी इसलिए देश में सत्ताधारी नेताओं को धर्मनिरपेक्षता के निज़ाम पर हमला करने से बाज़ आना चाहिए।

25 मार्च, 2021

नॉर्वे में हिटलर का एजेंट क्विज़लिंग बना देशद्रोह का पर्याय

नॉर्वे के चुनाव कवरेज के दौरान वहाँ के इतिहास के बहुत सारे पक्ष समझ में आये। कई लोगों से दोस्ती हुई, नेताओं को क़रीब से देखने का मौक़ा मिला और कुछ ऐसे लोगों से मुलाक़ात हुई जो ज़िन्दादिली को प्रेरित करते हैं। ऐसी ही एक मित्र हैं एल्ज़ा मेरी ढल। पेशे से आर्किटेक्ट हैं। वे जब पैदा हुईं तो जर्मन क़ब्ज़ा ख़त्म हो चुका था। क़ब्ज़ा शुरू होने के समय उनके पिता अमेरिका में आराम की ज़िन्दगी बिता रहे थे लेकिन जब उन्होंने सुना कि उनके मुल्क नॉर्वे पर जर्मन सेना ने क़ब्ज़ा जमा लिया है तो वे अपने देश लौट आये। अमेरिका में सिविल इंजीनियर के रूप में काम करते थे लेकिन ओस्लो वापस आकर जर्मन क़ब्ज़े के ख़िलाफ़ आन्दोलन में शामिल हो गये। बहुत यातनाएँ झेलीं और उसी दौरान एक बहादुर साथी से शादी की। वह उम्र में उनसे बहुत छोटी थीं लेकिन लड़ाई में साथ थीं। जर्मन सेना के लौटने के बाद हिटलर को तबाह करने की मुहिम में जुटे नॉर्वेजियन लोगों को क़िले के पास समुद्र तट पर अस्थायी बैरक बना कर बसाया गया। नॉर्वे के मौसम को जो लोग जानते हैं, वे समझ सकते हैं कि बिना सही हीटिंग वाले घर में रहना कितना मुश्किल होता होगा। लेकिन अपने देश को तानाशाही से आज़ाद कराने वालों का हौसला इतना बुलन्द था कि उन्होंने इसकी कभी परवाह नहीं की। कुछ वर्षों के अन्दर ही तहस-नहस कर दिये गये ओस्लो शहर में फिर से ज़िन्दगी लौटी और शहर बस गया। एल्ज़ा बताती हैं कि शुरू में जिस घर में वे लोग रहते थे उसमें ज़रा-सा पानी भी तुरन्त बर्फ़ बन जाता था। नॉर्वे पर यह मुसीबत हिटलर और उसके

एजेंट विद्कुन क्विज़लिंग ने डाली थी। नॉर्वेजियन होते हुए भी क्विज़लिंग ने जो अपने देश और उसकी जनता के साथ किया, उसके लिए उसे कभी माफ़ नहीं किया जा सकता। यहाँ तक कि अनेक उत्तर यूरोपीय भाषाओं में आज भी क्विज़लिंग शब्द अपने राष्ट्र और अपने लोगों के साथ गद्दारी के अर्थ में प्रयुक्त होता है, जैसे भारतीय सन्दर्भ में मीर जाफर।

विद्कुन क्विज़लिंग नाज़ी इतिहास का ऐसा सितारा है जिसने सत्ता की हवस में अपने मुल्क से गद्दारी की। नाज़ी तानाशाह हिटलर ने उसे पाल रखा था और उसी की मार्फ़त नॉर्वे के लोगों को नाफ़रमानी की सज़ा दी थी। जब हिटलर ने नॉर्वे पर क़ब्ज़ा किया तो इसी विद्कुन क्विज़लिंग को वहाँ का शासक बना दिया था। विद्कुन क्विज़लिंग नॉर्वे की राजनीति में सक्रिय बहुत ही महत्त्वाकांक्षी राजनेता था। हिटलर के एजेंट के रूप में उसने अपने लोगों पर तरह-तरह के अत्याचार किये और हिटलर की मनमानी का वाहक बना। नॉर्वे के लोग नाज़ियों की मनमानी के आगे झुक भले ही गये हों लेकिन कभी टूटे नहीं। विद्कुन क्विज़लिंग की कमीनगी ओस्लो शहर के हर कोने में नज़र आती है लेकिन आम तौर पर उसका ज़िक्र नहीं किया जाता। उसका घर आज होलोकास्ट म्यूज़ियम है और लोग उसके नाम पर थूकते हैं।

सितम्बर 2013 में ओस्लो की यात्रा के दौरान मैं नॉर्वे के लोगों की ज़िन्दादिली और इन्सानियत के बहुत सारे क़िस्से बयान करता रहा हूँ लेकिन जब किसी क़ौम पर हिटलर नाज़िल होता है और उसी क़ौम के किसी महत्त्वाकांक्षी नेता को पकड़कर उसके हाथों लोगों की ज़िन्दगी को अँधेरे से भर देने की कोशिश करता है तो सभ्य लोगों की क़ौम किस तरह मुक़ाबला करती है, यह समझने के लिए विद्कुन क्विज़लिंग के कैरेक्टर को समझना ज़रूरी है। विद्कुन क्विज़लिंग को अपदस्थ करने और हिटलर का सामना करने के लिए नॉर्वेजियन अवाम ने अपना सब कुछ दाँव पर लगा दिया। उस संघर्ष में नॉर्वेजियन अवाम की बहादुरी इतिहास में एक बड़ा संगमील है। जब जर्मन सेना ने नॉर्वे पर हमला किया तो क्विज़लिंग हिटलर से जा मिला और तख़्तापलट करके नॉर्वे की सत्ता हथिया ली। क्विज़लिंग वहाँ हिटलर के एजेंट के रूप में काम करता रहा। उसने सत्ता तो जर्मन सेना के आगमन के साथ 1940 में ही हथिया ली थी लेकिन हिटलर ने

उसे बाक़ायदा प्राइम मिनिस्टर 1942 में बनाया। विद्कुन क्विज़लिंग ने हिटलर का कुख्यात फाइनल सॉल्यूशन लागू किया। हिटलर की तबाही के बाद विद्कुन क्विज़लिंग पर मुक़दमा चला और वह देशद्रोह का दोषी पाया गया। ओस्लो के एकरहुस क़िले में उसको फायरिंग स्क्वाड के सामने खड़ा करके गोली मार दी गयी।

विद्कुन क्विज़लिंग कोई मामूली आदमी नहीं था। वह बहादुर था और नॉर्वे की सेना का भरोसेमन्द अफ़सर था। अपनी सरकार की ओर से वह रूस गया था और नॉर्वे के हेलसिंकी दूतावास में भी उच्च पद पर काम कर चुका था। नॉर्वेजी समाज में उसकी इज़्ज़त थी। एक बार तो नॉर्वे के सबसे सम्मानित व्यक्ति फ्रिदोफ़ नानसेन ने ही उसको सम्मान देकर यूक्रेन की राजधानी भेजा था। नानसेन वह व्यक्ति हैं जो नॉर्वे के सबसे प्रिय खेल, स्कीइंग के बहुत बड़े नाम हैं और जिनको 1922 का नोबेल शान्ति पुरस्कार मिल चुका है और जो आधुनिक नॉर्वे के संस्थापकों में से एक माने जाते हैं। नानसेन की दोस्ती का विद्कुन क्विज़लिंग ने बहुत जगह फ़ायदा उठाया। मई 1930 में नानसेन की मृत्यु के बाद उसने अख़बारों में नानसेन के बाद की राजनीति की रूपरेखा लिखी और नॉर्वे के लोगों को यह बताने की कोशिश की कि किस तरह नानसेन के सपनों का नॉर्वे बनाया जा सकता है। लेकिन जब उसे अग्रेरियन सरकार में रक्षामन्त्री बनने का मौक़ा मिला तो नानसेन की विचारधारा को भूलकर वहाँ जा मिला। हर फासिस्ट तानाशाह की तरह विद्कुन क्विज़लिंग भी कम्युनिस्टों से नफ़रत करता था। कम्युनिस्टों से नफ़रत के कारण ही उसने 1933 में एक पार्टी बनायी और उसी राष्ट्रवादी पार्टी के साथियों को हिटलर की नॉर्वे योजना का हिस्सा बना दिया। उसकी नयी पार्टी का नाम नेशनल सैमलिंग था और इसका नारा राष्ट्रीय एकता था। उसने प्रधानमन्त्री पर सीधा हमला किया और नॉर्वे के सबसे लोकप्रिय नेता के रूप में पहचान बनायी। पूरे देश में जहाँ भी वह जाता था उसकी जय-जयकार होती थी क्योंकि वह एक अलोकप्रिय प्रधानमन्त्री को हटाने की बात को बड़े प्रभावशाली तरीक़े से कह रहा था। क्विज़लिंग की पार्टी भी जर्मनी की नाज़ी पार्टी की तरह एक व्यक्ति की सत्ता स्थापित करने की बात करती थी। उसने नारा दिया कि राजनीतिक मतभेदों को भुलाकर एक

नेता को समर्थन दिया जाये। ओस्लो के सम्भ्रान्त वर्ग का समर्थन क्विज़लिंग को ज़बरदस्त तरीक़े से मिल रहा था और यह शक जताया जा रहा था कि पूँजीपति वर्ग उसे बड़े पैमाने पर समर्थन दे रहा है क्योंकि उसके प्रचार में भारी धन ख़र्च होता साफ़ नज़र आ रहा था।

चुनाव के बाद साफ़ हो गया कि जितना प्रचार था क्विज़लिंग की पार्टी उतनी लोकप्रिय नहीं थी। उसके बाद उसने अपने तरीक़े के राष्ट्रीय समाजवाद की स्थापना के लिए काम शुरू किया। चुनाव में मिली असफलता के बाद क्विज़लिंग बहुत ग़ुस्से में रहता था। उसने अपने आपको विदेशी फासिस्ट पार्टियों के दोस्त के रूप में पेश करना शुरू किया। दिसम्बर 1934 में वह अन्तरराष्ट्रीय फासिस्ट सम्मेलन में भी गया। वहाँ उसकी मुलाक़ात जर्मनी की नाज़ी पार्टी के नेताओं से हुई। 1936 के चुनाव में उसको नॉर्वे के हिटलर के रूप में पहचान मिल चुकी थी। यह वह समय है जब हिटलर को पूरी दुनिया के राष्ट्रवादी लोग सम्मान की दृष्टि से देखते थे। भारत में भी राष्ट्रवादी विचारधारा वाले उस दौर में हिटलर की तारीफ़ में किताबें लिखते पाये गये थे।

1936 के चुनाव में भी क्विज़लिंग की पार्टी बुरी तरह से हार गयी। खिसियाकर उसने चुनाव के ख़िलाफ़ राजनीतिक बयान देना शुरू कर दिया। 1939 तक यूरोप में युद्ध की दस्तक सुनायी पड़ने लगी थी। उसने नारा दिया कि बोल्शेविज़्म और यहूदी राज से बचने के लिए नॉर्वे को हिटलर का साथ देना चाहिए। हिटलर ने क्विज़लिंग की पार्टी को ख़ूब धन दिया और नॉर्वे में उसे अपने प्रतिनिधि के रूप में स्थापित करने की कोशिश शुरू कर दी। जर्मनी से धन मिलने के बाद क्विज़लिंग को भरोसा हो गया कि आने वाले समय में वही देश का नेतृत्व करेगा। जब उसको बताया जाता कि उसकी पार्टी के पास तो कोई एम. पी. नहीं है, वह हँसकर टाल जाता।

14 दिसम्बर, 1939 को क्विज़लिंग ने जर्मनी जाकर हिटलर से मुलाक़ात की। हिटलर ने उसकी योजनाओं को गम्भीरता से नहीं लिया लेकिन उसको लगा कि आदमी काम का है। 18 दिसम्बर को दोनों फिर मिले और क्विज़लिंग को हिटलर के सहयोगी के रूप में भर्ती कर लिया गया। उसके बाद पूरे यूरोप में राजनीतिक गतिविधियाँ हिटलर के पक्ष या विपक्ष में घूमती रहीं।

9 अप्रैल, 1940 की सुबह नॉर्वे पर जर्मन हमला हुआ। नॉर्वे के राजा और प्रधानमन्त्री ने शहर छोड़ दिया। उसी दिन क्विज़लिंग ने नॉर्वे की नयी सरकार बनायी और 9 अप्रैल को ही उस सरकार ने जर्मन सेना का स्वागत भी किया। लेकिन हिटलर ने देखा कि लगभग सारा देश क्विज़लिंग के ख़िलाफ़ है तो उसने उसे धोखा दे दिया और अपनी फ़ौज के अधिकारियों के हाथ में सत्ता दे दी। क्विज़लिंग को बेइज़्ज़त भी किया गया लेकिन बाद में जर्मन सेना ने उसे साथ लेकर काम शुरू किया। नॉर्वे के राजा ने हिटलर का कोई सहयोग नहीं किया और अपनी प्रजा से जर्मन क़ब्ज़े के ख़िलाफ़ संघर्ष करने का आह्वान किया।

1 फ़रवरी, 1942 के दिन क्विज़लिंग को जर्मनी ने मिनिस्टर प्रेसीडेंट बना दिया और नॉर्वे की सत्ता उसे सौंप दी। लेकिन नॉर्वे की जनता ने उसको कभी स्वीकार नहीं किया। उसका विरोध होता रहा। जर्मन सेना उसे कठपुतली की तरह नचाती रही और 1945 में जब जर्मन सेना नॉर्वे छोड़कर भागी तो क्विज़लिंग तबाह हो चुका था। उसको गिरफ़्तार किया गया, उसके ऊपर मुक़दमा चला और अपील सुप्रीम कोर्ट तक गयी लेकिन उसे दोषी पाया गया। देश और कौम के ख़िलाफ़ अपराधों के लिए उसे मौत की सज़ा सुनायी गयी। समुद्र के किनारे स्थित एकरहुस क़िले में फायरिंग स्क्वाड के सामने खड़ा करके भून दिया गया। उसकी पत्नी मारिया जीवित रहीं। 1980 में उनकी मृत्यु प्राकृतिक रूप से हुई। इतिहास क्विज़लिंग को राष्ट्रद्रोह के पर्याय के रूप में याद रखेगा। नॉर्वे के सहनशील समाज ने उसकी सकारात्मक व्याख्या करने की कोशिश भी की है लेकिन उसने नॉर्वे पर जो मुसीबत बरपा की और जिस तरह नॉर्वे के लोगों ने उसका मुक़ाबला किया वह संघर्ष के इतिहास में अमर रहेगा।

4 नवम्बर, 2013

अलविदा नादिन गॉर्डिमर

साहित्य के नोबेल पुरस्कार से सम्मानित लेखिका नादिन गॉर्डिमर नहीं रहीं। उनकी मौत के साथ ही दक्षिण अफ्रीका की आज़ादी और रंगभेद की नीतियों के ख़िलाफ़ हुए संघर्ष की एक महान योद्धा के जीवन का अन्त हो गया। साथ ही अफ्रीकी देशों में आज़ादी के सबसे बड़े नायक नेल्सन मंडेला की एक घनिष्ठ कामरेड के जीवन का भी अन्त हो गया। नादिन गॉर्डिमर रंगभेद विरोधी आन्दोलन के हरावल दस्ते की अगली पंक्ति की नेता थीं। उन्होंने दक्षिण अफ्रीका में रंगभेद-विरोधी संघर्ष में ज़बरदस्त भूमिका निभायी। नेल्सन मंडेला के 1962 वाले मुक़दमे में वे रंगभेदी सरकार के ख़िलाफ़ बने मोर्चे में सक्रिय थीं। उस केस में नेल्सन मंडेला ने अपने बचाव में जो बयान दिया था, वह आज़ादी की लड़ाई का बहुत अहम दस्तावेज़ है। उस बयान को नादिन गॉर्डिमर ने ही तैयार किया था। बाद में उसे 'आई एम प्रीपेयर्ड टू डाई' नाम से पुस्तक के रूप में छापा गया। दुनिया की बहुत सारी भाषाओं में उसका अनुवाद हो चुका है। नादिन गॉर्डिमर अफ्रीकी आन्दोलन की इतनी बड़ी नेता थीं कि नेल्सन ने जेल से छोड़े जाने के बाद सबसे पहले उनसे मिलने की इच्छा ज़ाहिर की।

दुनिया को अफ्रीका की रंगभेद-नीतियों की जानकारी नादिन गॉर्डिमर की किताबों से ही मिली थी। उन्होंने ही दुनिया को बताया कि दक्षिण अफ्रीका में किस तरह शरीर के रंग की वजह से क़ाबिल लोगों को विकासक्रम में पीछे धकेल दिया जाता है। अमरीका और ब्रिटेन की अफ्रीका नीति की पोल भी सबसे पहले नादिन गॉर्डिमर ने ही खोली। उन्होंने बताया कि लोकशाही के समर्थन का दावा करने वाली पश्चिमी देशों की सरकारें किस तरह दक्षिण

अफ्रीका में हो रहे रंगभेद के ताण्डव का समर्थन करती हैं। दक्षिण अफ्रीका में आधी रात को कोई भी पुलिस वाला किसी काले आदमी के घर दस्तक दे सकता है और उसके बच्चों और महिलाओं को अपमानित कर सकता है। उनकी साहित्यिक कृतियों से ही अंग्रेज़ी पढ़ने वाली दुनिया को पता लगा कि दक्षिण अफ्रीका में आज़ादी की बात सोचना भी असम्भव है। नादिन गॉर्डिमर की किताबों में लिखा है कि जब कोर्ट किसी काले आदमी को जेल से रिहा कर देता है तो जेल के गेट के बाहर ही उसे फिर किसी फ़र्ज़ी जुर्म का आरोप लगाकर पकड़ लिया जाता है। कोर्ट से न्याय पाने का यह स्वाँग दक्षिण अफ्रीका के आम आदमी को बस कुछ मिनटों के लिए ही आज़ादी की साँस लेने देता है।

नादिन गॉर्डिमर की साहित्यिक रचनाओं के बारे में नामी आलोचकों और समाजशास्त्रियों का कहना है कि वह साहित्य कम और सामाजिक इतिहास ज़्यादा है। हालाँकि वे इतिहास नहीं लिखतीं लेकिन उनकी रचनाओं के विवरण वास्तव में उस कालखण्ड का इतिहास ही हैं। नादिन गॉर्डिमर ने आत्मकथा नहीं लिखी लेकिन उनकी रचनाओं में आये कई सन्दर्भ उनके भोगे हुए यथार्थ के टुकड़े हैं। हर रचना में सच्चाई बहुत साफ़ तौर पर दर्ज है। बस, नाम और तारीख़ें कल्पित होती हैं। गॉर्डिमर की पहली किताब 'फेस टू फेस' 1949 में छपी थी। उनकी सबसे महत्त्वपूर्ण रचना है– 'टेलिंग टाइम्स–राइटिंग एंड लिविंग–1954-2008'। मैं इसे इन्सानी बुलन्दी का सबसे अहम दस्तावेज़ मानता हूँ। यह साहित्य नहीं है। यह उनकी ग़ैर-साहित्यिक रचनाओं का संकलन है। इस किताब में उनकी वह रचनाएँ हैं जिनमें अफ्रीकी अवाम के 35 वर्षों के संघर्ष और नेल्सन मंडेला की रिहाई के बाद के वर्षों की राजकाज और सामाजिक सामंजस्य की दुविधाओं को रेखांकित किया गया है। उनके तीन उपन्यासों को रंगभेदी सरकार ने प्रतिबन्धित कर रखा था, लेकिन बाक़ी दुनिया में वे हमेशा उपलब्ध रहीं।

नादिन गॉर्डिमर एक युगद्रष्टा रचनाकार थीं। उनकी 1981 में छपी किताब 'जुलाई'ज़ पीपल' पढ़कर लगता है जैसे वे किसी नये देश की जीत और उसके लोगों के सपने पूरे होने की कहानी बता रही हों। जबकि दक्षिण अफ्रीका की आज़ादी की उम्मीद इस किताब के छपने के दस साल बाद

नज़र आनी शुरू हुई थी। जब यह किताब लिखी गयी थी तब तो किसी को उम्मीद भी नहीं थी कि नेल्सन मंडेला रिहा होंगे और एक नये, रंगभेद-विहीन राष्ट्र का जन्म होगा। नादिन गॉर्डिमर को इतने सम्मान मिले हैं कि गिना जा सकना मुश्किल है। 1974 में उन्हें बुकर प्राइज मिला था और 1991 में नोबेल पुरस्कार। दक्षिण अफ्रीका के खाते में आया यह पहला नोबेल सम्मान था। इसके अलावा कॉमनवेल्थ और पूर्व ब्रिटिश कॉलोनियों के जो भी सम्मान होते हैं, सब उनको मिल चुके हैं। बेझिझक कहा जा सकता है कि दक्षिण अफ्रीका की आज़ादी के संघर्ष को दुनिया के सामने लाने वाली क़लम आज ख़ामोश हो गयी है।

16 जुलाई, 2014

विश्व सिनेमा के गाँधी, रिचर्ड एटनबरो : एक श्रद्धांजलि

लॉर्ड रिचर्ड एटनबरो नहीं रहे। हर शॉट को परफ़ेक्ट शूट करने वाला स्टार डायरेक्टर अपना आख़िरी शॉट अपनी मर्ज़ी से नहीं ले पाया। उनकी योजना थी कि वे अपने अन्तिम क्षणों तक सिनेमा की शूटिंग करते रहें। लॉर्ड रिचर्ड एटनबरो ने एक बार कहा था कि उनकी इच्छा है कि वे दिन की शूटिंग ख़त्म करें, पैक-अप कहें और वहीं अपनी अन्तिम साँस लें। लेकिन ऐसा नहीं हुआ। 2008 में उनको ब्रेन हैमरेज हुआ, बहुत दिनों तक कोमा में रहे और ठीक होने के बाद भी व्हील चेयर पर ही चलते थे। बोलने में भी दिक़्क़त होती थी। आज 90 साल की उम्र में वे पैक-अप कह गये। लॉर्ड रिचर्ड एटनबरो ने गाँधी फ़िल्म बनाकर अपने आपको ऐसे मुक़ाम पर स्थापित कर दिया, जहाँ बहुत सन्नाटा रहता है। कला के क्षेत्र में ऐसी बुलन्दियाँ बहुत कम लोगों को मिली हैं क्योंकि एक ही फ़िल्म के लिए आठ-आठ ऑस्कर पुरस्कार जीतने वाले लोग भला कितने हैं?

युगान्तरकारी महात्मा मोहनदास करमचन्द गाँधी को सिनेमा के परदे पर फिर से जीवित कर पाना रिचर्ड एटनबरो का सपना था। जैसे-जैसे इस सपने को मूर्त रूप देने में बाधाएँ आती रहीं वैसे-वैसे उनका उत्साह बढ़ता गया। यहाँ तक कि एक दिन उसने जुनून का रूप ले लिया। इस जुनून के पीछे छिपी उनकी ख़्वाहिश थी कि विश्व भर में ज़्यादा-से-ज़्यादा लोग महात्मा गाँधी के सत्य और अहिंसा के प्रयोग की बारीकियों को समझें। समझें कि कैसे चर्चिल के शब्दों में 'एक अधनंगा फ़क़ीर' आँधी की तरह उठता है और उस ब्रिटिश साम्राज्य की जड़ें हिला देता है, 'जिसमें सूरज कभी नहीं डूबता था'। मेरी पीढ़ी के लोगों ने गाँधी को बुज़ुर्गों की कहानियों और

दीवार पर टँगी तस्वीरों के रूप में तो ख़ूब जाना था मगर उन्हें सिनेमा के परदे पर ही सही, चलते-फिरते, अपनी बात कहते और उसे मनवाते देखना एक अभूतपूर्व अनुभव था।

मेरी अपनी ज़िन्दगी में महात्मा जी के कई स्वरूप आये। जब मेरे बचपन के दिन थे, तब ज़मींदारी उन्मूलन में सब कुछ गँवा चुके मेरे परिवार में गाँधी को बहुत ही तिरस्कार की नज़रों से देखा जाता था। जब स्कूल गया तब गाँधी जी की एक दूसरी छवि उभरी, जो "दे दी हमें आज़ादी बिना खड्ग बिना ढाल, साबरमती के सन्त तूने कर दिया कमाल" वाला रूप था। ये और बात है कि जब मैंने घर आकर उन महात्मा गाँधी का गुणगान किया तो थप्पड़ का प्रसाद पाया। 1969 में गाँधी जी की जन्मशती मनायी गयी, तब मैंने उनकी आत्मकथा पढ़ी और आज़ादी की लड़ाई के हर मोड़ पर उनकी उपस्थिति का एहसास करने की तमीज़ सीखी। जे.एन.यू. के दिनों में डॉ. एस. गोपाल की नेहरू पर तीन खण्डों में छपी किताब का पारायण किया तो असली गाँधी को समझने का मौक़ा मिला। लेकिन गाँधी को मूर्त रूप में पहली बार रिचर्ड एटनबरो की फ़िल्म में देखा और तब जाना कि दुनिया की नज़रों में गाँधी का क्या महत्त्व है। उसके बाद से मैंने महात्मा गाँधी को एक अलग तरह से समझना शुरू किया जो आज तक जारी है।

मेरी एक दोस्त कहती हैं कि वे बचपन में नेहरू को बहुत पसन्द करती थीं। सिनेमा हॉल में अगर किसी डाक्यूमेंट्री में नेहरू नज़र आ जायें तो वहीं सीट पर चढ़कर 'नेहरू चाचा ज़िन्दाबाद' का नारा बुलन्द करने लगती थीं। उन्हें खींचकर वापस सीट पर बैठाया जाता था। नेताजी सुभाष चन्द्र बोस को हीरो मानती थीं और कहती थीं कि अगर देश उनके रास्ते चला होता तो कब का स्वतन्त्र हो गया होता। गाँधी उनकी निगाह में वे नेता थे, जिन्होंने भारतीयों को नाकारा और अकर्मण्य बनाया। काम कुछ करो नहीं, बस असहयोग आन्दोलन करो या हड़ताल पर बैठ जाओ। खाँटी कांग्रेसी परिवार से थीं लेकिन अपने बड़ों से गाँधी के बारे में उन्होंने जो कुछ जाना-सुना था वह बहुत एकतरफ़ा और अपूर्ण था। रिचर्ड एटनबरो की फ़िल्म देखने के बाद जिस तरह महात्मा गाँधी को उनकी सम्पूर्णता में

समझने का अवसर मिला, उसने उनकी सोच को बदल दिया और आज वे गाँधी की बड़ी प्रशंसक हैं।

यह तो मानना ही होगा कि फ़िल्म देखने के बाद गाँधी के किरदार को समझने का मुकम्मल अवसर हर उस इन्सान को मिला, जिसने अहिंसा और सत्याग्रह को समझना चाहा। 1980 के बाद जन्म लेने वाले बच्चों की गाँधी जी के बारे में जो समझ है, उसमें इस फ़िल्म का बड़ा योगदान है, ऐसा हमारे अपने बच्चों ने मुझे बताया। मुझे लगता है कि फ़िल्म गाँधी वास्तव में गाँधी के बारे में समझदारी को एक नया आयाम देती है। जब हम बड़े हो रहे थे तो उनकी अपनी किताबों या कुछ प्रशस्तिगान के अलावा गाँधी जी के बारे में बहुत सामग्री उपलब्ध नहीं थी। अस्सी के दशक के बाद उनके बारे में पूरी दुनिया में जो शोध हुए हैं, उनकी एक अलग ही दिशा है। दूसरे विश्व युद्ध के बाद से मानवीय मूल्यों की बहाली के लिए होने वाले संघर्षों को महात्मा गाँधी ने कितना प्रभावित किया, यह बात अस्सी के दशक के बाद जितनी अच्छी तरह से जानी-समझी गयी, वैसी कभी नहीं हुई थी। जलियाँवाला बाग़ में जो गोलियाँ चली थीं, उनके राक्षसीपन के बारे में बहुत कुछ लिखा गया था, लेकिन जिस तरह से फ़िल्म गाँधी में उस घटना को फ़िल्माया गया, वह दिमाग़ पर नश्तर सा लगता है। मैंने पढ़ा था कि जलियाँवाला बाग़ में एक ही गेट था, जिससे लोग पार्क के अन्दर-बाहर आ-जा सकते थे। दूसरी तरफ़ एक छोटा गेट था, जो बन्द रहता था। किताबों में लिखा है कि उस गेट को खोलकर भागने की कोशिश कर रहे लोगों को ख़ूनी जनरल डायर ने किस तरह गोलियों से भून दिया था। फ़िल्म देखने के बाद उस त्रासदी का असली अनुभव हुआ। उस बाग़ के बीच में एक कुआँ था, जिसमें कूदकर लोगों ने अपनी जान बचाने की कोशिश की थी। वह कुआँ लाशों से पट गया था। यह सब मैंने पढ़ा तो था लेकिन फ़िल्म देखने के बाद उस कुएँ में छलाँग लगाती इन्सानी मजबूरी की जो तस्वीर उभरी वह जनरल डायर के प्रति नफ़रत को रेखांकित कर गयी और मन में अजीब तरह की हताशा और ग़ुस्से की अनुभूति छोड़ गयी।

असहयोग आन्दोलन के दौरान गोरखपुर ज़िले के चौरीचौरा में आन्दोलनकारियों ने पुलिस थाने में आग लगा दी थी और थाना जला दिया था।

उस दृश्य का विजुअल और उसके बाद महात्मा गाँधी के आन्दोलन वापस लेने का सीक्वेंस, अहिंसक आन्दोलनों के इतिहास में हमेशा याद रखा जायेगा। कांग्रेस का कोई बड़ा नेता आन्दोलन को वापस लेने के पक्ष में नहीं था। सभी चाहते थे कि आन्दोलन चलता रहे लेकिन महात्मा ने उसको वापस लिया। यह तथ्य सबको मालूम है लेकिन उसको फ़िल्माने में रिचर्ड एटनबरो ने जो ख़ूबसूरती दिखायी, वह इतिहास को ज़िन्दा करने जैसा है। हालाँकि उसमें ऐतिहासिक तथ्यों को थोड़ा नज़रअन्दाज़ किया गया है। चौरीचौरा के समय तक जिन्ना महात्मा गाँधी से अलग हो चुके थे लेकिन आन्दोलन जारी रखने के पक्षधर के रूप में उन्हें भी साबरमती आश्रम में मौजूद दिखाया गया है। ऐसी ऐतिहासिक चूकें कई हुई हैं। 1915 में जब महात्मा गाँधी दक्षिण अफ़्रीका से वापस आये तो जवाहरलाल नेहरू और सरदार पटेल राजनीति में सक्रिय नहीं थे, लेकिन उन्हें जहाज़ से उतरने पर गाँधी जी का स्वागत करते हुए दिखाया गया है। उस समय तो गोपाल कृष्ण गोखले ही कांग्रेस के सर्वेसर्वा हुआ करते थे। ऐसी ही एक और ग़लती है कि जब चम्पारण से लौटकर महात्मा गाँधी मुम्बई में जिन्ना के घर जाते हैं तो जिन्ना आचार्य कृपलानी से उनका परिचय कराते हैं। यह सच नहीं है। चम्पारण के सत्याग्रह में आचार्य जे. बी. कृपलानी गाँधी जी के साथ थे तो मुम्बई में पहली बार मिलने का कोई मतलब नहीं है। वहाँ सरदार पटेल और नेहरू भी दिखाये गये हैं, जबकि वल्लभ भाई उन दिनों अहमदाबाद में वकालत करते थे और महात्मा गाँधी से उनकी मुलाक़ात बाद में अहमदाबाद में हुई थी। एक फ़िल्मकार के रूप में किसी भी क्रिएटिव व्यक्ति को इतनी स्वतन्त्रता रहती है कि पटकथा के अनुरूप तथ्यों में थोड़ा-सा फेर-बदल कर सके लेकिन एटनबरो को इससे बचना चाहिए था क्योंकि इस कल्ट क्लासिक फ़िल्म के हर फ्रेम को बाद की पीढ़ियाँ ऐतिहासिक सच मानती हैं और मानेंगी। चम्पारण सत्याग्रह में महात्मा गाँधी ने जिस तरह से जेल के बदले जुर्माना देने के जज के प्रस्ताव को ठुकराया था, वह अपने आप में स्मरणीय है। मैं मानता हूँ कि आज़ादी की तमन्ना रखने वाले हर इन्सान के लिए गाँधी के जीवन को जानना ज़रूरी है और उस ज़रूरत को पूरा करने में यह फ़िल्म बेजोड़ है।

फ़िल्म का एक और दृश्य जिसने मुझे बहुत प्रभावित किया, वह है दांडी मार्च वाला सीक्वेंस। भारत में पैदा होने वाली, नमक जैसी आम वस्तु पर टैक्स को अंग्रेज़ों की सरासर ज़्यादती बताते हुए महात्मा गाँधी ने वह टैक्स अदा न करने का फ़ैसला किया। उन्होंने यह भी ऐलान किया कि वे ख़ुद साबरमती आश्रम से दांडी तक जायेंगे और नमक क़ानून तोड़ेंगे। जब यात्रा शुरू हुई तो उनके साथ कुल जमा 78 लोग थे। लेकिन जिस तरह गाँधी बढ़ते जा रहे थे और गाँव के गाँव उनके साथ जुड़ते जा रहे थे, वह दृश्य बहुत ही रोमांचक बन गया है। मुझे बचपन में पढ़ी और अक्सर उद्धृत की हुई सोहनलाल द्विवेदी की कविता याद आ गयी–

चल पड़े जिधर दो डग मग में
चल पड़े कोटि पग उसी ओर,
पड़ गयी जिधर भी एक दृष्टि
गड़ गये कोटि दृग उसी ओर।

आज़ादी के बाद बिड़ला भवन में महात्मा जी की प्रार्थना सभाएँ और उनकी शहादत के बाद उनकी शव यात्रा के दृश्य राजधानी दिल्ली में फ़िल्माये गये थे। फ़िल्म की शूटिंग की घटना बहुत बड़े मास मोबिलाइजेशन के रूप में याद की जाती है। जमुनापार के मंगोलपुरी आदि इलाक़ों में डुगडुगी बजाकर ऐलान किया गया था कि महात्मा गाँधी की शव-यात्रा की शूटिंग होनी है इसलिए ज़्यादा-से-ज़्यादा लोग इंडिया गेट पहुँचें। हिदायत दी गयी थी कि कोई भी रंगीन कपड़े पहनकर नहीं आयेगा। अस्सी के दशक में इन्दिरा गाँधी का दूसरा कार्यकाल चल रहा था। एच. के. एल. भगत केन्द्र में मन्त्री थे और पूर्वी दिल्ली के सांसद हुआ करते थे। उन्होंने अपने लोगों को भीड़ जुटाने के काम में लगाया था। इन्दिरा जी ख़ुद फ़िल्म के निर्माण में रुचि ले रही थीं लिहाज़ा उनके सबसे क़रीबी अधिकारी के. नटवर सिंह को लॉर्ड रिचर्ड एटनबरो की सेवा का ज़िम्मा दिया गया था। नटवर सिंह बाकायदा एटनबरो के सेवक के रूप में रहते थे। फ़िल्म में भारत सरकार का भी कुछ हिस्सा था। उस फ़िल्म ने दिल्ली की बड़ी आबादी को एक बड़े प्रोजेक्ट से जुड़ने और शूटिंग का हिस्सा बनने का अवसर दिया था। और जब फ़िल्म ने एक के बाद एक, दुनिया के शीर्ष पुरस्कार जीतने शुरू किये

तो हर दिल्ली वाला उसमें अपने को भागीदार मानता था। फ़िल्म गाँधी को सर्वश्रेष्ठ फ़िल्म समेत आठ ऑस्कर पुरस्कार मिले थे। इसमें अगर ज़्यादा करिश्मा महात्मा गाँधी का था तो कुछ करिश्मा उनके जीवन को सेल्युलॉयड पर उतारने वाले लॉर्ड रिचर्ड एटनबरो का भी था। आज सही मायनों में एक बहुत बड़े इन्सान, महान निर्देशक और ज़िन्दादिल आदमी की मौत का दिन है। अलविदा सिनेमा के गाँधी।

26 अगस्त, 2014

नेल्सन मंडेला का जन्मदिन आज़ादी चाहने वालों के लिए त्यौहार का दिन है

18 जुलाई को नेल्सन मंडेला का जन्मदिन है। सत्तर के दशक में दुनिया भर के छात्रावासों के कमरों में उनके पोस्टर लगे रहते थे। दक्षिण अफ्रीका की आज़ादी की लड़ाई के लिए वे 27 साल जेल में रहे। यह रंगभेद की सरकार का उनको दिया उपहार था, जिसके कारण वे पूरी दुनिया के आज़ादी चाहने वाले नौजवानों के हीरो बन गये थे। दक्षिण अफ्रीका के मूल निवासी अश्वेत थे लेकिन उन्होंने सदियों श्वेत अल्पसंख्यकों का आतंक झेला। अमरीका और ब्रिटेन की साम्राज्यवादी सत्ता की मदद से आतंक का राज कायम हुआ और चलता रहा। आज़ादी की माँग को लेकर पूरा देश मैदान में आ गया था और जब आज़ादी मिली तो पूरा मुल्क खुशी से झूम उठा। नेल्सन मंडेला शुरू में तो हिंसा की बात करते थे लेकिन बाद में उन्होंने महात्मा गाँधी की अहिंसा की नीति को अपने संघर्ष का आधार बनाया। वे गाँधी को अपना प्रेरणा स्रोत मानते थे और उन पर अगाध श्रद्धा रखते थे।

दक्षिण अफ्रीका की स्थति भारत से अलग थी क्योंकि भारत में जो अंग्रेज़ आये थे, वे यहाँ शासन करने के लिए नियमित रूप से आते थे और वापस चले जाते थे लेकिन दक्षिण अफ्रीका में उन्होंने बाकायदा नागरिकता ले ली थी और उसे अपना देश मानकर हुकूमत करते थे। स्थानीय लोगों को श्वेत अंग्रेज़ों के अधीन लगभग गुलामों जैसी ज़िन्दगी जीने के लिए मजबूर किया जाता था। दक्षिण अफ्रीका में रंगभेद के आधार पर राज कायम किया गया था। इसी रंगभेदी सरकार के विरोध के लिए वहाँ अफ्रीकी नैशनल कांग्रेस की स्थापना की गयी थी। 1944 में मंडेला अफ्रीकी नैशनल कांग्रेस

में शामिल हो गये। कांग्रेस का एक आनुषंगिक संगठन, अफ्रीकन नैशनल कांग्रेस यूथ लीग बना जिसकी शुरुआत में मंडेला ने बढ़-चढ़ कर हिस्सा लिया था। 1947 में वे अफ्रीकन नैशनल कांग्रेस यूथ लीग के सचिव बने। मंडेला के ऊपर अफ्रीकी अस्मिता और सम्मान के लिए लड़ रहे नेताओं वॉल्टर सिसुलू और वॉल्टर एल्बरटाइन का बहुत प्रभाव पड़ा था। 1962 में उन्हें मज़दूरों की हड़ताल के सिलसिले में गिरफ़्तार कर लिया गया। उन पर मुक़दमा चला और 1964 में आजीवन कारावास की सज़ा सुनायी गयी। उसी सज़ा के साथ यह तय हो गया कि नेल्सन मंडेला की तकलीफ़ सह सकने की हिम्मत अगले 27 वर्षों तक श्वेत शासकों को बहुत तकलीफ़ देने वाली है। उनके नाम का सहारा लेकर देश और दुनिया की आज़ादी पसन्द अवाम दक्षिण अफ्रीका की आज़ादी के साथ हो गयी। इंग्लैंड, अमरीका सहित कुछ साम्राज्यवादी देशों के अलावा दक्षिण अफ्रीका के श्वेत शासकों का कहीं कोई पक्षधर नहीं था। 27 साल तक जेलों में रहने के बाद जब 1990 में उनको रिहा किया गया तो देश में आज़ादी की आमद की धमक साफ़ सुनी जा सकती थी।

उनकी रिहाई के बाद से ही अफ्रीका से रंगभेद के राज की उलटी गिनती शुरू हो चुकी थी। 1994 में आम चुनाव हुए और नेल्सन मंडेला की पार्टी अफ्रीकी नैशनल कांग्रेस को भारी बहुमत मिला। मई 1994 में मंडेला अपने देश के पहले अश्वेत राष्ट्रपति बने। उन्होंने सत्ता सँभाली और आपसी सौहार्द की बुनियाद पर सत्ता चलाने की कोशिश की। उन्होंने लोकतान्त्रिक एवं बहुजातीय अफ्रीका की कल्पना की थी और वही दक्षिण अफ्रीका की गवर्नेंस का स्थायी मॉडल बना। जब देश की बेहतरी के लिए सामाजिक और आर्थिक सख़्ती बरतने की नौबत आयी तो पूरा देश राजनीतिक नेतृत्व के साथ था। आज साउथ अफ्रीका दुनिया के एक बड़े और ताक़तवर मुल्क के रूप में पहचाना जाता है। तीसरी दुनिया के मुल्कों में सबसे ऊपर उसका नाम है।

दक्षिण अफ्रीका की इस ताक़त की एक अहम वजह यह है कि पूरी आबादी उसकी आज़ादी और ख़ुशहाली में अपना हिस्सा मानती है। उन्होंने वर्षों के कठोर संघर्ष के बाद आज़ादी हासिल की थी इसलिए वे उसकी अहमियत को समझते हैं। बिना किसी संघर्ष के जो चीज़ हासिल हो जाये,

उसका मोल नहीं समझ में आता। पाकिस्तान का उदाहरण सामने है। भारत अपनी आज़ादी के लिए संघर्ष कर रहा था। मुहम्मद अली जिन्ना पहले कांग्रेस के साथ थे लेकिन बाद में पूरी तरह अंग्रेज़ों के साथ हो गये और आज़ादी हासिल करने की कोशिशों में अड़ंगा डालने लगे। उनकी दो मुल्कों की माँग भी इसी अड़ंगे का हिस्सा थी। भारत को आज़ादी मिली तो अंग्रेज़ों ने उन्हें पाकिस्तान की जागीर इनाम के तौर पर सौंप दी। नतीजा यह हुआ कि कुछ ही वर्षों में पाकिस्तान आन्दोलन में जिन्ना के बाद सबसे बड़े नेता और पाकिस्तान के पहले प्रधानमन्त्री लियाक़त अली को मौत के घाट उतार दिया गया। बाद में वहाँ की सरकार को ऐशो-आराम का साधन मानने वाली जमात का क़ब्जा हो गया और आज पाकिस्तान के सामने अस्तित्व का संकट पैदा हो गया है। ऐसे बहुत सारे उदाहरण और भी मिल जायेंगे लेकिन जिन देशों ने अपनी आज़ादी को अपनी मेहनत से जीता है उनकी अगली पीढ़ियाँ अपनी आज़ादी की हिफ़ाज़त बहुत ध्यान से करती हैं।

दक्षिण अफ्रीका की अवाम उसी बात को आगे रखकर चल रही है। वहाँ की श्वेत आबादी के प्रति भूमिपुत्रों और भारत से गये दक्षिण अफ्रीका के नागरिकों में बहुत नाराज़गी थी। एक बार तो ऐसा लगा कि देश में बदले की आग सब कुछ तबाह कर देगी लेकिन मंडेला के व्यक्तित्व की वजह से वहाँ शान्ति और सद्भावना का राज कायम हो गया। 1997 में वे सक्रिय राजनीति से अलग हो गये और दो वर्ष पश्चात उन्होंने 1999 में अफ्रीकी नैशनल कांग्रेस का अध्यक्ष पद भी छोड़ दिया। दक्षिण अफ्रीका में मंडेला को वही सम्मान मिला जो भारत में आज़ादी के बाद महात्मा गाँधी को मिला था। गाँधी जी की तरह उनको भी दक्षिण अफ्रीका में राष्ट्रपिता माना जाता है और सम्मान से 'मदीबा' कहा जाता है। यह वरिष्ठ लोगों के लिए आदर व्यक्त करने वाला सम्बोधन है। नेल्सन मंडेला को दुनिया के बहुत सारे देशों ने सम्मानित किया है। उनको 1993 में नोबेल शान्ति पुरस्कार भी दिया गया। भारत से उनको ख़ास लगाव था और उन्हें भारत के सर्वोच्च नागरिक सम्मान 'भारत रत्न' से भी अलंकृत किया जा चुका है।

18 जुलाई, 2020

□□